현대적
사랑의
박물관

현대적
사랑의
박물관

헤더 로즈 장편소설
황가한 옮김

The Museum of
Modern Love
Heather Rose

한겨레출판

데이비드에게
그리고
마리나를 비롯한 모든 예술인에게

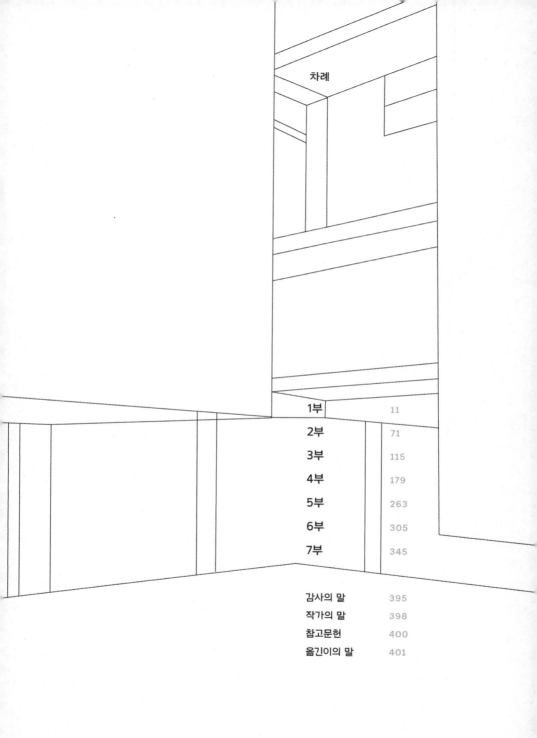

차례

1부   11
2부   71
3부   115
4부   179
5부   263
6부   305
7부   345

감사의 말   395
작가의 말   398
참고문헌   400
옮긴이의 말   401

모든 프로젝트에는
일곱 단계가 있다:

1. 인식
2. 저항
3. 굴복
4. 작업
5. 숙고
6. 용기
7. 선물

마리나 아브라모비치

| 일러두기 |

1. 원문에서 강조나 인용, 외국어를 나타내는 이탤릭체는 고딕체로 표기했다.
2. 본문의 각주는 모두 옮긴이 주이다.

1부

삶은 영혼을 끌어내리고 짓누르지만
예술은 내게 영혼이 있음을 상기시킨다.

스텔라 애들러

1

그는 나의 첫 음악가가 아니었다, 아키 레빈은. 가장 덜 성공한 음악가도 아니었다. 그의 잠재력은 대부분 나이 때문에 낭비되거나 발휘된다. 하지만 이것은 잠재력에 관한 이야기가 아니다. 이것은 수렴에 관한 이야기다. 이런 일은 생각보다 드물다. 우연은, 내가 듣기론, 하느님의 조심스러운 손길이다. 하지만 수렴은 그 이상이다. 그것은 일단 움직이기 시작하면 미지의 결과를 가져올 무언가다. 후지後知에 감탄하는 것이 인간 본능이지만 나는 늘 전지前知가 훨씬 유용하다고 생각했다.

때는 2010년 봄이고 내 예술가 한 명은 뉴욕의 화랑에서 바쁘다. 위대한 메트로폴리탄미술관도 아니고 구겐하임미술관도 아니다. 그녀가 차분하면서도 빼딱하긴 하지만. 아니, 내 예술가의 화랑은 하얀 상자*다. 분명 그 상자 안에는 많은 것이 살아 있다. 그리고 생

---

* 뉴욕현대미술관. 모마MoMA라는 약칭으로 불린다.

동한다. 하지만 거기로 가기 전에 내가 이 이야기의 배경을 정해주겠다.

한 줄기 강이 이 멋진 도시를 휘돌아 나가고 태양은 도시의 한편에서 떠올라 반대편으로 저문다. 한때 참나무, 솔송나무, 전나무가 서 있던 호수와 개울 옆에 지금은 큰길이 남북으로 뻗어 있다. 이 큰길과 교차하는 작은 길은 대개 동서로 지나간다. 산은 평평해지고 호수는 메워졌다. 고층 건물들은 현대 세계에서 가장 낯익은 스카이라인을 만든다.

인도人道는 사람과 개를 실어 나르고, 지하철은 우르릉거리며, 택시는 밤낮으로 빵빵댄다. 지난 수십 년간 그래 왔듯 사람들은 자신의 어리석은 투자와 무능한 정부를 받아들인다. 임금은 청바지 허릿단만큼이나 낮다. 마른 것이 유행이지만 뚱뚱한 것이 보통이다. 먹고사는 데 돈이 많이 드는데 몸이 아픈 건 그중에서도 제일 돈이 많이 드는 일이다. 기후, 통화通貨, 종교, 문화 충돌로 인한 혼란이 세계 각지에서 닥쳐온다는 느낌이 있다. 개인 차원에서 대부분의 사람들이 여전히 원하는 건 멋있어 보이고, 좋은 향기를 풍기고, 친구가 있고, 편안하고, 돈을 벌고, 사랑을 느끼고, 섹스를 즐기고, 일찍 죽지 않는 것이다.

그리고 이제 아키 레빈을 만나보자. 그는 자기가 인류의 하층민과는 완전히 다르다고, 고상한 음악가적 기질 때문에 고립돼 있다고 생각하고 싶어 한다. 오랜 세월 동안 잘 먹고, 좋은 포도주를 마시고, 좋은 영화를 보고, 좋은 주치의를 두고, 좋은 여자에게 사랑받고, 좋은 유전자를 요행히 타고나고, 대체로 평온하고 떳떳한 삶을 살아온 덕에 자신이 평범한 고통에는 무감각하다고 최근까지도 믿었다.

오늘은 4월 1일이지만 워싱턴스퀘어의 자기 아파트에 있는 레빈은 오늘 날짜와 거기에 담긴 익살스러운 의미를 아직 모른다. 오늘 아침에 누가 그에게 장난을 쳤다면 좋이 몇 시간은 혼란스러워했을 것이다. 아침 햇살이 펜트하우스 안으로 쏟아져 들어온다. 회색 깔개처럼 생긴 고양이 리그비는 소파에 드러누워 두 앞발을 머리 위로 쭉 뻗고 있다. 반면 레빈은 스타인웨이 피아노 모델 B 위로 몸을 웅크린 채 소리 없이 건반에 손가락을 대고 있다. 너무 가만있어서 누가 위에서 줄을 잡아당겨주길 기다리는 꼭두각시라고 해도 좋을 정도다. 사실 그는 악상이 떠오르길 기다리고 있다. 보통은 여기서 내가 등장하지만 레빈은 벌써 몇 달째 온전한 상태가 아니다. 곡을 쓰려면 조각난 꿈의 늪을 뛰어넘어야 하는데 뛸 때마다 매번 목표에 못 미친다.

레빈과 나는 아주 오랫동안 서로를 알아왔다. 그가 이런 상태일 때는 무슨 말을 해도 듣지 못하고 기억의 쳇바퀴에 얽매여 자기한테 선택의 여지가 있음을 잊는다. 지금은 뭘 떠올리고 있지? 아, 그래, 어젯밤 영화계 사람들과 같이한 저녁 식사구나.

그는 질문이 있을 거라고 예상했다. 그래서 12월부터 모두를 피하고 행사에 참석하지 않았다. 아직도 너무 쓰라렸고 너무 난감했다. 그리고 마찬가지 이유에서 이메일을 읽지 않고 전화 통화를 피했으며, 특히 언짢았던 메시지 하나를 들은 후인 2월에는 마침내 자동응답기 코드마저 뽑아버렸다.

그런데 악몽 같았던 어젯밤에 세 사람은 그를 방 한구석에 몰아넣고는 설교하고 책망했다. 그가 그녀를 버렸다느니 책임감이 없다느니 하는, 말도 안 되는 주장을 늘어놓았다.

"이 문제에 있어서는 나한테 선택권이 없다는 걸 당신들이 이해 못하는 것 같아." 그가 그들에게 말했다.

"당신은 리디아 남편이잖아. 만약에 상황이 반대였다면……."

"아내의 지시는 완벽하게 명료했어. 이게 그 사람이 원하는 거야. 내가 편지 사본이라도 보내줘?"

"하지만 아키, 당신은 아내를 버렸어."

"아니야. 여기서 버림받은 사람이 있다면……."

"설마 지금 피해자가 당신이라고 말하려는 건 아니지, 아키?"

"리디아를 거기 그렇게 내버려두면 안 돼."

"그럼 내가 어떡할 줄 알았어?" 그가 물었다. "아내를 집에 데려올 줄 알았어?"

"그래, 당연히 그럴 줄 알았지. 맞아."

그들은 모두 그가 내키지 않는다는 사실에 충격받은 듯했다.

"하지만 아내가 그걸 원치 않아."

"당연히 원하지 왜 안 원해. 아닐 수도 있을 거라고 생각하다니 도대체 얼마나 깜깜인 거야."

그는 이만 가보겠다며 나와서 분노에 휩싸인 채 스무 블록을 걸었다. 자기가 울고 있다는 것, 어디를 가든 절대 빠뜨리지 않는 손수건이 있어 다행이라고 생각한다는 것을 알았다. 무력함의 쓰디쓴 맛이 혀에 남아 있었다. 그는 피부암일지도 모르는, 손등의 우둘투둘한 부분을 긁었다. 밤마다 흘리는 땀에 대해 생각했다. 새벽 3시에 땀범벅이 되어 깨는 것. 축축한 잠옷을 갈아입고 시트가 젖지 않은 침대 맞은편의 빈자리로 옮아야 하는 것. 혹시 심장 때문일까 생각했다. 그가 집에서 죽는다면 수일이 지나도록 아무도 모를 수도 있었다. 리그비를 제외하곤. 리그비는 아마 그가 일어나서 밥을 주지 않으리란 걸 깨달을 때까지 시체 위에 올라앉아 있을 것이다. 그를 발견하는 사람은 가정부 욜란다일 것이다. 욜란다가 삶의 일부가 된 지도 오래됐다. 그들이 결혼했을 때부터 쭉 함께했으니까. 리디아는 가정부를 고용하는 것을 냉장고에 우유가 떨어지지 않게 하는 것만큼이나 평범한 일로 여겼다. 그녀는, 욜란다는 워싱턴스퀘어로 이사 온 후에도 계속 머물렀다. 레빈은 욜란다가 올 때 집에 있고 싶어 하지 않았다. 리디아는 가게 점원이나 앨리스네 학교 선생이나 상인과 곧잘 한담을 나눴지만 레빈은 아니었다.

레빈은 만약 자기가 죽는다면 목재 테라스의 키 크고 광택 있는 화분에 심긴 나무들도 물 부족으로 아마 확실히 죽을 거라고 생각했다. 그는 일어나서 커피를 새로 내리고 어니언 베이글을 반으로 잘라 한 조각을 토스터에 넣었다. 몇 분 만에 연기가 나면서 빵이 까맣게 탔다. 나머지 한 조각을 구울 때는 완전히 촉각을 곤두세우고 있다가 다 됐다고 느꼈을 때 칼로 찔러 꺼내 올린 다음 방향을 약간 틀어서 다시 집어넣었다. 리디아는 왜 하필 이 토스터를 샀을까? 매일 아침 그의 식사를 망치지 않는 토스터가 아니라. 파키스탄 어딘가의 사람 한 명을 죽이는 드론은 만들면서 토스터 하나 제대로 못 만드는 게 어떻게 가능할까?

레빈은 접시와 컵을 개수대에 넣고 손을 씻은 다음 수건에 꼼꼼히 닦고 피아노로 돌아갔다. 보면대에는 길고 검푸른 머리카락과 선명한 녹색 눈동자를 가진 일본 여자의 일러스트가 놓여 있었다. 그녀를 위한 매혹적인 뭔가를 쓰고 싶었다. 플루트가 좋겠어, 며칠 전에 그렇게 정했다. 하지만 떠올린 모든 악상이 〈미션〉을 연상시켰다. 그는 다시 초심자가 된 기분을 느끼며 옛날 멜로디를 뒤졌고, 조바꿈을 해봤지만 별로였고, 화음을 시도해봤지만 처음엔 그럴듯하게 들리다가 뭐가 뭔지 알 수 없게 돼버렸다.

그 후 몇 시간 동안 레빈은 완전히 작업에 빠져서 수많은 악상이 시작되는 곳인 거실의 스타인웨이에서 아파트 서쪽 끝의 스튜디오로 자리를 옮겼다. 스튜디오에는 모든 악기를 그의 손끝에 자유자재로 대령하는 커즈와일 키보드와 보스 스피커와 아이맥 두 대가 있었다. 그는 거실의 펜화를 가져와서 똑같은 스타일로 그린 스토리보드를 꽂아둔 코르크판에 다시 붙였다. 거기에는 같은 일본 여자의 그림이 더 있었다. 한 그림에서는 물웅덩이 위로 허리를 숙였는데 생선 비늘처럼 반짝이는 녹색 옷을 입고 있었다. 다른 그림에서는 손을 뻗어서 커다란 흰곰의 코를 만지고 있었다. 또 다른 그림에서는 눈 덮인 길을 아이와 함께 걷고 있었는데 색깔이 들어간 곳은 빨간 나뭇잎뿐이었다.

레빈은 키보드 모드를 플루트에서 바이올린으로 바꾸고 똑같이 다단조에서 바단조에서 가단조로 조바꿈을 해봤다. 하지만 바이올린은 안 맞았다. 숲과 강에 쓰기에는 너무 문명화된 느낌이었다. 나는 비올라를 제안했지만 그는 너무 우울하다며 기각했다. 하지만 그가 지금 찾는 게 우수憂愁 아니었나?

이 영화 제안이 들어왔을 때 나는 수락하라고 부추겼다. 동화 속에 사는 사람에게는 고독이 일종의 만족일 수 있지만 자신의 전성기가 아직 안 왔다고 믿는 뉴욕의 예술가에게는 그렇지 않기 때문이다. 예술가들은 고집스럽다. 그래야만 한다. 일이 전혀 없을 때조차도 타개할 방법은 계속 일하는 수밖에 없다.

나는 레빈의 주의를 바깥의 낮으로 이끌었다. 그는 창가로 가서 워싱턴스퀘어의 분수에 눈 부시게 반사되는 햇빛을 봤다. 통행로에는 보라색 튤립이 피어 있었다. 그는 모니터에 띄워놓은 오디오 파일을 다시 쳐다봤다. 나는 그에게 전날 저녁을, 여자들이 그를 탁자에 밀어붙이기 전을 상기시켰다. 그와 같이 앉았던 옛 멘토 엘리엇이 MoMA에서 하는 팀 버턴 전시회에 대해 말해줬다. 내가 그에게 보여주려던 것*은 그 버턴이 아니었지만 레빈을 그곳에 데려가기 위한 방법이었다. 그는 나의 음악적 제안은 깡그리 무시하면서 이

---

* 미국의 조각가이자 행위예술가인 스콧 버턴. 당시 MoMA에서는 스콧 버턴이 참여한 〈1969〉라는 전시를 하고 있었다.

런 방해는 순순히 받아들였다.

"넌 아무래도 기다려야겠다." 그는 일본 여자에게 이렇게 말했지만 내게 말하는 거나 다름없었다. 그러고는 자기 방으로 가서 제일 아끼는 파란색 벤 셔먼 재킷과 진회색 팀버랜드 운동화를 골랐다.

그는 지하철 E호선을 타고 가서 5로/53가 역에서 내린 다음 길을 건너 뉴욕현대미술관으로 들어갔다. 리디아가 매년 두 사람 몫으로 사는 회원권 덕분에 매표소 앞의 기나긴 줄에 서지 않아도 됐다. 버턴 전시회로 가는 좁은 복도는 인파로 빼곡했다. 순식간에 사람들의 체열과 왁자지껄한 목소리에 둘러싸였다. 몇 분이 지나자 일러스트 속의 누덕누덕 기운 파란 여자들과 그들의 휘둥그런 눈에 담긴 공포와 긴 팔다리에서 느껴지는 공허함이 사람들의 체취와 바특한 몸의 열기와 뒤섞이면서 욕지기가 올라오기 시작했다. 그는 출구 표지판을 보고 안도했다. 문을 열어젖히자 텅 빈 복도가 나왔다. 그는 걸음을 멈추고 벽에 기대 숨을 쉬었다.

그 순간에는 아래층으로 내려가서 조각 정원에 앉아 햇볕을 쬘 작정이었다. 그런데 그때 아트리움*에서 들려오는 속닥거리는 소리가 그를 끌어당겼다.

---

* 여러 층으로 이루어진 건물의 중앙에 구멍을 뚫어 1층부터 지붕까지 하나의 공간으로 만든 것. 보통 지붕에는 유리를 씌운다.

20

2

MoMA 아트리움에 있는 관람객들은 빨갛고 긴 드레스 차림으로 탁자 앞에 앉은 여자를 바라보고 있었다. 밝은색 나무 탁자와 밝은색 나무 의자는 꼭 이케아에서 가져온 것 같았다. 빨간 드레스 차림의 여자 맞은편에는 그보다 젊은 여자가 가벼운 베이지 재킷을 입고 앉아 있었다. 두 여자는 서로의 눈을 들여다봤다.

레빈은 바닥에 정사각형으로 붙여놓은 하얀 테이프를 발견했다. 사람들이 이 사각형을 둘러싸고 있었다. 서 있는 사람도 있고 다리를 꼬고 앉은 사람도 있었지만 하나같이 중앙에 있는 두 여자를 쳐다보고 있었다.

레빈은 꼬마가 묻는 소리를 들었다. "엄마, 저 사람은 플라스틱이야?"

"아냐, 당연히 아니지." 엄마가 작은 목소리로 대답했다.

"그럼 뭐야?" 여자애가 물었다. "엄마? 엄마?"

엄마는 아무 대답도 하지 않은 채 자기 앞의 광경에서 시선을 떼지 않았다.

　레빈은 아이의 말을 이해할 수 있었다. 빨간 드레스를 입은 여자는 꼭 플라스틱 같았다. 투광등 때문에 피부가 하얘져서 마치 설화석처럼 보였다.

　갑자기 아무런 신호도 없이 젊은 여자가 일어나 자리를 떴다. 긴 드레스 차림의 여자는 눈을 감고 고개를 숙였지만 그대로 앉아 있었다. 잠시 후 한 남자가 빈 의자에 앉았다. 그러자 여자도 고개를 들어 눈을 뜨고 남자를 똑바로 쳐다봤다.

　그는 얼굴이 일그러졌고 반백 머리가 덥수룩했으며 코가 짧고 굽었다. 그리고 여자에 비해 왜소해 보였다. 두 사람은 서로의 눈을 응시했다. 응시한다기보다는, 레빈은 생각했다. 노려보네. 여자는 웃지 않았다. 눈도 거의 깜빡이지 않았다. 완벽하게 가만있었다.

　남자는 발의 위치를 바꾸고 다리에 얹은 손을 달싹댔다. 하지만 머리와 눈은 꼼짝하지 않고 여자를 마주 봤다. 아마 20분쯤 그렇게 앉아 있었을 것이다. 레빈은 자기도 모르게 이 광경에 빠져들어서, 떠나고 싶지가 않았다. 남자가 마침내 의자에서 일어났을 때 레빈은 눈으로 그를 좇았다. 사내는 아트리움 뒤편으로 걸어가 벽에 이마를 갖다 댔다. 레빈은 그에게, 앉아 있는 동안 무슨 일이 있었냐고 묻고 싶었다. 기분이 어땠어요? 하지만 그는 깨달았다. 그렇게 하는 것은 낯선 사람에게 무슨 기도를 했냐고 묻는 것과 같음을.

　지금은 다른 여자가 ― 중년에, 얼굴이 넓적하고, 귀갑 테 안경을 쓴― 앉아 있었다. 레빈은 벽에 적힌 검은 글자로 다가갔다. 예술가와

마주하다: 마리나 아브라모비치. 그 밑의 글은 드나드는 인파에 가려 안 보였다.

전문 사진가가 의자에 오가는 모든 사람을 삼각대에 얹은 장초점렌즈로 기록하는 것 같아 보였다. 레빈이 그에게 고개인사를 하자 젊은 사진가가 설핏 미소 지었다. 그는 검은 바지와 검은 터틀넥 스웨터를 입었고 사흘 기른 듯한 수염이 완벽한 턱선을 따라 나 있었다. 레빈처럼 그리니치빌리지에 살면 온 세상 사람이 도드라진 광대뼈와 조각 같은 몸매의 소유자라고 믿더라도 용서받을 수 있었다.

레빈이 마리나 아브라모비치일 거라 추측한 사람 맞은편에 앉은 중년 여성은 평생 미인이었던 적이 없었다. 그녀가 몇 분 만에 자리를 떠나자 그 기회를 빌려 군중도 흩어졌다. 레빈은 사람들이 계단으로 향하면서 하는 말을 들었다.

"저게 다야? 그냥 앉아 있는 거?"

"피카소 보고 싶지 않아?"

"지금 가도 식당에 자리가 있을까? 발 아파 죽겠어."

"오늘 꼭 엠 앤 엠즈 월드*에 가보고 싶니?"

"팀 버턴 전展 봤어? 사람이 너무 많아."

"이 층에 화장실 있나?"

---

* 엠 앤 엠즈M&M's 초콜릿과 캐릭터 상품을 파는 대형 체인점으로, 전 세계에 다섯 군데 있다.

"걔랑 여기서 몇 시에 만나기로 했는데?"

레빈은 사각형의 네 변 중에 두 사람의 옆모습을 한 번 더 볼 수 있는 곳으로 돌아갔다. 그리고 바닥에 자리 잡았다. 이번에는 젊은 남자가 여자 맞은편에 앉았다. 그는 깜짝 놀랄 만한 미남으로, 초롱초롱한 눈과 큰 입과 어깨까지 내려오는 곱슬머리에, 죽어가는 아이들에게 찾아오는 천사 같은 얼굴을 하고 있었다. 레빈은 여자가 과연 이 지고의 미에 반응할지 궁금했지만 적어도 그가 보기에는 반응하지 않았다. 다른 모든 사람을 볼 때와 똑같은 눈빛을 유지했다. 부드럽고 단호하게 쳐다봤다. 몸은 움직이지 않았다. 두 손을 앞으로 모은 채 아주 꼿꼿이 앉아 있었다. 때때로 눈꺼풀을 깜빡였지만 그뿐이었다.

아트리움에 정적이 내려앉았다. 젊은 남자가 울고 있음이 명백해졌다. 연극적인 행위는 아니었다. 눈물이 얼굴을 흘러내리는 동안에도 반짝이는 천사의 눈은 계속 여자를 쳐다봤다. 잠시 후 여자도 똑같이 소리 없이 울기 시작했다. 두 사람 다 뭔가를 잃는다는 사실을 받아들일 수밖에 없음을 아는 것처럼 울음은 계속됐다. 주위를 둘러본 레빈은 아트리움이 어느새 소리 없이 다시 찼고 모두가 두 사람을 보고 있음을 깨달았다.

그는 음악이 있어야 한다고 생각했다. 빨간 옷의 여자는 군중에 둘러싸였지만 혼자였다. 완전히 노출됐지만 지극히 고립됐다. 레빈 옆에 앉은 여자가 손수건을 꺼내 눈물을 닦고 코를 풀었다. 그러다 그의 시선을 느끼자 의식적으로 웃어 보였다. 공연을 보는 일련의 얼굴을 쭉 훑은 레빈은 많은 이들의 눈이 눈물로 젖어 있음을 발견했다.

시간이 흘렀다. 의자에 앉은 남자는 더 이상 울지 않았다. 그는 여자 쪽으로 몸을 내밀고 있었다. 남자와 여자 사이에 놓인 모든 것이 한없이 작아졌다. 레빈은 남자의 몸에서 빠져나온 뭔가가 천천히 떠오르고 있다고 느꼈다. 그게 좋은 것인지 나쁜 것인지는 알 수 없었지만 퍼져나가고 있었다. 한편 여자는 점점 팽창하는 듯했다. 그녀의 사지가 뻗어나가 벽에 닿고 머리가 아트리움 꼭대기인 6층 천장에 닿는 것만 같았다. 레빈은 눈을 감고 숨을 쉬었다. 심장이 두방망이질 쳤다. 다시 눈을 뜨자 그녀는 정상적인 크기의, 빨간 드레스를 입은 여자로 돌아와 있었다. 더 이상 젊진 않지만 생기와 우아함으로 가득했다. 광낸 나무나 오래된 비단 소매에 어린 빛처럼 매혹적인 뭔가가 있었다.

오후가 지나갔다. 레빈은 떠나고 싶지 않았다. 의자에 앉은 남자도 계속 머물렀지만 그와 여자 사이의 시선은 전혀 흔들리지 않았다. 사람들이 드나들었고 그들의 뒤섞인 목소리가 커졌다 작아졌다 했다. 5시 15분에 스피커에서 미술관이 15분 후에 닫는다는 안내 방송이 나왔다. 너무 갑작스러워서 레빈은 깜짝 놀랐다. 벽에 기대섰던 사람들이 몸을 일으키며 주위를 둘러봤다. 남자들도 여자들도 바닥에서 일어나 무릎과 엉덩이와 종아리를 쭉 폈다. 그들은 소지품을 챙기면서 서로를 향해 미소 짓거나 공통된 호기심이 담긴 표정으로 눈썹을 씰룩거렸다. 또 어떤 사람들은 자기도 모르게 고개를 흔들었다. 자기가 지금 어디에 있는지, 시간이 얼마나 늦었는지 잊고 있었던 것처럼. 이윽고 마지막 순간을 고대하는 구경꾼 조금만 남았다.

남자와 여자는 아트리움 중앙에 꼼짝 않고 있었고 그들의 시선은 여전히 고정돼 있었다. 5시 25분에 MoMA 직원이 사각형 안으로 들어가서 남자에게 조용히 말을 걸었다. 그는 여자에게 고개인사를 하고 일어났다. 몇 명이 박수를 쳤다.

"폐관합니다." 다른 직원이 말했다. "퇴장해주세요."

레빈은 일어나서 스트레칭을 했다. 무릎이 아팠다. 계단을 향해 걸어가는 동안 저림이 통증으로 바뀌었다. 여자는 홀로 의자에 앉아 고개를 숙이고 있었다. 사진가만이 남았다. 레빈은 점차 비어가는 로비에서 천사의 눈을 가진 남자를 찾으려 했으나 이미 사라지고 없었다.

서53가로 나왔을 때 그는 한 여자가 동행에게 하는 말을 들었다. "그 사람 지금 화장실 가고 싶어서 죽을 지경일 거야."

"오늘이 며칠째지?" 친구가 물었다.

"23일째일걸." 여자가 대답했다. "아직도 한참 남았어."

"내 생각에는 튜브 같은 걸 꼈을 것 같아." 동행이 추측했다. "그 거랑 주머니. 내 말은, 하루 종일 참을 수 있는 사람이 어디 있겠어?"

"카테터* 말이야?" 첫 번째 여자가 물었다.

그들은 지하철역 안으로 사라졌다. 레빈은 5로를 향해 동쪽으로 걸었다. 걷는 동안 그의 귀에는 미술관 관람객들의 숨죽임과 남자와 여자 간의 침묵밖에 들리지 않았다. 오보에였어, 그는 생각했다. 비올라 선율 위로 연주되는 오보에.

집에 도착하자마자 그는 리디아가 있었으면 얼마나 좋았을까 생각했다. 빨간 드레스 차림의 여자, 관객들, 집까지 걸어온 것에 대해 말해주고 싶었다. 하지만 아파트는 조용했다. 그는 스타인웨이 앞에 앉아 건반 위를 오르락내리락하며 아까 얼핏 떠올랐던 가락을 붙잡으려 애썼다. 그가 연주하는 동안 도시는 점점 까매졌고 네온 불빛이 하늘로 번져갔다.

나는 그를 지켜봤다. 작업 중인 예술가를 지켜보는 것보다 아름다운 일은 없다. 그들은 햇빛을 직사로 맞은 폭포와도 같다.

밤의 인파가 저 아래 워싱턴스퀘어에 밀물처럼 밀려들었다가 썰물처럼 빠져나갔다. 레빈의 어깨와 손이 피로해졌다. 결국 그는 너무나 부드러운 동작으로 손을 스타인웨이의 검은 광택에 대고 미끄러뜨려서 뚜껑을 건반 위로 닫았다.

침대에서 그는 오른쪽을 향해 모로 누워 지금 당장이라도 리디아가 옆으로 미끄러져 들어와 자신을 안아줄 것이고 어둠이 그들을 꿈나라로 실어다 줄 거라는 상상을 했다.

이 지점에서 나는 그를 두고 MoMA로 돌아갔다. 그리고 아트리

---

* 구멍이 있는 장기에서 액체를 빼내거나 넣을 때 사용하는, 관 형태의 외과 기구.

움에 서서 빈 의자 두 개와 단순하게 디자인된 탁자를 바라봤다. 하루 중 어느 때건 예술가가 지상에 내려오면 우리도 그들 곁에 내려온다. 나는 오래전에 아키 레빈과 함께 내려왔다. 하지만 그 전에는 마리나 아브라모비치 곁에 내려왔었다.

3

제인 밀러는 예술가가 아니었다. 그녀는 레빈의 어두운색 바지, 하얀 셔츠와 파란 리넨 재킷, 구불거리는 은발과 둥그런 안경, 로퍼와 깔끔하게 관리된 손을 봤다. 그에게 말을 걸 수도 있었겠지만 생각에 잠긴 것처럼 보여서 방해하고 싶지 않았다. 그녀 주위의 점심시간 인파는 사각형의 경계선을 따라 불어났다. 열여섯쯤 된 소년이 마리나 아브라모비치 맞은편에 앉아 있었다. 제인은 소년의 갈색 더벅머리와 그 밑의 개구쟁이 같은 얼굴을 유심히 봤다. 귀여운 들창코. 아이한테는 너무 큰 재킷과 길쭉한 발. 소년은 아브라모비치가 그의 행실에 대해 설교를 늘어놓으려는 교장 선생님인 양 구부정하게 의자에 앉아 있었다. 하지만 그녀의 눈에서 시선을 떼지는 않았다.

오늘 아침 제인은 자기가 묵고 있는 호텔 로비를 한가로이 지나 그리니치가街로 나왔다가 가까운 빌딩 꼭대기 끄트머리에 선 남자의 형체를 봤다. 그녀는 당황해서 눈을 가늘게 뜨고 놀랄 준비를 했다. 하지만 다음 순간 전율과 함께 그것이 봄 동안 뉴욕의 스카이라인에 점점이 흩어져 있을 앤터니 곰리의 조각* 중 하나임을 깨달았다. 이 감시하는 존재들은 업타운과 다운타운의 옥상에서 도시를 방문 중이었는데 저 아래 인도 위에서 움직이는 인간들에게가 아니라 빌딩 너머의 공간을 향해 말하는 것처럼 보였다. 한 걸음만 내디디면 20, 30, 50층 아래로 떨어지는 거야.

저 너머에는 뭐가 있을까? 제인은 생각했다. 삶과 죽음 사이에서 불어닥치는 바람은 어떤 느낌일까? 빠른 속도로 땅에 떨어져 죽으면 그냥 자다가 죽는 것보다 더 깊이, 더 빨리 죽음 속으로 가라앉을까? 모르핀에 취한 사람은 온전히 저세상으로 건너갈까, 아니면 조각조각으로 나뉘어서 (일부는 방 안을 떠다니게 놔둔 채) 떠날까? 칼이 죽은 후로 그녀는 이 문제에 대해 많이 생각했다. 그의 좋은 부분이 전부 그와 함께 떠났다고 어떻게 확신할 수 있겠는가? 작은 조각들이 아직도 남아 있는 것만 같았다. 그녀는 머릿속으로 그의 이름을 부르고 또 불렀다. 이제는 그것을 소리 내어 말하는 일이 거의 없다는 사실을 벌충하려는 것처럼. 그녀는 그를 아프게, 멍하니, 고통스럽게 그리워했다. 그녀의 몸이 혼자 있는 데 적응하지 못해서 겨우내 담요가 몇 겹이나 더 필요했다. 이렇게 뉴욕에 와 있으니 어느 때보다 더 칼에게 이야기하고 싶었다. 혼자 여행한다는 것이 이토록

---

* 설치미술작품 〈사건의 지평선〉. 조각가 본인의 몸을 본 떠 만든 유리섬유 형상 스물일곱 개는 빌딩 꼭대기와 중간 턱에, 주철 형상 네 개는 매디슨스퀘어파크 지상에 설치했다.

조용한 경험일 줄 몰랐다. 호텔 프런트 직원과 주고받는 인사말이나 웨이터와의 짧은 대화 외에는 자신이 난생처음 보는 것들에 대해 말할 사람이 아무도 없었다. 나 여기 있어요! 그녀는 모두에게 말하고 싶었다. 내가 여기 뉴욕에 있다고요!

어쩌면 그 모든 빌딩의 꼭대기에 있는 것은 정말 칼인지도 몰랐다. 주철과 유리섬유로 만든 조각 서른한 개가 아니라 도시를 돌아다니는 그녀를 굽어보는 남편인지도 몰랐다. 그녀는 충동적으로 조각을 향해 손을 흔들며 웃었다.

제인은 E호선을 타고 커널가街 역에서 5로/53가 역까지 가면서 사흘 만에 익숙해졌다는 사실을 기뻐했다. 그리고 뜨거운 빵 냄새를 풍기는 던킨도너츠를 지나 계단을 올라갔다. 보도블록은 그녀가 처음에 색종이 조각인 줄 알았던, 몇 년 묵은 회색 껌들이 만든 무늬로 장식돼 있었다. 자동차 소리, 사람들의 움직임, 모든 것이 치열했다. 하지만 빌딩 사이로 불어오는 바닷바람 같은 뜻밖의 놀라움도 있었다. 이번에는 그녀도 수학여행 중인 학생 무리의 인솔자가 아니었다. 칼에게 뭔가를 설명하려 애쓰고 있지도 않았다. 오직 자기 자신만 배려하면 됐는데 그렇게 살아보는 게 너무 오랜만이었다. 더욱더 좋은 점은, 하고 싶은 걸 마음대로 할 시간이 2주나 남았다는 것이었다.

제인은 벌써 몇 번이나 읽은, 아트리움 벽에 등사된 글귀를 다시 한번 찬찬히 읽었다.

〈예술가와 마주하다〉는 일상과 의식儀式의 경계를 비튼다. 네모난 빛 속에 놓인 널찍한 아트리움 안에 위치시킴으로써 탁자와 의자의 익숙한 배치를 전혀 다른 차원으로 승격한다.

방문객들은 원하는 시간 동안 말없이 예술가 맞은편에 앉음으로써, 관중으로만 남기보다 작품의 참여자가 되어주기 바란다.

아브라모비치는 침묵하면서 자세와 시선을 고정하여 조각과도 같은 상태를 유지하지만 이 공연은 독특한 상황에 참여하고 그것을 완성하라는 초대이다⋯⋯.

그녀는 이 부분에서 얼굴을 찌푸렸다. 일상과 의식의 경계를 비튼다. 칼이 죽어 있는 거랑 비슷하네, 그녀는 생각했다. 그의 죽음은 일상을 비틀어놨다. 저녁 먹으러 오라고 부를 수도 없었고, 고장 난 뒷문 자물쇠를 고쳐달라고 부탁할 수도 없었다. 하지만 제인은 그가 여전히 그녀의 목소리를 들을 수 있고 그녀를 볼 수 있다고 간절히 믿고 싶었다. 당시 그녀는 몇 주 동안 매일매일 이렇게 말하며 보냈다. 하느님, 제발 칼을 낫게 해주세요⋯⋯ 제발 죽게 두지 마세요. 하지만 그다음에는 이렇게 말했다. 하느님, 제발 칼을 죽게 해주세요. 더 이상 고통스럽게 하지 마세요. 하지만 하느님은 그녀가 이런 요구를 할 수 있는 대상으로 있는 것 외에는 아무짝에도 쓸모없는 것으로 드러났다.

그녀는 마찬가지로 정원의 꽃에도, 진입로 초입에 있는 참나무에도, 온실 위의 구름에도 애원했다. 침실 벽에 걸린 모네 포스터 속의 수련에도 애원했다. 하루하루를 시간과 생명 활동 간의 싸움 이외의 뭔가로 만들 수도 있을 힘이라면 종류를 가리지 않고 찾아 헤맸다. 하지만 아무것도 효과가 없었다. 그는, 그녀의 칼은 죽었고 편하게 가지도 못했다. 주저하며. 짜증 난 채. 겁먹어서. 살날이 더 있길 갈구하다 갔다.

그녀는 현관 탁자에 놓인 그의 사진 옆에 항상 촛불을 켜두고, 외출하거나 귀가할 때마다 말했다. 안녕, 칼. 저녁 식탁에는 계속 그의 자리를 세팅했다. 음식까지 담진 않았지만—미친 것은 아니었기에—나이프, 포크, 접시, 물컵을 놓는 것은 지극히 자연스럽게 느껴졌다. 그녀는 그를 보낼 준비가 안 돼 있었고 그도 떠날 준비가 안 됐다고 생각했다.

때로는 칼이 의자에 앉아 있다고 확신했다. 그래서 그들은 저녁을 그렇게, 그녀는 책을 읽고 그는 그냥 조용히 있으면서 보냈다. 때로는 그를 위해 야구 경기를 틀어줬는데 그도 좋아하는 듯했다. 그녀는 일상과 의식(보내주는 의식) 사이의 어딘가에 있었다. 남들은 이것을 애도라고 불렀지만 그보다는 밤 시간의 농장에 훨씬 더 가까웠다. 냄새와 소리가 증폭됐고 다른 감각도 살아났다. 감촉, 기억, 강도 같은. 애도가 지닌 친밀성에는 저만의 강렬함과 짜릿함이 있었다.

제인 뒤에서 여자 목소리가 말했다. "저 사람을 그린다면 르누아르가 어울릴 거예요."

"춤이나 봄꽃은 빼야겠지." 남자 목소리가 대답했다.

"아휴, 저렇게 앉아만 있으니 지루할 것 같지 않아요?" 여자가 말했다.

이제 아브라모비치의 맞은편에는 연청색 윗옷을 입은 여자가 앉아 있었다. 두 사람은 동년배였고 날카로운 시선으로 서로를 쳐다봤다.

그때 제인은 여자가 말하는 소리를 들었다. "저 사람이 하고 있는 게 예술이라고 생각해요?"

"당신은 예술의 정의가 뭐라고 생각하는데?" 남자가 물었다.

제인은 시선을 흘끗 뒤로 돌려 똑같은 트렌치코트를 입은 남녀를 봤다. 여자는 아마 그의 세 번째 부인쯤 될 터였다. 남자보다 적어도 스무 살은 어려 보였다.

"당신이랑 말싸움하기 싫어요." 여자가 말했다.

"나도 지금 시비 거는 거 아니야." 남자가 중서부 특유의 느릿한 말투로 대답했다. "당신이 알아야 할 건 예술은 아무 상관이 없다는 거야. 모든 게 절망적일 때 우리를 구원하는 건 예술이 아닐 거라고. 예술에는 눈곱만큼의 의미도 없을 테니까. 글을 써서 목숨을 부지할 수도 없고, 그림을 그려서 죽다 살아날 수도 없어. 앉아 있는 건 예술이 아니야, 얼마나 오래 앉아 있건 간에."

"그럼 뭔데요?" 여자가 아트리움 중앙의 두 사람을 계속 쳐다보며 물었다.

"그냥 앉아 있는 거지." 남자가 말했다. "그 사실은 변하지 않아. 달리기나 먹기와 마찬가지로."

"명상일 수도 있죠." 여자가 말했다.

남자가 조용히 웃었다. "보스니아인이 명상하는 걸 보고 싶어 하는 사람이 어디 있어?"

"세르비아인이에요."

"어쨌든 조언을 구하기에 적당한 민족은 절대 아니지."

"저 사람은 예술가잖아요."

"엎친 데 덮친 격이지." 남자가 말했다. "세르비아인 예술가라니."

"뭔가 특별한 일을 하고 있는 건 확실해요. 안 그랬다면 이 많은 사람들이 보고 있지는 않았겠죠."

"그래, 앤디 워홀은 수프 캔을 그려서 수백만 달러에 팔았지. 마크 로스코는 커다랗고 빨간 네모를 그렸고. 어떤 사람*은 포름알데히드에 상어를 집어넣었고 말이야. 뭔가를 액자에 넣어서 예술이라 부르고 홍보만 제대로 하면 사람들은 그게 뭔가 대단한 건가 보다고 생각할 거야."

"세상 사람들은 다 멍청하죠?" 여자가 말했다.

"대부분은." 남자가 수긍했다.

"당신만 빼고요."

"물론이지."

"그만 갈까요?" 여자가 물었다.

"그래. 가지."

제인은 그 커플을 따라가서 남자한테 따지고 싶었다. 그가 틀렸

---

* 영국의 미술가 데이미언 허스트.

다고 말하고 싶었다. 하지만 그러는 대신 자기 옆의 은발 남자를 돌아보며 말했다. "저는 예술이 늘 사람들을 구원한다고 생각해요."

그녀의 왼쪽에 있는 사람은 물론 아키 레빈이었다. 그는 혼란스러운 표정으로 눈을 깜빡였다. 제인은 자신이 그를 방해했음을 깨달았다.

"저는 예술이 몇 번이나 저를 구해줬다는 걸 알거든요." 그녀가 말했다. 그러고는 얼른 자신이 방금 들은 대화를 그에게 들려주면서 그도 들었을 줄 알았다고 말했다. 레빈은 살짝 당황한 미소를 지어 보였다.

"정말 죄송해요." 제인이 말했다. "제가 방해했네요. 지금 알았어요."

"그 남자 말이 맞을지도 몰라요." 레빈이 말했다. "우리가 하는 일이 그리 중요치 않을지도 모르죠."

제인은 고개를 끄덕이다가 '우리'라는 말을 듣고는 그가 어떤 장르의 예술가인지 궁금했다. "하지만 여기만 와도 예술이 어떤 즐거움을 주는지 알 수 있잖아요." 그녀가 말했다.

"맞아요." 레빈이 말했다. "실례할게요." 그는 일어나서 화장실로 갔다. 그가 돌아왔을 때 제인은 그가 자신에게서 멀리 떨어진 곳을 골라 앉는 걸 봤다. 아무렴, 그녀는 생각했다. 그래야 생판 모르는 사람하고 대화할 필요가 없을 테니까.

제인은 흑인 여자가 의자를 떠나고 젊은 아시아인 남자로 대체되는 걸 지켜봤다. 시간이 흐르자 그는 엉덩이를 한옆으로 미끄러뜨렸지만 시선은 흔들리지 않았다. 그녀는 그에게 똑바로 앉으라고 말하고 싶었다.

제인은 자신이 칼의 눈을 몇 초 이상 들여다본 적이 몇 번이나 될까 생각했다. 28년의 결혼 생활 동안 그들이 한 눈맞춤의 총합은 얼마일까? 만약 그들이 정말로 들여다봤다면 서로의 눈에서 뭘 봤을까? 그녀가 또다시 학생들 숙제를 채점할 때, 수건을 갤 때, 설거지를 할 때, 일주일 치 식단을 짤 때 느꼈던 따분함? 칼도 따분했을까? 만약 그녀가 들여다봤다면 그의 눈 깊은 곳에서 그가 가고 싶었던 해안 지방을 봤을 수도 있었을까? 아주 기본적인 관리만 하면 되고 딸린 목초지도 없는, 해변이 내려다보이는 작은 집을 봤을까? 때때로 그가 멕시코만에 대어 낚시를 가자는 얘기를 했었지만 결국은 한 번도 가지 못했다. 그 대신 칼은 1년에 한 번씩 닷새 휴가를 내서 학창 시절 친구들과 사슴 사냥을 가곤 했다.

10년 후면 나도 마리나 아브라모비치 나이가 될 거야, 제인은 생각했다. 25년 후에는 우리 엄마 나이가 되겠지. 25년 전에는 겨우 스물아홉 살이었는데. 아직 시간은 있어. 제발 아직 시간이 있게 해주세요.

오늘 아침 그녀는 자기가 사실은 뉴욕에 사는 사람이라는 설정의 연기를 해봤다. 침대를 정리하고 퀼트 이불을 매만졌다. 헤드보드에 일렬로 새겨진 구슬 장식을 손으로 훑으며 여기에서 크리스마스를 보내는 상상을 했다. 그녀는 눈 오는 센트럴파크를 걷고, 록펠러 센터 앞의 크리스마스트리를 보고, 바니스 뉴욕 백화점에서 선물을 고를 것이다. 그녀에게는 과거가 화려한 친구들이 있을 것이고, 그들은 자기들이 제일 좋아하는 식당으로 그녀를 초대할 것이다.

지금은 어떤 결정을 내릴 때가 아니었다. 다들 그 말을 했다. 서로 다른 세 사람이 그녀에게 조앤 디디언의 《상실》*을 선물했다. 마치 그 책이 모든 문제를 해결해줄 것처럼. 사람들이 좋은 뜻으로 그랬다는 건 알지만 그 책을 읽지는 못했다. 무엇에도 집중할 수가 없었기 때문이다. 그녀는 어디선가 칼의 소리가 나지 않나 찾느라 바빴다.

그녀는 그가 외출용 착장—후줄근한 보트슈즈**와 꽈배기 니트 카디건—을 다 마치고 호텔 침대에 누워 신문 읽는 모습을 상상했다. 그는 그녀 혼자 이 화랑 저 화랑을 샅샅이 훑고 다녀도 기뻐할 것이다. 그리고 아침나절을, 자신이 두 번째 아침을 먹고 세상이 흘러가는 것을 바라볼 수 있는 싸구려 식당을 찾으며 보낼 것이다. 그는 분명 대화할 누군가를 찾아낼 것이다. 칼은 그런 사람이었고 그것은 두 사람의 공통점 중 하나였다. 그들은 각자가 생판 모르는 사람과 나눴던 대화를 가지고 집으로 돌아오곤 했다.

---

* 남편의 갑작스러운 죽음을 받아들이는 과정을 기록한 수필.
** 보트 갑판에서 미끄러지지 않도록 고무 밑창이 달린 신발.

4

레빈은 자신이 거의 매일 MoMA에 가기 위해 업타운으로 가고 있음을 깨닫고 깜짝 놀랐다. 그는 로비를 가로질러 의류 보관소의 회원 전용 창구에 비옷과 우산을 맡긴 다음 전자 출입구를 통과해 안으로 들어갔다. 오늘 로비는 북적였다. 강풍 때문인지도 몰랐다. 공간이 학생들로 가득 찬 것처럼 보였다.

그는 거대하고 파란 팀 버턴 풍선*을 올려다봤다. 그리고 계단 밑에서 하얀 벽에 기대 있다가 어떤 여자가 자기 언니의 웨딩 케이크를 묘사하는 것을 들은 순간 리디아와 함께 신혼여행차 멕시코에 있었다. 습관적으로 손님을 찾아 어슬렁거리는 마리아치** 소리, 밤의 향기, 잔뜩 찌푸린 하늘.

어머니는 그의 일곱 번째 생일날 망원경을 사줬지만 그 시절에도

---

* 〈파란 소년〉.
** 거리를 돌아다니며 돈을 받고 민속음악을 연주해주는 멕시코 전통 악단.

그는 밤의 심연을 몸서리치게 두려워했다. 자신이 두 발로만 땅에 매달려 있다는 사실을 걱정했다. 충분해 보이지 않았기 때문이다. 나선을 그리며 그에게 다가오는 모든 물질, 수천 년에 걸쳐 그를 향해 돌진하는 빛과 어둠, 그 너무 많은 부분이 완전한 미지의 상태라는 사실 또한 두려웠다. 아버지는 그가 네 살 때 겨우 몇 주 동안 앓다가 세상을 떠났다. "두통, 약간의 구토, 그러더니 거동을 못할 정도로 편찮으셨어." 어머니가 그에게 말했다. 이 설명의 모호함—두통과 구토만으로도 죽을 수 있다는 사실—은 평생 그를 따라다니며 괴롭혔다.

어머니는 매년 그를 데리고 아버지 유골이 든 하얀 콘크리트 벽에 붙은 작은 명판을 보러 갔다. 하지만 아버지 영혼은 저기 어딘가에 있어, 그녀가 머리 위 하늘을 가리키며 말했다. 무서워해야 할건 아무것도 없어. 너도 나처럼, 이질적인 존재가 바깥 어딘가에 산다고 생각하지 않니? 온 우주에서 생명체가 살 수 있는 행성이 지구뿐일 리 없어. 그들이 반드시 무섭거나 파란색이거나 이상한 힘을 갖고 있진 않을 거야. 너를 납치하지도 않을 거고. 태곳적부터 존재해온, 보이지 않는 힘이 지금도 작용하고 있어. 그 힘이 널 보살펴줄 거야. 그래, 바로 그 힘이 네 아버지도 사랑했지만 아버지를 도로 데려가야 했는지도 몰라. 결국엔 누구나 돌아가지. 걱정할 일은 아니야.

하지만 어머니가 한 말이 그를 안심시킨 적은 한 번도 없었다. 그는 주기적으로 큰 변동을 겪었던 행성에 살았다. 인간은 일종의 유전적 우연이었다. 세상은 인간이 인식조차 할 수 없는 무한대 속에서 빙글빙글 돌았고 생명은, 모든 형태의 생명은 허술한 실험이었다.

10대 시절 그는 다양한 항불안제를 처방받았지만 어느 것도 그를 충분히 마비시키거나 현혹하지 못했다. 그리고 열여섯 살 때 어머니가 세상을 떠났다. 매일 밤 자기 전에 캐모마일차를 마시고, 눈에 보이지 않는 힘을 믿고, 아침 식사 전에 쇼팽 연습곡을 연주하는 여자는 무엇 때문에 죽을까? 폭풍우에 쓰러지는 나무.

그는 어머니 유골을 화장터 장미 정원에 뿌렸다. 뼈와 피부가 타고 남은 그 모래 같은 물질이 무엇이든 간에 그가 기억하는 것은 아니었다. 거기에 어머니의 음악은 없었다. 아들에 대한 기대도. 그녀가 동의하지 않았던 것들도. 그들이 말다툼했던 것들도.

그가 혼자라는 사실이 확정됐고 그는 친조부모와 같이 살게 됐다. 모든 일이 순식간에 일어났다. 조부모는 집이 팔리기 전에 그가 필요한 물건 챙기는 것을 도우러 왔다. 그는 지금껏 수집한 레코드판을 하나하나 옷으로 싸서 가방 하나를 채웠다. 그리고 그가 유기농 과채를 쌓고, 아몬드를 포장하고, 그래놀라 무게를 달던 자연식품 가게와 학교 앞을 지나가는 꼬불꼬불한 길과 집에 작별을 고했다.

LA에서 비행기를 내려 샌타바버라로 이동하는 동안 그는 도시의 불빛이 그 너머의 빈 공간을 지워버린다는 사실을 발견했다. 그래서 나중에 어디에 정착하든 꼭 대도시에 살아야겠다고 결심했다. 몇 년 뒤 뉴욕으로 이사 왔을 때 아득한 어둠 속에서 빛나는 별이 하나도 보이지 않음을 깨닫고는—소호의 아파트들, 미드타운의 고층 빌딩들, 차이나타운의 네온사인들, 화려한 5로의 상업용건축물들, 금융가의 석탄 잡아먹는 거인들, 센트럴파크 주변의 위풍당당한 귀부인들, 이스트강 변의 갈색 벽돌 상자들에 가려서—자기가 이겼다고, 인류가 이겼다고 생각했다. 뉴욕은 그들을 향해 돌진하는 우주보다 밝았다. 그 이유만으로 그는 영원히 여기서 살 수 있겠다고 생각했고 그렇게 되길 진심으로 바랐다.

그는 여전히 건강 걱정을 자주 했다. 늙어가는 몸은 신뢰할 수 없는 기계장치였다. 그의 세포에 무슨 일이 일어나고 있을까? 그는 온몸의 세포가 7년마다 모두 새것으로 교체된다고 알고 있었다. 아니면 30일마다였나? 어느 쪽이었는지 기억나지 않았다. 그는 앓아누워본 적이 없었다. 감기에 걸린 적도 없고, 두통도 없었으며, 식중독은 딱 한 번 걸렸다. 그런데도 정기적으로 종합검진을 받았다.

"물소처럼 건강하시네요." 의사는 그에게 이렇게 말하길 좋아했다. "혈압이 110/70이고 맥박이 65니까 혈액 상태가 좋네요. 그 나이치고는 잘하고 계세요, 아키. 정상이에요."

물소는 거의 멸종 상태인데, 레빈은 생각했다.

로비에서 아주 잠깐, 인파 너머로, 계단에서 좀 떨어진 벽에 기댄 여자와 시선이 마주쳤다. 애매하게 낯익었다. 그녀가 잠시 그와 마주 보다가 설핏 웃어 보이자 비로소 하루 이틀 전에 봤던 여자임을 깨달았다. 구원에 대해 얘기했던 사람. 저 여자를 저 셔츠로부터 구해줄 사람은 아무도 없겠군, 그는 생각했다. 그녀는 딥 사우스* 출신

관광객처럼 보였다. 커다란 모자를 쓰고 정원을 손질할 것 같은 부류. 계단으로 향하는 인파가 불어나자 그녀를 시야에서 놓쳤다.

그는 자기가 왜 자꾸 이 이상한 공연의 경계선으로 돌아오는지 알지 못했지만 자기도 모르게 지하철을 타고, 문으로 들어가고, 계단을 올라가고, 하얀 선 옆에 자리를 잡았다. 아트리움은 자석이었다. 아니면 아브라모비치가 자석인지도 몰랐다. 이 공연의 뭔가가 중요했지만 이유를 말할 수는 없었다.

---

* 조지아, 앨라배마, 미시시피, 루이지애나, 사우스캐롤라이나. 미국 남부 중에서도 남부적 성향이 가장 강한 곳.

5

제인 밀러는 MoMA에 처음 온 날 만났던, 다소 추레한 회계사에게로 시선을 옮겼다. 그녀는 이 회계사가 지난 3월 아브라모비치 공연이 시작했을 때부터 거의 매일 점심시간에 와서 보고 갔음을 알고 있었다. 이름이 매슈던가? 매슈 맞아. 그것이 그의 이름이었다. 그녀는 그에게 다가갔다.

"오늘은 일찍 오셨네요."

"처음에 어떻게 시작하는지 보고 싶다는 충동이 갑자기 들어서요." 매슈가 약간 어색한 표정으로 대답했다.

"그럼 놀랄 준비 하셔야겠네요." 제인이 말했다.

계단에 선 보안원이 사람들에게 1분 남았다고 알렸다. 제인이 매슈의 팔에 손을 얹었다.

"서두를 필요 없어요. 의자에 앉을 작정이 아니라면."

"아뇨." 그가 말했다. "오늘은 아니에요."

"그럼 이 열렬한 토끼들이 부산 떨게 내버려두자고요. 우리는 여유롭게 사각형 밖에서 괜찮은 장소를 찾아서 늘 그랬듯이 관찰자가 되면 되니까요."

그녀는 자기가 왜 갑자기 테네시 윌리엄스* 희곡에 나오는 인물처럼 말하기 시작했는지 알지 못했다. 그리고 다음 순간 눈 깜짝할 새에 매슈의 먼지투성이 갈색 로퍼와, 그의 구두와도 셔츠와도 별로 어울리지 않는 양복을 훑어봤다. 무지 넥타이와 그의 눈에 담긴 파란 친절. 칼은 어디에나 있었다.

10시 30분에 두 사람은 50~60명이 계단을 뛰어올라 달리고 비틀거리고 서로를 밀치며 예술을 향해 뜀박질하는 모습을 지켜봤다. 그들은 예술가와 눈을 맞추기 위해 줄 서려고 달음질치는 것이었다.

내가 여기 있었다는 건 영원히 아무도 모르겠지, 제인은 생각했다. 사진가가 찍은 내 사진은 없을 거야. 책에 남은 기록도, 홈페이지에 올린 사진도 없을 거고. 사실—그녀는 생각했다—내 평생이, 가족사진을 제외하곤, 기록되지 않은 채 흘러가겠지. 내가 심은 올리브 나무들. 내가 짠 스웨터는 한두 세대 만에 해어지겠지. 그때쯤엔 손빨래해야 하는 옷은 입지 않게 될지도 몰라.

농장은 그녀와 칼이 돌아왔을 때 이미 100년이 넘은 상태였다. 정원은 칼 할머니의 세심한 설계였고, 채소와 허브 밭은 어머니 작품이었다. 제인이 보기에 바꾸고 싶은 것은 거의 없었다. 그녀는 항

---

* 미국의 극작가. 대표작 《유리 동물원》, 《욕망이라는 이름의 전차》, 《뜨거운 양철 지붕 위의 고양이》.

상 확실한 걸 좋아했는데 확실성은 교사 생활의 즐거움 중 하나였다. 의지할 수 있는 체계가 굉장히 많았기 때문이다. 일정표, 교과과정, 매년 있는 학생 유형. 불현듯 순전히 불쾌하지만은 않은 생각—불확실성에도, 앞으로 나아간다는 매력이 있을지도 모른다는—이 들었다. 하지만 그 생각을, 침대보를 서랍에 넣듯 치워버리고 그 대신 구스타프 메츠거를 떠올렸다. 메츠거는 뭔가를 천으로 가리는 걸 좋아했다. 그래서 홀로코스트 사진을 천으로 덮었다.*
그라면 마리나 아브라모비치 위에 천을 드리울지도 몰랐다. 손만 보이게 남겨두고. 그녀가 천으로 덮여 있어도 사람들이 맞은편 의자에 앉을까? 아니면 진짜 눈과 진짜 피부, 몸속에서 뛰는 진짜 심장이 그들을 그녀에게로 이끈 것일까? 몇몇 사람한테는 그녀가 그들이 평생 만나본 사람 중에 가장 다가가기 쉬운 인물일지도 몰랐다. 제인은 자기 제자들을, 첫 몇 주 동안 그들이 자신의 책상 앞을 스쳐 지나갈 때 훔쳐 들었던 대화들을 떠올렸다. 그러다가 그녀가 유머 감각 있는 사람임을 알게 된 후, 자기들 말에 귀 기울여줄 사람임을 알게 된 후부터 몇몇 아이가 그녀에게 말을 걸기 시작했다! 투명 인간이 아닌 존재가 된다는 것은 정말 대단한 일이구나, 초임시절 제인은 그렇게 짐작했다. 아이들에게 그것은 전부나 다름없

---

*〈역사 사진: 기어 들어갈 것. 1938년 3월 빈, 안슐루스〉. 메츠거는 빈의 유대인들이 안슐루스(나치가 오스트리아를 독일에 합병함)를 위해 길바닥에 무릎 꿇고 인도를 닦는 사진을 대형 인화 해서 미술관 바닥에 붙이고 천으로 완전히 덮었다. 그래서 관람객이 천 밑으로 기어 들어가야만, 즉 사진 속 유대인들과 똑같은 자세를 취해야만 감상할 수 있게 했다.

었다.

칼의 운명이 확실해지자 그녀는 자기가 충분한 시간을 들여 칼의 모든 것을 보지 않았다는, 말도 안 되는 걱정을 하기 시작했다. 그래서 그의 발을 주무르며 뿌연 오른쪽 엄지발톱을, 가느다란 가운뎃발가락을, 양발의 네다섯째 발가락이 괄호처럼 안쪽을 향해 굽어 있음을 기억하려 애썼다. 귀의 곡선을 외우려 했다. 하지만 경찰서에서 용의자 확인하듯 비슷한 손 열 개를 보여줬을 때 남편 손을 가려낼 수 있을지 확신이 서지 않았다. 가려낼 수 있다고 생각하고 싶었지만 스스로에게 거짓말을 할 수는 없었다.

그녀는 그의 체중이 급격하게 줄어드는 것을 지켜봤다. 오랜 세월 먹어온 복숭아 파이와 피칸파이, 닭튀김과 옥수수빵, 베이컨과 와플이 체중 증가에 그리 기여했던 것도 아니었는데 말이다. 칼은 키 193센티미터에 건장한 체격의 소유자였다. 그런데도 결국은 그 모든 것이, 무게와 근육과 심지어는 키의 일부마저 야금야금 사라져 자코메티* 조각 같은 사내, 가느다란 결의로 죽음이라는 거센 바람에 맞서는 사람만 남았다.

마지막 몇 주, 며칠 동안 그는 그녀에게 정말 많은 이야기를 했다. 예를 들면 농사가 하느님에 대한 인내심을 바닥냈다는 이야기. 씨앗과 날씨는, 유전자 변형 씨앗이 아닌 이상, 문제가 많은 조합이었

---

* 알베르토 자코메티. 스위스의 조각가이자 화가. 인체를 철사처럼 가늘고 길게 표현한 청동상이 특유의 스타일이다.

기 때문에 그가 정말로 믿은 것은 농약과 좋은 기계뿐이었지만 그것만으로도 악마와 추는 춤* 같다고 느꼈다. 자신에게는 선택의 여지가 없다고 생각하면서도. 그게 악마가 하는 일이지, 그는 말했다. 선택의 여지를 주지 않는 것. 이런 이야기들은 죽을 준비를 하는 남자가 하기에 좋은 생각은 아니었다.

그는 애들이 다 컸을 때 그녀가 원했던 대로 여행이나 다닐 걸 그랬다고 말했다. 일이 이렇게 될 줄 미리 알았더라면 좋았을 거라고 했다. 그에게 용기가 있었다면 농장을 팔았을 것이고, 부모님이 모든 것을 이어받으라고 떠맡기기 전에 그들이 계획했던 다른 일들을 했을 텐데. 밀러가※ 사람들이 몇 세대에 걸쳐 그토록 열심히 일궈 놓은 것을 본 후에는 자신이 그걸 이어받을 만큼 강하다는 생각도 안 들었다. 이 농장은 전쟁에도 살아남았고, 바구미 떼에도 살아남았고, 맹세코 내가 죽은 뒤에도 살아남을 거야. 그는 그렇게 말했다. 그것은 그의 아버지가 했던 말이었다. 그런 유의 가르침은 쉽게 납득되지 않는다. 그래도 그들은 다른 선택을 할 수도 있었을 것이다. 이를테면 그들이 처음 만난 곳, 그가 캘리포니아 해변에서 파도타기를 하기 위해 차를 몰고 서쪽으로 가던 도중 들렀던 뉴멕시코주에 계속 머물렀을 수도 있었다.

그는 자기가 그녀를 행복하게 해줬는지 알고 싶어 했다. 응, 그녀는 그에게 말했다. 자신은 행복했노라고. 확실해? 그가 침대보의 주

---

* 원하는 것을 얻기 위해 위험을 무릅쓰는 것.

름을 손가락으로 훑으며 물었다. 응, 그녀가 말했다. 응.

그는 마지막 날들 동안 천국에 대해 많이 걱정했다. 모르핀 션트*가 그를 그녀에게서 앗아 가기 전까지는 그녀가 그를 어디에서 만날지 알고 싶어 했다. 만약 그곳에 계단이 있다면 그는 거기에 있을 것이다. 기다리고 있을 것이다. 하지만 없으면? 만약에 미루나무가 있다면…… 아니면 올리브나무?

그의 얼굴이 너무 퀭해져서 변하지 않은 곳이라고는 눈밖에 안 남았을 때 그가 말했다. 자기가 죽어서 어디로 가든 그곳에서 발언권이 있다면 다음 시즌 팰컨스**를 위해 최대한 힘써보겠다고.

"당신은 뭐가 그리울 것 같아, 제인?" 그가 그녀에게 물었다. "뭐가 그리울 것 같은지 말해봐."

당신이 문으로 들어올 때 부는 휘파람 소리, 그녀가 그에게 말했다. 빨랫줄에 널린 당신 셔츠. 추수 조명등 아래서 춤추는 반딧불이를 둘이서 바라보던 저녁. 당신의 다정한 마음. 애들에 대해 당신이랑 나만 기억하는 것들. 항상 따뜻한 당신 피부. 아침 7시에 베란다 난간에 놓인, 반쯤 빈 당신 커피 잔.

계속할 수도 있었지만 그는 피곤했고 지금 말한 것만으로도 충분했다. 그의 질문에 대한 진짜 대답은 모든 것이었다. 그녀는 모든 것을 그리워할 터였다. 그녀가 몰랐던 건, 칼의 아내로서 그와 함께하

---

* 피나 체액이 흐를 수 있도록 몸속에 끼워 넣는 작은 관.
** 프로 미식축구 팀 애틀랜타 팰컨스.

는 삶에서 당연하게 여겼던 것들이 지금 나열할 수 있었던 대답보
다 훨씬 크다는 점이었다.

6

"아유, 안녕하세요." 제인이 레빈에게 말했다. "저는 제인이라고 해요. 며칠 전에 여기서 뵈었죠?"

그녀의 연갈색 머리카락은 뒤로 빗어 넘겨져 간단하게 하나로 묶여 있었다. 얼굴에 비해 다소 큰 눈은 높고 푸른 하늘 색이었고 어떤 면에서는 레몬색 셔츠와 멋없는 청바지를 벌충해줬다. 그녀는 아이가 체육 시간에 매트에 앉듯 깔끔한 동작으로 바닥에 앉아 양팔로 두 다리를 감쌌다.

"기억나요." 레빈이 말했다. "관광객이신가요?"

"그렇게 티가 많이 나요?" 그녀가 웃었다.

레빈은 그녀의 실용적인, 거의 의료용처럼 보이는 신발을 빤히 쳐다보면서 그렇다고 생각했다.

"저는 조지아 사람이에요. 여기에는 일주일 전에 왔죠. 당신은요? 뉴욕 분이신가요?" 그녀가 그에게 물었다.

"시애틀에서 태어나서 샌타바버라에도 잠깐 있었지만 대부분은 여기서 살았어요."

"저는 뉴욕에 도착한 이튿날에 이걸 보러 왔어요." 그녀가 말했다. 목소리가 〈바람과 함께 사라지다〉에 나왔을 법한 악센트를 타고 미끄러졌다. "지금 이 시간에 메트로폴리탄을 어슬렁대거나, 구겐하임을 나선형으로 올라가거나, 엠파이어스테이트빌딩에서 사진을 찍거나, 리버티섬*에 갈 수도 있지만 이 공연이 제 평생 본 가장 신기한 것 중 하나여서 떠날 수가 없어요." 그녀가 웃었다. "의자에 앉아보셨어요?"

"아뇨." 레빈이 말했다.

"나중에 앉으실 거예요?"

레빈이 고개를 저었다. "그러고 싶다는 확신이 안 들어요."

"맞아요." 제인이 말했다. "저한테도 안 맞는 것 같아요."

두 사람은 한 사내가 마리나 아브라모비치의 맞은편 의자를 떠나는 모습을 지켜봤다. 또 다른 사내가, 호리호리하고 등이 구부정한 녹색 트위드 재킷 차림의 남자가 의자에 앉았다. 겨우 10분 만에 그가 떠나고 나서 온 젊은 여자는 작은 어깨 한 쌍과 일자로 떨어지는 긴 머리의 소유자였다. 원피스가 얇았고, 종아리가 가늘었으며, 짧지만 피로한 삶의 무게에 짓눌린 것 같아 보였다. 처음에는 당장이라도 도망칠 사람처럼 의자 끝에 걸터앉았지만 시간이 흐르자 차츰 몸을 뒤로 옮겼고 또렷하면서도 호기심 가득한 눈빛이 되었다. 아

---

*자유의여신상이 있는 섬.

브라모비치도 침잠해 있던 깊은 내면으로부터 깨어나 특별히 강렬한 시선으로 마주 보는 듯했다.

제인이 말했다. "어제 휠체어 타고 와서 아브라모비치 맞은편에 앉았던 여자 보셨어요?"

레빈이 고개를 끄덕였다. 그도 봤다. 흑인 여자. 그는 그녀가 어떻게 침대에 눕거나 일어날까 생각했었다.

"그런 생각이 들었어요. 떠날 수 없는 사람은 걸어 나갈 수 있고, 걸을 수 없는 사람은 머물 수 없구나." 제인이 말했다. "다들 그게 공연의 일부일 거라고 했어요. 걸을 수 있는 여자 맞은편에 앉은, 걸을 수 없는 여자. 하지만 그 여자가 떠나자 사람들은 혼란에 빠졌죠."

"아." 레빈이 말했다.

"저는 의자를 치우고 휠체어를 들어오게 했던 게 좋았어요." 제인이 말했다. "의자로 옮아 앉으라고 하지 않더라고요."

레빈은 눈치채지 못했던 사실이었다.

"여기 왔던 또 다른 남자*한테도 그랬잖아요? 눈썹이 무성하고 약간 사시인 사람. 그 사람은 아마 미술평론가일 거예요. 마리나 친구인."

"그런 걸 어떻게 다 아세요?" 레빈이 물었다.

---

* 아서 C. 단토. 그가 〈뉴욕 타임스〉에 기고한, 〈예술가와 마주하다〉 공연에 대한 칼럼 〈마리나와 함께 앉기〉에 이날의 경험에 대해서도 언급되어 있다.

"아, 이 사람 저 사람하고 얘기를 했거든요. 정기적으로 오는 사람들이 꽤 있어요. 그중 몇몇은 매일 와요. 마리나의 팬들이죠. 어떤 사람들은 마리나를 연구해요. 행위예술가나 배우 지망생들. 학생이 많아요."

그녀가 사각형 주위의, 배낭을 메고 목도리를 두른 젊은이들을 가리켰다.

등 뒤에서 누군가가 말했다. "눈싸움하는 거야?"

그녀는 씩 웃었고 레빈은 그녀를 향해 씁쓸한 미소를 지어 보였다. 여기 올 때마다 매일 한 번 이상은 저 말을 들었다. 분명 제인도 그랬을 것이다.

잠시 후 제인이 아브라모비치 맞은편에 앉은 젊은 여자에게서 눈을 떼지 않은 채 조용히 말했다. "저는 사진 찍지 말라는 안내문이 사방에 있는데도 거의 모든 사람들이 사진을 찍는 데 화가 나요. 보안원이 와서 '사진 찍지 마세요'라고 하면 대부분 카메라를 내리지만 많은 사람들이 보안원이 등 돌리자마자 다시 사진을 찍죠. 이것도 선생이라 생긴 직업병이겠지만요."

"무슨 과목 가르치세요?" 레빈이 궁금해서라기보다는 예의상 물었다.

"중학교에서 미술 가르쳐요."

10분, 20분, 반 시간이 지나도 두 여자 사이의 시선은 흔들리지 않았다. 사각형의 경계선에서는 사람들이 천천히 소리 없이 자세를

54

바뀌었다.

제인이 낮은 목소리로 말했다. "아브라모비치는 분명 저 아가씨한테 자라나라, 작은 나비야, 어서 자라나!라고 말하고 있을 거예요. 확실히 커진 것 같지 않아요? 하지만 우리가 보기에도 꽤 힘들어 보이죠. 왜냐하면 속으로는 여전히 축 늘어진 채 나비든 뭐든 아브라모비치가 말하는 게 정말로 되고 싶지는 않기 때문이에요."

레빈은 아브라모비치가 확실히 모종의 방식으로, 눈빛을 사용해 젊은 여자를 격려하고 있다고 생각했다. 젊은 여자가 허리를 곧추세웠다. 어깨를 펴고 고개를 들었다. 낯빛이 환해 보였다. 마치 그녀가 완전히, 아무런 속임수 없이도, 태어나서 처음으로, 자신이 아름답다는 사실을 안 것만 같았다. 그리고 이상하게, 그녀를 쳐다보는 그의 눈에도 그녀가 아름다워 보였다. 사각형 주위를 둘러보니 사람들이 미소 짓고 있었다. 눈앞에서 일어나는 이 변화가 그들에게도 보이는 것처럼. 하지만 그가 눈을 가늘게 뜨고 보자 그곳에는 그저 평범한 나무 탁자 앞에, 나무 의자에 앉아 서로의 눈을 들여다보는 평범한 두 사람이 있을 뿐이었다.

"정말 특이하네요." 제인이 중얼거렸다. "아브라모비치에 대해 잘 아세요?"

"아뇨, 전혀요. 당신은요?"

"조금요. 위층에서 하는 회고전 보셨어요?"

"아뇨."

"마리나는 대단한 수집가예요. 영수증, 메모, 편지가 있어요. 작품도 다 있죠. 물론 재공연자들*도 있고요. 다들 우리 남부 사람들이 구식이라고 생각하지만 뉴욕 사람들이 마리나의 누드 작품에 수선 떨어온 걸 생각하면……" 그녀가 웃었다. "좋은 전시예요. 꼭 올라가서 보세요."

그가 고개를 끄덕였다.

"그걸 보고 나면 이걸 다른 관점에서 보게 돼요. 마리나의 삶은 과정이었어요. 그래서 결국 지금 이곳에 이르렀죠. 다른 예술가와 다르지 않아요, 마티스나 칸딘스키 같은. 자기 몸을 사용했다는 점만 빼면요. 고통이 마리나를 원하는 곳에 다다르게 도와주는 것 같아요. 예순세 살이라니, 믿기지 않죠. 하루 종일, 거기다 매일 저렇게 앉아 있는다는 게 얼마나 고통스러울지 상상이 가세요?"

"아브라모비치는 어디에 닿고 싶어 하는 건가요?" 레빈이 물었다.

"저도 몰라요." 제인이 이제는 거의 속삭이다시피 말했다. "하지만 제가 뭔가에 감동받은 건 확실해요. 꼬집어 말하긴 어렵지만. 어렸을 때 교회에서 본 스테인드글라스 속 양이 생각나요. 자기가 양이라는 데 감사하는 것처럼 보였거든요."

그것은 리디아가 청혼을 승낙했을 때 레빈이 느낀 감정이었다. 감사. "정착한다는 건 좋은 거야, 아키." 할아버지는 말했다. "인생에서 번거로운 일이 확 줄어든단다. 네가 하루를 마무리할 때 보게

---

* 아브라모비치가 직접 선발한 젊은 행위예술가들이 그녀의 예전 작품 다섯 가지를 재연했다.

56

될 사람이 누군지 안다면, 너와 함께 가정을 꾸릴 사람이 누군지 안다면 말이야. 너한테는 그게 필요해. 그리고 그 애는 아주 좋은 여자다."

레빈은 리디아가 아주 가만히 누워 창밖을 내다보는 것을 봤다. 그녀는 책을 읽고 있지도 않았고 음악을 듣고 있지도 않았다. 그저 가만히 누워 있었다.

"몸이 안 좋아?" 좀 전에 그녀에게 물었었다.

"아니." 그녀가 평소 목소리의 4분의 1 크기로 대답했다.

병이 그녀를 지배하는 발현기 동안 리디아는 전혀 다른 사람이 됐다. 얼굴은 생기를 잃었고, 눈빛이 흐릿해졌다. 그녀의 모든 것이 실망을 말했다. 그는 자기가 그녀를 실망시켰다고 확신했다. 그녀가 아플 때는 그가 평소와 달리 행동하길 바란다고 확신했다. 하지만 그의 직업은 9시에 출근해서 5시에 퇴근하는 일이 아니었다. 마감이 다가오면 하루에 열여덟 시간 이상 일했다. 출장도 가야 했다. 스튜디오가 예약됐고, 오케스트라가 기다렸으며, 제작자가 질문했고, 편집자가 새로운 편집본을 가져왔다.

리디아는 병이 발현할 때 혼자 자고 싶어 했으므로 그는 손님방으로 쫓겨났다. 그리고 뒤이은 몇 주간의 회복기 동안 두 사람은 녹초가 됐다. 그녀는 일정을 재개했지만 밤마다 몹시 피곤해했다.

"그거 아세요?" 제인이 오랜 침묵 끝에 말했다. "조각가 브랑쿠시가 원과 네모, 거의 이 두 가지 형태만 가지고 30년 이상 작업했다는 걸요. 모든 작품이 달걀과 육면체의 결합이었죠."

"그렇군요." 레빈이 말했다.

"물론 달걀과 육면체처럼 보이진 않아요." 그녀가 말했다. "하지만 알고 나면 보이죠."

제자들이 그녀를 어떤 사람으로 볼지 알 수 있었다. 이 사람은 나뭇가지에서 나뭇가지로 폴짝폴짝 뛰는 새 같았다.

"그리고 일단 알고 나면요." 제인이 말을 계속했다. "그렇게 보지 않을 수가 없어요. 아브라모비치도 같은 점을 염두에 뒀을 거라고 생각해요. 우리한테 다른 시각에서 보라고 요구하는 거예요. 보이지 않는 것을 느끼라는 거겠죠. 뭐랄까, 감정은 눈에 보이지 않잖아요. 학교에서 가르치지 않는다는 게 우습지 않아요? 그러니까, 보이지 않아도 분명 존재하는 것이 있다는 걸요. 어쨌든 제가 하고 싶은 말은, 회고전을 보면 마리나가 늘 강렬한 움직임 아니면 완전한 멈춤을 탐구해왔다는 걸 깨달으리란 거예요."

그가 고개를 끄덕였다.

"예술가세요?" 제인이 물었다.

"음악가예요."

"어머나." 그가 음악을 작곡한 영화 제목들을 들려주자 그녀가 말했다. "다 봤다고 말할 수 있으면 좋을 텐데 죄송해요. 이게 바로 그 '뉴욕의 흔한 하루'군요. 유명인을 우연히 만나 어쩌고저쩌고하는……."

"제 전성기가 아직 안 왔다고 생각하는 걸 좋아해요." 그가 말했다. 그는 지금 혼자였다. 톰이나 리디아나 앨리스에 대해 생각하지 않아도 됐다. 어느 누구에 대해서도 생각하지 않아도 됐다. 젊은 작곡가들의 쓰나미가 등 뒤에서 솟아오르고 있음을, 자신을 덮치려 하고 있음을 알았지만 그에게는 그들보다 많은 세월이, 경험이, 지식이 있었다.

"어쨌든 정말 영광이에요." 제인이 말했다.

그는 그녀의 결혼반지를 발견했다. 이혼했을 수도, 남편이 다른 사람에게 떠났을 수도 있었다. 그녀는 딱히 기혼자처럼 보이진 않았다. 하지만 아마 그도 마찬가지리라.

그들의 정면에서는, 아까 나비로 변했던 젊은 여자가 다시 원래 상태로 쪼그라들어 있었다. 마치 팽창하려던 노력이 과했던 것처럼. 그녀는 의자를 떠나 군중 속으로 사라졌다가 레빈 왼쪽의 젊은 여자 둘 옆에 다시 나타났다.

"너 정말 굉장했어!" 레빈은 그녀의 친구가 말하는 것을 들었다. "어땠어?"

"무서웠어." 젊은 여자가 대답했다. "진짜 긴장했는데 마리나가 정말 친절하게 느껴졌어. 아, 세상에, 거기서 울다니 내가 너무 바보 같아."

친구들이 그녀를 끌어안았다.

제인이 그쪽으로 몸을 기울이자 그녀의 스카프가 레빈의 다리 위로 떨어졌다. "아까 당신이 점점 커지는 것처럼 보였어요." 그녀가 말했다.

젊은 여자 셋이 고개를 돌려 제인과 레빈을 쳐다봤다.

"마치 자기 몸을 뚫고 나와서 강하고 용감한 뭔가가 되는 것처럼 보였죠." 제인이 말을 이었다.

제인을 빤히 쳐다보던 여자의 눈에 눈물이 고였다. "정말요?" 그녀가 말했다. "제가 딱 그런 기분이었거든요."

친구들이 고개를 끄덕이며 제인을 향해 미소 짓고는 여자를 꽉 안아줬다.

"그걸 보셨다니 놀랍네요." 여자가 제인에게 말했다.

"잊지 마요." 제인이 말했다. "그건 굉장한 일이었어요. 의자에 앉아줘서 고마워요."

여자는 티슈로 눈물을 닦고는 자신이 그런 감정을 느꼈다는 데 웃음을 터뜨렸다. 제인은 레빈을 돌아보며 차분한 미소를 설핏 지어 보이고는 아무 말도 덧붙이지 않은 채 스카프를 도로 가져가면서 시선을 다시 아브라모비치에게로 돌렸다.

7

자, 나는 당신이 사랑 이야기를 기대하길 원치 않는다. 그것은 내가 염두에 두었던 종류의 수렴이 아니다. 이것은 매혹으로 시작되어 입맞춤으로 끝나는 이야기가 아니다. 적어도 레빈과 제인 사이에서는 그렇다.

자기만의 껍질 속에서 사는 것을 레빈보다 잘하는 사람을 상상하긴 어렵다. 예술은 어느 정도 고독과 친숙해질 수밖에 없다. 어쩌면 고통과도 그럴지 모른다. 육체적인지 정신적인지는 별로 중요치 않다. 다 촉매일 뿐이다. 우울한 얘기라 인정하고 싶진 않지만 사실 고통은 예술이 계속해서 스스로를 연마하는 데 쓰는 숫돌이다.

인간이 더 오래 살았다면 더 쉬웠을 것이다. 하지만 인간의 수명은 짧다. 자기 앞에 놓인 과업을 이해하기 시작하기까지도 한참 걸린다. 사실 예술은 일종의 스포츠다. 도약을 숙달하는 것이 핵심이다. 그것은 도약의 경기다. 연습하고, 연습하고, 연습하고, 그다음에 뛰어오른다. 출발점은 각자 다를지 몰라도 목표는 같다. 죽기 전에 뭔가 가치 있는 일을 하자.

모든 아이디어는 눈에 보이지 않는다, 가시화하기 전까지는. 사랑은 눈에 보이지 않지만 그럼에도 볼 수 있다. 매력도 마찬가지다. 영감은 눈에 보이지 않지만 매일 온종일 노래하고 춤춘다.

당신이 궁금해할까 봐 말해주는데 나 같은 존재는 여럿 있다. 우리는 레빈의 어머니가 짐작한 대로 여기, 보이지 않는 것들 사이에 있다. 당신을 돕기 위해 여기에 있다. 불안할 때는 그 점을 기억하라.

8

매일 마리나 아브라모비치를 지켜보는 사람이 또 있다. 그녀는 3년 전에 죽었는데 죽어 있는 상태 역시 살아 있는 상태와 마찬가지로 '불편한 것'이라고 생각한다. 그녀의 이름은 다니차 아브라모비치*다.

"대애단한 드레스네." 다니차가 옆 사람에게 말했다. "쟤는 자기가 여왕인 줄 아나? 정교正教의 붉은색. 피처럼 붉은 색. 그러니까 쟤는 기억하는 거야. 잊지 않았어."

아무도 사각형을 내려다보고 있는 다니차를 볼 수 없다. 목소리를 듣거나 냄새를 맡을 수도 없다. 다니차는 사진가 마르코 아넬리를 관찰하고 있다. 공연이 시작된 이래 매일 아침 그가 도착하는 모습을 지켜봐왔다. 그가 짐 푸는 방식을 관찰해왔다.

"하, 군인은 아니네, 저 친구. 이탈리아인 말이야." 그녀가 턱을 치

---

* 마리나의 어머니.

켜들며 말했다.

그녀는 두브로브니크의 해식동굴에서 자신에게 사랑 노래를 불러줬던 소년을 떠올린다. 그의 이름도 마르코였는데 지금은 아마 죽었을 것이다. 그녀의 딸은 이 마르코를 75일 동안 인질로 잡고 있었다. 저렇게 잘생긴 남자가—그녀는 생각했다—마리나와 그 얼굴에 담긴 세월을 렌즈로 들여다보고 있기에는 긴 시간이지. 하지만 관객을 감시하는 MoMA 보안원이 아무리 많아도 칼날이나 총알을 막기 위해 그녀의 딸 앞에 몸을 던질 사람은 마르코일 것이다. 그녀는 확신했다. 그리고 그것을 이유로, 그가 톰 포드 스웨터를 입었다는 사실을 거의 용서했다. 그녀는 아름다운 것의 유혹을 알았다.

다니차는 땅을 붉은색과 주황색으로 불태우는 나뭇잎을 보았다. 나무 사이를 물처럼 흐르는 빛을 보았다. 그녀의 폐의 재질은 은銀물이었고 목구멍은 자개였다. 두려움은 없었다. 깃발도 없었다. 바람도 없었다. 그건 루미*의 시詩 아니었나? 그녀가 백마 탄 사내를 저편에서 보았을 때 몸속에서 모든 숨이 빠져나갔다. 그는 총알 사이에서 춤추며 나무 사이로 말을 달렸다. 보요!

"놈들은 날 죽일 수 없어, 다니차." 그가 그녀에게 외쳤다. 그는 호랑이의 눈을 가진, 거칠고 빛으로 가득한 젊은이였다. "뭔가를 믿

---

*13세기 이란의 신비주의 시인 잘랄 아드딘 아르 루미. 해당 시의 제목은 〈깃발이 없다〉.

64

는 자는 절대 죽지 않아."

그녀는 그를 자기 무릎 위에 눕히고 간호했다. 지혈도 했다. 몸을 뒤집어 보니 등이 총알구멍으로 벌집이 되어 있었다.

"상처를 가루담배로 막아!" 그가 껄껄 웃으며 말했다.

상처를 막는 그녀의 손은 크고 서툴렀다. 몸을 다시 뒤집었을 때에도 그의 호랑이 눈은 여전히 또렷했다.

"우리는 과거에서 날아온 용들이야." 그가 말했다.

종전 후 그들은 결혼했다. 그녀는 두 아이를 낳았는데 첫째가 마리나였고 그다음이 남동생 벨리미르였다. 보요가 슐리보비차*에 취해 거칠어진 목소리로 그녀에게 말했다. "영웅들의 시대는 갔어. 이젠 신념을 가진 사람이 아무도 없다고."

"의구심을 품은 채로 살 수 있는데 왜 굳이 신념을 위해 목숨을 바치겠어?" 그녀가 물었다. 그의 미소를 보고 싶었기 때문이다. 그가 아직도 그녀에게 미소를 지어주기만 한다면.

"그건 한바탕 쇼였어, 다니차. 당신도 알잖아. 이제는 믿어야 할 게 하나도 남지 않았다고."

"나를 믿어. 우리 애들을 믿어. 우리한테는 아들딸이 있고 걔들은 우리가 줄 수 있는 모든 걸 필요로 해."

그때 그는 영웅이 아니었다. 티토 대통령**의 영웅도, 그녀의 영웅

---

* 서양자두 브랜디.
** 본명은 요시프 브로즈. 티토는 당원명. 2차 세계대전 당시 빨치산 지도자로서 민족해방운동을 펼쳤고 해방 후에는 유고슬라비아 초대 대통령이 되었다.

도 아니었다. 자신의 투지를 전쟁에 모두 써버렸던 것이다.

그녀는 그가 백기를 들고 백마에 탄 채 여름 들판에 꼼짝 않고 서 있는 모습을 꿈꿨다. 마리나가 그 사진*에서 연출한 것과 똑같은. 그 애는 어떻게 감히 제 엄마의 꿈을 훔칠 수가 있단 말인가?

"다니차!" 보요가 그녀를 큰 소리로 불렀다. "난 포기할래. 정말로 포기할 거야."

"안 돼!" 그녀가 외쳤다. "포기하지 마. 절대 포기해선 안 돼! 그러면 난 당신을 사랑할 수 없을 거야……."

하지만 그것은 사실이 아니었다. 그녀는 그가 다른 여자에게 가버린 뒤에도 한참 동안 그를 사랑했다. 더 어리고, 더 사근사근하고, 덜 매력적인 여자에게 가버렸는데도 그를 사랑했고 그가 집으로 돌아오길 바랐다.

그녀는 아직 꼬맹이였던 마리나가 이렇게 물었던 것을 기억했다. "내가 그만큼 용감해지지 못하면 어떡해? 타타만큼 용감해지지 못하면?"

"네가 쇠나 모래에서 태어났니?" 그녀는 딸에게 물었다.

그녀가 얼마나 깊이 자신의 전쟁 이야기를 묻었던가. 왜 그녀는 기회가 있을 때 마리나에게 말하지 않았나? 왜 보요는 아이들에게 "네 마이카를 봐라. 엄마가 무슨 일을 했는지 아니?"라고 한 번도 말하지 않았는가?

---

* 컬러사진 또는 비디오아트 〈영웅〉. 마리나는 이 작품을 아버지에게 헌정했다.

왜냐하면 그녀가 여자였고, 종전 후에는 남자가 여자에 대해 그런 식으로 얘기하지 않았기 때문이다. 마치 그것이 남자들만의 전쟁이었던 것처럼. 게다가 보요는 그녀가 밤마다 흘리는 식은땀을, 더 이상 여기 없는 사람들을 향해 손을 뻗거나 불씨를 끄려고 손바닥으로 이불을 때리다가 잠에서 깨는 걸 알았다.

미술관에는 얼굴이 너무 많았다. 그 얼굴들을 보는 다니차의 눈에는 때때로 모든 얼굴이 자기 딸 마리나로 보였다.

"너는 달릴 수 있으니까 달려." 그녀는 딸에게 그렇게 말했더라면 좋았을 거라고 생각했다. "너는 말馬에게서, 총알에서, 대지를 태우는 불에서, 하늘을 밝히는 전쟁에서 태어났으니 달려야 해. 너는 승리한 민족에게서 태어났어. 그 점을 절대 잊지 마라."

밤이 되면 다니차는 마리나가 자는 동안 유령이 달리듯 달렸다. 나무 사이에서, 별 사이에서 자신의 속도를 재어가며, 센트럴파크를 가로질렀다 다시 돌아오면서.

어떤 밤에는 가만히 서서 딸이 은은한 알람음에 일어나 침대 옆에 두었던 유리컵의 물을 마시는 것을 지켜봤다. 다니차는 마리나가 굶주렸음을 알았다. 햇빛에, 잠에, 밤새 편히 쉴 수 있는 며칠 그리고 몇 주에. 하지만 지금은 하루에 일곱 시간 동안 앉아서 꼼짝 않을 수 있도록 자기 몸을 준비하기 위해 수분을 섭취하는 의식儀式을 매시간 치러야 했다.

3년 동안 죽어 있으면서 다니차는 웃음과 친구와 대화가 없는 삶이 천천히 가져오는 허기를 이해하게 되었다.

자명종이 또 울려서 또 한 시간이 지났음을 알리자 다니차는 마리나가 잠에서 깨어 돌돌 말린 시트에서 빠져나오는 것을 보았다. 다니차는 마리나가 마케돈스카가街의 낡은 아파트가 나오는 꿈을 꿔왔음을 모른다. 마리나는 케이크를 보관하는 양철통 속에 숨어 있었는데 어머니가 그녀를 찾아내서 잡아먹었다. 하지만 마리나가 자신이 뱀임을 깨닫고 어머니의 몸에서 스르륵 빠져나와 마루를 가로질러 달아났다. 그곳에는 백마를 탄 그녀의 아버지, 보요 아브라모비치 장군이 있었다. 뱀인 마리나가 소리를 질렀지만 그녀의 목소리는 공기로 이뤄져 있었다.

다니차는 마리나가 화장실에서 소변보는 소리를 들을 수 있다. 그리고 다음 순간 그녀가 침대로 돌아오는 것을 본다.

방 저편에서 다니차가 그녀에게 말한다. "그들은 너를 죽일 수 없어. 뭔가를 믿으면 너는 절대 죽지 않아."

마리나가 고개를 돌려 어머니의 유령을 똑바로 쳐다본다. 다니차는 전율한다. 마리나가 그녀의 존재를 느낀 것이다!

"네가 쇠나 모래에서 태어났니?" 그녀가 물었지만 딸은 이미 그새 베개를 베고 눈을 감고 있었다.

다니차는 침대 옆에서 보초를 섰고 나중에, 마리나가 아트리움 중앙의 탁자 앞에 앉을 때, 늘 그랬듯 발코니에 자리 잡았다. 그녀는 아무것도 잊지 않는다. 그녀는 모든 것을 알아챈다. 내가 지나가면서 그녀에게 인사를 보내지만 그녀는 나를 보지 못한다.

다니차 로시치 아브라모비치 소령. 구 유고슬라비아 베오그라드의 혁명 박물관장 역임.

2부

나중보다는
처음에 반대하기가 더 쉽다.

레오나르도 다빈치

9

  레빈은 다음 여자가 사각형을 가로질러 빈자리에 앉는 것을 보고
화들짝 놀랐다. 그녀는 180센티미터가 넘는 키에, 매끄러운 흑단색
피부와 검고 꼬불꼬불한 장발의 소유자였다. 말도 안 되게 길고 늘
씬한 다리에는 블랙진, 그 위에는 빨간 재킷을 입었고 매니큐어는
빨간색, 발은 맨발이었다.
  "어머나 세상에, 저 여자분 정말 굉장하네요." 제인이 말했다.
  "네, 굉장하죠." 레빈이 미소 지었다.
  "아는 분이세요?" 제인이 물었다.
  "저 사람은 힐라야스 브린이에요." 그가 말했다. "NPR*에서 〈뉴
욕 예술비평〉을 진행하는."
  그는 힐라야스가 최근까지만 해도 자신의 제일 친한 친구 가운데
한 명이었다는 사실을 덧붙이지 않았다. 그리고 자신이 지난 10년간

---

* 미국의 공영 라디오방송사.

라임 클럽에서 힐라야스의 밴드 멤버로 피아노를 연주했다는 사실도. 힐라야스는 톰의 전 여자 친구였다. 톰 워싱턴이 자신의 첫 영화 음악을 레빈에게 맡긴 것이 그의 작곡가 경력의 시작이었다. 25년간 여덟 편. 그들의 파트너십은 업계에서 꽤나 진득한 편에 속했다. 그러던 어느 날 톰이 더 젊은 작곡가를 찾아냈다.

"그냥 이 친구를 한번 써보고 싶어." 톰이 말했다. "뭔가 정말 독특한 걸 내놓을 것 같아."

"우리는 내년에 다른 영화를 하자고." 톰이 마지막으로 힐라야스와 함께 주최했던 파티에서 한 말이었다.

얼마 후 힐라야스는 로스앤젤레스에서 다시 뉴욕으로 이사 왔다.

"그 사람은 현관에 붙들어두기 힘든 개였어요.* 제가 지금 맞게 말했나요?" 힐라야스가 외국 악센트가 강한 영어로 레빈과 리디아에게 물었다. 어떻게 남자가 힐라야스 브린을 두고 바람피울 수가 있는지, 어째서 지구 끝까지 그녀를 쫓아가지 않는지, 레빈은 알지 못했다.

그러고 나서 톰이 눈사태로 죽었다. 어느 날 늦은 시각에 스키를 타고 루시스 런**으로 집에 오다가. "익숙함은 위험하다." 애스펀 신문에 실린 인터뷰에서 검시관이 말했다. "사람들이 자기가 처한 상황을 이겨낼 수 있다고 생각하기 때문이다."

---

* 원래 지역 속담인데 힐러리 클린턴이 남편 빌의 바람기를 빗대 표현하여 유명해졌다. 클린턴의 별명이 '큰 개'였기 때문이다.
** 스키 리조트 도시인 애스펀(우리나라로 치면 용평)의 스키 코스 이름.

레빈은 아직 톰을 완전히 용서하지 않았다. 그가 남기고 간 빈 자리에 대해서도, 멍청한 사고로 죽어버린 것에 대해서도. 레빈은 왜 자신이 그런 식으로 사람들을 잃어야 하는지 알지 못했다. 어머니는 쓰러진 나무에, 톰은 눈사태에. 새해 첫날 이후로 레빈은 힐라야스를 피해왔다. 리디아의 상황에 대해 한마디 할 법한 다른 모든 사람을 피해온 것처럼. 그녀의 상황. 불충분한 표현이었지만 달리 표현할 말이 없었다. 그것은 정상이 아니었다. 정상과는 거리가 멀었다. 하지만 그것은 그들이 처한 상황이었고 모두가 이에 대해 한마디 하고 싶어 했다. 그가 리디아의 지시대로 해도 된다고 결론지은 사람은 아직 아무도 없었다. 그의 인생을 살고, 음악을 열심히 하고, 리디아의 상황에 대해서는 깨끗이 잊어버리라는 지시. 그는 힐라야스가 어느 편일지 꽤 확신했으나 확인받고 싶지는 않았다. 레빈은 그녀가 음성메시지를 남겼음을 알고 있었다. 문자 보낸 것도 알았다. 다른 사람들도 그렇게 했으니까. 하지만 초기의 어느 순간에 그는 음성사서함을 없애버렸다. 이메일이 오면 읽지 않고 삭제했다.

마리나 아브라모비치가 고개 들어 눈을 떴을 때 레빈은 힐라야스가 그녀에게 미소 짓는 걸 봤다. 아브라모비치의 표정은 변하지 않았다. 하지만 몇 분이 지나자 그녀가 의자에 앉은 채 몸을 앞으로 기울였다. 힐라야스도 거울상처럼 똑같이 했다. 그것은 응시 이상의 무언가였다. 이제 그것은 순전히 눈빛만으로 이뤄지는 대화였다.

"미술평론가가 이걸 직접 느껴보다니 정말 멋지네요." 제인이 중얼거렸다. "예술계가 들썩이고 있어요, 이 공연 때문에. 휘트니의 크리시 아일스*도 왔었다니까요.”

힐라야스는 꽤 편안해 보였다. 키나 몸가짐 때문에 그녀가 대가
셀 거라 여긴다면 틀린 생각이다. 주기적으로 힐라야스의 마음을
추스른 것은 리디아였다. 리디아가 밥도 먹이고 얘기도 했다. 여자
들만의 길고 진지하면서도 웃긴 대화들. 힐라야스가 저녁 식사에,
추수감사절 행사에, 생일 파티에 꼭 초대되게끔 했던 것도 리디아
였다.

그는 힐라야스가 리디아를 만났을까 궁금했다. 그래, 그랬을 거라
확신했다. 어쩌면 어제 만났을지도 모른다. 혹은 지난주일지도. 그
는 리디아가 어떤 모습일지 생각하고 싶지 않았다. 생각하지 않을
것이다. 그는 일어나서 다리를 쭉 폈다.

“조금 이따 다시 올게요.” 그가 제인에게 말했다. 마치 그녀가 생
판 남이 아니라 일행인 것처럼. 그는 힐라야스가 고개만 돌리면 자
신을 볼 수 있는 곳에 앉아 있기 싫었다. 그래서 인파를 헤치고 벽
앞에 가서 가만히 선 채 사람들이 자기 주위에 몰려들었다 흩어졌
다 하는 모양을 관찰했다. 잠시 후 힐라야스가 꽤 오랫동안 거기 있
을 것처럼 보이고 다리가 점점 아파져오자 제인 옆자리로 돌아왔
다. 그녀는 그에게 환영한다는 뜻의 미소를 설핏 지어 보인 후 다시
계속해서 두 여자를 바라봤다.

─────
* 휘트니미술관의 큐레이터. 아브라모비치 전시회를 기획하고 책도 썼다.

사랑은 많은 것의 원인이 된다. 일련의 생물학적, 화학적 상호작용. 엄습하는 책임감. 낭만화되고 표면화되어 있던 정상성의 보이지 않는 압박. 생식에 필수적인 특정 형태의 결합. 고독을 방지하고 사회체제를 유지하기 위한 전략적 대응.

그에게서는 사랑의 모든 징후가 보였다. 스스로 몇 번이나 리디아를 사랑한다고 느꼈다. 그리고 힘든 시기가 있었다. 예를 들면 그녀가 아팠을 때. 몰라보게 변했을 때. 그가 아는 리디아가 아니었을 때. 검시관의 말이 옳았다. 익숙함은 위험했다.

그는 작년 크리스마스 날의 대부분을, 병원에서 나온 뒤에, 걸으며 보냈다. 브루클린까지 걷고 또 걷다가 손발가락에 감각이 없다는 사실을 깨달은 후에야 비로소 택시를 잡았다. 거의 하루를 내리 잤다. 피로가 어디서 왔는지 몰랐다. 하지만 리디아가 아플 때 자신이 아주 피곤해진다는 건 알았다. 샴푸가 떨어졌다는 사실이 떠올랐다. 고양이가 배고파했다. 우유가 유효기간이 지났지만 그냥 썼다. 자동응답기의 깜빡이는 불을 무시했다. 리디아의 친구들과 동료들은 널리 퍼져 있었다. 낮이든 밤이든 가리지 않고 도움을 줄 사람들. 그 말고 리디아에게만.

그는 세면대 위의 전동 칫솔이 리디아 거라고 확신하고는 자기 걸 사방팔방 찾아다니다가 결국 비행기에서 받은 칫솔을 썼던 일을 떠올렸다. 며칠 후 그것이 실은 자기 칫솔이었음을, 하지만 리디아 것과 비교해야만 알아볼 수 있다는 사실을 깨달았다. 이것이 무언가의 상징이 아닌지 걱정됐다. 리디아 없는 그는 누구란 말인가? 그녀의 생각과 옷과 음식과 친구가 없는 그는 누구인가? 시간과 도락에 관한 그녀의 철학이 없는 그는? 그를 자기 나름의 패턴과 리듬에 따라 살도록 내버려둔다면 어떤 사람이 될 것인가? 그녀를 벗어난 뭔가가 되는 데 얼마나 걸릴까? 그 사람은 누구일까? 알고 싶지 않았다. 하지만 선택의 여지가 없었다. 그가 아는 한 가지는, 그가 준비되어 있든 않든 간에 새날은 닥쳐온다는 것이었다.

그는 늦게 일어나기 시작했다. 리디아의 평소 기상 시간인 오전 5시에 깨지 않고 자신의 몸이 오전 7시, 그다음에는 8시로 기우는 것을 발견했다. 그러다 가장 최근에 테라스에 눈이 쌓였을 때는 8시 45분에 깨는 지경에 이르렀다. 그 전까지는 더운 아침밥 파였었다. 하지만 요즘은 부츠와 웃옷을 걸치고 워싱턴스퀘어를 가로질러서 서드 레일 커피에 가기 시작했다. 거기서 롱 마키아토*를 주문하곤 했다. 때로는 집에 오는 길에 산 어니언 베이글을 토스터에 구워서 11시쯤 직접 에스프레소머신으로 내린 그날의 두 잔째 커피와 같이 먹기도 했다. 때로는 블루베리 맛을 샀다. 스튜디오에서 빈둥거리며 옛날에 작곡해뒀던 것을 뒤적거리거나 다음 앨범을 구상했다. 몇 시든 상관 않고 원하는 시간에 자기가 가진 음반을 전부 틀었다.

3월에는 리디아의 물건을 아래 서랍으로 옮기고 자신의 욕실용품을 제일 편한 선반에 정리했다. 식기세척기 안에 그릇을 자기 방식대로 넣었지만 더 이상 리디아의 잔소리가 들리지 않았다. 리그

---

* 더블 에스프레소를 넣은 마키아토.

비도 침대 위 자기 옆에서 자게 했다. 제임스 호너*와 한스 치머**가 둘 다 아카데미 시상식에서 음악상을 놓치는 것을 봤다. 그러나 이 중 어느 것도 그를 더 행복하게 해주지 않았다. 오히려 그 반대였다. 그는 우주가 약간 폭신폭신해지지 않았나 걱정했다. 손가락을 내밀 어서 이곳저곳을 찌르면 파르르 떨 것만 같았다. 만약 인생이 알 수 없는 것이라면, 아무도 본 적 없는 힘들의 조화造化일 뿐이라면, 그 와 리디아 사이에 일어난 일은 중요치 않아야 했다. 하지만 그것은 중요했다. 중요하다는 걸 그는 알았다. 그리고 이것이 꿈이라면 언 제 끝날지 알고 싶었다.

그가 리디아를 만나러 가면 끝날지도 몰랐다. 하지만 그것은 그 에게 허락되지 않은 유일한 일이었다. 그가 할 수 없는 유일한 일이 었다. 이 모든 것을 그는 마리나 아브라모비치 맞은편에 앉은 힐라 야스를 쳐다보는 동안 생각했다.

거의 한 시간 후에 힐라야스는 의자를 떠났다. 레빈은 얼굴을 문 지르고 나서 그 손으로 눈을 계속 가린 채 혼자만의 사적인 순간을 들이마셨다. 힐라야스가 자신을 보길 원했지만 한편으로는 그녀가 자신을 보길 원치 않았다. 그가 마침내 손을 치우고 주위를 둘러봤 을 때 그녀는 이미 사라지고 없었다.

---

* 미국의 영화음악 작곡가. 대표작 〈타이타닉〉, 〈아바타〉, 〈어메이징 스파이더맨〉.
** 독일의 영화음악 작곡가. 대표작 〈다크 나이트〉, 〈인셉션〉, 〈인터스텔라〉.

10

마리나 아브라모비치의 공연을 함께 관람한 지 사흘째 되던 날 오후에 레빈은 제인에게 폐관 후에 같이 한잔하자고 제안했다. 그러자 그녀는 자기가 묵는 호텔 바를 추천했다.

"부담스럽지 않으시다면요. 거기 꼭 가보고 싶은데 혼자 들어가기 어색해서요. 그리고 제가 결혼했다는 걸 알려드리고 싶어요. 사실 남편이 세상을 떠난 지 얼마 안 됐어요. 그 얘기를 꼭 해야 할 것 같더라고요."

"좋은 호텔*에 묵으시네요." 그녀가 거기 묵고 있다는 사실에 놀라 그가 말했다. "거기 주인이 로버트 드니로인 거 아세요?"

제인은 알고 있었다. 체크인하기 전까지는 몰랐었지만. 그녀는 자신이 어쩌다 이 호텔을 예약하게 됐는지 기억하지 못했다. 칼이 죽은 후에 내린 사소한 결정들은 그녀에게 수수께끼로 남았다. 마치

---

* 뉴욕시 트라이베카에 위치한 부티크 호텔인 더 그리니치 호텔.

뇌의 일부가 그녀 모르게 바삐 살고 있는 것만 같았다.

그들은 커낼가 역에서 지하철을 내린 다음 허드슨강 방향으로 몇 블록 걸었다. 레빈은 그녀의 신상에 대해 더 이상 묻지 않았지만 이 제는 과부라는 단어가 명찰처럼 그녀에게 붙어 있는 것이 보였다. 나한테도 저렇게 단순한 설명어가 있었다면 편했을 텐데, 그는 생 각했다. 배신자. 겁쟁이. 유족. 버림받은 자. 버린 자. 그의 상황에 대한 어 떤 설명도 최소 한 단락은 필요로 하는 듯했다. 혹은 논쟁을. 혹은 푸가*를. 때로는 그 뒤에 실렌치오** 또는 크레셴도***가 뒤따랐다.

바텐더가 그들에게 인사를 하고 얼음물과 따뜻한 올리브 한 접시 를 가져다줬다.

"저는 뭘 주문해야 할지 전혀 모르겠어요." 제인이 웃었다.

바텐더가 마티니를 제안하자 그녀가 좋다고 했다. 레빈은 기네스 맥주를 주문했다. 미술관에서 벗어나서 보니 그들이 열렬한 추종자, 음침한 집착으로 한데 뭉친 두 사람 같다고 느꼈다. 그리고 그 외에 는 어떤 공통점도 없을지 모른다는 사실을 깨닫자 문득 그녀와 함 께 있는 것이 어색하게 느껴졌다.

"작곡가면 유명 배우도 만나고 그러세요?" 제인이 물었다.

---

* 각 성부가 하나의 주제를 서로 모방 반복 하면서 대위법(동시에 두 개 이상의 선율을 각 성부에서 독립적으로 전개하는 작곡법)에 따라 진행되는 악곡.
** 이탈리아어로 '무음'.
*** 음악의 강약법에서 '점점 크게'.

그가 고개를 저었다. "대부분은 혼자 일해요. 그러고 나서 감독이 음악이 마음에 든다고 하면 제가 연주자 팀을 짜죠. 그게 정해진 패턴이에요. 많은 시간을 감독과 상의하면서, 편집본을 보면서 보내지만 배우들과는 멀리 떨어져 있죠. 젊었을 때는 촬영장에 나가기도 했는데 마술처럼 신기한 건 별로 없어요. 전부 수공이지. 조명이든, 연기든, 편집이든. 음악은 환상을 진짜처럼 보이게 만드는 요소 중 하나일 뿐이에요."

"예전에는, 그러니까 젊었을 때는 어디서 영감을 얻으셨어요?"

"〈석양에 돌아오다〉 보셨어요?"

제인이 고개를 저었다.

"클린트 이스트우드의 초기작이죠." 레빈이 말했다. "엔니오 모리코네가 음악을 맡았어요. 〈미션〉도 그 사람 작품이죠. 굉장한 음악이에요."

"〈미션〉은 우리도 봤어요." 제인이 말했다. "너무 슬픈 영화였어요."

"〈석양에 돌아오다〉 음악도, 들으면 아마 아실 거예요."

제인이 말했다. "고백할게요. 우리는 사실 영화광은 아니었어요."

"당신이랑 남편분요?" 레빈이 물었다.

"네." 제인이 말했다. "칼이 작년 9월에 죽어서 우리라고 하는 걸 그만두기엔 아직 너무 이른 것 같아요. 제가 익숙지가 않아요. 우리, 그러니까 당신과 제가, 제 어깨에 죽음의 그림자가 드리우지 않은 척하고 그냥 넘어가면 안 될까요?"

그 이미지를 상상하자 곧바로 싫어져서 레빈은 고개를 끄덕였다. 그는 그녀가 자신에게 결혼했냐고 물어볼 거라 확신했다. 하지만 그녀는 그러지 않았다.

그녀가 미소 지으며 말했다. "그래, 어쩌다 그렇게 된 거예요? 영화음악을 만들기 시작한 게."

"친구가…… 시나리오작가 겸 감독인데…… 줄리아드 다닐 때 만났어요." 그가 어깨를 으쓱했다. "흔한 얘기죠." 톰을 언급하는 것은 무의미했다. 그것은 그의 어깨에 드리운 죽음의 그림자였다.

제인이 말했다. "상도 탔겠네요?"

"몇 번 탔죠."

"아카데미상요?"

"세 번 후보에 올랐는데 탄 적은 없어요. 그래도 랜디 뉴먼에 비할 순 없죠. 그 사람은 열일곱 번인가 후보에 올랐는데 한 번밖에 못 탔거든요."*

"가끔은요." 제인이 말했다. "유명하다는 건 병에 걸린 것과 비슷하다고 생각해요. 나랑 만나거나 저녁 식사 자리에서 내 옆에 앉는 사람은 다들 내가 그 병에 걸렸다는 걸 알고 있고 그 사실 때문에 태도가 달라질 테니까요."

"그런 편이죠." 레빈이 말했다. "상대방의 병이 나보다 심하지 않

---

* 실제로는 스무 번 후보에 올랐고 두 번 수상했다. 〈몬스터 주식회사 3D〉와 〈토이 스토리 3〉로 주제가상을 받았다.

다면 말이에요. 그 경우에는 내 태도가 달라지죠. 영화계에서는 누가 우위에 있는지가 꽤 명백하니까요."

"아." 그녀가 말했다. "그럼 저는 당신이 무슨 말을 하든 무감각한 척하겠다고 맹세해야겠네요."

"그건 그것대로 끔찍하겠는데요." 레빈이 말했다. 웃을 때는 예쁘군, 그는 생각했다. 그녀가 자신의 중학교 때 미술 선생님이었다면 좋았을 것 같았다.

"저녁 같이할까요?" 그가 물었다. "미트패킹 디스트릭트까지 걸어가도 돼요. 여기도 아주 좋지만."

"아, 그래요." 그녀가 말했다. "지금까지는 계속 이 동네에서 식사했는데 아주 훌륭했어요. 트라이베카 그릴에서도 먹어봤고, 마카오 트레이딩 코Macao Trading Co.도 아주 맛있었지만 혼자 식사하면서 자기가 튄다는 생각을 안 하기는 어렵더라고요. 그렇다고 이렇게 볼거리가 많은데 룸서비스를 시켜 먹는 것도 아깝고요."

"그럼 퓨전 프랑스 요리를 아주 잘하는 작은 식당이 있는데……."

"아내분이 싫어하시지 않을 게 확실해요?" 그녀가 그의 결혼반지를 가리키며 물었다. "MoMA에서 만난 낯선 여자랑 술 마시고 저녁 식사 하는 걸?"

"그럼요." 레빈이 말했다. "아내는…… 어디 가 있어요. 출장을 많이 다니거든요. 아마 기뻐할 거예요, 제가……" 외롭지 않다는 걸 알면, 그는 생각했다. 하지만 그 대신 이렇게 말했다. "손님 대접을 잘하고 있다는 걸 알면."

"10분만 기다려주실래요? 방에 올라가서 화장 좀 고치고 올게요. 그리고 제 남편이나 당신 아내 얘기는 하지 말기로 해요. 같은 생각이죠?" 그녀가 덧붙였다. "그리고 목화 재배에 대해서도요."

"목화 재배요?"

"남편이 죽기 전까지 했던 일이에요. 하지만 그거로 충분해요."

다시 돌아온 그녀는 청바지와 스웨터 차림에서 검정 치마와 담청색 실크 블라우스 차림으로 바뀌어 있었다. 튼튼해 보이던 운동화도 얌전한 검은색 단화로 갈아 신고 머리도 틀어 올렸다. 레빈은 불현듯 깨달았다. 그녀가 리디아의 불완전한 복제품, 약간 왜곡돼 보이게 하는 거울에 비친 모습임을. 그리고 의심의 파도가 밀려드는 것을 느꼈다. 내가 지금 뭐 하고 있는 거지? 그는 어깨를 으쓱했다. 그녀는 관광객이었고 그는 친절을 베풀고 있을 뿐이었다.

밖으로 나와 보니 가늘지만 끈질기게 이슬비가 내리고 있었다. 도어맨이 우산을 건네줬다.

"걸을까요?" 그가 제안했다.

"좋아요." 제인이 웃으며 말했다. "모험이네요. 나는 지금 뉴욕에 있고 더 이상 열정을 참지 않겠다!"

처음에는 둘 다 말없이 걷다가 그녀가 말했다. "그런데 레빈 씨, 왜 여기 사는 거예요? 영화가 제작되는 LA에서 살지 않고?"

"음, 여기서 만들어지는 영화도 많아요. 그리고 음악을 하기에 좋은 도시고요, 뉴욕이. 라이프스타일도 더 낫고요."

"그럼 지금은 휴식 중인 건가요?"

"아뇨." 레빈이 말했다. "애니메이션 작업을 하고 있어요."

"애들용요?"

"아뇨, 어른용요."

"드문가요? 어른용 애니메이션이?"

"일본 영화예요. 그쪽이 더 전통이 있죠……."

"그런데 잘 안 풀리나 봐요?"

"왜 그렇게 생각하는데요?"

"아, 당신이 마리나 아브라모비치를 본 지가…… 얼마나 됐죠? 연속 닷새인가 엿새째잖아요, 제 계산이 맞다면요."

레빈이 인상을 찌푸렸다.

"원래 작업 스타일이에요? 기분 전환을 통해서 악상을 떠올리는 게?" 그녀가 물었다.

"뭐, 어려운 프로젝트예요. 애니메이션은 한 번도 해본 적이 없거든요."

그녀가 고개를 끄덕였다. "그래도 큰 성공을 거둔 음악을 많이 만들었잖아요. 도움이 되나요? 그 사실을 아는 게?"

"별로요."

그들은 또다시 신호등에서 멈춰 섰다. 불이 바뀌길 기다리는 동안 제인이 말했다. "있잖아요, 1920년대에 타마라 드렘피카라는 화가가 있었어요. 폴란드 사람이지만 파리에서 공부했고 독창적인 화풍을 개발했죠. 그녀는 유럽에서 가장 유명한 화가 중 한 명이 됐어요. 어떤 면에서는 앤디 워홀이 우려먹은 명성이라는 것의 선구자라고도 할 수 있죠. 그녀의 기법은 굉장히 대담했고 거의 사진 같았어요. 하지만 젊은 나이에 그런 성공을 이뤘는데도 서른다섯 살 이후에는 다시는 중요한 작품을 내놓지 못했죠."

"그거 저 기분 좋아지라고 하는 말인가요?" 레빈이 물었다.

"그렇기도 하고 아니기도 해요. 제 말은, 모든 예술가는…… 뭐, 저는 선생일 뿐이니까 잘 모르지만요. 하지만 제가 관찰해온 바로는." 제인이 입술을 깨물고 곁눈으로 그를 쳐다보며 말했다. "모든 예술은 한 시대에 속하는 것 같아요. 그런데 어떤 경우에는 그 기간이 굉장히 짧죠. 세상이 변해서일 수도 있고, 예술가가 변해서일 수도 있고…… 은유적으로든 문자 그대로의 의미로든요. 그래서 한 예술가의 작품 목록에서 긴 시간이 보일 때―그 사람이 몇십 년 동안 계속해서 훌륭한 작품을 내놓을 때―는 당연한 게 아니라 예외적인 거라고 생각해요. 당신이 이미 성취한 건, 음, 굉장해요. 정말 굉장하죠. 그리고 이 구상의 시간에 무얼 하든, 당신이 앉아서 아브라모비치를 보든, 뭐든 하는 동안 당신 스스로 그냥 믿어야 한다고 확신해요. 중요하지 않은 건 하나도 없어요, 제가 관찰해온 바로는. 촉각을 곤두세우고 있어야 해요. 그러면 다시 나아가게 될 거예요."

레빈은 그녀에게 리디아에 대해 말하고 싶은 엄청난 충동을 느꼈다. 최근 몇 번이나 생판 남에게 그 이야기를 쏟아내고 싶은 충동에 사로잡혔다. 지하철에 탄 누군가에게 혹은 자신에게 커피를 가져다 주는 웨이트리스에게. 어떤 날에는 그 충동이 마치 자신 안에서 진자처럼 흔들리는 추 같아서 누군가에게, 누구에게든 말하지 않으면 그가 거꾸러질 것만 같은 기분이 들기도 했다.

지난주에는, 외출해서 하루 종일 MoMA에서 아브라모비치를 보고 아파트로 돌아온 날이면 자신이 마치 다른 어떤 사람, 회사에서 일하고 돌아오는 사람, 낮에는 다른 일을 하고 저녁의 고요 속으로 자신의 상상력을 쥐어짜야 하는 작곡가가 된 듯한 기분이 들었다. 아주 고독한, 아주 눈에 띄지 않는 예술가. 어쩌면 홀아비. 혹은 독신자. 한 번도 결혼한 적 없는 사람.

그는 몇 년 전부터 새로운 악상을 가지고 이런저런 시도를 해왔다. 톰과 마지막 영화를 만든 뒤에 앨범도 냈다. 거의 25년 만에 낸 솔로 앨범이었다. 그 앨범은 엇갈린 평가를 받았다. 한 비평가는 '지나치게 복잡하다'고 말했다. 그는 그 말을 명예 휘장처럼 가슴에 달고 다녔다. 다음 앨범은 '후천적 기호嗜好'*라는 말을 들었다. 더 나쁜 리뷰는 이랬다. "예술가가 장르를 바꾸는 것을 지켜보노라면 불편할 수 있다. 한때 톰 워싱턴의 작곡가였던 레빈은 이제 현대음악에서 천재라는 송로버섯을 찾아 킁킁대며 돌아다니고 있다. 히사이시 조**에서부터 필립 글래스***에 이르는 모든 작곡가에게 바치는 이 길 잃은 송가에 부족한 것은 바로 방향성이다." 레빈은 격분했고 뭔

---

* 두리안이나 취두부처럼 처음 접한 사람은 대부분 싫어하지만 꾸준히 접하다 보면 좋아하게 되는 것.
** 일본의 작곡가. 대표작은 미야자키 하야오의 애니메이션 〈이웃집 토토로〉, 〈하울의 움직이는 성〉, 〈벼랑 위의 포뇨〉.
*** 미국의 미니멀음악 작곡가. 대표작은 〈쿤둔〉, 〈디 아워스〉.

가를 벽에 집어 던지기까지 했다. 전화기였다. 그는 리디아가 구멍을 회반죽으로 메웠던 것을 기억했다.

그래도 앨범은 팔렸다, 소소하게나마. 레빈이 다음 앨범은 대박 날 거라고 생각하기에 충분할 만큼. 그는 다른 종류의 인정認定을 갈망하기 시작했다. 작품을 인정받는 데서 그치지 않고 이를 통한 복수를 바랐다. 카네기홀 공연을 원했다. 피터 잭슨이 〈반지의 제왕〉 시리즈를 제안함으로써 하워드 쇼어에게 선사한 것을 원했다. 톰이 그들의 파트너십을 끝낸 것이 멍청한 짓이었음을 증명하고 싶었다. 레빈은 자신에게 톰의 유작을 할 능력이 있었음을 알고 있었다. 톰이 고용한 젊은 신예보다 더 잘할 수 있었다. 레빈은 큰 걸 하나 터뜨릴 준비가 되어 있었다. 정점을 찍을 준비가 안 되었다면 쉰 살이 되는 데 무슨 의미가 있단 말인가?

여기가 바로 내가 예술가들이 넘어지는—맞설 것인가 굴복할 것인가 사이에서 흔들리다가—것을 지켜보는 지점이다. 예술가들이 진정한 만족을 느끼는 순간이 얼마나 드문지 알면 아마 깜짝 놀랄 것이다. 그들이 작업에 푹 빠져 있을 때, 색채 또는 움직임 또는 소리, 혹은 언어 또는 점토 또는 그림 또는 춤 안에 있을 때, 자신을 완전히 예술에 내맡길 때, 이때가 그들이 두 가지를 알 때다. 삶이라는 공허와 죽음이라는 인력引力. 웅장한 것과 텅 빈 것. 최고의 작품에는 이것이 반영되어 있다. 이 같은 진실의 선지자가 되는 데는 그만한 대가가 따른다. 영광, 그 갈채의 심연을 향한 열망에 초연함을 유지하기란 쉬운 일이 아니다. 예술가들은 영원의 베 위로 손가락을 미끄러뜨린다.

11

나는 아주 오랫동안 예술가들 옆에 서 있었다. 아르테미시아 젠틸레스키의 강간 재판 때도 있었고, 그녀가 그림 속 칼날로 홀로페르네스의 목을 벨 때도 있었다.* 그녀가 "나는 여자가 무엇을 할 수 있는지를 보여줄 것이다. 당신은 여자의 영혼에서 카이사르의 용기를 보게 될 것이다"라고 쓸 때도 옆에 서 있었다. 500년 전에 이런 일이 있었다고 상상해보라!

아나 도로테아 테르부슈가 육아에 헌신하다가 마침내 사악한 시어머니가 죽자 자신의 운명인 붓을 다시 집어 들었을 때에도 나는 20년째 거기에 있었다. 카미유 클로델이 정신병원에 갇혀 천재적인 손을 놀리고 있을 때 방문했던 것도 나였다. 그러나 그녀가 30년에 걸쳐 천천히 죽어가는 것을 지켜보면서도 단 한 남

---

*17세기 화가 젠틸레스키는 열일곱 살 때 그림 스승에게 강간당했으나 가해자는 겨우 추방형에 그쳤다. 동일한 주제로 그린 남성 화가들의 그림과 달리 그녀의 〈홀로페르네스의 목을 베는 유디트〉에서는 유디트가 주체적이고 강인한 여성으로 묘사되어 있다.

자도―그녀의 연인 로댕도, 남동생*도―그녀에게 자유나 점토를 주도록 설득하지 못했다. 나는 메레 오펜하임이 티스푼과 찻잔을 영양 털로 뒤덮었을 때**도, 막스 에른스트가 스물세 살의 메레가 그들 전부―마르셀 뒤샹, 앙드레 브르통을 비롯한 모든 초현실주의자―를 뛰어넘었다고 선언했을 때도 그녀 옆에 서 있었다.

나는 엄청난 재능을 타고난 젊은 여자들을 봐왔다. 겨우 스무 살의 소포니스바 앙귀솔라, 같은 나이의 카타리나 판헤메선, 불과 열세 살의 클라라 페이터르스. 전부 1600년 이전에 태어났다. 누구인지 모른다면 이들의 그림을 찾아보라. 세 사람에게는 그들의 가능성을 이해하고 진가를 극찬한 아버지가 있었다. 또한 재능이 있는데도, 살림을 하고 아내 노릇을 하고 자녀를 키우는 삶을 살 거라는 주위의 기대에 굴복한 어머니가 있었다. 너무 많은 여자들이 물감, 팔레트, 캔버스, 잉크, 학비, 종이, 시간을 제공받지 못했고 스스로 구할 수도 없었다. 그래서 지금까지도 심각한 불균형이 존재한다.

마리나 아브라모비치는 타인의 기대를 거부하는 법을 평생에 걸쳐 배우는 중이다. 오늘은 그녀가 〈예술가와 마주하다〉라는 제목을 붙인 여정의 31일째 날이다. 그녀는 1일째부터 환각을 겪고 있다. 때로는 잠깐 동안, 때로는 한 시간 혹은 그 이상 동안. 앉아 있는 일은 겉보기에는 고통스러워 보이지 않지만 장담컨대 고통스럽다.

---

* 시인 겸 외교관 폴 클로델.
** 〈오브제(모피로 된 아침 식사)〉.

확실히 심해지다가 다시 약해지긴 한다, 환각도 통증도. 이런 상황에서 몸은 절대 너그럽지 않다. 무시당하는 것을 싫어한다. 뇌가 독재하도록 내버려둔 것을 후회하는 계통들이 작동한다. 내분비계, 신경계, 순환계. 림프계. 외분비계. 소화계. 비뇨계. 호흡계. 근육계.

우리는 가만한 마리나를, 그녀의 시선을, 초점을 본다. 그 안에서는 이미 전쟁이 시작됐다. 이 모든 계통들은 그녀가 부동자세를 유지하는 동안 기능하려 애쓴다. 그렇다면 그녀의 정신은? 뭐, 차분해 보이는 것은 착각일 뿐 다른 모든 것들만큼 분주하다. 그녀는 가득 찬 동시에 텅 비어 있다. 이 또한 패러독스이기 때문이다. 그녀는 다른 사람들처럼 감각과 생각과 기억과 의식 속에서 헤엄치고 있지만 그러는 동안에도 낯선 이들의 눈과 마음을 들여다보고 그곳에서 평온한 지점을 찾아낸다. 광기의 가장자리에서 춤추는 것, 고통을 뛰어넘어 붕괴가 가져다주는 위안 속으로 걸어 들어가는 것은 그녀의 전문專門이다.

12

식당에서 제인과 레빈은 소박한 인테리어, 운 좋게 자리가 난 것, 메뉴에 대해 한마디씩 했다. 두 사람 다 일단 푸아그라를 주문했다. 뒤 테이블에 앉은 여자 열두 명이 계속 웃음을 터뜨려서 대화를 지속하기가 어려웠다.

"아브라모비치 작품의 어떤 점이 흥미로우세요?" 제인이 물었다.

"모르겠어요." 레빈이 말했다. "아직 알아가는 중이라."

"위층 회고전에는요." 제인이 말했다. "온갖 물건이 놓인 탁자가 있어요. 장미, 올리브유, 쇠사슬, 채찍, 포도주, 칼, 활톱 같은 것들요. 총과 총알 하나도 있죠. 1974년에 했던 공연이에요. 이탈리아에서요. 아브라모비치는 관객들에게 탁자에 놓인 물건을 뭐든 사용해서 그녀에게 하고 싶은 걸 뭐든 하라고 했죠."*

"그래서 어떻게 됐어요?"

---

* 〈리듬 0〉.

"뭐, 옷을 벗기고, 칼로 베고, 장식하고, 몸에 글씨를 썼어요. 이리저리 옮기기도 하고, 탁자에 사슬로 묶기도 했죠. 마지막에는 어떤 사람이 장전을 하고 그녀의 머리를 겨눈 다음 마리나가 스스로 방아쇠를 당기게 만들려고 했어요."

"그래서 마리나가 어떻게 했어요?

"아무런 저항도 하지 않았죠. 죽을 수도 있었어요. 관객 중 일부가 다른 관객들이 그녀를 해치려는 것을 막았죠."

"끔찍하네요."

"사진을 보면 마리나는 울고 있어요. 하지만 도망치지 않았죠. 여섯 시간 내내 그들이 무슨 짓을 하든 가만있었어요. 그게 그녀가 어린 시절을 버틴 방식일 거라는 생각을 지울 수가 없네요."

"어린 시절에 힘들었나요?"

"2차 세계대전 중에 그녀의 어머니와 아버지는 서로의 목숨을 구했어요. 시작이 그렇게 낭만적이었으니 결혼 생활이 잘 풀려나갔을 것 같죠. 하지만 그렇지 않았어요. 두 사람은 서로를 증오했거든요. 어머니는 가족을 군대처럼 통솔했고요."

식사가 계속됐다. 역사의 여울을 씻어 내리고, 기억의 언저리를 찰싹찰싹 때렸다가, 육아와 경력이라는 웅덩이에도 살짝 담그지만, 결혼과 애도라는 깊은 물은 피하면서. 그들은 자주 마리나 아브라모비치라는 둔덕 위에 서서 경치를 조망했다. 하지만 뒤 테이블에서 여자들의 웃음이라는 타악기 연주가 계속되면서 레빈의 생각을 방해하고 그의 고막에서 덜거덕거리는 소리를 냈다. 그와 제인은 두 사람의 관찰자였다. 탁자를 사이에 두고 서로를 응시하다가 눈이 마주치면 얼른 피해버리는. 포도주도 훌륭했고 음식도 훌륭했지만 모든 것이 어딘지 모르게 부족하게 느껴졌다. 이건 엘리베이터에서 흘러나오는 음악 같은 밤이야. 레빈은 제인이 웃옷을 걸치도록 돕고 나서 함께 자갈 위로 걸음을 내디디며 생각했다. 돌이켜보니 시시한 밤이었다. 정상으로 돌아오려는 시도였다 치자, 그는 생각했다.

밖에 나와 보니 비가 그쳐 있길래 걸어서 그녀를 더 그리니치 호텔까지 데려다줬다. 저녁에서 초여름의 훈훈한 촉감이 느껴졌다. 그녀가 잠시 인도에 서 있다가 손을 내밀어 그에게 악수를 청했다. 그녀의 뺨에 입을 맞출까 생각하는 사이에 그 순간이 지나가버렸다. 그녀가 미소를 지으며 다시 한번 그에게 고맙다고 말하자 도어맨이 문을 열었다.

레빈은 워싱턴스퀘어까지 여러 블록을 가로질러 걸어갔다. 밤이 되자 거리는 부드럽게, 건물 입구는 어둡게 변해 있었다. 머리 위 하늘은 암갈색을 씌운 듯했고 주위는 온통 가로등, 전조등, 미등, 불 켜진 창문, 네온사인, 조명 달린 간판으로 가득했다. 별은 패퇴했다. 전기와 공학 기술이 만들어낸 난장亂場이 별을 물리쳤다. 분수 옆에 앉은 사람들이 웃고 떠들었다. 늦은 시간인데도 아이들이 뛰어다녔다. 두 남자가 기타를 치면서 비틀스의 〈헤이 주드〉를 불렀다. 몇몇 구경꾼이 가세했다. 보도에서 증기, 고무, 기름 냄새가 났다. 레빈은 계속해서 길을 건넜다.

그가 제안했다면 제인이 자신과 섹스를 했을까 생각했다. 리디아 아닌 사람에게 그런 제안을 했던 것은 아주 오래전 일이었다. 낯선 사람과 알몸이 된다는 생각만 해도 어쩐지 두려웠다. 하지만 최근에 그런 생각을 해온 것 또한 사실이었다. 그는 힐라야스에 대해, 항상 그녀와 섹스 하고 싶었던 것에 대해 생각했다. 그녀를 만난 모든 남자가 똑같은 생각을 했으리라고 봤다. 그가 실제로 그녀에게 묻는 일은 절대 없겠지만 그렇다고 해서 그것에 대한 생각이 멈추지는 않았다. 톰이 그녀를 뉴욕까지 따라오지 않은 것은 완전한 오산이었다.

그는 제인이 섹스를 잘할지 확신이 서지 않았다. 그녀는 아주 평범한 손을 갖고 있었다. 그의 아내가 건축가 리디아 피오렌티노라고 말하면 제인이 뭐라고 할지 궁금했다. 어쩌면 제인은 리디아의 건물 안에 서본 적이 있을지도 몰랐다. 어쩌면 잡지에서 리디아에 관한 기사를 읽은 적이 있을지도 몰랐다.

아내는 요양원에 있어요. 그는 이렇게 말하는 장면을 상상했다. 원래 혼수상태였는데 지금은 아니에요. 다시는 걷지 못할 거래요. 말도 못할 거고요. 건강했을 땐 세상에서 제일 활동적인 사람이었어요. 우리는 이 병이 찾아올 걸 알고 있었죠. 유전병이거든요. 아뇨, 정기적으로 면회를 가진 않아요. 아예 찾아가지 않아요. 아내가 그러길 원했어요. 판사 명령까지 받았죠. 우리 결혼 생활은 행복했어요. 제 생각엔 그래요. 우리 딸 앨리스는 스물두 살이에요. 적절한 때에 그 애랑 친해지지 못했어요. 그런데 적절한 때가 언제죠? 어렸을 때? 아니면 10대 때? 딸애랑은 무슨 얘기를 해야 할지 늘 알기가 어려웠어요. 그 애가 리디아한테 말하면 리디아가 저한테 전해줬죠. 그렇게 해왔어요. 저는 그 애가 좋아하는 음악을 좋아하지 않았어요. 딸이 헤비메탈만 듣던 시기가 있었는데 이해가 안 갔죠. 바빴고요. 일하느라. 그래야 하지 않나요? 그게 아버지로서 가치 있는 일 아닌가요? 아뇨, 판사 명령에 불복할 생각은 없어요. 리디아가 보고 싶냐고요? 그렇기도 하고 아니기도 해요. 앨리스가 보고 싶냐고요? 그 애 생각을 하긴 하죠.

　그는 알았다. 만일 그가 리디아네 사무실에 전화한 고객이라면 접수원이 피오렌티노 씨는 장기 휴가 중이라고 말하리란 것을. 그녀는 피오렌티노 씨가 현재 더 햄프턴스* 주소지에 거주한다는 사실을 말하지 않을 것이다. 그 대신 리디아의 동업자 셀마 허낸데즈가 모든 일을 처리하고 있다고 말할 것이다. 피오렌티노 씨가 돌아올 때에 맞춰서 약속을 잡을 수 있나요? 아뇨, 접수원은 대답할 것이다. 현재로서는 불가능합니다. 왜냐하면―그녀는 이 말을 하지 않겠지만―피오렌티노 씨는 영원히 부재중일 것이기 때문입니다.

---

* 뉴욕주 롱아일랜드섬 동쪽 끝에 위치한 사우샘프턴 및 이스트햄프턴 마을들의 통칭으로, 부자들의 별장이 많은 고급 휴양지.

13

앨리스가 크리스마스 이틀 전에 전화했다. "아빠, 아빠가 병원에 오는 게 좋을 것 같아. 엄마 상태가 안 좋아."

그때 워싱턴스퀘어 위로 내리는 눈을 바라보면서 그는 새해가 코 앞까지 다가오고, 새 앨범이 머릿속에서 구체화되어가고, 새 아파트로 이사함과 동시에 인생이 갑자기 새로운 가능성으로 가득 찬 것 같다고 느끼고 있었다. 그는 리디아에게 한 번 더 들어야 했다. 이 집이 정말 그들 소유라고, 300제곱미터 전부가 그들 거라고. 이삿짐센터 직원들이 이제야 돌아가서 그는 드디어 겨우 텔레비전을 설치하려 애쓰고 있었다. 그래야 8시 30분 경기를 볼 수 있었기 때문이다. 뉴욕 자이언츠가 플레이오프에 진출하려면 꼭 이겨야 하는 경기였다.

리디아는 런던발 비행기에서 내렸을 때 공항에서 전화해서 병원으로 갈 거라고 말했었다. 이런 갑작스러운 건강 악화가 점점 잦아졌다.

그는 손목시계를 확인했다. 그리고 채널 설정하는 데 시간이 얼마나 걸릴지, 경기 녹화를 위해 필요한 15분을 더 뺄 수 있을지를 계산했다. 크리스마스 연휴에다 눈까지 와서 교통체증이 한층 더 심할 터였다. 그는 포기하고 방으로 가서 손을 씻고 목도리와 모자를 찾았다. 세팅을 마치려면 8시 10분까지는 돌아와야 했다. 시간이 부족했다.

병원에 가 보니 리디아는 환자 모니터와 링거에 연결되어 있었다. 앨리스가 시트를 걷어 올려서 리디아의 엉덩이부터 발목까지 이어진 멍을 보여줬다. 레빈은 멍을 싫어했다.

"언제 이랬어?"

리디아가 힘없이 어깨를 으쓱했다. "어제 그런 것 같아."

그는 두 사람이 마지막으로 사랑을 나눴던 때를 떠올려보려 애썼다. 어쩌면 그녀가 런던으로 떠난 날 아침이었는지도 몰랐다. 기억해내고 싶었다. 새집에서 그녀와 사랑을 나누고 싶었다. 그녀가 속하지 않은 곳인 여기에 두는 대신 함께 데려가고 싶었다.

"그래서, 병원에서 잘 거야?"

"응." 리디아가 말했다. "며칠 입원할 것 같아. 크레아티닌 수치가 너무 높대. 엘리자베타가 곧 검사 결과 가져올 거야."

그녀는 옛날부터 의료 위임장을 지니고 있었다. 오랫동안, 무슨일이 일어날 경우 그녀 대신 의사결정을 할 대리인은 그였었다. 그런데 앨리스가 스물한 살이 되자 리디아가 서류를 고쳤다. 그는 상처받았다. 그들은 다퉜다. 결국 그가 포기했다. 그것이 리디아의 바람이었으니까.

"아파트가 아주 근사해." 그가 말했다. "크리스마스 전에는 집에 올 거지?"

"그럴 생각이야. 오늘 짐 다 풀고 갔어?"

그가 고개를 끄덕였다. "난 완전히 초주검이 됐어. 당신이 없었기에 망정이지."

"미안해. 타이밍이 나빴던 거 알아. 하지만 런던 갔던 일은 잘됐어." 그녀가 그의 손을 잡고 꼭 쥐었다. "새집에서 첫날 밤인데 당신이랑 같이 못 있어서 아쉽네."

그는 그녀의 손등을 가로지르는 핏줄을 엄지손가락으로 어루만졌다. "뵈브 클리코 샴페인 사놨어. 근데 다른 날 마시면 되지 뭐."

"오늘 중요한 경기 있지 않아?" 그녀가 물었다.

"8시 반에." 그가 말했다.

"가봐. 이 날씨에 다운타운으로 돌아가려면 엄청 막힐 거야. 그리고 나랑 여기 있으면 우울하잖아."

"엄마……." 앨리스가 말했다.

"정말로?" 레빈이 말했다.

"그럼."

"아빠, 엄마 잠옷 같은 거 안 가져왔어?" 앨리스가 물었다.

"잠옷 필요해?" 레빈이 앨리스의 말투에 짜증이 나서 말했다. "여행 가방 가져오지 않았어?"

"응응, 있어."

"새 잠옷이 있었으면 좋았을 텐데." 앨리스가 찡그린 얼굴로 그와 눈을 마주치지 않은 채 말했다.

"아빠 좀 봐줘라, 앨리스." 그가 말했다. "오늘 하루 종일 이사했잖니. 난 슈퍼맨이 아니라고." 병원 시계를 보니 숫자가 막 7:31로 넘어가고 있었다.

"그럼 가봐." 리디아가 말했다.

그는 허리 숙여 리디아에게 키스한 다음 앨리스의 머리에 입 맞췄다. "잘 있어, 우리 아가씨들. 둘 다 사랑해." 그리고 문간에서 리디아에게 말했다. "얼른 나아."

그녀는 혈장교환과 인공투석을 해야 했다. 크리스마스가 왔고 그는 점심시간을 병원에서 보냈다. 그녀가 여전히 중환자실에 있었기 때문에 빨간 장미 열두 송이는 접수대 꽃병에 꽂혔다. 시트를 덮은 그녀는 혈색이 칙칙하고 열에 달떠 보였으며 그가 다운로드해 온 영화를 볼 수 있는 상태가 아니었다.

그녀가 말했다. "당신한테는 내가 좋아하는 점이 참 많아."

"싫어하는 점도 많다는 얘기지?"

"여보, 내 말은……."

"아니, 정말로. 이번엔 내가 뭘 또 잘못한 거야?"

"오늘이 크리스마스인데 나는 환자식을 먹고 있잖아. 조리식품점에서 파는 칠면조 파이를 생각하고 있었어."

"당신이 배고파할지 몰랐어."

"기분이 그렇다는 거지. 음식 사 오는 것도 당신한테는 일이라는 거 알아. 조리식품점에도 들러야 하고, 결정도 내려야 하지. 하지만 크리스마스잖아."

"장미꽃 사 왔잖아."

"알아. 고마워. 하지만 꽃은 여기 못 갖고 들어와. 당신도 알잖아. 당신이 그럴 때마다 내가 얼마나 슬픈지 당신이 이해 못하는 건 알지만…… 이번이 마지막이라면 당신이 이해 못해도 상관없다는 생각이 계속 들어. 지금까지 행복했으니까. 최선을 다했지. 우리 둘 다. 하지만 내가 다시 건강해지면…… 아직 하고 싶은 게 너무 많아……."

그가 그녀의 손을 잡았을 때 그녀는 이제껏 봤던 어느 때보다도 더 슬퍼 보였다.

"나랑 말이야? 그걸 아직도 나랑 같이 하고 싶어?"

그녀가 말했다. "아키, 자기야, 이번에는 경과가 좋지 않아. 그게 느껴져. 내가 이렇게 아팠다가 회복했던 게 한두 번이 아니잖아. 이번에도 이겨낼 수 있을지 확신이 안 서."

"피곤해서 그래. 크리스마스인데 병원에 있어서 우울한 거야. 당신은 괜찮을 거야." 그가 이마에 입을 맞추자 그녀의 피부에서 밋밋한 약내가 스며 나왔다.

"지금부터 내 말 잘 들어, 아키. 부탁이야. 내가 아는 어떤 센터, 시설이 있어."

"무슨 소리야?"

"난 건강해져야 해. 그러려면 휴식이 필요해. 절대안정을 뜻하는 곳이 필요하다고."

"그냥 간호사를 다시 고용하면 안 돼? 난 이 아파트가 당신이 원하는 거라고 생각했단 말이야……."

"원하는 거 맞아."

"내가 당신 없이 거기서 뭘 하겠어?"

"나도 거기 있고 싶어. 정말로. 타이밍이 나쁘다는 건 알아. 이사가 큰일이었는데 나 없이 당신 혼자서 해야 했고 그래서 미안하게 생각해."

"그…… 당신이 가고 싶은 데가 어딘데?"

"이스트햄프턴."

"이스트햄프턴? 하지만 당신을 보러 가려면 몇 시간은 걸릴 텐데……."

"나는 당신이 면회 오길 원치 않아. 적어도 처음에는."

그는 충격받았다. "왜?"

"운이 좋으면 몇 주 후에 집에 갈 수 있을 거야. 상태가 나빠지면 거기서 필요한 걸 다 제공해줄 거고."

"난 왜 가면 안 되는데? 당신 상태가 나빠지면 어떡해?"

"앨리스가 다 알아서 할 거야. 당신은 아무것도 할 필요 없어."

"하지만 하고 싶어."

"아니, 당신은 하고 싶지 않아. 당신은 내가 아픈 걸 싫어하잖아. 1분도 못 참을 정도로."

"여보, 그렇지 않아."

"그래?"

"나한테 기회를 줄 수도 있잖아. 그러니까, 이스트햄프턴이라고?"

"아키, 자기야…… 난 당신을 사랑해. 하지만 나를 돌보면서 당신까지 돌볼 순 없어. 더 이상은 못해. 그걸 이제야 깨달았어. 이렇게 하는 게 우리 둘 다한테 더 편할 거야."

"우와. 당신이 얼마나 강한 사람인지 알기는 해?"

"지금은 별로 강하다는 생각 안 들어."

"그러니까 나는 당신이 사고 싶어 했던, 하지만 하룻밤도 머물지 않은 아파트에서 빈둥거리며 기다리다가 어느 날 이스트햄프턴으로 당신을 데리러 오라는 전화를 받으면 되는 거야?"

"아키, 난 무서워. 이 문제로 당신과 싸우고 싶지 않아. 이해해줘. 이게 나한테 좋은 방법이야. 그리고 당신한테도 좋으리라고 확신해. 나 좀 믿어주면 안 돼?"

그는 그녀의 걸음걸이를 바라보는 것을 좋아했다. 그녀의 몸을 들어 올리는 데 사용되는, 발과 다리의 근육이 남들보다 몇 개 더 있는 것만 같았다. 그녀의 목소리를 들을 때는 자신이 절대 질리지 않을 악기 같다고 생각했다. 그녀가 미소 지을 때는 마침내 세상에서 유일하게 안전한 장소를 찾은 것만 같았다.

그가 과학자였다면 그의 배양접시에 담긴 것은 리디아와 앨리스였을 것이다. 가장자리에는 매니저 헬과 힐라야스와 배신자 톰 워싱턴이 있었다. 그런 식으로 바라보기 시작하니 모든 지인들, 영화 제작자들, 음악가들, 편집자들이 결국에 가서는 아무런 의미도 없었다. 마지막의 마지막에는 그랬다.

12월 31일에 면회 갔을 때 리디아가 그에게 말했다. "가끔은 그냥 죽고 싶어. 아팠다 낫는 과정을 더 이상 안 겪어도 되게. 항상 아프기 전으로 되돌아가려고 애쓰는데 발현할 때마다 점점 힘들어져. 이제 원래 모습으로는 돌아갈 수 없어, 아키. 난 강물에 떠내려가고 있다고⋯⋯."

"당신은 왜 지금껏 나를 사랑한 거야?" 그가 물었다.

"당신은 재밌고, 아주 다정하고, 음악 천재고, 나를 사랑하니까. 당신처럼 나를 사랑해줄 사람은 아무도 없을 거야."

"하지만 방식이 잘못됐지."

"옳은 방식이라는 게 있어? 당신은 내가 없었으면 더 잘 살았을지도 몰라. 시끄럽고, 바쁘고, 이래라저래라 하는, 정신 나간 마누라가 없었으면."

"난 당신 없이 살고 싶지 않아."

"살 수 있어."

"그러고 싶지 않아."

"하지만 그래야 해. 잠깐 동안은."

"도대체 왜 이러는 거야? 왜 떠나려고 해?"

"나는 휠체어에 탄 채로 살고 싶지 않아…… 그 부분에 대해서는 대화를 해야겠지."

그가 아까 건네준 손수건에 그녀가 코를 풀었다.

"괜찮아." 그가 말했다. "지금은 아무 얘기도 할 필요 없어. 그런 일은 일어나지 않을 테니까."

"당신 생일에—병원 직원들이 이스트햄프턴으로 떠날 준비를 시켜주는 동안 리디아가 말했다—8시에 초인종이 울리면 당신은 문을 열고 싶을 거야. 이른 시간이긴 하지만 그럴 가치가 있어. 눈보라가 몰아치지 않는 한 제시간에 올 거야."

"알았어." 그가 말했다. "하지만 그 전에 당신 볼 수 있는 거지? 기차 타고 갈게. 언제 면회 가도 되는지 알려줘."

"나중에 얘기해. 지금은 일단 내가 낫게 내버려둬. 곡을 써. 음악을 만들어. 행복하게 지내야 해. 사랑해."

그는 인도에 서서 그녀를 실은 구급차가 떠나는 뒷모습을 바라봤다. 성공하려고 너무 바빠 사느라 자신이, 아마도 오래전에, 실패했다는 사실을 이제껏 눈치채지 못했었다. 단지 눈치채지 못했을 따름이었다.

더 오크스에 도착하고 사흘 뒤 리디아는 뇌졸중으로 쓰러졌고 혼수상태에 빠졌다. 그리고 그녀가 깨어나자 모든 것이 전과 달라졌다.

뇌졸중 소식을 듣자마자 레빈은 앨리스를 태우고 이스트햄프턴으로 갈 계획을 세웠지만 폴에게서 앨리스를 데리고 회사로 오라는 전화를 받았다. 폴 휘턴은 리디아 아버지의 변호사였는데 그의 법률사무소에는 의료법 부서와 이혼법 부서가 있었다. 폴이 소개한 젊은 변호사가 30대다운 똑똑함으로 레빈과 앨리스에게, 리디아의 바람이 이뤄지도록 보장해줄 법적 장치를 설명했다.

"정말 유감이에요, 레빈." 방을 나설 때 폴이 말했다. "내가 도울 수 있는 일이 있다면……."

레빈은 너무 망연자실해서 대답할 수가 없었다.

거리로 나왔을 때 그가 앨리스에게 말했다. "엄마를 만나야겠어."

"아빠, 그러면 안 돼. 엄마가 원치 않는다니까? 아까 못 들었어?"

"엄마가 정말로 원치 않는지 어떻게 알아?"

"난 엄마 아빠 사이에 끼어들지 않을 거야. 안에서도 말했지만. 그래도 엄마가 하고 싶다는 대로 해줘야지."

"내가 원하는 건? 다들 나나 내 기분에 대한 배려는 전혀 없이 모든 일을 결정한 것 같아. 네 엄마는 내 아내야. 우리는 거의 24년 동안 부부로 살았다고."

"아빠, 엄마 병명이 뭐야?"

"TTP."

"그게 뭐의 약잔데?"

"혈전 어쩌군데 외우질 못하겠어."

"혈전성 혈소판감소성 자반이야, 아빠. 그렇게 안 어려워." 앨리스가 친절하게 말해줬다.

"그래서 우리 가족 중에 네가 의사가 되려나 보다."

레빈은 지금 리디아의 모습이 어떨지 생각하고 싶지 않았다. 고개가 푹 수그러져 있을까? 뇌졸중 환자들이 말하려 할 때 내는 끔찍한 소리를 낼까? 침을 흘릴까?

리디아가 집에 오면 〈가와〉*가 그의 마지막 영화가 될지도 몰랐다. 뉴욕은 지팡이나 휠체어를 위한 곳이 아니었다. 교외 어딘가로 이사해야 할 터였다. 선샤인 가든스나 더 에버그린스라는 이름의 시설로. 여행은 다시는 떠나지 못할 것이다. 여름은 미지근하고 겨울은 무기력한 곳에서 살아야 할 것이다. 그렇게 사는 건 죽은 거나 다름없어, 레빈은 생각했다. 그래서 그녀는 집을 들락거리는 간병인들로부터 그를 구해줬다. 복도에 난간이 있고, 변기 옆에 손잡이가 있고, 욕조에 고무 깔개가 깔린 집으로부터 구해줬다. 샤워실의 플라스틱 의자로부터 구해줬다. 경사로, 곤죽 같은 음식, 질병과 부패에 딸려 오는 냄새로부터 구해줬다.

예전에도 리디아가 아플 때는 그녀의 체취를 찾기가 충분히 어려웠다. 그는 안방의 바뀐 모습도 싫었고 그녀의 병으로 인한 불만감이 자신의 창작력을 고갈시키는 것도 싫었다. 자기 집에서 갑자기 발끝으로 걸어 다녀야 했다. 알지도 못하고 앞으로도 기억 못할 의료인들과 부엌을 같이 써야 했다. 밤에는 그녀가 자야 해서 늦게

---

* 일본어로 '강' 또는 '개천'.

까지 피아노를 칠 수도 없었다. 그 대신 헤드폰을 쓰고 키보드를 쳐야 했다.

리디아와 외출을 할 수도 없었다. 식사는 노인들처럼 쟁반에 받쳐서 갖다줘야 했다. 정확하게 그녀가 원하는 것을 주문해도 한 입도 제대로 못 먹었다. 혹은 그가 포장 음식을 사서 돌아올 때쯤에는 그녀가 너무 피곤해져서 아예 입에 대지도 못했다. 리디아가 아플 때 그가 밖에 친구를 만나러 나가면 저녁내 기분이 찝찝했다. 그는 그녀가 수혈하러 병원에 갈 때를 굉장히 좋아했다. 적어도 그때만은 그녀가 출장 중이라고 상상할 수 있었기 때문이다. 재방송되는 프로를 보거나, 원하는 만큼 늦게까지 깨어 있거나, 음악을 크게 틀거나, 손님방 대신 안방에서 잘 수도 있었다. 손님방에서 잠을 깨면 늘 우울했다.

온 세상이 두 가지, 병과 죽음을 위해 세팅된 듯한 분위기도 싫었다. 리디아의 어머니는 리디아가 어렸을 때, 같은 병으로 세상을 떠났다. 리디아의 아버지는 그녀가 모든 방면─학교든 전문의든─에서 최고만을 누리게 했다. 뉴욕은 그러기에 좋은 곳이었다. 그리고 리디아는 건축가가 되었고 그 모든 역경에도 불구하고 그녀의 작품은 뛰어났다. 신체는 어머니를 닮았는지 몰라도 다른 면은 아버지를 닮았던 것이다.

앨리스가 10대가 되자 리디아의 입원 중 심부름을 도맡기 시작했다. 하지만 레빈에게는 리디아의 부재, 그녀가 입원 중임을 아는 것, 점점 잦아지는 발현을 지켜보는 것, 합병증이 늘 끔찍했다. 그것은

110

그가 상상했던 미래가 아니었다. 그는 두 사람이 나이가 들면 함께 산책을 하고, 영화를 보고, 유럽에서 여름을 보내는 것을 상상했었다. 리디아와 함께 빈에, 런던에, 에스파냐에 다시 가고 싶었다. 그녀와 나란히 앉아 베를린필하모닉의 연주를 또 듣고 싶었다.

나는 정말로 리디아를 하루 종일 돌보기 위해 내 인생을 포기해야 할 운명인가? 혼인 서약을 할 때 정말로 이 부분에도 동의했던가? 그녀는 그가 그러길 원하지 않았다. 그래서 그런 조치를 취한 것이다. 그녀는 그에게 자유를 줬다. 두 사람 모두에게 나은 일을 했다. 난 그저 리디아의 지시에 따르고 있는 거잖아. 리디아가 그러랬다고. 가서 곡을 써. 훌륭한 음악을 만들어. 내가 당신을 사랑한다는 걸 기억해. 후회하지 마.

그녀는 현재 상태로 5년 더 살 수도 있었다. 혹은 2년 더 살 수도 있었다. 그로서는 알 수 없는 일이었다. 하지만 그녀는 레빈 없이 그러고 싶어 했다. 그녀는 이혼을 요구하지 않았다. 단지 그가 면회 오지 못하게 했다. 앨리스는 면회할 수 있었다. 하지만 레빈은 그녀의 입에 축축하고 찐득찐득한 것을 떠 넣거나 그녀를 화장실까지 부축해야 할 의무로부터 해방되었다. 어쩌면 지금은 그녀가 기저귀를 찰지도 몰랐다. 이 흉측한 생각이 떠오르자마자 다시 구석으로 치워버렸다. 좋을 때나 나쁠 때나?* 그건 구식이야, 그는 결정지었다. '나쁠 때'를 현대식으로 처리하는 것도 가능했다. 도우미는 돈으로

---

* 혼인 서약에 나오는 글귀.

살 수 있었다. 서비스는 주문하면 됐다. 과학과 기술, 그것이 모든 선택지를 만들어냈다. 돈이 있는데 왜 품위를 잃어야 한단 말인가? 그가 사랑하는 여자의 모습이 하나도 남아 있지 않은 지금, 그는 리디아를 보지 않아도 되었다. 그리고 자기 인생을 계속 살면 됐다. 그녀를 잃은 것도 비극이었지만 두 사람이 같은 운명의 포로가 되는 것이 더 큰 비극이었을 것이다. 분명히.

방종한 이기심. 이 말이 자꾸 떠올라 그를 괴롭혔다. 내 인생을 사는 게 이기적인가? 나 혼자 조용히 사는 게 정말로 누군가에게 피해를 주고 있나? 리디아에게는 돌봐주는 사람이 있었다. 돈으로 살 수 있는 최상의 수준이었다. 그리고 과학이 아직 그녀를 구할 수 있을지도 몰랐다. 면회는 앨리스가 갔다. 앨리스가 그녀의 의료 대리인이므로 잘못된 게 하나라도 있다면 앨리스가 알 것이다.

"엄마가 정말로 다시는 못 걷는대?" 그가 앨리스에게 물었다. 리디아가 뇌졸중으로 쓰러진 후에 그들이 함께한 몇 번 안 되는 식사 도중이었다.

"의사들 말은 그래. 그러니까, 엄마가 일어앉으려면 남이 도와줘야 해. 엄마를 휠체어에 끈으로 묶어서…… 아빠, 괜찮아? 언젠가 이런 날이 올 걸 상상해봤을 거 아냐."

"아니, 안 해봤어. 정말로 한 번도 안 해봤다고. 하지만 난 괜찮아. 정말로, 난 괜찮아."

"그래? 난 안 괜찮은데."

"나한테 화났니, 앨리스?"

"아니. 어쩌면. 그보다는 실망한 것 같아."

"무슨 소리야?"

"음, 사실은 아무것에 대해서도 판단이 안 서. 내 생각에 다른 남편들은…… 아냐, 관두자. 엄마는 아빠가 행복하길 바라는 것 같으니까."

"그게 잘못이야? 내가 죄책감을 안 느끼는 것 같아?"

"그런 것 같아, 아빠. 사실은 아빠가 죄책감을 느껴야 하는지 아닌지도 잘 모르겠어. 한편으로는 존경스럽기도 해. 아빠는 그렇게 이기적일 수 있고, 엄마는 그렇게…… 관대할 수 있다는 점이."

"관대하다고! 나는 엄마의 바람대로 하고 있을 뿐인데 어딜 가나 욕만 먹는구나."

"아빠한테는 변명의 여지가 없는 것 같아."

"변명의 여지?"

"아빠가 하고 싶었던 음악을 다 못 한 것에 대해서."

하지만 그것마저도 결국은 리디아에 대한 얘기였다. 다음 앨범이 성공한다면 리디아가 그에게 생일 선물로 스타인웨이를 사줬기 때문일 것이다. 리디아가 그에게 공간과 시간과 평생 걸려도 다 못 쓸 돈을 줬기 때문일 것이다.

3부

못 끝낸 채로 죽어도 괜찮은 일만
내일로 미뤄라.

파블로 피카소

14

힐라야스 브린은 마리나 아브라모비치의 공연 패턴을 관찰했다.
예술가는 방문객이 떠나자마자 고개를 떨구고 눈을 감았다. 그다음
에는 어깨를 살짝 올리고, 미세하게 여러 방향으로 스트레칭을 하
고, 심호흡을 하고, 마음을 가라앉힌 다음, 준비가 되면 고개를 들고
다음 사람과 눈을 맞췄다.

힐라야스는 아브라모비치가 하루분의 앉아 있기를 하는 동안 버
티기 위해 아침 식사로 뭘 먹었을까 생각했다. 퀴노아? 아몬드? 스
피룰리나* 스무디? 생선? 그녀는 아브라모비치가 베네치아에서 그
많은 소뼈를 박박 닦은 뒤로 채식주의자가 됐다는 기사를 읽은 적
이 있었다. 아브라모비치에게 황금 사자상을 안겨준 바로 그 공연**
이었다.

---

* 클로렐라와 비슷한 녹조류. 각광받는 건강식품.
** 베니스비엔날레 수상작 〈발칸 바로크〉.

힐라야스는 다리를 꼬고 머리에 두건을 쓴 채 기다렸다. 히잡을 쓰던 예전의 습관이었는데 줄 선 사람들과의 대화를 완벽하게 차단하는 데 아주 효과적이었다. MoMA는 아브라모비치에게 대중시장을 만들어줬다. MoMA가 만든 새로운 팬층이 점점 커지고 있었다. 앞으로 어디까지 커질지 몰라도 아브라모비치가 과연 누구나 아는 이름이 될까 힐라야스는 의심했다. 사람들이 발음도 제대로 못하는데 말이다. 지금껏 온갖 형태의 변종을 다 들어봤다. 하지만 이 공연은 너무 멋지고, 너무 단순하고, 너무 강렬해서 널리 주목받지 않을 수 없었다.

아브라모비치가 느끼는 고통은 겉으로 드러나지 않았다. 그리고 나신도 없었다. 성적 암시도 없었다. 지금까지 아브라모비치의 작품은 후천적 기호였다. 그런 혹독함이나 인내심에 누구나 공감할 수 있는 것은 아니었기 때문이다. 면도칼로 스스로를 베기.* 채찍질.** 생양파 먹기.*** 만리장성 횡단**** 이후에 거쳤던 이상한 수정기水晶期.***** 그런데 어느 날 갑자기 모든 부류의 사람들이 그녀에게 매료됐다.

극기란, 힐라야스가 알기로는, 대부분의 미국인이 경험하고 싶어

---

* 〈립스 오브 토마스〉.
** 〈립스 오브 토마스〉와 〈분해〉.
*** 〈양파〉.
**** 〈연인들〉.
***** 〈수정 영화관〉 연작과 〈떠나기 위한 신발〉을 발표한 시기를 말하는 듯하다. 아브라모비치는 지금도 '일시적 물체'로 통칭되는 광물 조각을 선보이고 있다.

하지 않는 것이었다. 불편도 마찬가지다. 누가 나 대신 느끼는 게 훨씬 낫다. 비웃을 수 있다면 더 좋다. 리얼리티쇼. 〈잭 애스〉* 현상. 조니 녹스빌과 스파이크 존즈는 고통을 일종의 장치로 사용하고 싶어 하는 강렬한 충동을 이용했다. 아마도 대중시장이자 남성용 저질 개그일 텐데도 하드코어인 이유를 그녀는 이해했다.

힐라야스가 마리나 아브라모비치를 처음 접한 것은 〈리듬 10〉이라는 행위예술 공연 사진에서였다. 아브라모비치는 한 손에 커다란 부엌칼을 든 채 바닥에 무릎 꿇고 앉아 있었다. 다른 손은 하얀 종이 위에 펼쳐놓았다.

공연을 촬영한 흑백영화는 화질이 나쁘고 음향도 또렷하지 않았다. 아브라모비치가 자기 앞에 칼 스무 개를 늘어놓았다. 그리고 녹음기 하나를 켜고 나서 첫 번째 칼을 집더니 슬라브족의 술 게임처럼, 펼친 손가락 사이사이를 칼끝으로 찍으며 빠르게 왔다 갔다 했다. 손이 다칠 때마다 칼을 바꿨다. 칼 스무 개를 다 쓰자 녹음을 멈췄다. 그리고 녹음테이프를 재생하면서 칼날이 바닥을 찍을 때 만드는 리듬에 귀 기울였다. 그다음에는 두 번째 녹음기를 켠 상태에서 첫 번째 테이프를 재생하며 리듬을 똑같이 흉내 내고, 똑같은 순간에 정확히 똑같은 곳을 베고, 손을 벨 때마다 칼을 바꿨다. 그다음에는 테이프 두 개를 동시에 재생하면서 원래 패턴과 새로운 패턴

* MTV에서 방영했던 리얼리티쇼. 조니 녹스빌을 포함한 열 명의 출연진이 장난스럽지만 위험한 스턴트를 하는 내용.

에 귀 기울였다. 과거의 실수와 현재의 실수가 동기화됐다. 이 공연이 에든버러에서 있었던 때는 1973년, 힐라야스가 태어난 것과 같은 해였다.

힐라야스는 묻고 싶은 게 많았지만 아브라모비치는 〈예술가와 마주하다〉를 공연하는 75일 동안 언론과 인터뷰하지 않기로 되어 있었다. 힐라야스는 그녀가 누군가와는 얘기를 하는지, 아니면 미술관에 있지 않은 아침저녁에도 침묵을 지키는지 궁금했다. 그 침묵은 얼마나 힘들까? 고난은 그녀가 타고난 무엇이었다. 하지만 후천적으로 습득하기도 했다. 힐라야스는 아브라모비치가 세르비아 밖에서 보낸 세월, 유럽을 횡단하고 암스테르담에서 살고 독일에서 강의하며 보낸 세월과 이곳 뉴욕에서의 삶이 어린 시절이 남긴 황폐한 자취를 벗겨냈는지 궁금했다. 강렬한 경험들로 이루어진 삶이 그녀를 해저의 조약돌처럼 반질반질하게 만들어줬을까? 그녀를 갈고닦아서 아트리움 가운데서 광채를 내뿜는 여자, 움직일 수도 없고 알 수도 없는 조각상 같은 사람으로 만들었을까?

아브라모비치는 예전에 이런 말을 했다. 연극에서는 피도 가짜고, 칼도 가짜다. 하지만 행위예술에서는 모든 것이 진짜다. 칼은 베고, 채찍은 피부를 째고, 얼음덩어리는 살을 얼리고, 촛불은 화상을 입힌다. 〈립스 오브 토마스〉*라는 작품에서 벌거벗은 아브라모비치는

---

* 혹은 〈토마스 립스〉. 두 제목이 병용된다. 아브라모비치의 연인이었던 스위스 예술가 토마스 립스의 이름에서 따왔다.

십자가 모양으로 배열된 커다란 얼음덩어리들 위에 누웠다. 그다음에는 거기에서 일어나 면도칼을 사용해 천천히 자기 배에 별 모양을 그렸다. 다 긋고 나서는 꿀 1킬로가 든 단지에서 한 숟갈을 떠먹고 적포도주 한 병을 조금 따라 마셨다. 그녀는 피부가 수많은 빨간 자국으로 쓰라릴 때까지 아홉 가닥 채찍*으로 자기 등을 계속해서 때렸다. 그 후에는 군모를 쓴 채 서서 자기 배에서 흘러나온 피로 얼룩진 백기를 들고 세르비아의 전쟁 노래를 들었다. 일곱 시간 동안 얼음, 면도칼, 꿀, 포도주, 채찍, 노래로 이뤄진 과정을 반복했다. 오스트리아에서 〈립스 오브 토마스〉를 처음 공연했을 때 그녀는 스물여덟이었다. 2005년에 구겐하임에서 했을 때는 쉰여덟이었다.

아브라모비치는 매일 오후 MoMA를 벗어나면 별 다섯 개짜리 호텔에 가서 룸서비스, 안마사, 지압사의 보살핌을 받는 호사를 누릴까? 아니면 자기 베개가 있는 그리니치의 아파트로 돌아갈까? 무슨 꿈을 꿀까? 힐라야스는 아브라모비치가 밤에 눈을 감을 때 자신을 응시했던 낯선 이들의 얼굴을 보는지 궁금했다. 그들은 그늘 사이에서 그녀의 영혼을 찾아내고 싶어 했고, 그녀에게서 작은 용기 한 조각을 끄집어내고 싶어 했으며, 그녀의 뺨에서 피부 한 가닥을 할퀴어내어 진실의 제단에서 나눠 주는 제병처럼 먹고 싶어 했다.

힐라야스는 줄 선 사람 중 한 명이 뉴 뮤지엄에서 전시 중인 데이

---

* 원래 죄수 체벌에 사용하던 채찍으로, 중간중간 매듭지은 아홉 가닥의 끈으로 만든다.

비드 올트메이드의 거인에 대해 열변을 토하는 것을 들었다. 그녀도 좋아하는 조각작품이었다. 그 거인은 그녀가 태어나서 본 모든 남자 중에 가장 섹시했다. 온몸이 유리섬유와 강철로 만들어지고, 어깨에는 다람쥐 한 마리가 앉아 있는데도. 뒤쪽의 누군가가, 국립도서관에서 매일 오후 공연이 열리는 동안은 열람실이 폐쇄돼서 얼마나 불편한지 모른다는 얘기를 했다. 그리고 오른쪽 두 명은《고슴도치의 우아함》을 읽는 즐거움에 대해 이야기했다. 아침이 주욱 늘어나다 오후로 넘어가는 동안 이 행렬은 아브라모비치의 탁자 앞으로 사람들을 계속 실어 날랐다. 아브라모비치는 시간에 대해 가르치고 있는 거야, 힐라야스는 생각했다. 나는 여기 세 시간 동안 앉아 있었고, 오전이 다 지나가버렸는데, 생각하는 것 외엔 아무 일도 하지 않았어. 그녀는 마지막으로 그랬던 적이 언제인지 기억나지 않았다.

마침내 그녀 차례가 왔다. 힐라야스는 두건을 버리고, 신발을 벗고, 사각형을 가로질러서 자리에 앉았다. 아브라모비치가 고개를 들자 두 사람의 눈이 마주쳤다. 그러자 지난번, 이번 주 초에 앉았을 때와 똑같은 실제 효과가 나타났다. 마치 예전에 느꼈던 공명에 접속한 것만 같았다.

그녀는 아브라모비치와 자신이 주고받는 시선 안에 자리 잡았다. 아트리움 안의 속닥거림과 움직임을 인식했지만 그녀에겐 지엽적인 것에 불과했다. 그녀는 아브라모비치의 까맣고 촉촉한 눈동자와 창백한 입으로 이루어진 세계에 초점을 맞췄다. 자신의 눈이 깜빡이는 것을 느꼈지만 아브라모비치는 거의 깜빡이지 않았다. 힐라야스는 숨을 고른 다음 아브라모비치의 눈 너머의 어둠 속으로 손을 뻗었다.

테이블을 덮은 하얀 식탁보, 은식기와 반쯤 찬 와인글라스가 보였다. 그녀는 접시 위의 토스트 조각에 파테*를 바르기 시작했다. 토스트를 베어 물자 이 사이에서 바사삭 소리가 났다. 그 감촉이 입천장에 닿았다. 맛은 무기력하고 되직했다. 그녀는 연어, 철갑상어 알, 사워크림, 딜,** 후추 맛을 식별해냈다.

아브라모비치 대신 톰이 하얀 셔츠 차림으로, 오직 톰만이 할 수 있는 방식으로 하얀 셔츠를 입은 채 맞은편에 앉아 있었다. 그녀를 향해 미소 짓고 있었다. 그 순간 그녀의 눈에 눈물이 차올랐다. 지난 겨울에 봤던 모습 그대로였다. 잘 다린 셔츠, 귀 위에서 구부러뜨려서 뒤로 빗어 넘긴 반백 머리, 이틀 기른 것처럼 세심하게 자른 수염, 피부에서 풍기는 감귤류 향기.

"혼자야?" 그가 물었다.

"그런 것 같아." 그녀가 대답했다.

"뭐, 이유는 당신도 아는 그것 때문이지."

"그래, 그런 것 같아." 그녀가 그의 눈을 들여다봤다.

"금욕 생활 중은 아니고?" 그가 물었다. "당신한테 금욕은 다이어

---

* 곱게 간 고기나 생선으로 만든 기름지고 짭짤한 페이스트.
** 미나리과의 향신료. 주로 씨앗이 쓰이며 톡 쏘는 매운맛을 낸다.

트와 같지."

"섹스를 안 하면 감각이 무뎌져. 그러니까 당연히 금욕 생활 중은 아니지."

"당신은 여전히 무서워."

그의 앞에 놓인 유리잔에 적포도주가 가득 담겨 있었고 그가 그 것을 입술로 가져가 마셨다. 그녀의 몸에 그토록 환상적인 것들을 해줬던 바로 그 입술.

"남자는 절대 예술 하는 여자를 진심으로 사랑할 수 없어." 그녀 가 그의 체취를 맡고 싶다는 생각에 테이블 위로 몸을 기울이며 말 했다.

"그거 내가 한 말이야?"

"응." 그녀가 대답했다. 그의 피부 감촉이 입안에 느껴질 때까지 깨물고 싶었다. 그의 냄새를 자기 몸속까지 빨아들이고 싶었다. 그 는 그녀의 눈을 들여다보면서 절정에 달하고, 긴 숨을 내쉬면서 사 랑한다고 말하곤 했었다.

스테이크 냄새가 나서 아래를 내려다보니 샤토브리앙,* 깍지콩, 송로유를 넣은 사과 퓌레, 베아르네즈 소스**와 적포도주 소스가 보 였다. 그들이 오스트레일리아에서 함께했던 식사였다. 더위와 열대 강우 속에서 섹스 하며 보냈던 2주일, 캔버스 차양과 거대한 무화과

---

* 두툼하고 넓적한 안심스테이크. 겉만 살짝 익혀 먹는다.
** 달걀노른자, 버터, 백포도주 식초로 만든 연노란색의 되직한 소스.

나무와 시끄러운 과일박쥐가 있는 작은 레스토랑에서 산해진미를 맛보았던 매일 밤.

"그래, 요즘 노래는 하고 있어?" 그가 물었다.

"별로. 6월부터 라임 클럽 공연이 잡혀 있긴 한데 아키한테서 소식이 없어. 리디아가⋯⋯." 그녀가 말끝을 흐렸다.

"당신 아직도 나한테 화났어?"

"응." 그녀는 부르고뉴산産 포도주를 홀짝이며 참나무 향이 혀 밑을 흐르는 걸 느꼈다. "나는 아무한테도, 당신한테처럼 마음을 줬던 적이 없어."

"나도." 그가 말했다.

"왜 *그거론 부족했어?*"

"가끔은 그랬지."

"내가 어떻게 다시 남자를 믿겠어?"

"그건 나한테 할 질문이 아니야."

"당신이 어떻게 알아?"

"내가 나타나기 전부터 해왔던 질문이니까."

"그렇지 않아."

"아니, 그래. 그래서 내가 폐소공포증에 걸릴 지경이었다고."

그녀는 다시 사람들의 속닥거림을, 그리고 자신 앞의 얼굴, 그 창백한 피부와 빛나는 눈을 인식하기 시작했다. 눈물이 얼굴을 흘러내리는 것이 느껴졌다. 아브라모비치의 눈에 맺힌 눈물이 보였다. 어떻게 그런 일이 일어났을까? 어떻게 그녀가, 톰이 레스토랑에 앉아 있는 다른 공간으로 이동했던 걸까?

그녀는 계속 아브라모비치를 응시했지만 환영은 다시 나타나지 않았다. 끝났다. 더 이상 아무것도 없었다. 그녀는 숨을 들이마시고 고개를 숙여 눈을 감고는 자리에서 일어나 아트리움을 가로질러서 신발과 가방이 있는 곳으로 돌아갔다. 할 말이 없었다. 계단을 내려가 로비를 지나서 환한 거리로 나간 다음 유명인 사진이 박힌 커피 잔과 영화 대본을 파는 가판대를 지나쳤다. 그리고 그때, 그제야 소리 내어 웃었다. 그것은 마치 커다란 안도감의 물결처럼 그녀에게서 흘러나왔다.

"맙소사." 그녀가 말했다. "맙소사." 손목시계를 확인했다. 한 시간도 넘게 앉아 있었음을 깨달았다. 서둘러야 했다. 5시까지 회사에 도착해야 했으니까.

15

암스테르담에서 온 박사과정 학생 브리티카 판데르 사르는 제인 밀러 옆에 앉아 있었다. 브리티카는 무릎 위에 노트북을 놓은 채 웹캠으로 스크린숏을 찍었다. 마리나 아브라모비치 맞은편에 앉은 사람은 작가 콜럼 토빈*이었다. 브리티카는 이 작가를 알지도 못했고 그의 작품에 대해 들어본 적도 없었지만 제인은 그를 알았다.

"난 저 사람 얼굴이 좋아요." 제인이 말했다. "마치 아일랜드 민족의 모든 이야기를 흡수하는 바람에 슬프고 약간 난처해진 듯한 얼굴이잖아요."

토빈은 어린아이 같은 표정으로 마리나를 쳐다보고 있었다. 호기심을 느끼면서도 약간 혼란스러워하는 것 같은.

"저는 이 공연에 대한 블로그를 만들 거예요. 책 제목 좀 다시 말

---

* 아일랜드의 소설가. 《거장》으로 국제 더블린 문학상, 스톤월 도서상, 람다 문학상을, 《브루클린》으로 코스타 소설상을 받았다.

쓈해주실래요?"

제인은 그렇게 했다. 브리티카가 맹렬하게 타자를 치는 동안 작가와 행위예술가는 말없이, 달콤한 홍차와 비스킷 없이, 보드카와 올리브 없이 앉아서 서로의 눈을 응시했다.

제인이 브리티카를 돌아보며 말했다. "저기서 마리나랑 앉아 있을 때 기분이 어때요?"

브리티카가 대답했다. "관객들이 쳐다보니까 꼭 벌거벗은 듯한 기분이 들었지만 그래서 이 모든 것의 테마가 '드러내기'라고 생각하게 됐어요. 저기에, 저 불편한 의자에 앉기 전까지는 완전히 이해하질 못했었거든요. 그 정도는 보면 알지 않냐고들 하겠지만 그 전까지는 드러내기가 행위예술에 가져오는 효과를 제대로 몰랐어요. 이 공연의 주제는 '완전히 드러내기'예요. 관중은 당신을 쳐다보는 어마어마한 힘이죠. 처음에는 8분밖에 못 앉아 있었어요. 두 번째에는 12분이었고. 다음에는 아마 더 잘할 수 있을 것 같아요."

"그래도 그렇게 연구를 많이 했으니 마리나가 지인처럼 느껴지겠어요." 제인이 말했다.

"어떤 면에서는요. 그래도 여전히 마음의 준비는 안 돼 있었지만……."

"아브라모비치가 이 작품을 통해 뭘 말하려 한다고 생각해요?" 제인이 물었다.

브리티카의 형광 분홍색 머리카락, 빨간 입술, 보라색 콘택트렌즈, 인조 속눈썹. 이 모든 것이 아시아인의 섬세한 얼굴을 장식했다.

그녀는 제인이 어디서 본 것 같다고 느낀 만화 캐릭터가 그려진 티셔츠, 짧은 치마, 무늬 있는 레깅스를 입고 통굽 부츠를 신고 있었다.

"마리나는 파트너 울라이와도 비슷한 작품을 했었어요." 브리티카가 말했다. "1980년대에 세계 곳곳에서요. 두 사람은 아주아주 긴 탁자의 양쪽 끝에 앉아서 서로의 눈을 들여다봤죠. 제목은 〈밤바다 건너기〉였어요. 원래는 100회를 공연할 예정이었는데 울라이가 하루 종일 앉아 있은 탓에 엉덩이에 욕창이 생겼죠. 살도 너무 많이 빠졌고요. 의사가, 이렇게 계속 앉아 있으면 갈비뼈의 압력 때문에 비장이 파열될 거라고 말했어요. 어느 날 통증이 너무 심해지자 울라이는 공연 도중에 일어나서 방을 나가버렸어요. 그는 마리나가 자기 없이도 계속 앉아 있었던 게 마음에 들지 않았죠. 그래서 그녀를 조금 미워하게 된 것 같다고 생각해요. 자기보다 더 강할지도 모른다는 것을 알게 돼서요."

"그래서, 마리나가 말하려고 하는 게 뭐예요?" 제인이 다시 한번 물었다.

"처음부터 줄곧 말해온 거라고 생각해요. 모든 것의 핵심은 교감이라는 거죠. 무엇이 자신을 교감하게 만드는지 알기 전까지는 진정 자유로운 게 아니에요."

"당신도 예술가인가요?" 제인이 물었다.

브리티카가 어깨를 으쓱했다. "꼭 그렇진 않아요."

아홉 살 때 브리티카 판데르 사르는 지식이 무엇보다 중요하다는 걸 알아차렸다. 그녀의 유일한 장기는 남들보다 많은 지식을 쌓는 것이었다. 한두 명의 스승이 그녀를 적극적으로 이끌어줬다. 그리고 지금 그녀의 박사논문 주제는 하루가 다르게 유명해지고 있었다. 브리티카는 자신이 적시 적소에 있음을 알았다. 비록 어렸을 때처럼 스케치를 할 시간도 없고, 물감과 붓은 본가 찬장에 들어 있고, 지나가는 기차 속 승객의 얼굴을 잠깐 관찰할 시간조차 없었지만 그것이 지금 인생에서 그녀의 위치였다. 이민자와 실업자의 도시 암스테르담 출신에게는 자신이 '될지도 모를' 무언가에 대해 생각하고 있을 시간이 없었다. 자신이 '반드시 되어야 하는' 것만이 중요했다. 그녀는 평범한 소셜미디어 채널을 여러 개 운영하면서 자신의 연구가 어떻게 진행되고 있는지를 지도교수에게 계속 알렸다. 대기열待機列을 정기적으로 돌아다니면서 꼭 필요한 사람들을 만나 얼굴을 훑어보고, 질문을 하고, 자기소개를 했다. 이곳은 큐레이터, 비평가, 학자에게 자석 같은 곳이었다. 그녀의 외모는 큰 효과를 발휘했다. 사람들이 그녀를 무시하기 어렵게 만들었던 것이다.

콜럼 토빈이 탁자를 떠나고 다음 사람이 아트리움을 가로질러 와서 앉았다. 마리나는 세파에 찌든 얼굴을 흰머리가 후광처럼 둘러싼 여자를 유심히 살피는 것처럼 보였다.

제인은 그 노인에게서 물씬 풍기는 친절함의 분위기에 깜짝 놀랐다. 그녀가 브리티카에게 말했다. "저 사람이 지금 마리나한테 묻고 싶은 게 있는데 마음속으로도 못 물어보고 있는 것 같지 않아요? 당신은 묻고 싶은 질문이 있었어요? 의자에 앉았을 때?"

"저는 마리나가 체력을 어떻게 분배하는지 알고 싶었어요. 의자

130

에 앉아보고 깨달은 건 호흡이 관건이라는 거예요. 제 말은, 그게 새로운 건 아니에요. 요가에서 가르치는 거니까. 하지만 우리가 저기 앉은 마리나를 볼 때 실제로 일어나고 있는 일은 그녀의 호흡뿐이라는 거죠."

브리티카는 마리나가 자리에서 일어나 관중을 위해 살짝 춤추는 것을, 〈발칸반도 성애 서사시〉 영상에서처럼 자기 가슴을 문지르며 풍요의 노래를 부르는 것을 잠시 상상했다. 하지만 마리나는 완전히 가만있었다. 이 공연에는 세르비아 자연의 푸른 언덕도, 화려하게 수놓인 농민들의 전통의상도, 벌거벗고 용두질하는 색욕이나 비옥한 땅도 없었다. 그저 시선에 의해 강요된 고독감, 침묵을 지키는 방문객, 두 얼굴과 두 마음 간의 말 없는 교감이 있을 뿐이었다.

제인은 질문이 노인의 얼굴을 떠나는 것을 지켜봤다. 잠시 후 노인은 의자에서 일어나 사라졌다. 그리고 다음 사람, 또 다음 사람으로 계속되는 동안 브리티카는 제인 옆에서 글을 썼다.

"마리나한테는―제인이 속삭였다―모든 사람이 합쳐져서 한 명이 될까요?"

"어쩌면 오지 않을 사람 생각을 하고 있을지도 모르죠. 예를 들면 파올로, 전남편 말이에요. 작년에 이혼했거든요."

"두 사람이 만난 지 얼마나 됐죠?"

"12년요."

"애도." 제인이 말했다. "지금이 애도 기간일지도 모르겠네요. 가엾어라."

"마리나랑 살 수 있는 남자가 많을 것 같진 않아요." 브리티카가 말했다. "그 왜, 마리나가 좀 세잖아요."

"그렇죠." 제인이 말했다. "강한 여자죠. 하지만 마리나를 저기 앉아 있게 하는 게 강함은 아니라고 생각해요. 그것 때문에 이 많은 사람들이 와서 앉고 싶어 하는 건 아닐 거예요. 모든 위대한 예술은 우리로 하여금 말로 표현할 수 없는 무언가를 느끼게 만들죠. 이게 가장 좋은 표현은 아니겠지만…… 예술이 어째서 사람을 변화시킬 수 있는가를 이보다 더 잘 포착한 말은 없는 것 같아요. 보편적 지혜에 접속하게 해준다."

"그 말 써먹어야겠네요." 브리티카가 자판을 두드리며 말했다. "그러니까, 마리나가 관중을 이용해서 이 효과를 만들어내고 있기도 하지만 관중 또한 개개인이 이 경험을 진지하게 받아들임으로써 작품을 창조하는 데 일조하고 있는 거예요."

"그렇다면 무엇이 이 공연을 예술로 만들까요?" 제인이 물었다.

브리티카가 미소 지었다.

"당신 나라의 고흐의 〈해바라기〉를 본 사람들은 왜 대부분 행복한 한숨을 지을까요?" 제인이 물었다.

브리티카는 그를 우리의 고흐라고 생각해본 적이 없었다. 옛 네덜란드에서는 모두가 금발에 파란 눈이었다. 하지만 지금은 달랐다. 아프리카인들과 아랍인들과 그녀 같은 아시아인들이 바글바글해서 금발에 파란 눈의 네덜란드인은 일부 지역에만 남은 별종 같았다. 런던과 약간 비슷했다.

잠시 후 제인이 말했다. "두 사람이, 마리나와 울라이가 헤어지지 않았다면 어떻게 됐을지 궁금해요."

브리티카가 어깨를 으쓱했다. "저는 마리나가 울라이를 뛰어넘는, 더 훌륭한 예술가라고 생각해요. 위층에 있는 것…… 회고전과 이 공연을 보면 말이죠. 아버지, 어머니, 울라이. 그들은 통과해야 할 과정이었어요. 이제 마리나는 혼자고요."

"그럼 이건 장례식인가요?"

"네, 마리나는 늘 자신의 장례식이라는 아이디어를 좋아했어요." 브리티카가 말했다.

"그리고 우리를 거기에 초대했죠!" 제인이 웃었다. 그녀는 젊은 여자의 손을 잠깐 잡았다 놨다. "집에 돌아가도 이건 절대 잊지 않을 거예요." 그녀가 말했다.

그녀가 꼭 아는 사람처럼 느껴져, 브리티카는 생각했다. 나는 여기 콘크리트 바닥에 앉아 있어. 이 공연을 보러 암스테르담에서 뉴욕까지 두 번이나 왔고 아마 한 번 더 오게 될 거야. 내 인생 중 3년을 그녀에 관한 글을 쓰면서 보냈어. 그녀가 했던 말과 행동은 익히 알고 있지만 여기서 그녀를 보고 있다 보니 깨달았어. 그녀가 누군지 안다는 생각이 틀렸을지도 모른다는 것을. 무엇이 사실이고, 무엇이 그녀가 반복적으로 말해서 진실처럼 느껴지는 것인지 구분하기는 어렵지만 어쩌면 어렵지 않을지도 몰라. 그녀가 나를 기억했으면 좋겠어. 하지만 그녀는 나를 모르지. 지난 몇 년간 내가 얼마나 고생했는지를 몰라. 살면서 그 누구의 눈을 들여다봤던 것보다도 오랫동안 그녀의 눈을 들여다봤지만 다시는 못 만날 수도 있어. 그녀에게 나는 미대생 1에 불과할지도 모르지. 어쩌면 그녀는 자기한테 필요한 것을 가진 사람에게만 친절할지도 몰라. 그녀는 암스테르담을 잘 알아. 수년간 살았으니까. 그녀와 나는 거의 확실히 똑같은 거리를 걸었고, 똑같은 미술관에 갔고, 똑같은 식당에서 식사했고, 북해로부터 불어치는 바람에 옷깃을 여몄고, 똑같은 운하가 얼어붙는 것을 봤고, 봄에 수선화를 봤고, 어쩌면 똑같은 길에서 자전거를 탔을지도 몰라. 암스테르담에서 지내던 동안에도 그녀는 훗날 여기 있게 될 마리나 아브라모비치와 똑같은 사람이었어. 내가 그녀 나이가 됐을 때는 과연 어디에 있을지, 혹은 어떤 사람이 되어 있을지 상상도 안 가. 나도 들판에서 자거나 나폴리에서 도구들이 놓인 탁자 앞에 나체로 서게 될까?* 아니, 아닐 것 같아. 나는 그녀가 하는 걸 할 수 없어. 고통도, 박탈도 좋아하지 않으니까. 어쩌면 나는 어렸을 때, 예전에, 중국에 있을 때, 입양되기 전에 그런 것들을 전부 내버렸는지도 몰라. 그럼 나는 뭘 좋아했을까? 영원히 알 수 없겠지. 어쩌면 아무것도 좋아하지 않았는지도 몰라. 어쩌면 좋아하는 법을 배웠는데 늦게 배워서 힘든지도 모르지. 내가 아주 오랫동안 누군가가 돌아오길 기다린 적이 있나 생각해보는 중이야. 아마 있을 것 같아.

---

* 〈리듬 0〉.

그날 오후 늦게 천사의 눈을 가진 남자가 다시 한번 의자에 앉았다. 그도 울었고 마리나도 같이 울었다. 그때 스피커에서 안내 방송이 나왔다, 브리티카는 아직 하루를 마무리할 준비가 안 됐는데. 미술관이 15분 후에 폐관합니다.

브리티카는 녹색 방에서 빨간 드레스를 벗는 마리나를 상상했다. 아마 그녀의 조수 다비데 발리아노가 바깥에 비가 내리고 있다고 말해줄 것이다. 그러면 그녀는 바지와 스웨터를 입을 것이다. 그리고 그가 그녀에게 웃옷을 입혀줄 것이다.

"가요. 집에 갈 시간이에요."

브리티카는 자신이 어떤 면에선 마리나 아브라모비치를 두려워한다는 것을 알았다. 그것은 그녀가 박사논문을 계속 쓰게 된 원인 중 하나였다. 마리나는 과연 무엇을 두려워할지 궁금했다. 새벽 1시에 겁에 질려 잠에서 깨어 시트의 주름을 펴고 귀퉁이를 접어서 매트리스 밑에 넣을까? 어머니가 매일 자정마다 시켰던 것처럼, 잠잤던 흔적이 침대에 남지 않을 때까지? 지금도 잠에서 깰 때마다 심장이 쿵쾅쿵쾅 뛸까? 자기가 더 이상 일곱 살이, 열 살이, 스무 살이 아니라고 되뇌어야 할까? 어머니는 죽었으므로 다시는 그녀를 깨울 수 없었다. 다시는 그녀를 때릴 수 없었다.

그러나 어머니가 병상에서 죽어갈 때 라벤더유로 그녀의 발을 마사지해준 사람, 욕창을 치료하고 그녀를 사랑해준 사람은 마리나였다.

브리티카와 제인은 근처 식당에서 치킨버거와 키 라임 파이를 먹었다. 그러고 나서 브리티카는 시끄러운 에어컨과 바싹 마른 하얀 시트가 있는 43가의 작은 호텔방으로 돌아갔다. 그녀는 합판으로 만든 헤드보드에 기대앉은 채 타자를 쳤다. 그리고 밤 11시가 되자 노트북을 치우고 편안한 자세를 취했다. 아브라모비치의 삶의 조각들을 이래저래 짜 맞출 수는 있지만 인내심이라는 무적의 재능 한가운데에는 대체 무엇이 있을까?

새벽 2시에 잠에서 깨어 3월 9일부터 마리나와 앉았던 모든 사람을 보여주는 플리커 사이트에서 사람들의 얼굴을 다시 한번 훑어봤다. 까만 더벅머리를 가진 소년, 강렬한 녹색 눈동자를 가진 소녀, 주근깨로 뒤덮인 여자. 표정들이 꾸밈없었다. 각자가 살아온 날들, 펼쳐졌다 다시 접힌 혹은 열렸다가 닫힌 삶, 얼굴을 상하게 한 모든 날들을 말해줬다. 자신의 얼굴에서는 호기심으로 빛나는 눈, 앙다문 입, 걱정이 올라앉은 듯한 눈썹을 봤다. 걱정스러워 보이고 싶지 않았다. 다음번에는 미소 짓고 싶었다.

새벽 3시 33분에 노트북을 닫고 협탁 조명을 껐다. 새날이 그녀를 향해 달려오고, 유럽으로부터 다가오고, 가차 없이 날아오고 있었기 때문에 시간이 있을 때 자둬야 했다. 멜라토닌*이 있었다면 좋았을 텐데 하고 생각했다. 이 공연의 뭔가가 그녀를 불면증환자로 만들고 있었다. 마리나가 맨해튼 어디에서 잘까 생각했다. 그녀는 수면

---

* 수면 유도제.

제를 먹을까? 긴긴 매일 오후에 낮잠을 자거나, 오줌을 누거나, 스트레칭을 하거나, 하품을 하거나, 재채기를 하거나, 어깨를 돌리거나, 발을 구르거나, 코를 긁적일 수도 없는 마리나. 그녀의 밤은 어떨까?

브리티카는 자명종을 8시에 맞췄다. 35일째 날에 미술관 밖에 줄 서기 전에 블루베리 머핀 살 시간을 벌기 위해서였다. 운이 좋으면 오늘 또 의자에 앉게 될 것이다.

16

여기 베오그라드에 네 살배기 마리나가 있다. 이것은 실화다. 나는 이것이 그녀의 첫 공연이었다고 생각하길 좋아한다. 단 한 명의 관객, 바로 내 앞에서 했던 공연.

마리나는 식탁에 앉아 있었다. 할머니는 아까 요 앞에 다녀온다며 나갔다. 하지만 이미 시간이 훌쩍 지났다. 할머니는 가게에 갔다. 가게는 멀지 않았다. 계단을 내려가서 작은 정원과 짖는 개를 지나기만 하면 됐다. 줄 서서 기다린다. 다른 여자들과 얘기한다. 빵 얘기를 한다. 소시지 얘기를 한다. 이웃들 얘기를 한다. 장보기와 대화를 끝낸다. 그런 다음 장바구니를 들고 작은 정원과 짖는 개를 지나 계단을 다시 올라온다. 자물쇠에 열쇠를 집어넣는다.

마리나는 사람들이 계단을 오르내리는 소리를 들었지만 아무도 자물쇠에 열쇠를 꽂고 돌리지 않았다. 어느 것도 할머니가 집에 도착하는 소리가 아니었다. 밖에 나가서 혹시 할머니를 본 사람이 없나 물어볼까 생각도 했지만 키가 작아서 문손잡이를 돌릴 수 없었다. 의자에 올라서면 돌릴 수 있었다. 하지만 그러지 않았다. 그냥 앉아 있었다.

할머니가 앉아서 기다리라고 했다. 그래서 앉아서 기다렸다. 유리창과 커튼 사이에 갇힌 파리 소리가 들렸다. 자신의 숨소리가 들렸다. 화장실 수도꼭지에서 물이 똑똑 떨어졌다. 하수도가 끽끽대고 꼴꼴댔다. 위층에서 누가 음악을 연주하고 있었다. 곧 촛불 켤 시간이 될 터였다.

마리나는 식탁 위의 물컵을 관찰했다. 지금 목이 몹시 말랐지만 컵에 손대지 않았다. 자기가 물을 마시면 할머니가 돌아오지 않을 거라고 생각했다.

오줌을 누고 싶었다. 오줌이 마려웠다. 하지만 누지 않을 작정이었다. 할머니가 돌아오지 않으면 누가 그녀와 살겠는가? 아기가 태어나면 어머니 아버지가 그녀를 데려갈지도 몰랐다. 그녀는 아기와 살고 싶지 않았다. 여기서 살고 싶었다. 할머니가 돌아오길 바랐다.

할머니가 나갔고 문이 닫혔지만 문은 다시 열릴 것이다. 할머니는 돌아올 것이다. 그녀가 가만히 앉아 있기만 한다면.

벽시계가 째깍째깍했다. 그것은 절대 시간이 흐르는 소리가 아니었다. 물컵 안에 색깔 있는 알갱이들이 보였다. 물컵을 통해 본 식탁은 마치 식탁이 아닌 것처럼 움직이고 있었다.

"너 뭐 하니?" 할머니가 물었다. 발소리도, 열쇠 돌리는 소리도 듣지 못했는데 별안간 할머니가 거기 있었다. 할머니에게서 바깥 냄새가 났다.

"앉아서 기다리란 말이 의자에서 일어나면 안 된다는 뜻은 아니었어. 가게에 내가 사려는 게 없더구나. 그래서 무궤도전차를 타야 했지. 그런데 집에 오는 길에 전차가 고장 났지 뭐니."

마리나는 먼지와 빛으로 가득한 할머니의 얼굴을 빤히 쳐다봤다.

"자, 자. 배고프지? 쯧쯧. 내내 거기 앉아 있다니. 무슨 생각을 한 거니?"

마리나는 물컵을 쳐다보다가 손을 뻗어서 한 모금 마셨다. 말은 하지 않았다. 할머니가 돌아왔고 침묵으로 공들여 만들었던 시간은 끝났다.

나는 까만 머리에 까만 눈을 가진 그 자그마한 소녀를 보며 생각했다. '브라보.'

17

힐라야스는 자신의 목소리가 자기가 가진 최고의 재산 중 하나임을 늘 알고 있었다. 그것은 학교 선생들에게 그녀의 말이 거짓이 아니라는 확신을 심어준 목소리였다. 그것은 의심하는 어머니를 안심시켜준 목소리였다. 노래할 때, 방송 할 때, 연인에게 말할 때 목소리는 그녀의 무기였다. 그녀는 매일매일 연습으로 목소리를 탄력 있게 관리했다. 개인교습을 통해 프랑스식 악센트라는 제약에서 해방되었고 어떤 미국인의 귀에도 부담 없이 들리는 발음이 되었다. 이제 보컬 레슨은 목소리의 지속성에 초점을 맞췄다. 그녀가 목을 혹사하지 않고 가수로서 또는 방송인으로서 수명을 단축하는 습관을 키우지 않기 위해서였다.

마이크는 그녀의 전문이었다. 녹음 스튜디오의 부드러움 속에서, 조명이 비추는 방송국 세트에서, 무대 위에서, 마음과 입과 몸 사이의 긴장은 손에 잡힐 듯 생생했다. 어깨뼈 사이로 흐르던 땀이, 끝날 때쯤엔 말라 있는 일도 잦았다. 아널드 키블과 함께하면서 그녀는 더욱 용감해졌다.

흑인인 데다 파리에서 이슬람교도로 자란 탓에 그녀는 일찍이 남자에게 반항하면 위험하다는 것을 배웠다. 그녀가 너무 키가 크고 반항적이라는 사실은 아무런 도움도 되지 않았다. 하지만 뉴욕대학교에서 유학 생활을 하고, 인턴으로 일하고, 초창기에 다양한 라디오 방송국과 텔레비전 방송국을 거치면서, 자신이 남자들을 고분고분하게 만들 수 있음을 깨달았다. 키블은 처음 만났을 때에도 퉁명스럽고 오만하고 무례했다. 잘생기고, 독선으로 유명하고, 짜증 나지만 동시에 현명할 때도 많았다. 그녀는 거의 자기도 모르게 그에게 끌리기 시작했다. 반했음을 드러내는 징조를 스스로 알아차리지 못했다. 그와 방송 하러 들어가기 전에 옷을 몇 번씩 갈아입고, 방송 준비를 하는 동안 집중력을 잃는가 하면, 홀푸드 슈퍼마켓의 빨간 피망 앞에 멍하니 선 채 그녀의 집 식탁에 앉은 그를 상상했다. 너무 대단한 사람이라서 그래, 그녀는 속으로 생각했다. 키블은 지금껏 그녀가 같이 일해본 사람 중 제일 거물이었다.

오디션에서 자신이 그녀의 말에 웃음을 터뜨렸다는 사실에 그가 깜짝 놀랐을 때 그는 마침내 그녀에게 매력적인 사람이 되었다. 그는 방송국에서 자신에게 공동 진행자를 붙여줄 줄 몰랐다. 공동 진행자가 대체 왜 필요하단 말인가? 하지만 그가 가진 모든 권력에도 불구하고 그도 청취율 경쟁에서는 한낱 졸에 불과했다. 그녀가 처음 투입되었을 때 그는 그녀의 질문에 질문으로 답하곤 했다. 하지만 그녀는 제작진의 기대에 부응했다. 특히 텔레비전 프로그램 촬영 때 그랬다. 예술계는 큰손 몇 명이 좌지우지하는, 제 잇속만 챙기는 잔인한 과두제였다. 키블도 뉴욕의 거물 가운데 한 명이었다. 여기서 중요한 것은 누가 당신을 유명하게 만들어줄 수 있느냐였다. 래리 가고지언도, 다비드 츠비르너*도 아널드 키블이 자신의 전시회 평을 써주길 바랐다. 그런데 이제는 그들이 힐라야스에게도 초대장을 보냈다. 텔레비전 프로그램은 6월부터 방송 예정인데 그녀는 그 프로가 잘 만들어졌다는 걸 알았다. 앞으로 초대가 더욱 늘어날 것이다. 키블은 그녀에 비해 늙어 보일지도 몰랐다. 그 생각을 하니 미소가 떠올랐지만 조소는 아니었다. 그녀는 늘 자기보다 훨씬 나이 많은 남자를 좋아했다. 틀림없는 아버지콤플렉스였다.

어쨌든 그들은 지금 방송 중이었고 키블이 인사말을 마무리하고 있었다. 그녀는 정신을 똑바로 차려야 했다. 마음이 딴 데 가 있는 것을 그가 알아챈다면 그녀의 연약한 발목을 독사처럼 물어뜯을 것이었다.

"아브라모비치의 목표는―그의 목소리는 이무깃돌이 있는 영국의 대학교를 연상시켰다―본인 말에 따르면, 존재의 빛나는 상태에 도달하는 것이라고 합니다. 관객들과 기氣의 대화를 나눈다는 거죠. 그게 무슨 말인지는 모르겠습니다만. 이번 공연에서는 그녀가 옷을 입고 있지만 저한테는 마치《벌거벗은 임금님》의 행진 장면처럼 느껴집니다. 그러니까, '기의 대화'라는 게 도대체 뭡니까? 그리

---

* 두 사람 다 세계 예술시장에서 손꼽히는 미술상.

고 그녀가 정말로 5월 말까지 이 공연을 완수해낼까요?"

힐라야스가 말했다. "중반까지 온 지금 시점에서 이미 대단한 성공이라고 생각합니다. 〈예술가와 마주하다〉는 아브라모비치의 경력에서 단독 작업으로는 가장 긴, 75일의 대장정이 될 것입니다. 그녀는 스스로 실패를 고려할 엄두조차 내지 않고 있다고 밝혔습니다."

키블은 아내가 생일 선물로 준 셔츠를 입고 반백 머리에 왁스 같은 것을 발라 약간 헝클어뜨린 상태였다. 시간은 오후 7시 37분이었다. 힐라야스는 차를 다 마셔서 입술이 건조했다. 그래서 그가 말하는 동안 하얀 플라스틱 컵에 담긴 물을 홀짝였다. '방송 중'이라는 빨간 글자가 스튜디오 유리에 비쳐 보였다.

키블이 말했다. "이것은 대중에게 뭔가를 고백하려는 아브라모비치의 시도입니다. 그러니까, 이 작품과 트레이시 에민의 침대* 사이에 일말의 차이라도 있나요? 그녀가 명상을 하고 싶은 거라면, 그건 아주 좋다 이겁니다. 그녀가 며칠 연속으로 앉아서 자신의 죽음, 세계의 문제, 뭔지 몰라도 그녀가 지금 하고 있는 것에 대해 생각하고 싶은 거라면, 그것도 좋다 이거예요. 하지만 왜 우리가 이것을 예술로서 보러 가야 합니까? 어떤 면에서는 그림 보는 행위를 흉내 내는 것 같기도 해요. 다 좋다 칩시다. 그런데 왜 이 모든 것을 그토록 과장된 형태의 무도회 드레스로 망쳐야 하나요? 스웨덴 가구는 또 어

---

* 〈나의 침대〉.

떻고요? 그녀는 거칠고 무섭고 극단적인 작품에서 디바의 드레스를 두른 감정 과다의 작품으로 넘어갔어요."

힐라야스는 거의 옆모습에 가까운 키블의 검은 눈동자와 강렬한 눈썹을 관찰했다. 아주 멋진 눈썹. 크고 매력적인 코.

"우리에게 이 작품은—그녀가 반박했다—위층 회고전에서 부분적으로 볼 수 있는 모든 것들의 총합뿐 아니라 그것이 다른 무언가로 진화한 모습까지 보여줍니다. 그것은 이 시대, 이 도시, 이 예술가, 그녀의 경력에서 바로 지금 이 순간에 속하는 작품이에요. 그리고 저는 우리가 이와 비슷한 것을 다시는 보지 못할 거라고 생각합니다."

그러자 키블이 그녀의 주장을 반박하며, 포스트모던 예술이 이론을 넘어서서 실체를 갖는 것은 부적절하다는 자신의 지론을 부연했다.

키블의 아내 이저벨은 아름다웠다. 힐라야스는 업무 관련 행사와 미술 전시회 개막식에서 그녀를 만난 적이 있었다. 이저벨은 여자들이 아널드를 탐낸다는 것을 알았으므로 힐라야스에게 절대 틈을 주지 않았다. 이저벨은 위압적이고 차가웠다. 하지만 힐라야스가 볼 때 그 차가움은 어느 정도는 키블과 함께 사는 데서 기인하는 듯했다. 그는 함께 살기에 적합한 사람이 아니었다. 여자의 자신감을 좀먹는 남자였다. 이 부부에게는 자식이 없었다.

키블은 자기 얼굴을 힐라야스의 다리 사이에 놓는 것을 좋아했고 몇 달째 그런 상태였다. 그녀는 굴복한 쪽이 자신인지 그인지 알지 못했다. 그녀가 아는 것은 단지 어느 날 밤 자기가 그를 집으로 데려왔고 그 후로 줄곧 그가 그녀의 보지를 빨고 있다는 것뿐이었다. 거기가 그 사람한테 알맞은 자리야, 그녀는 결론지었다. 거기가 그녀가 그를 볼 수 있는 곳이었다.

"이 공연은 1980년대에 오스트레일리아에서 시작된 〈밤바다 건너기〉 연작의 진화된 형태예요. 마리나와 울라이는 그 작품을 6년 넘게 공연했죠." 힐라야스가 말했다. "그리고 2002년 작 〈바다가 보이는 집〉은 정지와 리듬이라는 개념에 대한 강력한 환기喚起였어요."

키블이 말했다. "구겐하임에서 거대한 푸른 드레스를 입고 펼쳤던 끔찍한 공연*은 지금 이 공연의 서서 하는 버전이라고 할 수 있죠. 그녀는 정말 이런 식으로 또다시 우리를 괴롭혀야 하는 걸까요? 저는 한 번도 아브라모비치의 작품을 완전히 납득해본 적이 없습니다. 초기작들, 그러니까 〈리듬 0〉, 〈리듬 10〉, 〈리듬 5〉, 〈리듬 2〉는 모두 말하고자 하는 바가 명확했죠. 울라이와 함께 했던 작업에는 맥락이 있었고요. 탐구적이었어요. 하지만 그 후로는 정말 바보 같은 것들뿐이에요. 수정 신발이니, 뱀이니, 전갈 같은 것** 말이에요."

키블이 또다시 추정을 내놓자 힐라야스는 그에게 마리나 아브라모비치의 삶과 연대기에 대한 지식을 뽐낼 기회를 더 줬다. 청취자

---

* 〈일곱 개의 쉬운 작품〉 중 〈저편으로 들어가기〉.
** 순서대로 〈떠나기 위한 신발〉, 〈용 머리〉 연작, 〈전갈이 있는 초상〉.

들이 그의 빛나는 지성과 신랄한 의견과 소금 캐러멜 같은 목소리를 잊어버렸을 경우에 대비해서.

힐라야스는 그의 셔츠 속에 감춰진 어깨를 알았다. 그의 피부는 대리석처럼 핏줄이 반투명하게 비쳐 보였다. 그의 겨드랑이, 젖꼭지와 불알 주위의 털은 잉크처럼 새까만데 흰 털이 약간 섞여 있었다. 그의 관자놀이 주위가 그런 것처럼. 그는 무신론자 유대인이었고 그녀는…… 뭐, 그녀는 거의 아무것도 믿지 않기로 결심했다. 그는 3개 국어를 했다. 그녀는 5개 국어를 했다.

"그러면 키블 씨 말씀은 피도, 칼도, 나체도 등장하지 않기 때문에 〈예술가와 마주하다〉가 다른 작품들보다 가치가 없다는 건가요?" 그녀가 물었다.

그가 마치 따로 해야 할 일이 있는 사람처럼 벽시계를 흘긋 보더니 그녀를 향해 몸을 홱 돌렸다. 그녀는 오디션을 보기 전에 몇 년치 인터뷰를 보고 들으면서 그의 스타일을 분석했었다. 그는 초대손님의 주의를 흩뜨렸다가 불시에 습격하길 좋아했다. 함께 일하기 시작한 지 몇 주 안 됐을 때 그녀가 적어도 한동안은 여기 있을 것임을 그가 깨닫고 나자 그녀는 자기가 그를 더 멋있어 보이게 만들어줄 수 있다고 그를 설득했다. 그녀는 그의 생각에 거의 동의하는 법이 없었고 남들 앞에서는 더욱 그랬다.

"물론 아니죠." 그가 완벽의 경지까지 끌어올린 우아하고 합리적인 말투로 말했다. 하지만 벌거벗고 있을 때는 그 무엇에 대해서도 옳았던 적이 없었다. 그는 호기심 많고, 어린애 같고, 육욕적이었다. "예술을 명상과 비명상의 범주로 나눌 수는 없다고 생각합니다. 하지만 행위예술은 쉽게 방종에 빠질 수 있다는 걸 인정해야 해요. 아브라모비치가 지금 여기서 하고 있는 행위의 함의를 무시할 순 없습니다. 그녀는 인도의 구루*를 흉내 내고 있는 건가요? 아니면 선사禪師? 혹시 베트남 아니면 중국이나 일본 여행에서 배워 온 건가요? 우리는 이미 크리스 버든이 총에 맞는 것,** 스텔라크가 매달린 것,*** 밥 플래너건의 사도마조히즘,**** 셰데칭의 〈감옥 작품〉*****을 봤습니다. 〈예술가와 마주하다〉는 진정 행위예술의 진화입니까? 아니면 세르비아 정교 교회에서나 해야 할 공연인가요?"

힐라야스가 미소 지었다. 그녀는 그의 눈을 계속 들여다보고 싶었지만 시선을 돌렸다. 그녀의 입은 늘 마이크로부터 적정 거리를 유지했다. "아브라모비치는 자기 존재의 물리적, 정신적 한계를 탐구해 왔습니다. 40년 동안 감정적, 영적 변화를 탐색하는 과정에서 고통과 탈진과 위험을 견뎌왔죠. 정신병치료약의 효과를 우리에게 보여주기 위해 직접 먹기도 했고,****** 자기 몸을 채찍질했으며, 면도칼로 자신의 배에 수없이 별을 그었습니다. 진화라는 맥락에서 볼 때 40년 후에 예술가에게 찾아오는 것은 부동不動과 침묵인지도 모르죠."

---

* 힌두교의 영적 지도자.
** 〈쏘다〉. 조수를 시켜 5미터 거리에서 자신의 왼팔을 소총으로 쏘게 했다.
*** 매달기 연작. 자신의 피부에 갈고리를 걸어서 몸을 공중에 매달았다.
**** 모든 작품. 〈못 박힌〉에서는 널빤지에 대고 자신의 음경과 음낭에 못을 박았다.
***** 스스로 감방을 짓고 1년 동안 자신을 감금한 뒤 그 과정을 기록했다.
****** 〈리듬 2〉.

"그리고 힘들어서 앉기도 해야 하고요?" 키블이 넌지시 말했다. 그는 분명 그녀가 웃길 원했지만 힐라야스는 웃지 않았다.

"그녀는 여성으로서, 또 예술적 표현의 일부로서 영웅과 전사와 수난자를 구현하기도 합니다. 강렬함과 수동성 사이에 어떤 팽팽한 긴장감이 존재하죠."

"그리고 우리는 탄원자고요?" 키블이 입장을 고수했다.

"저는 사람들이 정말로 감동받기 때문에 〈예술가와 마주하다〉 도중에 운다고 생각해요."

그는 자신이 상대방보다 우월하다고 느낄 때, 그 사람을 깔볼 때, 스스로 확신에 찼을 때 가장 편안했다. 그의 얼굴은 오르가슴을 느낄 때 일그러졌다.

"지난 몇 세기 동안 예술은 종교 옆에 머물러왔습니다." 그가 말했다. "그 두 가지가 서로 포개지면 사람들은 분노하죠. 흑인 마리아*나 오줌 예수**의 경우를 보세요. 혹은 빔 델보이에가 돼지 등에 성모마리아를 문신했던 것***도 마찬가지고요. 저는 요즘 MoMA에 들어갈 때 그 모든 사람들이 말 그대로 무릎을 꿇거나 주위에 둘러

---

* 나이지리아계 영국인 화가 크리스 오필리의 〈성모마리아〉. 성모마리아의 드러난 한쪽 가슴에 코끼리 똥을 붙이고 도색잡지에서 오려낸 여자 엉덩이 사진들을 그림에 부착해 논란이 되었다. 루돌프 줄리아니 뉴욕 시장이 전시를 중단하라고 브루클린 미술관을 고소했지만 패소했다.
** 미국의 사진가 안드레이스 서라노의 〈침수(오줌 예수)〉. 작가 자신의 소변에 잠긴 플라스틱 십자고상을 찍은 사진. 정계와 종교계 인사들의 비난 속에 작가는 살해 위협을 받았고 국가보조금을 취소당했다. 프랑스 전시 도중에는 복구 불가능할 정도로 작품이 훼손되기도 했다.

앉아서 아브라모비치가 성자라도 되는 것처럼 바라보는 종교적인 분위기가 불편해요."

"그녀는 그저 참여하라고 초대할 뿐이에요." 힐라야스가 말했다. "이 작품은 치유적이고 영적일 수도 있지만 동시에 사회적이고 정치적이기도 합니다. 다층적이에요. 그것은 우리가 왜 예술을 사랑하는지, 왜 예술을 공부하는지, 왜 예술에 헌신하는지를 상기시켜 줍니다."

그녀는 자기가 이겼음을 알았다. 그는 아까부터 주의가 흐트러져 있었다. 그 순간이었던 걸까? 그녀의 상상 속에서 그는 발기한 채 반듯이 누워 있고, 그녀는 그의 위에 올라탔으면서도 성에 차지 않아 피가 나도록 그의 입술을 깨물었을 때?

"그럼 키블 씨는 공연이 끝나기 전에 의자에 앉으실 건가요?" 힐라야스가 미소 지었다.

그도 소리 없이 웃었지만 목소리는 차분했다. "어쩌면요."

"앉으실 거예요?"

"알았어요. 앞으로 2주 뒤에, 옷 입은―그리고 안 입은―재공연자들과 방송 인터뷰가 잡혀 있습니다. 그때 사람들 앞에서 애무받는 기분이 어떤 건지 알아보도록 하죠."

"그럼 저는 그때 회고전을 한 바퀴 둘러보고 나중에 방송에서 애

***〈루이비통 마리아〉 외. 미국에서 1992년부터 돼지가죽에 문신을 하다가 1997년부터 산 돼지에 하기 시작했고 2004년에는 중국에 '예술 농장'을 만들어 문신한 산 돼지들이 돌아다니는 전시장으로 삼았다. 이후에 그 돼지들은 박제로 만들었다.

기할게요."

"오늘 방송은 여기까지입니다. 여러분은 지금까지 NPR에서 〈뉴욕 예술비평〉을 들으셨습니다. 저는 아널드 키블……."

"저는 힐라야스 브린이었습니다……."

"감사합니다."

"저는 의자에 앉아봤어요." 그들이 뒷정리를 하고 프로듀서에게 손을 흔들면서 방음문을 열고 복도로 나올 때 힐라야스가 말했다. "두 번."

"왜 나한테 말 안 했어?"

"개인적인 일이니까요."

"내가 오늘 저녁 사면 얘기해줄 거야?" 그가 물었다.

"다음에요."

그녀는 찌릿찌릿함을 느끼며 계속 걸어갔다. 그가 자신의 뒷모습을 쳐다보고 있음을 알았다. 어쩌다 보니 그들은 생각보다 깊은 관계가 되고 말았다. 섹스 때문이었다. 몸과 성욕이라는 마약. 하지만 그녀는 걸음을 멈추지 않았다.

18

눈이 기록적인 수준으로 내리고 있었다. 때는 2월, 리디아가 더 햄프턴스에 머무른 지 한 달 됐을 무렵이었다. 레빈은 리디아가 뇌졸중으로 쓰러진 후로 앨리스에게서 아주 기본적인 보고만 받아왔다. 좋은 소식은 없었다. 도시는 얼음으로 미끄러웠고 모든 것이 웅크린 듯 느껴졌다. 낮에도 거의 환해지지 않았고 밤에는 대서양의 폭풍우에 채찍질당하며 혼나는 기분이었다. 그날은 모두가 캐나다에서 내려온 눈보라 대비를 마친 상태였다. 기상관측소들은 그것을 강도 '중'의 허리케인이라고 불렀다. 하지만 뉴욕은 도시 곳곳의 눈더미에도 불구하고 끄떡없었다. 여전히 전기가 들어왔고 그는 핼에게서 이메일도 받았다.

어디 있어? 연락이 안 되네. 전화해줘. 일 얘기야.

"아키, 자네군." 핼이 말했다. 전화 목소리가 핼과 비슷한 사람은 아무도 없었다. 그는 콧소리가 심한 캔자스 사투리(아버지 쪽)와 뭐든 짧게 발음하는 뉴질랜드 사투리(어머니 쪽) 위에 모음을 길게 늘이는 뉴욕 사투리를 쌓아 올렸다. 그의 모음은 조화로웠다. "어디 있었어? 순록한테 전화기를 도둑맞기라도 했어? 몇 주 전부터 계속 전화했다고."

"바빴어."

"그래." 핼이 말했다. "어떻게 지내? 주말은 잘 보냈어?"

주말? 지난 주말 동안 레빈의 유일한 외출은 더 그레이 도그 카페에서 아침을 먹으려는 짧은 시도로 이루어졌다. 도시는 짓밟힌 눈으로 지저분했고 엄청나게 추웠다. 겨울 세일 때문에 찾아온 관광객들이 그리니치빌리지를 채우고, 블루밍데일스 백화점으로 몰려들고, 스프링가街와 커낼가 그리고 그 사이의 모든 곳을 혼잡하게 만들고, 스위스아미 나이프와 남성용 명품 가방과 행주와 셔츠를 파는 작은 부티크들을 샅샅이 훑고, 따뜻한 소매점 감방에서 감방으로 이동했다. 뉴욕대학교 반경 2킬로미터 안의 모든 카페와 식당은 방학이 끝나 돌아온 학생들로 가득 찼다. 하지만 이것이 리디아가 원한 것이었다. 그녀는 뉴욕대학교 캠퍼스에서 지척인 워싱턴스퀘어에 살길 원했다.

리디아가 없으니 레빈은 한 주일의 리듬—확실한 월요일부터 금요일, 습관적인 토요일, 유예하는 일요일—을 잃었다. 모두 사라졌다. 그날이 무슨 요일이든 상관없었다. 그가 원하면 사흘 연속 일요일로 잡고 도시를 돌아다니거나, 화랑에 들르거나, 강변을 몇 시간 동안 걸을 수도 있었다. 출퇴근하는 리디아가 없으니 주중을 위해 짜여 있던 구조가 잡초에 점령당한 돌담처럼 버려지고 모든 체계가 황폐해졌다.

하지만 창의성이라는 게 원래 돌담을 점령하는 잡초, 구조에 침투하는 무엇 아니었나? 그는 대체 어떤 종류의 세뇌가 이런 세상을 만들었을까 생각했다. 바깥 날씨가 아무리 좋건, 자기가 지금 무슨 생각을 하고 있건 사람들이 일주일에 50, 60시간씩 매주 일하는 세상. 그런 세상에서 그림은 과연 어디서 올까? 소설과 조각은? 음악은?

레빈은 다음 앨범을 위한 악상을 생각해왔다. 몇 년 전에 처음 떠올렸던 것을 다시 꺼냈는데 4악장으로 이루어진, 오케스트라를 위한 모음곡―거의 작은 교향곡에 가까운―이었다. 또 톰을 위해 만들었던 초기 영화음악에서 가져온 악상으로 오페라도 하나 구상 중이었다.

"제안할 게 하나 있어. 차나 총을 사라는 건 아니야." 핼의 목소리가 너무 시끄럽게 느껴졌다. "자네 매니저로서, 이 업계는 사람들이 빨리빨리 움직인다는 사실을 상기시켜줘야겠어. 2년 공백은 너무 길다고. 이제 도약할 때야, 아키."

"계속해봐." 레빈이 말했다. 전에 함께 일했던 감독이라면 핼에게 먼저 연락하지 않았을 것이다. 그리고 큰돈이 걸렸다면 핼이 전화하는 게 아니라 찾아왔을 것이다. 그래서 그는 자신이 왜 이메일에 답을 했을까 반쯤 짜증 내며 기다렸다.

"내 말 잘 들어." 핼이 말했다. "디즈니가 일본 회사, 스튜디오 지브리랑 합작하기로 한 거 알지?"

"상상만 해도 끔찍해. 지브리는 왜 그런 걸 허락한 거야? 두고 봐,

모든 게 클리셰 범벅이 될 테니."

"음……" 핼이 반박하려는 듯 입을 다물었다가 다시 하던 말을 계속했다. "그런데 이번에는 워너가 조용히 이즈미라는 회사와 시험적인 프로젝트 몇 개에 착수했어. 그쪽에서 자네한테 제안하고 싶어 하는 건 어른을 위한 동화야."

"아."

"알고 보니 감독인 이소다 세이지가 자네 팬이래. 자네가 적임자라고 생각한다는 거야. 몇 년째 이 프로젝트를 들고 있었는데 짠 하고 워너가 나타난 거지."

"애니메이션이야?"

"그래. 하지만 워너라고, 레빈! 그리고 애들용이 아니라 어른용이야."

"그러니까 이를테면 〈공각기동대〉 같은 건가?"

"그렇진 않아. 신화라니까. 꽤 독특해. 지금 대본 보낼게. 좋은 작품이 나올 수도 있어. 그들은 확실히 자네를 잡고 싶어 해. 다 읽으면 전화해."

"알았어."

"아키, 그 말은 내일 전화하라는 뜻이야. 그리고 전화기 좀 켜봐. 지금은 암흑기가 아니잖아."

그가 다시 전화기를 껐을 때 핼이 리디아를 한 번도 언급하지 않았다는 사실이 떠올랐다. 그것은 꽤나 힘든 일이었을 것이다. 핼은 리디아와 앨리스를 굉장히 좋아했다. 리디아가 뇌졸중으로 쓰러졌던 날, 그는 헬에게 전화해서 울었다. 헬이 포도주와 치즈를 들고 찾아와 기나긴 자초지종을 다 들어줬다. 레빈은 그날 밤을 자세히 기억하진 못했지만 헬이 문간에서 자신을 안아줬던 것은 기억했다. 다음 날 법적 문제가 확실해지자 레빈은 모두와 연락을 끊어버렸다. 하지만 오늘 그들은 아무 일도 없었던 것처럼 대화했다. 이런 연기에는 뭔가 안심되는 면이 있었다. 될 때까지 되는 척해라라는 할리우드의 격언이 있지 않은가. 그와 헬은 괜찮은 척했고, 그래서 괜찮았다.

그들은 헬의 사무실에서 만났다. 워싱턴부터 롱아일랜드섬까지 폭풍경보가 내린 상황이었다. 학교는 휴교했고 공항은 폐쇄되었다. 헬이 레빈에게 타고 오라고 중형 세단을 보냈다. 오전 11시밖에 안 됐는데 이미 날은 콘크리트처럼 무거웠고 회의실 창문 너머로 보이는 크라이슬러 빌딩 위 하늘은 잿빛이었다.

20대 여자 둘과 파란 핀스트라이프 슈트 차림의 30대 남자 하나가 젊은 감독을 따라왔다. 레빈은 자신이 참을 수 없을 만큼 늙었다고 느꼈다. 부분적으로는 전날 슈퍼볼 하프타임에 더 후가 공연하는 것을 보고 나이 먹은 음악가로 사는 게 힘들어 보인다고 생각했기 때문이기도 했다.

이소다는 기껏해야 열일곱 살밖에 안 돼 보였고 어깨까지 내려오는 단발머리와 일본 조각 같은 이목구비의 소유자였다. 순간 레빈은 그를 전에 만난 적이 있는 것 같다는 느낌을 받았다. 톰하고도 그랬었다. 즉각적으로 통했다.

이소다의 조심스러운 영어는 모음이 나올 때마다 뚝뚝 끊기는 것이 매혹적이었다. 핼의 말은 과장이 아니었다. 이소다는 레빈의 작품을 다 아는 듯했다. 모든 앨범을, 심지어 〈가벼운 물〉까지 갖고 있었다. 꽤 구하기 어려웠을 텐데. 영화도 다 봤다.

젊은 감독은 미소를 지으며 꾸밈없는 태도로 말했다. "워싱턴 감독과 하셨던 작업이 매력적이라고 생각합니다. 아주 흥미로운 영화음악이었어요. 그래서 상심이 크셨을 것 같아요. 저는 두 분이 쌓은 파트너십이 대단하다고 생각합니다. 작곡가님 작품에도 존경심을 느끼고요. 제게 기회를 주신다면 새로운 공동 작업의 첫발을 내디딜 수 있을지도 모릅니다."

만화풍 사과 무늬 블라우스를 입은 여자가 레빈을 쳐다보며 말했다. "히사이시 조 작곡가가 안 되겠다고 하니까 이소다 감독님이 레빈 씨를 떠올리셨어요."

레빈은 핼쑥해졌다. 히사이시 조라고? 그것은 마치 하워드 쇼어가 안 됐을 때 그다음에 누구를 할까 생각하는 것과 같았다. 하워드 쇼어를 대신할 사람은 없었고, 히사이시 조를 대신할 사람도 없었다. 클린트 이스트우드나 엔니오 모리코네를 대신할 사람이 없는 것처럼. 존 윌리엄스*나 랜디 뉴먼도 마찬가지고. 이 작곡가들은 자기들만의 성층권에서 살았다. 레빈은 늘 그 사이에 끼고 싶었다. 자

---

* 미국의 영화음악 작곡가. 대표작 〈스타워즈〉, 〈슈퍼맨〉, 〈인디아나 존스〉.

기가 그만한 능력이 된다고 믿었고 아직도 그렇게 되지 않았다는 데 놀랐다. 어쩌면 그는 이미 그 정도로 훌륭한데 아무도 모르는 것인지도 몰랐다. 고흐나 프로코피예프처럼. 아니면 그가 훌륭하지 않은지도 몰랐다. 그 생각을 하면 너무 괴로워서 그는 거기에 대해 생각하길 거부했다. 그런데 지금 그가 동화의 배경음악을 만들어주길 원하는 사람이 있다고?

"대본을 읽어보셔서 아시겠지만 신화이자 우화예요. 시간의 흐름에서 떨어져 나왔지만, 위협적인 세계와 맞닿은 고대의 숲이 연상되는 음악을 만들어주시면 좋겠어요."

"대본은 읽어봤어요."

"네. 혹시 물고기가 여자로 변하는 걸 보신 적 있으세요?" 이소다가 부드럽게 물었다. "어렸을 때요."

"아뇨." 레빈이 말했다.

"저는 한 번 본 것 같아요. 그래서 이 이야기를 좋아하게 됐죠. 제 이야기 같았거든요. 저는 숲속에서 많은 시간을 보냈고 시간이 정말로 그곳에서 시작되는 것 같다고 느껴요. 어쩌면 이야기도요. 버드나무는 하얘지고, 사시나무는 떨린다. 어스름과 한기를 실은 미풍이, 영원히 흐르는 물결 사이로……."*

도대체 어떤 일본인 아이가 테니슨을 읽는단 말인가? 레빈은 궁금했다. 세상이 뒤죽박죽이군.

---

* 앨프리드 테니슨의 시 〈샬롯의 아가씨〉의 일부.

레빈은 그들이 그의 앞에 놓은 스케치를 자세히 살폈다. 호리호리한 흑발 여인이 강가에 서 있는 그림. 그 여인이 강에 뛰어들자 물고기로 변하는 그림. 흰곰이 아이를 다정하게 껴안고 있는 그림.

"이 일러스트들, 놀랍네요." 레빈이 말했다.

"감사합니다." 이소다가 말했다.

"당신이 그린 건가요?" 레빈이 물었다.

이소다가 고개를 끄덕였다.

"아시겠지만 저는 애니메이션을 해본 적이 없어요."

이소다의 눈, 젖은 돌처럼 까만 그 눈이 레빈에게 머물렀다. "그리고 저는 장편영화를 해본 적이 없죠. 〈센과 치히로의 행방불명〉도 애니메이션이고요. 사실은 애들용도 아니죠. 〈센과 치히로의 행방불명〉 아세요?"

"딸이 있어요." 레빈이 말했다. "걔가 스튜디오 지브리 팬이었죠."

"그래서 일정이 어떻게 됩니까?" 핼이 레빈을 흘끗 보더니 격려하듯 고개를 주억거리며 끼어들었다.

"보시다시피 이소다 감독님은 지금 애니메이션 작업 중이세요." 사과 블라우스가 말했다. 그녀의 작고 완벽한 입에는 연보라색 립스틱이 칠해져 있었다. "애니메이션 팀이 동화動畫를 그리는 데 필요한 원화를 이소다 감독님이 전부 그리실 거예요. 책 각색도 직접 하셨고요."

노란 실크 셔츠를 입은 두 번째 여자가 고개를 끄덕이더니 말했다. "스튜디오 이즈미는 이소다 감독님을 전적으로 신뢰하고 있어요."

"저는 미야자키 하야오 감독의 엄청난 팬입니다." 이소다가 말했다. "그분은 모든 작품을 직접 쓰고, 그리고, 감독하시죠. 저도 이번에는 문학작품에서 뭔가를 가져왔지만 이 영화가 잘되면 제 각본을 연출하는 행운을 누리게 될지도 몰라요."

"그래서 일정은요." 사과 블라우스가 헬의 질문에 대답했다.

"영어로는 아마 '시간 아니면 돈이 있다'고 하죠. 이 영화는 저예산이에요. 그래서 시간을 충분히 드리려고 해요." 이소다가 심각하게 말했다. "이런 경우는 굉장히 드문 것으로 알고 있습니다."

레빈이 고개를 끄덕였다.

노란 실크가 말했다. "스튜디오가 지금 프로젝트 여러 개를 연달아 진행 중인데 솔직히 말씀드리면 〈가와〉는 워너가 제일 신경 안 쓰는 작품이에요. 하지만 이소다 감독님은 그들이 틀렸다는 걸 증명하실 생각이에요."

사과 블라우스가 DVD 한 장을 레빈 쪽으로 밀었다. "이건 이소다 감독님의 전작들 중 일부예요. 뮤직비디오, 단편, 게임에 사용된 일러스트. 레빈 씨 보시라고 가져왔어요."

"말하자면……" 핀스트라이프 슈트 차림의 남자가 입을 뗐다. 그때까지는 아무 말이 없다가 지금은 예상 밖의 브롱크스 악센트로 말하고 있었다. "오늘이 2월 9일이죠. 저희는 애니메이션을 4월 30일까지 완성할 예정이고 음악 초안을 5월 20일까지 받았으면 해요. 이소다 감독님 마음에 들면, 어떻게 오케스트라용으로 편곡할지는 그때 가서 레빈 씨와 상의하도록 하죠."

이소다가 고개를 끄덕이며 레빈을 향해 미소 지었다. "저는 우리가 음악과 그림을 함께 만들어나갔으면 해요."

"그런데 개봉일이 잡히면요?" 핼이 물었다.

"그건 워너에 달렸어요." 이소다가 말했다. "저는 내년 2월에 했으면 하는데, 크리스마스 블록버스터들이 지나간 뒤에 사람들이 좀더…… 사색적인 걸 볼 준비가 되어 있을 테니까요."

"녹음은 뉴욕에서 하는 게 좋으시겠어요?"

"그 편이 더 좋으시면요. 아니면 도쿄로 오셔도 좋고요." 이소다가 미소 지었다. "저는 도쿄에서 녹음하면 아주 기쁠 것 같아요. 물론 그러면 작곡가님께 불편한 점들이 생기겠지만요. 제가 우리 나라의 숲을 안내해드릴 수도 있을 거예요. 이 얘기는 작업하면서 상의하도록 하죠."

레빈은 자신이 끄적거려온 앨범을 생각했다. 하지만 어쩌면, 정말 어쩌면, 이 일을 하면서도 틈틈이 할 수 있을지도 모른다. 일을 하는 것은 그에게 좋을 것이다. 그의 일상에 어떤 체계를 가져다줄지도 몰랐다.

이소다가 말했다. "레빈 씨, 이 영화음악을 맡기로 하신다면 작곡가님이 자랑스러워하실 만한 작품을 만들도록 최선을 다하겠습니다."

레빈은 열의에 찬 얼굴을 한 젊은이를 빤히 바라보았다.

"잠깐만요." 그는 이렇게 말하고 회의실을 나왔다. 화장실을 찾아가서 칸 안으로 들어가 문을 닫고 타일 벽에 머리를 기댔다. 자신이 왜 울기 시작했는지는 알지 못했다. 단지 지금이 그의 인생에서 가장 슬픈 순간일지도 모른다고 생각했을 뿐이다.

이소다와 그의 포부에는 우스꽝스러우리만치 순진한 면이 있었다. 레빈은 자신이 처음 작업했던 영화음악을, 자신도 그렇게 큰 희망을 품고 일했었음을 떠올렸다. 그에게 아직도 희망이 남아 있나? 이걸 어떻게 리디아 없이 할 수 있단 말인가? 그는 그녀가 집에 있길 원했다. 하지만 그녀가 집에 있는다면 그는 절대 이 영화 혹은 그 다음 영화를 수락할 수 없을 것이다. 그것이 리디아가 그를 위해 내려준 결정이었다. 이제 그는 그걸 활용해서 뭐라도 해야 했다. 그러지 않기엔 대가가 너무 컸다.

뺨에 닿은 벽은 차갑고 하얬다. 그는 널빤지에 타고 망망대해를 떠가는 사람처럼 벽을 붙잡고 소리 없이 흐느꼈다.

잠시 후 그는 마음을 추스르고 문을 열고 나와 세면대에서 얼굴을 씻은 다음 종이 타월로 얼굴과 손을 닦은 후에 머리를 뒤로 쓸어 넘겼다. 자신의 몰골이 끔찍하다는 것을 깨달았다. 하지만 문득 아무래도 상관없어졌다. 그들이 그가 좀 불안정하다고 생각했다면 맞는 생각이었다. 그는 텅 빈 복도를 지나 회의실로 돌아갔다.

"할게요." 그가 말했다.

19

"제 마지막 날이에요." 제인이 얼굴을 찡그리며 말했다.

"몇 시 비행기예요?" 레빈이 물었다.

"5시요. 최대한 여기 있다가 갈 거예요."

레빈은 제인에게 자신이 사각형 안에서 흘러나오는, 가청한계 바로 너머의 음악을 들을 수 있다고 말할까 생각했다. 아이들이 물속을 뛰어다니거나, 새 떼가 호수에서 저녁 하늘로 날아오르거나, 햇빛이 꽃잎을 때릴 때 생겨나는, 그런 종류의 음악. 때로는 시타르나 뒷면이 조롱박처럼 생기고 목이 뒤로 꺾인 우드*의 또렷한 멜로디를 들었다고 생각할 때도 있었다. 한때 그는 바람의 음악을 손으로 잡으려던 시애틀 소년이었다. 지금은 자신의 잠재력이 손아귀에서 빠져나가기 전에 그쪽으로 손가락을 뻗는 사내였다.

"저는 프리다 칼로가 마리나를 그렸더라면 좋았을 것 같다는

---

* 아랍과 중앙아시아에서 연주되는 발현악기. 류트의 전신.

생각이 들어요." 제인이 말했다. "그녀가 의자에 앉은 마리나에게 어떤 고통의 도구를 배정했을지 궁금해요. 지난겨울에 캐피털 반사 호湖가 단단히 얼어서 사람들이 캐피털힐에서 물 위를 걸어 다녔던 것 기억나세요?* 사진 보셨어요? 저한테는 그게 성경 속 장면처럼 보였어요. 그리고 여기도…… 사람들이 여기 와서 마리나랑 앉는 것도 약간 성경 속 장면 같아요."

레빈은 여전히 머릿속에서 흐르는 음악을 들으면서 고개를 끄덕였다.

"지난번에 제가 대기열에서 소개했던 박사과정 학생 브리티카 아시죠? 분홍 머리를 한, 암스테르담에서 온 중국인요. 우리는 사람들이 4층의 잭슨 폴록 그림 앞에서는 1~2분 있다 지나간다는 얘기를 했어요. 하지만 마리나는 몇 시간 동안 가만히 바라보죠. 많은 사람들이 반복해서 찾아와요. 그리고 보세요!" 그녀가 사각형 주위의 인파와 의자에 앉기 위해 기다리는 사람들의 기나긴 줄을 가리켰다. "세계 방방곡곡에서 온 사람들이에요. 런던, 아일랜드, 프랑스, 포르투갈, 이집트, 이스라엘, 빈, 오스트레일리아. 뉴욕에서의 소중한 며칠을 여기 오고 또 오는 데 쓰고 있어요. 저는 예술품 하나를 바라보는 데 이렇게 많은 시간을 쓰는 사람들을 한 번도 본 적이 없어요."

레빈이 고개를 끄덕였다.

---

* 캐피털 반사 호는 미국 국회의사당 서쪽에 있는 호수이고, 캐피털힐은 국회의사당이 위치한 구역 이름이다.

"마리나가 피곤해 보이지 않아요?" 제인이 말했다. "수백 쌍의 눈이 자기 눈을 들여다보면 저렇게 되나 봐요."

마리나는 오늘 특히 창백해 보였다. 마치 어떤 균에 감염되기 직전인 사람처럼 눈가가 새빨갰다. 피부는 밀랍색이었다. 점심시간 인파가 아트리움을 채우기 시작했다. 새로운 사람이 의자에 앉았다. 빡빡 깎은 머리에, 얼굴은 넓적하고 뾰족한 남자였다.

제인이 말했다. "나는 왜 여기 있는 걸까? 우리가 답을 얻고 싶은 질문은 여전히 이거라고 생각해요. 어쩌면 그 때문에 여기 오는지도 모르죠. 마리나는 알지도 모른다고 생각해서요."

레빈은 그녀를 쳐다봤다. 그가 대답하려는 찰나 반대쪽 옆에 앉은, 신축성 있는 페이즐리 셔츠를 입은 풍만한 몸매의 젊은 여자가 마치 자신을 위해 사소한 말다툼을 중재해달라고 요구하듯 물었다. "저기서 뭐가 보이세요?"

그는 어깨를 으쓱했다. "여러 가지요."

여자가 말했다. "저는 저 사람이 여기에 뿌리를 내린 나무 같다고 생각해요. 유칼립투스 시지아 나무요."

"진짜 여자애 같은 소리 한다." 그녀 옆의 젊은 남자가 레빈을 향해 씩 웃으며 말했다.

"그럼 너는 무슨 나무라고 생각하는데?" 그녀가 일행에게 물었다.

"몰라. 바오바브나무? 뭔가 이국적인 거."

"두 분은요?" 여자가 집요하게 물었다.

"음, 칠레아라우카리아 나무요." 제인이 웃으며 말했다. "아키?"

"저는 나무를 잘 몰라서요." 그가 말했다.

젊은이들은 다시 자기들만의 대화로 되돌아갔다. 제인은 아트리움 중앙에서 서로를 응시하는 두 사람을 계속 쳐다보느라 말이 없어졌다. 하지만 '응시하다'는 너무 거리가 먼 표현이었다. 그보다는 마치 서로를 음미하는 듯했다.

레빈은 하품을 꾹 참았다. 어제 잠을 잘 못 잤다. 1시 5분에 깼는데 다시 잠들지 못했다. 침대에서 일어나 〈소프라노스〉한 회를 봤다. 소파에 앉아 무기력하게 자위를 시도하다 포기했다. 너무 많은 노력이 필요한 것 같았고 그런 목적으로 리디아를 떠올리고 싶진 않았다. 결국 헤드폰을 쓰고 스튜디오에서 일에 몰두했다. 언젠가 열지도 모를, 자신의 대표작을 총망라한 공연을 생각하면서 옛 작품들을 연주했다. 어느 클럽을 빌릴까, 손님은 누구를 초대할까 생각했다.

도시는 시간에 관계없이 소란스러웠다. 뉴욕에 사는 족속들이 삶을 불태우는 소리였다. 그는 세상이 변했음을 느꼈고 창가에 서서 차라리 누가 전화해서 자신을 억지로 불러내주길 바랐다.

지난주에는 병원에 가서 손에 생긴 발진을 치료하는 크림을 받았다. 원래 주치의가 아니라 캐펄러스 박사가 휴가 간 동안 와 있는 대진 의사였다. 의사는 혹시 이상이 있나 확인하는 차원에서 통상적인 혈액검사와 소변검사를 제안했다. 결과를 받아 보니 콜레스테롤 수치가 오르긴 했지만 그의 나이치곤 심각하지 않은 수준으로 드러났다. 약은 필요 없었다. 신장 기능 정상. 혈압은 130/80, 심박수는 74. 모든 것이 정상이었다. "불면증에는—의사가 말했다—운동이 도움 될 겁니다. 땀은 카페인 때문일지도 몰라요. 하지만 쉰이 넘은 남자에게 인생은 지뢰밭과 같죠. 스트레스가 가장 해롭고 운동은 가장 좋은 친구예요. 적정 체중도 유지하게 해주고요. 벤 앤 제리스 아이스크림만 너무 많이 먹지 않으면요. 혹시 수영을 하거나, 테니스를 치거나, 자전거를 타세요?"

"네, 테니스 칩니다." 그가 핼이 지난여름에 이어 테니스 시합을 재개하자고 했던 것을 떠올리며 말했다.

의사는 그에게 커피를 줄이라고 충고했다. 심지어 6주 동안 완전히 끊고 수면 주기에 도움이 되는지 보라고 했다. 지금 먹는 음식 중에 신진대사를 자극할 수도 있는 것이 무엇인가? 의사가 물었다. "붉은 고기를 너무 많이 드시나요? 낮에 물을 충분히 안 드시나요?"

레빈은 나흘 동안 커피를 끊어봤지만 아무 변화도 없었다. 두통이 생기지도 않았다. 하지만 밤에는 계속 깼다.

그가 제인에게 말했다. "어젯밤에 텔레비전 화면 아래 자막에서 똑같은 뉴스가 계속 보이는 거예요. 밤늦게 수영하러 갔던 남성, 관광객들에 의해 발견. 나중에야 제가 몇 글자를 놓쳤다는 걸 깨달았어요. 사실 그 내용은 이거였죠. 밤늦게 수영하러 갔던 남성의 시신, 관광객들에 의해 발견. 세 글자가 그렇게 큰 차이를 만들더군요."

"특히 그 남자한테요." 제인이 말했다.

특히 그 남자한테. 레빈은 자신이 나중에 어떻게 죽게 될지를 평생 궁금해했다. 그건 운명의 장난에 의한 죽음일까? 혹은 길고 고통스러운 죽음일까? 그는 기억력이 나빠지는 게 걱정됐다. 뭔가를 가지러 방에 들어갔는데 그게 뭐였는지 생각나지 않곤 했다. 뭐가 꼭 필요하다고 확신하면서 슈퍼에 갔는데 상품 진열대를 멍하니 바라보곤 했다. 영화제목과 배우 이름, 심지어는 작곡가를 생각해내는 데도 점점 더 오래 걸렸다. 때로는 다음 날 혹은 며칠 후까지 안 떠오르기도 했다. 그런데 그때쯤 되면 애초에 자신의 뇌가 그 특정한 사실을 왜 그렇게 필사적으로 찾으려 했는지를 잊어버렸다.

"제 생각엔 용서가 더 많아졌을 것 같아요." 제인이 말했다. "우리가 이걸 더 많이 했다면요. 아랍 국가에서, 아프리카에서, 심지어는 여기 미국에서도 남자들이 이걸 자기 아내와, 아내들과 매일 했다고 상상해보세요. 서로의 눈을 들여다보는 걸. 아니면 병사와 병사, 아이와 선생님, 각국 정상들이. 어쩌면 정말로 중요한 사람한테 시도하기 전에 다른 사람한테 연습해보는 게 좋을지도 모르겠어요……" 제인이 웃었다. "하지만 정말로, 상상해보세요!"

레빈은 〈가와〉의 음악을 생각했다. 첫 곡 제목은 〈깨어남〉으로 정했다. 겨울의 왕이 숲속에 사는 젊은 여자를 만난다. 마법에 걸린 여자. 그녀는 100년 혹은 그 이상을 숲에서 살아왔다(어쨌든 동화니까). 그들은 사랑에 빠지고 아이가 생긴다. 하지만 아이가 태어나자 여자에게는 무엇보다도 큰 외로움이 찾아온다. 레빈은 그 부분을 어떻게 써야 할지 몰랐다. 무엇을 시도해봐도 하나같이 진부하게 느껴졌다.

잠 못 들고 깨어 있는, 자정과 새벽 사이의 시간에는 마치 레빈 자신이 강을 건널 수 있는 길, 그를 강물에 떠내려 보내지 않고 건너편으로 날라줄 완벽한 징검다리를 찾고 있는 것만 같았다. 강은 친절하지도, 도움이 되지도 않았다. 때로는 주위가 온통 얼음이고 추웠다. 숲은 무성하게 자라난 생명으로 뒤덮인 죽음이었다. 살면서어느 때보다도 자신이 혼자임을 안 그 절박한 시간에 그는 자기가만든 곡을 시야에서 놓치고 다시는 숲속으로 돌아오는 길을 찾지못할 거라고 확신했다. 1시 5분, 3시 17분 또는 4시 24분에는 자기가지금 어디 있는지조차 확신하지 못했다. 그리고 모든 그늘 속에서리디아를 봤다.

"혹시 의자에 앉게 되면 나중에 저한테 말해주세요." 제인이 말했다. "여기 이메일주소 드릴게요." 그녀는 편지지 한 장에 주소를 끄적였다. "집에 돌아가고 나면 이 모든 게 너무 멀고 비현실적으로느껴질 거예요."

"인터넷 생중계로 볼 수 있을 거예요." 레빈이 아트리움 벽에 달린 카메라를 가리키며 말했다.

"제 휴대전화 번호도 써드릴게요. 의자에 앉기 직전에 문자 보내주실래요? 꼭 보고 싶어요."

"그래요." 그가 말했다.

"마리나랑 앉았던 작곡가가 많지는 않을 것 같아요." 제인이 말했다.

"아마도요." 그는 제인을 보낼 준비가 되어 있었다. 원래 작별 인사를 길게 끄는 것을 싫어했다. 그는 절대 그녀에게 이메일을 보내지 않을 것이다.

그녀가 머뭇거리다 말했다. "아키, 저희 부모님은 60년 동안 결혼 생활을 하셨어요. 어머니는 한 번도 뉴욕에 와보신 적이 없었죠. 길을 잃을 거라고 생각하셨거든요. 아버지는 경마를 보러 몇 번 오셨고요."

그는 그녀가 떠나려는 마당에 이 말을 지금 왜 하는지 의아해하면서 고개를 끄덕였다.

"아내분이 집에 돌아오셨나요?" 그녀가 물었다.

"아뇨."

"회복 불가능한가요?"

그는 그녀를 쳐다봤다가 얼굴에서 다정한 표정을 보고 깜짝 놀랐다.

"네."

"하지만 여전히 사랑하시잖아요……."

레빈이 고개를 끄덕였다. "맞아요."

"시도는 해보셨어요?"

"아내가 그 부분을 아주 확실히 해서요."

"있잖아요, 아키, 우리는 서로 잘 아는 사이도 아니고 아마 이 이상 가까워지는 일도 없을 거예요. 그래서 가기 전에 이 말을 하고 싶어요. 칼과 저는, 우리는 28년 동안 같이 살았어요. 하지만 이제 칼이 세상을 떠났기 때문에 생전에 못 한 말을 할 기회가 다시는 없어요. 제 생각엔, 오지랖 넓게 충고를 한다면—남자들이 항상 싫어하

170

는 건 알지만―할 수 있는 건 다 해보셔야 해요. 저는 그냥 사랑이 부질없이 허물어지는 걸 보고 싶지 않아요."

고독은 조용하지, 마치 소리가 차단된 것처럼. 그는 생각했다. "집에 가야겠어요." 그가 말했다.

"아, 네." 그가 벌떡 일어나자 그녀가 깜짝 놀라며 말했다.

"방금 제가 구상하던 영화음악에서 뭔가가 딱 맞아떨어졌어요."

"그거 잘됐네요." 그녀가 덩달아 벌떡 일어났다. "가요, 가! 어서요!"

그가 그녀의 뺨에 입 맞췄다. "네, 그럼……."

그녀가 미소 지었다. "고마워요. 만나서 정말 즐거웠어요, 아키. 마리나랑 앉게 되면 알려주세요."

"그럴게요." 그가 쪽지를 넣은 주머니를 툭툭 치며, 자신이 그런 연락을 하는 사람이 되길 바라며 말했다.

집으로 돌아온 그는 스튜디오에 앉아 거의 평생 동안 해온 일을 했다. 아르페지오* 사이를 왔다 갔다 하며, 단조와 장조로 조바꿈해가며, 자신이 분위기에 휩쓸리도록 놔두면서, 더욱 진해진 두 가지 색채를 모두 느꼈다. 아브라모비치의 옆얼굴, 창백하고 조용한 얼굴을 보았다. 얼굴의 숲 한가운데에 홀로 있는 여인을 봤다. 그리고 소리를 들었다. 따듯한 노래, 고독과 교감 사이의 한 걸음이 있었다.

―――――
* 화음을 한꺼번에 소리 내지 않고 한 음씩 차례로 내는 것 또는 그 주법.

숲과 물의 음악. 거기, 그 음들 속에 시간과 고독과 사랑을 향한 열망의 음악이 있었다.

그의 손이 건반을 오르락내리락하자 손끝에 닿는 시원하고 하얗고 검은 스타인웨이의 청명한 음이 울려 퍼졌다. 갑자기 팔 끝에서부터 기운이 솟구쳤다. 그는 영화의 안팎으로 들락날락하며 장면들을 하나로 엮어줄 테마음악을 들었다. 나뭇잎에 떨어지는 빗방울, 하늘에 뜬 달과 이 멜로디. 그는 이 멜로디가 어떻게 다른 악절들로 발전할 수 있는지를 이해했다. 앞뒤에 무엇이 올 수 있는지도 엿보았다. 멜로디를 반복해서 연주하는 동안 낮에는 사람이고 밤에는 물고기인, 그래서 저물녘에 물속으로 미끄러져 들어갔다가 새벽에 깨어나 강에서 걸어 나오는 여자를 보았고 나무와 양치식물, 바위와 새, 이끼와 버섯 위에 빛이 돌아올 때 조각조각 빛나는 숲을 보았다. 끝없는 물결 속에 서서 세상의 이야기들을 끌어안고 있는 여자.

그는 드보르자크의 신세계 교향곡, 교향곡 9번 E단조 작품 번호 95번을, 호른의 구슬픈 부름과 연주가 멈췄을 때의 조용한 순간을 떠올렸다. 하지만 여기서는 피아노가 태양에게 손짓하며 불렀다. 이것은 세상이 어떻게 태어났고, 어떻게 변해갈 것이며, 모든 것이 예전과 달라지리라는 것에 대한 이야기였다.

172

20

마침내 레빈이 방해물이었던 자기 자신을 치우고 음악에게 길을 내줬으므로 나는 뉴욕을 떠나는 제인을 보러 갔다. 세상에는 예술가가 있고 조력자가 있다. 나는 조력자들을 축복한다. 그들은 창작 과정의 윤활유다. 창의성의 엔진오일이다. 자신이 실패했다고, 자신의 천재성이 인정받지 못했다고, 혹은 정확하게 자신이 요구한 방식으로 보상받지 못했다고 믿고 교직으로 전향하는 예술가를 경계하라. 마찬가지로 젊은 예술가들에게 그들은 절대 성공하지 못할 거라고, 세상은 너무 넓고 그들은 너무 하찮은 존재라고, 그들의 꿈은 뻔한 현실적인 이유 때문에 허황되다고 하면서 경험에서 우러나온 지혜를 전해주는 부모나 친구도 경계하라. 혹은 예술과 관계없는 고고한 위치에 있는 자신이 그 책을 썼더라면, 그 그림을 그렸더라면, 그 영화를 만들었더라면 성공했을 거라 믿는 사람을 경계하라. 그리 힘든 일은 아니지 않은가? 나는 실패를 곱씹을 수 있는 기회가 포크 모양만큼이나 다양함을 봐왔다. 각각의 기회 안에는 약간의 죽음이 있고 그런 죽음에 대한 첫 반응은 대개 분노다. 하지만 제인은 화나지 않았다. 제인은 운전사를 쳐다보고 있다.

그에게서는 향수 냄새가 났다. 단향에 아마 계피가 살짝 섞인 것 같았다. 그녀는 그의 깔끔한 헤어라인과 하얀 셔츠의 칼라 위로 불거진 조금 두툼한 목을 관찰했다. 그녀는 그에게 온갖 질문을 던질 수도 있었을 것이다. 어쩌다 뉴욕에 오게 됐어요? 행복한가요? 하느님이나 알라를 믿나요? 오바마를 어떻게 생각해요? 무슨 음식을 제일 좋아하나요? 다시 열일곱 살이 될 수 있다면 인생을 어떻게 바꾸고 싶어요? 하지만 그러는 대신 그녀는 가만히 앉아서 스카이라인이 뚝 떨어짐과 동시에 교외가 시작되고, 널찍한 고속도로가 축축한 무색 하늘 아래의 도시를 벗어나는 것을 지켜봤다. 그리고 집에 돌아가서 손주들의 질문에 대답하고 자신의 질문들은 한동안 치워두면 정말 좋겠다고 생각했다.

그녀는 탁자 앞에 앉은 마리나 아브라모비치를 바라보며 16일을 보냈다. 그녀는 날마다 사람들이 되돌아오는 것을 봤다. 일부는 의자에 앉기 위해 몇 시간을 기다렸다. 그중 다수가 실패했다. 수십만 명이 〈예술가와 마주하다〉를 보거나 거기에 참여하기 위해 찾아왔고 공연은 아직 반이나 남아 있었다. 그것은 그녀 없이 계속될 것이다. 끝을 보진 못하겠지만 그녀 역시 공연의 작은 조각이었다. 생중계 화면 가장자리의 신발 한 짝이었고 인파 속의 흐릿한 얼굴이었다.

그녀는 세계무역센터가 있던 자리를 방문했던 일을 곰곰 생각했다. 그 규모에 적잖은 충격을 받았다. 단순한 빌딩 두 개가 아니었다. 블록 하나가 통째로, 노란 기계가 점점이 섞인 거대한 자갈 구덩이로 변해버린 것이었다. 잔디밭을 까는 게 제일 좋을 텐데, 그녀는 생각했다. 냇물이 사방으로 구불구불하게 흘러내리는 공원에 어울리도록 하늘이 바라다보이는 높은 원뿔형 언덕으로 조경하는 게 제일 좋을 텐데. 그녀는 잡지에서 본 디자인을 떠올렸다. 이집트 카이로에 있는 미술관인데 안에 비 내리는 방이 있어서, 하늘이 열리는 것을 한 번도 보지 못한 채 어린 시절을 마감할 수도 있는 아이들이 40가지 이상의 비를 체험할 수 있었다.

　세상은 정보로 가득해, 제인은 생각했다. 평생이 걸려도 그 표면을 깔짝이는 것 이상은 불가능했다. 도로는 혈관 같고, 빌딩은 남근 같고, 구름은 그림 같고, 전쟁은 사냥 같고, 물은 생각 같다는 사실은 우연이라기엔 지나쳤다. 그녀는 한때 쌍둥이 빌딩이 서 있던 곳에 자연이 푸른 언덕을 만들도록 내버려둔다면 어떨까 생각했다. 애도하고 기도하고 추모하러 온 사람들의 얼굴에 바닷바람이 불어오게 놔둔다면 어떨까. 400년 전만 해도 섬 전체에 언덕과 숲밖에 없었던 맨해튼의 경치에 언덕을 되살리는 것은 얼마나 멋진 작은 기적일까. 하지만 평평함은 도로와 건물의 토대에 알맞았다. 평평함은 배전망과 지하구조물에 알맞았다. 평평함은 교통과 심지어 걷기에도 알맞았다. 그 결과 산과 언덕은 바닷속으로 밀려났고, 강은 땅속으로 보내졌으며, 숲은 목재로 변했고, 새와 사슴은 쫓겨났다. 거대한 언덕 하나를 되돌리는 것, 그것은 특별한 일이 될 터였다. 디윗

클린턴*은 어떻게 생각할까? 그녀는 궁금했다.

마리나 아브라모비치는 이 도시에 새로운 뭔가를 가져왔다. 지금도 모든 것이 움직이고 수백 년 동안 일제히 움직여온 도시 한가운데에서 자기 자신을 꼼짝 않는 바위로 만들었다. 자신과 관련된 유럽의 역사, 가족의 역사, 개인의 역사를 가져왔고 진정한 뉴욕의 개척자답게 이 도시를 굴복시켰다. 더더구나 예술을 통해 그렇게 했다.

공항에서 제인은 《코스모스》 잡지를 사 들고 기다렸다. 그러나 비행기 좌석에 앉고 난 뒤에 이륙이 두 시간 동안 지연됐다. 그녀는 잡지를 읽다가 밤이 대서양으로부터 과감하게 밀려드는 것을 지켜봤다. 옆자리에 앉은 젊은 남자는 성난 듯이 아이패드를 두드리거나 휴대전화로 문자를 보내거나 하며 자기만의 세계 안에서 바빴다. 마침내 이륙허가가 떨어졌다. 그녀의 샴페인 잔은 빈 물병과 과자 봉지와 함께 치워졌다. 비행기가 천천히 움직이면서 가속도를 높이기 시작했다.

중력을 거스르는 그 거친 움직임 속에서 그녀는 늘 이게 절대로 될 리 없다고, 쇳덩어리와 날개와 거대하고 길쭉한 상자 안의 수백 명이 하늘로 들어 올려질 리 없다고 확신했다. 하지만 물론 기적은 일어났다. 그들은 맨해튼 상공에, 하늘 높이 솟은 빌딩 블록 위에, 저 아래 어딘가에 자유의여신상이 있는 거대한 항구 위에 있었다.

---

* 뉴욕주 상원의원, 뉴욕 시장, 뉴욕 주지사를 역임했으며 이리 운하 건설의 주역이다.

176

생명과 활동을 나타내는 빛이 눈 닿는 곳까지 뻗어 있었다. 비행기가 북쪽에서 서쪽으로, 다시 남쪽으로 꺾으면서 그녀는 드디어 집으로 향하게 됐다. 눈을 감자 그녀는 한순간 다시 아트리움에 있었다. 그녀는 생각했다. 자신이 아브라모비치와 앉았다면 무엇을 봤을까 혹은 느꼈을까? 사각형 밖에 앉는 것으로 충분했나? 아니면 인생을 바꿀 수도 있는, 용감한 행동을 할 기회를 놓친 걸까?

그녀는 반사적으로 손을 뻗어 칼의 손을 꼭 쥐려 했다. 순간적으로 옆자리 젊은이의 어깨에 머리를 기대고 싶은 강렬한 충동을 느꼈다. 잠시나마 그녀를 사랑하는 누군가가 곁에 있는 척하고 싶었기 때문이다.

돌아갈 수 있을지도 몰라, 끝날 때쯤에. 그녀는 생각했다. 돌아갈 수 있어. 마지막 날에 그녀가 일어날 때 볼 수 있어. 마리나 아브라모비치가 75일의 대장정 끝에 일어나는 것을 본다면 얼마나 멋질까.

4부

일하는 날이 최고의 날이다.

조지아 오키프

21

레빈은 16분 전부터 부엌 탁자에 앉아 있었다. 목이 신경 쓰였다. 약간 뻐근했다. 새벽 4시 30분에 깼는데 5시 15분이 돼도 달리 할 게 없어서 늘 입는 까만 운동복 바지와 하얀 티셔츠를 끄집어냈다. 그리고 라파예트가街 필라테스 학원의 6시 수업에 5시 45분에 도착했다. 작년에 배웠던 선생은 애리조나주로 갔지만 새로 온 매디 선생이 도와주고 있었다. 넙다리뒤근육도 뻣뻣하고―매디가 말했다―엉덩이도 뻣뻣하네요. 그의 몸에는 뻣뻣하지 않은 데가 거의 없었지만 그래도 전보다는 물렁물렁해졌다. 수업이 끝나면 세상이 더 맑고 환해진 듯한 기분이 들었다. 고유감각*은 개선이 필요했지만 매디는 지금 상태에도 만족하는 것 같았다.

집으로 돌아오는 길에 처음 가보는 카페에서 스크램블드에그와 커피를 먹었는데 괜찮았다. 아파트에 돌아와서는 식탁 의자를 두

---

* 자기 몸의 위치, 자세, 평형, 움직임을 느끼는 감각.

개만 남기고 다 치운 다음 그 두 개를 정면으로 마주 보게 놓았다. 그리고 한 의자 위에는 베개를 여러 개 쌓아 올렸다. 이거다 싶은 느낌이 안 들자 소파에 있던 빨간 쿠션 세 개와 손님방에 있던 둥글고 하얀 쿠션을 써봤다. 그런 다음 벽장에서 검은 캐시미어 스카프를 가져다가 쿠션 위에 얹었다.

"안녕, 마리나." 그가 말했다. 기본적인 요소는 충분히 비슷했다.

그는 맞은편 의자에 앉아 긴장을 풀려고 시도했다. 약간 바보같이 느껴졌지만 어차피 보는 눈도 없었다. 그는 자기가 만든 마리나의 머리카락을 보고 웃다가 웃음을 뚝 그쳤다. 심호흡을 하고 하얀 쿠션 얼굴을 빤히 쳐다봤다. 그러나 거의 즉시 왼쪽 어깨뼈를 긁고 싶은 충동을 느꼈다. 그는 고개를 천천히 왼쪽 오른쪽으로 부드럽게 돌렸다. 눈썹을 긁고, 어깨를 돌리고, 양 어깨뼈를 차례로 의자 등받이에 최선을 다해 비비고, 꼬았던 발목을 풀고, 손가락 스트레칭을 했다. 그러고 나서 다시 한번 완벽하게 가만히 앉아 있으려고 시도해봤다.

쿠션 얼굴을 보면서 자신을 마주 보는 마리나의 눈을 상상하려 했다. 그러나 다음 순간 유리문 너머의 널찍한 옥상 발코니를 흘끗 봤다. 그는 지금 이 시간에 아침 먹은 접시를 닦을 수도 있었고, 스튜디오에서 평소처럼 일할 수도 있었다. 업타운 쪽으로 산책을 나갈 수도 있었다. 하지만 당장은 이 앉아 있기 과제를 처리해야 했다.

그는 아까 달걀을 먹는 동안 〈뉴욕 타임스〉에서 읽은 기사를 생각하기 시작했다. 4월 19일이 온갖 종류의 큰 사건이 일어났던 날이라는 이야기였다. 오클라호마 폭탄테러.* 웨이코 공방전.** 더 옛날로 거슬러 올라가면 미국독립혁명이 시작된 날***이기도 했다.

특별한 날짜는 그 외에도 많았다. 현충일, 독립 기념일, 노동절과 핼러윈, 추수감사절. 앨리스가 어렸을 때는 현충일 직후에 메인주의 똑같은 집을 몇 년 동안 빌렸었다. 그는 대개 첫 며칠만 있다가 집으로 돌아왔지만 리디아와 앨리스는 몇 주 동안 머물렀다. 그는 여름의 뉴욕을 좋아했다. 덥고 무거운 밤, 창문을 열어놔도 끈적끈적한 저녁. 에어컨 바람과 찬물 샤워, 허드슨강에서 불어오는 산들바람이라는 행복. 아파트의 조용함. 매일매일 혼자 있다는 사실이 주는 반가운 안도감. 하지만 얼마 지나지 않아 리디아와 앨리스가 보고 싶어지곤 했다. 그 시절을 생각하면 존 콜트레인, 텔로니어스 멍크****와 수제 맥주가 떠올랐다.

그는 다시 한번 식탁 맞은편에서 그를 마주 보는 마리나에게 집중하려고 했다. 하지만 잠시 후 자신이 유리장식장이 늘어선 벽을 바라보고 있음을 깨달았다. 그 장식장을 보면 마치 온 가족이 여기

---

* 1995년 미국 연방 청사 밖에서 폭탄이 터져 168여 명이 사망하고 680명 이상이 부상당한 사건. 범인은 연방정부가 웨이코 공방전을 처리한 방식에 대한 불만이 사건 동기였다고 밝혔다.
** 1993년 사교 집단 다윗파의 근거지인 텍사스주 웨이코 근교의 마운트카멜 센터를 ATF, FBI, 텍사스주 방위군이 습격해 51일간 대치하다 신도들이 불을 질러 총 86명이 사망했다.
*** 1775년 첫 전투인 렉싱턴·콩코드의 싸움에서 식민지 민병이 영국군에게 승리를 거둔 날.
**** 각각 미국의 재즈 색소포니스트와 재즈피아니스트.

사는 것 같았다. 그는 이제 컵 하나, 대접 하나, 접시 하나만으로도 잘 꾸려나갈 수 있었다. 가정부 욜란다는 매주 식사에 간단한 메모를 붙여서 냉장고에 넣어놨다. 그리고 일주일에 두 번 냉장고를 싹 비우고 새것으로 채워 넣었다. 때로는 초콜릿 브라우니나 쿠키를 두고 가기도 했다. 식료품 저장고에는 리그비가 좋아하는 온갖 고양이 사료를 쟁여놨다.

리디아는 친구들에게 일요일 점심 식사를 대접하는 것을 좋아했다. 새 친구건 오래된 친구건 리디아에게는 다 똑같았다. 그런 모임은 마치 운동처럼 그녀의 기운을 회복시켰다. 그는 그녀처럼 사람들을 필요로 하지 않았다. 그녀가 부에노스아이레스나 서울에서 돌아온 다음 날 점심에 열여덟 명을 초대하는 걸 이해할 수 없었다. 하지만 그것이 리디아였다. 늘 한갓지게 살 시간이 없는 것처럼 사는 사람. 그리고 어쩌면 그녀가 옳았는지도 몰랐다.

그를 쳐다보는 쿠션 마리나는 미동도 하지 않았다. 그가 눈을 가늘게 뜨고 보자 그녀는 왜 가만히 못 있느냐고 그를 꾸짖었다. 그는 식탁 밑에서 깍지걸이했던 손을 풀어서 다리 위에 놨다. 그러자 거의 즉시 손이 가렵기 시작했다. 잠시 후에는 붓기까지도. 허리가 당기고 엉덩이가 아프기 시작했다. 필라테스 때문이었다. 아무런 일도 하지 않는 수많은 작은 근육들을 발견한 탓에 이제 내일이 되면 온몸이 쑤실 것이다.

그가 알아챈 진짜 마리나의 움직임은 상체를 약간 앞뒤로 움직이는 것이었다. 혹은 어깨나 고개를 살짝 돌리는 것이었다. 그 동작은 아주 천천히 이루어졌다. 그녀가 너무 덥거나 춥다고 느끼면 어떡하지? 그는 궁리했다. 운이 없는 거지 뭐, 그는 생각했다. 그녀는 여기 담요 좀 갖다줘요라고 말할 수 없었다. 소변보기도 마찬가지였다. 장운동은 더 심각했다. 분명 아침에 한 번은 똥 싸라는 신호가 오지 않나? 그는 그녀가 그 모든 것을 어떻게 조절하는지 전혀 알지 못했다. 어쩌면 세르비아인들은 다른 나라 사람보다 훨씬 강인하게 만들어졌는지도 몰랐다. 그는 어깨를 으쓱하고 목 스트레칭을 했다. 또 규칙을 깼다.

이제는 양옆으로 늘어뜨린 두 팔이 무겁게 느껴졌다. 고개를 돌려 벽시계를 봤다. 17분이 지나 있었다. 한숨을 쉬고, 자세를 고쳐 앉고, 허리를 쭉 폈다. 하지만 볼기와 엉덩이의 통증이 점점 참을 수 없을 만큼 심해졌다.

차라리 리디아가 뭘 집어 던졌더라면 좋았을 텐데, 그는 생각했다. 고함쳤더라면 좋았을 텐데. 그는 그녀가 물리적으로 그에게 상처를 입히고 그게 어딘가에 흉터로 남아서 자기가 그걸 보면서 이렇게 말할 수 있었더라면 좋았을 거라고 생각했다. 바로 그날이었지. 이게 그 흉터야. 그날 아내가 더 이상 나랑 같이 살 수 없다고 말했어.

앨리스에게서 뇌졸중 소식을 들은 후에 그는 리디아 외에는 열지 말 것이라고 적힌 이삿짐 상자 중 남아 있던 것에 든 짐을 조심스럽게 풀기 시작했다. 찻주전자, 조각작품, 작은 사발과 상자의 올바른 위치가 어디인지를 자기 자신과 논쟁하며 귀중품 하나하나를 조심스럽게 정리했다. 그리고 몇 주 동안 생화를 사서 그녀의 책상에 갖다 놓았다. 지금 그녀가 집에 오도록 꾀고 있는 거라고 스스로를 속이려 애쓰면서.

그러나 그녀의 열변이 그립지는 않았다. 공교육의 위기에 대해, 오바마가 첫 임기, 즉 상원에서 민주당이 다수당인 지금 뭘 해야 하는지에 대해, 그의 노벨평화상 수상에 자기가 얼마나 화났는지에 대해, 헨리 키신저가 받았을 때* 이후로 최악의 결정이라며 그녀는 열변을 토하곤 했다. 그리고 올겨울이 유사 이래 가장 추운 겨울이 될 거라고, 농업 부문이 온갖 피해를 입을 거라고, 해빙이 유례없는 속도로 녹고 있다는 얘기도 했다. 그는 모든 게 엉망진창이 되어가고 있다는 걸 알고 싶지 않았다. 그에게는 에어컨 바람을 즐길 권리가 있지 않았던가? 그는 환하게 밝힌 방과 비행기 여행을 좋아했다. 잘못되어가는 세상일 중 어느 하나도 해결할 능력이 없었다. 일개 개인, 음악가, 작곡가일 뿐이었다. 남들을 즐겁게 해주는 사람이었다. 따라서 그런 것들은 정말 그의 문제가 아니었다. 분리수거를 하는 게 다였다.

그는 앨리스가 보고 싶다는 사실을 깨닫고 깜짝 놀랐다. 딸애가 1년 동안 프랑스에 가 있었을 때보다 지금 더 보고 싶었다. 흐릿한 기억에 따르면 그때 아이의 부재는 안도감 비슷한 것을 가져다줬다. 그는 리디아를 다시 독차지하게 되어 기뻤다. 그들은 아이가 태어나

---

* 1973년 미군의 베트남전 철수를 이끌어낸 파리협정을 성사한 공로로 수상했다. 그러나 결국 남베트남은 북베트남군에 함락되었으므로 베트남전을 종식하지도 못했고 철군 후에도 유사시에는 남베트남을 돕겠다는 약속 또한 지키지 않았다.

기 전까지는 쉬웠던 일과 영화, 식사와 산책, 자전거 타기와 카페 가기 사이의 리듬을 되찾았다. 마치 그것이 20년간의 결혼 생활이 안겨주는 진정한 보상인 것처럼.

프랑스에서 돌아온 앨리스는 집을 나가 친구들과 자취하기 시작했다. 침대, 책상, 포스터, 책, 옷, 액세서리, 아이가 학교를 다니는 동안 방을 포화 상태로 만들었던 각종 용품이 사라졌다.

앨리스는 새 아파트에 한 번도 온 적이 없었다. 그가 오라고 한 적도 없었고 그 애가 먼저 말을 꺼낸 적도 없었다. 그들은 카페 아니면 식당에서 만났다. 대학교 등록금과 매달 용돈은 리디아가 만들어둔 계좌에서 나갔다. 그는 정말로 쓸모가 없었다. 가족 식사를 준비하거나 셋이 함께 극장이나 음악회에 갈 계획을 짜던 리디아가 없으니 그 사실이 더욱 사무치게 느껴졌다.

리디아의 옷은 여전히 옷장에 걸려 있었다. 화장품 병이나 통은 화장실에 있었다. 그리고 그의 생일인 1월 21일 아침에 배달된 피아노가 있었다. 그것은 기중기에 들려서 발코니를 통해 운반됐다. 리디아가 그에게는 일언반구 없이 도로 통제 허가 등을 11월에 다 받아놨던 것이다.

공중에 매달린 나무 상자가 다섯 층을 올라가서 안으로 집어넣어지다 보니 꽁꽁 얼어붙은 거리에도 구경꾼이 모였다. 그는 그 피아노를 사랑했다. 스타인웨이 직원들이 돌아간 뒤 첫날부터 앉아서 몇 시간을 연주했다. 하지만 그날이 다 가도록 다른 축하는 없었다. 친구들을 불러 모을 리디아가 없으니 아무도 집에 찾아오지 않왔다. 게다가 그가 법적 문제로 여전히 화가 나 있어서 휴대전화를 꺼뒀기 때문에 앨리스도 없었다. 그래서 그는 딸이 그의 생일을 기억했는지 못했는지, 자기랑 통화하고 싶어 했는지 지금도 알지 못했다. 만약 그 애가 정말로 아빠 생일을 챙기길 원했다면 집 주소는 알고 있었다. 하지만 생일 카드는 없었다. 1층에 남긴 메시지도 없었다.

이 아파트로 이사하지 말았어야 했다. 그 생각이 이제야 들었음에 놀랐다. 지금이 4월인데 그는 여전히 이 집에 혼자 살았고 리디아는 집에 오지 않고 있었다. 불현듯 그 사실을 끔찍하리만치 명징하게 깨달았다. 그는 부동산 중개업자한테 전화해서 아파트를 팔고 싶다고 말할 것이다. 그리고 다른 집을 찾을 것이다. 어쩌면 어퍼 웨스트사이드로 돌아갈 수도 있었다. 피아노가 들어가되 하루의 매 순간 리디아가 거기 없다는 사실을 상기시키지 않는 곳이면 됐다.

그는 의자에서 일어나 벽장으로 가서는 납작하게 펴서 벽에 차곡차곡 기대놓은 이삿짐 상자들을 꺼냈다. 그리고 상자를 접기 시작했다. 가위를 찾으러 부엌에 가서 접착테이프가 있지 않나 서랍 몇 개를 뒤졌다. 하지만 없었다. 그제야 자신이 의자를 떠났음을 깨달았다. 쿠션 얼굴과 검은 캐시미어 머리카락을 가진 마리나를 떠났던 것이다. 벽시계를 쳐다봤다. 그가 버틴 시간은 거의 26분에 달했다.

마리나는 극기를 하고 있구나, 그는 생각했다. 마리나도 일어나거나, 걸어 다니거나, 다른 걸 하러 가고 싶은 충동을 하루 종일 느낄 것이 분명해. 하지만 그렇게 하지 않지.

뜻밖에 앨리스와 나눴던 대화가 떠올랐다. 그 애가 열둘 아니면 열세 살 때 애스펀의 낡은 별장에서 스키 부츠를 신다가 한 말이었다.

"아빠." 그녀가 말했다. "요즘 나는 사람한테는 두려움이 필요하다는 생각을 해."

"왜 그런데?" 그가 그녀에게 물었다.

"음." 그녀는 자기가 아침 식사로 무슨 맛 콘플레이크를 먹을 건지 알려줄 때처럼 무미건조한 투로 말했다. "두려움은 의심으로 이어져. 의심은 추론으로 이어지지. 추론은 선택으로 이어지고, 선택은 삶으로 이어져. 두려움이 없으면 의심도 없어. 의심이 없으면 추론도 없지. 추론이 없으면 선택도 없고, 선택이 없으면 삶도 없어."

하지만 선택이 항상 삶으로 이어지나? 그는 작은 죽음이 매일 일어나는 걸 목격해왔다. 이를테면 스물한 살이 되면서 다시는 '어려서'라는 핑계를 쓸 수 없게 되는 것도 작은 죽음이었다. 첫사랑이 떠나가고 두 번째, 세 번째 사랑도 떠나버렸을 때에는 이상주의의 죽음이 있었다. 청중이 그의 작품에 따뜻하거나 열광적으로가 아니라 상냥하게만 반응할 때의 죽음. 수상에 실패할 때, 심지어 후보에도 오르지 못할 때의 죽음. 그보다 경험도 재능도 부족한 다른 작곡가들에게 일이 돌아갈 때의 죽음. 마흔다섯 살이 되면서 예전처럼 늦게까지 일하고 싶지 않다는 걸 깨달았을 때의 기력의 죽음. 늘 만족스럽게 생각해왔던 그의 얼굴은 지난 몇 년 사이에 두 배로 빨리 늙어버렸다. 한때 붉은 기 도는 금발이었던 머리카락은 지금 백발이었고 이마도 벗어져갔다. 목 아래쪽 피부도 축 늘어졌다. 인간의 삶에서 시간은 가차 없이 흘렀다.

앨리스에게 전화해야 했다. 안방으로 가서 휴대전화를 꺼내 전원을 켰다. 벨이 두 번 울린 후에 그 애가 받았다.

"아빠." 그녀가 말했다. "목소리 들으니까 반갑네."

비꼬는 건가 의심됐다. 앨리스답지 않긴 했지만. 그는 모른 척하기로 했다. "아빠가 저녁 사줄까?"

"음, 별일 없어?"

"그럼. 응. 아빠는 잘 있어."

"난 좀 바쁜데."

"그래머시 태번에서 만날까? 너랑 할 얘기가 있어서 그래."

"아빠, 난 아무것도……."

"앨리스, 제발. 널 꼭 만나야 돼."

그녀가 한숨지었다. "그러니까 내가 그렇게 메시지 남길 때는 연락도 없다가 이제야 전화해서 날 만나야 된다고?"

"그냥 아빠가 딸내미랑 저녁 먹고 싶은 거야."

또 한숨.

"일요일은 될지도."

"7시?"

"괜찮을 것 같아."

"그럼 그때 보자." 레빈은 이렇게 말하고 나서 앨리스가 이미 끊었음을 알면서도 말했다. "고마워."

그는 접었던 이삿짐 상자들을 다시 펴서 벽장에 넣었다. 욜란다가 올 때가 다 됐다. 문득 자신이 욜란다의 급료가 어떻게 지급되는지 모른다는 사실이 떠올랐다. 매주 사는 식료품값은 어떻게 받고 있는 것일까? 리디아가 떠난 후로 욜란다는 모든 것을 레빈의 취향에 맞게 유지해왔다. 오가닉 밸리 저지방 우유, 포르토 리코의 프렌치로스트 브라질 산토스 커피. 에이미스 사워도의 빵. 벤 앤 제리스 아이스크림. 그리고 식사. 마카로니 앤드 치즈, 파히타, 감자 그라탱을 곁들인 로스트 포크, 해산물 파이, 라자냐. 찬장은 항상 파스타와 소스로 가득 채워져 있었다. 냉장고에는 치즈 몇 종류, 콜드 햄, 다진 피클이 있었다. 자신이 욜란다의 급료를 잊고 지낸 동안 그녀가 이 모든 일을 해왔다고 생각하니 등골이 오싹했다. 물건값도 안 주고. 지금쯤 상당한 금액이 되고도 남았을 터였다.

그는 쪽지를 썼다. 욜란다. 지난 몇 달간 나한테 못 받은 돈 있나요? 귀띔해주세요. 그리고 이걸 부엌 아일랜드 식탁 위의 컵에 기대놓았다. 그러고 나서 이렇게 덧붙였다. 눈치 못 채서 미안해요. 리디아가 없는 동안 그가 챙겨야 할 또 하나의 일이었다. 그리고 세금. 세무사에게서 이메일이 와 있었다. 하지만 이런 일은 원래 리디아가 전부 처리했었다. 그냥 세무사가 알아서 해주면 안 되나?

그는 집에서 나와 프랑수아 파야드 베이커리까지 걸어가서 로켓 샐러드와 겉만 살짝 그슬린 연어 한 조각과 프렌치프라이를 먹었다. 이렇게 점심을 먹는 동안 헤드폰으로는 조이 키팅의 앨범을 들었다. 마치 그녀가 새와 설봉 무늬가 있는 나전칠기 병풍 옆에서 첼로를 연주하는 듯한 음악이었다. 길고 좁다란 호수에서 불어오는 바람이 느껴졌다. 그녀의 연주가 풍경 전체에 생명을 불어넣었다.

　1시 30분 직후에 MoMA에 도착했다. 저녁 식사가 잘 풀리면 앨리스와 함께 6층 회고전을 보러 올 수도 있지 않을까 싶었다. 앨리스가 좋아할지도 모른다고 생각했다. 두 사람의 관계를 약간 회복할 수도 있을 것이다. 지난 몇 달은 아주 힘들었다. 자기 엄마가 그렇게 된 것을 봐야 했던 앨리스도 분명 힘들었을 것이다. 그 애는 리디아를 자주 보러 갈까? 그럴 것 같았다. 질투심에 속이 아렸다.

　그는 제인을 찾아 두리번거리다가 그녀가 조지아로 돌아갔음을 떠올렸다. 불현듯 그녀가 그리웠다.

22

사람들은 회고전—예를 들면 런던국립미술관의 고흐 회고전이나 구겐하임의 칸딘스키 회고전—에 몰려든다. 다빈치의 〈모나리자〉, 미켈란젤로의 〈다비드상〉을 보러 몰려든다. 바젤아트페어*나 베니스비엔날레에 몰려든다. 그러나 도시 전체가 한 예술가의 작품 하나에 집단적 관심을 마지막으로 쏟았던 것이 언제인가? 1969년에 크리스토와 잔클로드는 시드니 해안을 천으로 쌌다.** 2005년에는 센트럴파크에 사프란색 천으로 만든 문 7503개를 세웠다.*** 그 문 아래를 걸은 사람 수는 2005년 한 해 동안 뉴욕의 모든 화랑에 입장한 인원수보다 많았다.

지금 관객 수는 매일 늘어나고 있다. 마리나 아브라모비치와 앉으려는 사람들의 줄이 아침 7시부터 MoMA 앞 인도에 늘어서기 시

---

* 스위스 바젤, 미국 마이애미비치, 홍콩에서 매년 열리는 세계 최대의 미술품 시장.
** 〈포장된 해안〉.
*** 〈문들〉.

작한다. 3월 9일에 공연이 시작된 이래 35만 명 이상이 이 예술품 하나를 보기 위해 찾아왔다.

예술가는 탁자 앞 자기 자리에 있다. 그리고 천사의 눈을 가진 남자가 또 맞은편에 앉았다. 그들은 지금 거의 30분째 움직임 없이 마주 보고 앉아 있다. 마리나는 쪽지, 편지, 영수증, 일기, 원고, 책—그녀가 이제껏 모은 모든 기록물—이 꽃가루처럼 바닥을 덮은 방을 보고 있다(장담컨대 그것은 어마어마한 양이다. 그녀는 아무것도, 심지어 치과의사한테서 받은 영수증조차도 버리지 않는다). 그 방에 자신의 시신이 놓이는 것을 상상한다.

이 공연의 옆면에 앉은 사람은 어두운색 청바지와 파란 무늬 셔츠를 입은 아키 레빈이다. 거기서 더 옆으로 가면 암스테르담에서 온, 찰랑찰랑한 분홍 머리와 자신의 트레이드마크 화장을 한 브리티카가 있다. 그리고 후드티 차림에 노트북을 든 다른 학생들도 있다. 그들은 이 공연에 대한 나쁘지 않은 글을 쓸 수만 있다면 몇 달 동안 우려먹을 것이다. 또 한편에는 〈예술가와 마주하다〉에 나날이 늘어가는 유명인들이 있다. 그들에겐 줄 맨 앞에 서는 특혜가 주어진다. 당연히.

브루클린, 뭄바이, 베를린, 바그다드에서 온 관객들도 있다. 아, 어쩌면 바그다드는 아닐지도 모른다. 그곳은 부서진 건물, 먼지, 더위만 있을 뿐 새소리는 없는 교전구역이기 때문이다. 나는 그 전쟁에서 죽음이 민간인 수만 명을 퍼 올리는 걸 봐왔다. 한때는 고흐의 해바라기나 모네의 수련에 감탄했던 민간인들. 어쩌면 그들은 나지크

알말라이카, 도러시 워즈워스, 메리 올리버, 크리스티나 로세티의 시를 읽었을지도 모른다. 어쩌면 레너드 코언과 카딤 알사헤르의 음악을 좋아했을지도 모른다. 혹은 마흐무드 사이드, 어니스트 헤밍웨이, 베툴 케다이리, 토니 모리슨의 소설을 좋아했을지도 모른다. 전쟁은 보편성을 제거하려고 한다.

이곳은 교전구역이 아니다. 보편적인 곳이다. 마리나의 친구들도 온다. 그들은 이 공연을 어떻게 생각할까? 오지 않는 친구들은 또 어떤가? 고통받는 그녀의 모습을 차마 보지 못하는 사람들일까? 그들은 그녀가 느끼는 고통을 짐작할 만큼 그녀를 잘 알 것이다. 떨리는 눈꺼풀에서, 긴장한 손가락에서, 창백한 피부에서, 빛나는 갈색 홍채를 스치는 섬광에서 느낄 것이다.

프란체스카 랑은 오랜 세월 마리나의 매니저를 해온 디터 랑의 아내다. 매니저를 부자로 만들어주는 예술가가 한 명 있으면 영원히 그러지 못하는 예술가는 수없이 많다. 매니저는 고양이와 비슷하다. 운 좋게 새를 잡는 일이 드문데도 여전히 뛰어오르는 데에 매력을 느낀다. 마리나는 디터를 부자로 만들어주지 못했다. 디터도 그럴 거라 기대하지 않았다. 다만 그녀가 하는 일이 중요하다고 생각했을 뿐이다.

"내가 전에도 말했잖아." 프란체스카가 남편에게 말했다. "마리나는 전생에 클레오파트라였다고. 아니면 히폴리테*였을 거야. 아니면 엘리자베스 비제르브룅.** 화가가 말은 되겠네."

디터 랑이 한숨지었다.

"당신은 이제 가지 마." 그녀가 그에게 말했다. "마리나한테도 도움 안 되고, 당신한테는 더 도움 안 돼."

"하지만 마리나가 괜찮은지 봐야지. 그게, 안 괜찮다는 걸 우리가 알잖아. 고통스럽다는 걸 알잖아."

"괜찮을 거야. 내가 단 한 가지 확신하는 게 있다면 바로 그거야." 그녀는 마리나의 다리가 붓고 있음을 알았다. 갈비뼈가 장기를 압박하고 있었다. 하지만 마리나는 괜찮을 것이다. 마리나의 성공 여부를 프란체스카가 조금이라도 의심했다면 지난 세월 자기 결혼이 실패할지도 모른다는 의심을 더 많이 했을 것이다. 하지만 프란체스카가 처음부터 추측했던 대로, 의심할 만한 원인이 있었던 적은 단 한 번도 없었다. 마리나는 절대 실패하지 않을 것이다. 디터의 선택은 옳았다.

프란체스카는 마리나가 성공하기 위해서는 그녀의 예술적 야심을 실행하는 데 필요한 모든 일에서 디터가 조언자, 동업자, 친구, 매니저, 상담자, 공범이어야 함을 알았다. 이것은 악의적 의견이 아니다. 단지 사실일 뿐이다. 지금이 2010년임에도 불구하고 여성의 성취욕을 이토록 자주 변호해야 한다는 사실에 프란체스카는 놀라

---

* 그리스신화에서 아마존족의 여왕.
** 18세기 프랑스의 화가.

곤 했다. 어쩌됐건 여성의 성취욕은 장려되어야지, 프란체스카는 생각했다. 그토록 오랫동안 투쟁했음에도 야심적인 여자가─세상에 얼마나 기여했는가와 상관없이─여전히 공감력 없고, 이기적이고, 위협적인 팜파탈로 그려지는 것을 보면 피로가 몰려왔다. 터무니없지만 이런 사례는 여전히 존재했다.

프란체스카는 디터에게 소개해주기 몇 년 전부터 마리나와 아는 사이였다. 디터와 마리나가 마침내 동업하기로 결정한 점심 식사 자리를 마련한 사람도 프란체스카였다. 둘은 당연히 같이 일해야 했다. 안 그럴 이유가 없잖은가? 디터는 마리나에게 완벽한 매니저였다. 그들은 똑같은 야망, 뉴욕을 향한 똑같은 갈망을 갖고 있었다.

사람들은 프란체스카에게 마리나를 어떻게 생각하느냐고 물었다. 거칠지 않나요? 무자비하지 않나요? 맞아요. 프란체스카는 대답하곤 했다. 하지만 아니기도 해요. 마리나는 내가 만난 사람 중에 가장 따뜻한 사람이에요. 여성단체들은 마리나가 페미니스트라고 주장하려 했지만 마리나는 부인했다. 자신은 명시적으로 페미니즘에 관한 작품을 한 적이 없다고 말했다. 하지만 프란체스카는 이에 반박하곤 했다. 〈예술은 아름다워야 한다, 예술가는 아름다워야 한다〉는 분명 여성과 예술에 대해 시사하는 바가 많았다.

사람들은 마리나가 밀로셰비치 치하의 유고슬라비아가 종교적 피바다로 변하는 것을 지켜봤음을 간과하는 듯했다. 세르비아 정교도들은 목에 십자가를 건 채 이슬람교도와 가톨릭교도와 무신론자를 살해했다. 죽은 보스니아인과 크로아티아인과 알바니아인이 매일 밤 텔레비전에 나왔다. 고문당한 여자들과 소녀들. 강간. 성 노예. 시체들을 한꺼번에 파묻은 구덩이. 마리나는 종교가 사람들에게 한 짓을 알았다. 그녀는 각자 장전된 권총을 침대 옆에 두고 자는 부모와 함께 살았었다.

마리나는 베니스비엔날레에서 유고슬라비아관을 요구했으나 (그녀가 선보일 공연 내용을 알려주고 나자) 거절당했다.* 디터는 여름의 열기로 가득한, 바람도 안 통하는 지하실에서 마리나를 발견했다. 거기서 그녀는 도살장에서 방금 가져온 소뼈를 박박 닦고 있었다. 지하실 벽에는 마리나 부모—보요와 다니차가 따로따로—의 영상이 비쳤고 그것은 다시 거대한 구리 통에 담긴 물에 반사되었다. 그리고 두 영상 사이에 하얀 실험실 가운을 입고, 다른 모든 쥐를 잡아먹는 늑대 쥐에 대해 설명하는 마리나의 영상이 비쳤다.

방문객들이 계단을 내려와 지하실에 도착하면 고기 썩는 들큼한 냄새가 그들을 맞이했다. 예술가는 피범벅이 된 하얀 원피스 차림으로, 썩어가는 뼈 더미 위에 앉아 소뼈의 피를 닦아내고 있었다. 그것은 유고슬라비아의 한 국민의 대답이자 딸의 대답이었다. 예술가의 대답이었다. 한때 사랑했던 나라를 향한 자기 방식의 분노이자 비탄이자 아마 작별 인사였을 것이다.

---

* 1992년 유고슬라비아 해체 후 세르비아와 몬테네그로는 신유고 연방을 결성했다. 그런데 유고슬라비아관 대표로 아브라모비치가 선정되자 몬테네그로 측에서 항의했고 아브라모비치는 출품을 포기했다. 그러자 베니스비엔날레 총감독인 제르마노 첼란트가 이탈리아관 지하층 전체를 그녀 혼자 쓸 수 있게 해주었다.

"나는 사회의 이념을 바꿀 수 있는 예술에만 관심 있습니다." 마리나는 황금 사자상 시상식에서 이렇게 말했다.

프란체스카는 그 말을 어느 정도 이해했다. 그녀는 독일인이었다. 이렇게 말하는 것만으로도 충분했다. 그녀는 독일인이었고 그 무엇도 이 말이 히틀러 이후로 의미하게 된 것을 사라지게 할 수는 없었다. 프란체스카는 〈더 오프라 윈프리 쇼〉에서 봤던 작가를 떠올렸다. 오프라가 그의 인종race이 무엇이냐고 묻자 그 젊은이는 "인류 human race요"라고 대답했다.

마리나는 정치인 친구를 적극적으로 사귀지도 않았고 충성스러운 억만장자를 찾으려고 하지도 않았다. 만약 그런 사람들이 그녀의 삶에 들어왔다면 어떤 교감이 그녀의 흥미를 자극했기 때문이었다. 그녀는 그 무엇한테도 본질을 바꾸라고 강요하지 않았다. 설사 전생에 아마존의 히폴리테나 북유럽의 프레이야*였다 하더라도 이번 생에는 자신의 호전적 본능을 억눌렀다. 하지만 뭔가를 원하는 본능까지 억누르진 않았다. 그녀는 명성을 원했다. 그리고 수십 년에 걸친 길고 힘든 노동을 통해, 인내와 고통과 비통과 사랑을 통해 그것을 추구했다. 그 세월 동안 유일하게 그녀를 지탱해준 것은 절대 이번 생이 흔적 없이 사라지지 않게 하겠다는 자기 자신과의 약속이었다.

"전에는 마리나가 앤 불린이었을 거라고 하지 않았어?" 디터가

---

* 북유럽신화에 나오는 미와 사랑의 여신.

잔 두 개에 그레이 구스 보드카를 따르고 신선한 라임과 토닉을 약간 넣으면서 물었다. 그의 통화가 마침내 끝났다. 이제 저녁 동안 소파에서 같이 식사를 하고 DVD를 볼 수 있었다.

"아, 맞아." 프란체스카가 한때 마리나가 환생한, 헨리 8세의 두 번째 아내라고 의심했던 것을 떠올리며 말했다. "잊고 있었네. 하지만 그것도 말은 돼."

"내가 전생에 앤 불린이었다면 이번 생에 죽음에 대해 걱정할지 잘 모르겠어. 나라면 사랑에 대해 걱정할 것 같아." 디터가 셀러리 한 조각을 씹으며 말했다. "사랑 때문에 치러야 할 대가에 대해서 말이야…… 내 온순해 보일지라도 붙들기엔 거칠으니라.* 토머스 와이엇을 압축한다면 말이지."

프란체스카가 디터가 내민 유리잔을 받아 들었다. "우리 마리나를 위해."

그리고 두 사람 다 술을 들이켰다.

20년 동안 프란체스카는 사람들이 마리나의 막강한 위력에 포섭되는 것을 지켜봐왔다. 그들은 그녀가 발하는 빛, 편안한 유머 감각, 친절함과 자석 같은 매력에 흠뻑 빠졌다.

"이번 공연은 마리나의 도약대가 될 거야. 당신도 알잖아." 디터가 말했다.

---

* 토머스 와이엇의 소네트 〈사냥하고자 하는 자여, 그대가 누구든〉의 마지막 행으로 화자는 앤 불린이다. 이 시는 와이엇이 소꿉친구였던 앤 불린(암사슴)을 헨리 8세(카이사르)에게 빼앗긴 것을 비유한 내용으로 해석된다.

"그 과정을 눈앞에서 보고 있지." 프란체스카가 동의했다. "당신 역할이 결정적이었어. 좀 더 다듬고, 더 단순하게 만들라고 마리나를 압박했잖아. 그게 주효했지. 지금은 그야말로 단순해. 처음에 구상했던 계단이나 극장에는 이런 강렬함이 없었을 거야. 지금이 완벽해. 사람들의 기氣만 남게 됐잖아. 대중이 여기에 끌릴 거라고 예측하는 건 절대 놀라운 일이 아니야. 의자에 앉는 사람들이 심오한 영향을 받을 거라는 예측도 그렇고."

"콜럼 토빈한테 의자에 앉았던 경험을 글로 써달라고 부탁했어."

"잘했네." 프란체스카가 말했다.

프란체스카는 작가들을 좋아했다. 그들에게 식사를 대접하고 싶어 했다. 창작하는 사람이면 누구든 상관없었다. 처음부터 벽 하나에 손님들 서명을 걸어둘 걸 그랬다. 그랬다면 지금쯤 그들 집에 식사 초대를 받았던 사람들의 서명으로 꽉 찼을 것이다.

"앤터니 곰리가 이번에도 관심을 끌고 있더라고." 디터가 말했다.

"아, 그래." 프란체스카가 말했다. "팟캐스트 들었어."

"거기서 뭐래?"

"아, 아널드 키블이 곰리의 공간 활용에 대해 뻔한 얘기를 하더라고. 머지강*이랑 런던이 어쩌고저쩌고하면서. 그랬더니 힐라야스 브린이 흥미로운 얘기를 했어. 역사적으로 예술가의 역할은 우리를 자극하고 색깔이나 질감이나 내용으로 시선을 끄는 것이었는데 지

---

* 잉글랜드 중부에서 서쪽의 아이리시해로 흐르는 강. 하구에 리버풀이 있다.

금은 유튜브가 그 역할을 하고 있다. 도시를 내려다보는 곰리의 조각상이나 MoMA의 아브라모비치는 미래의 예술이 어떻게 변화해 갈 것인가에 대한 두 가지 방안이다. 어쩌면 예술은 우리에게 사색, 심지어는 정지停止의 힘을 일깨우는 뭔가로 진화하고 있는지도 모른다."

마리나가 2002년에 〈바다가 보이는 집〉을 공연했을 때 디터는 자기가 감당할 수 있을지 확신하지 못했다. 그들은 벽 위에 앞면이 뚫린 방 세 개를 만들었다. 방들은 서로 연결되어 있었고 각 방에 사다리가 기대져 있었지만 발판 대신 날카로운 칼이 달려 있어 올라갈 수도 내려갈 수도 없었다. 12일 동안 마리나는 그 세 개의 방에서 살았다. 하나에는 침대, 하나에는 샤워기와 변기, 세 번째에는 탁자와 의자가 있었다. 12일 동안 마리나에게 음식은 없었다. 오직 마실 물과 벗이 되어줄 메트로놈뿐이었다.

디터는 매일 밤 화랑을 나설 때 마리나가 안에 있다는 걸 알면서 문을 잠갔다. 불이 나더라도 문은 잠겼고 칼 사다리 외에는 내려올 방법이 없었다. 매일 아침 그와 직원들이 도착해 보면 그녀는 똑같이 정해진 일을 하고 있었다. 다른 방식으로는 하려 들지 않았다.

그녀는 매일 샤워를 세 번 했다. 매일 윗도리와 바지를, 똑같이 생겼지만 색깔은 다른 옷으로 갈아입었다. 때로는 세르비아 노래를 부르기도 했고, 최대한 많이 화랑 안의 관객들과 눈을 맞췄다. 마리나는 그것을 기의 대화 나누기라고 불렀다.

어떤 사람들은 매일 와서 몇 시간 동안 화랑 바닥에 앉아 있었다.

어떤 이는 그녀에게 사과를 주려고 방 바닥에 올려놓았다. 그것은 직원이 와서 치울 때까지 그 자리에 있었다. 프란체스카가 〈바다가 보이는 집〉을 보러 갔을 때 화랑은 마치 교회처럼 느껴졌다. 그리고 지금은 MoMA의 아트리움이 그랬다.

"비평은 읽고 있대?" 그녀가 디터에게 물었다.

디터가 고개를 저었다. "내가 몇 분 동안 마리나랑 앉는다면 그 몇 분 동안은 마리나한테 아무것도 요구하지 않을 거야." 그가 말했다.

프란체스카가 그의 손을 잡았다. "마지막 날에 마리나가 일어나면 모든 게 끝날 거야. 오만 사람의 축하 인사에 답하느라 자신이 치른 대가는 잊어버리겠지. 자신의 장기와 신장이 치른 대가. 자신의 마음. 굶주림. 공연을 성공적으로 끝마치면—당연히 그러겠지만—마리나는 다 잊을 거야. 당신도 마리나를 알잖아. 그녀는 디바처럼 아름답게 빛날 테고 모든 것은 지난 일이 될 거야. 그 후에 무너지겠지."

프란체스카를 처음 만났을 때 디터는 충격적인 이별을 잊으려 애쓰던 중이었다.

"당신이 나를 구했어." 첫 몇 년 동안 그는 그녀에게 이렇게 말하길 좋아했다. 그의 마음을 훔쳐 가서 영원히 돌려주지 않았다고. 그녀는 그가 마리나를 사랑한다는 것을 알았다. 두 사람 다 마리나를 사랑했다. 그는 마리나를 사랑해야만 했다. 하지만 그의 마음은 프란체스카의 것이었다.

"잊어버리면 안 돼." 프란체스카가 말을 이었다. "마리나의 집이 완벽하게 준비되어 있어야 한다는 걸. 필요한 물건들로 꽉꽉 채워 놔야 해. 마리나가 완전히 쉴 수 있도록. 결국에는 이 공연이 앗아 간 것을 다른 것으로 채울 수 없겠지만 그토록 위험천만하고 힘든 게 아니었다면 애초에 마리나가 선택하지 않았을 거야."

디터의 눈에 눈물이 차올랐다. 그들은 소파에 나란히 앉아 있었다. 그들이 결혼한 지도 벌써 34년째였다. 34년, 자식 넷, 손주 다섯, 베를린에서 뉴욕으로. 그들은 어떻게 이 상태를 유지했을까? 그녀는 그를 너무 잘 알아서 아무것도 새롭지 않은데 오히려 그는 자기 자신에게 여전히 수수께끼인 상태를.

그 반대도 마찬가지지, 프란체스카는 생각했다. 오래된 부부는 다 그런지도 몰랐다. 나이가 들어도 스스로에 대한 뭔가를 깜빡할 수가 없었다. 상기시켜줄 서로가 있기 때문에.

23

　레빈이 앨리스랑 만나서 일요일 저녁 식사를 하기 위해 도착했을
때 앨리스는 이어폰으로 뭔가를 들으며 커다랗고 그림이 많은 의학
교재처럼 보이는 책을 읽고 있었다. 그는 허리를 숙여 딸의 뺨에 입
맞췄다. 그리고 딸이 건네준 이어폰을 자신의 왼쪽 귀에 꽂았다.
　"에버네선스야." 앨리스가 말했다. "2003년 앨범 〈폴른〉. 안녕,
아빠."
　레빈은 고개를 끄덕이며, 질주하는 기타와 치솟는 보컬에 귀 기
울였다.
　"지금 새 앨범 작업 중이래." 그녀가 마치 책장에서 눈을 떼기가
힘든 것처럼 천천히 책을 덮으며 덧붙였다.
　"요즘엔 또 뭐 듣니?"
　"음…… 〈호어하운드〉.*" 그녀가 녹색 눈동자로 그의 눈동자를 쳐
다봤다. "그래서, 무슨 일이야?"
　"요즘 시절이 정말 이상하지?"

"하고 싶다는 얘기가 그거였어?"

"아니. 너 보고 싶어서. 네가 괜찮은지 보고 싶어서."

"내가 괜찮냐고? 진심이야?"

"응, 진심이야."

그때 앨리스는 그에게 상처를 주고 싶었다. 딸이 괜찮지 않을지도 모른다는 생각이 이제야 들다니. 하지만 그에게 매정하게 굴기는 힘들었다. 강아지를 발로 차는 것과 같았기 때문이다. 자기 아빠가 그런 사람이라는 사실에 앨리스는 또 짜증이 났다. 그의 눈 밑에 다크서클이 보였다. 살도 빠진 것 같았다. 하지만 그를 불쌍히 여기지는 않을 것이었다.

그녀가 말했다. "지난주에 해부 실습했어. 전신은 아니고 일부만. 넓적다리랑 대둔근이랑 고관절 주위의 작은 힘줄 몇 개를 잘랐지."

그는 그녀의 가늘고 하얀 손가락을 쳐다보면서 그것이 신경과 동맥을 헤집는 것을, 앨리스의 차가운 눈동자가 체중이 실리는 관절의 단순한 복잡함을 관찰하는 것을 상상했다.

"내가 볼 땐 정상인 것 같아." 그녀가 말을 이었다. "시신을 처음 다룰 때 정신적으로 약간 불안정해지는 건. 그렇다고 들었고 학교 측에서도 그런 애가 나오길 기다리는 것 같더라고. 오히려 즐기는 학생이 있으면 걱정할걸."

---

* 앨리슨 모스하트, 잭 화이트, 딘 퍼티타, 잭 로런스로 구성된 슈퍼그룹 더 데드 웨더의 첫 앨범.

"소시오패스가 의학 학위를 받는 건 원치 않겠지." 레빈이 〈덱스터〉를 떠올리며 말했다. 그리고 소시오패스, 심지어는 연쇄살인범이 아카데미상을 받는 영화나 황금시간대 드라마의 주인공이 되는 추세를 생각했다.

"틀림없이 몇 명은 있을 거야." 앨리스가 말했다. 동기들 중 누가 소시오패스 혹은 살인자가 될 거라 말하기는 어려웠다. 확실히 몇 명은 약물중독자가 될 것이다. 몇 명은 이미 중독자인지도 모른다. 그것이 평균의법칙 아니던가. 모든 의학은 어느 정도 평균의법칙에 근거했다. 전 주민이 안전하려면 몇 명이 예방접종을 해야 하는가. 몇 명이 암으로 죽을 것인가. 몇 명이 심장병으로 죽을 것인가. 몇 명이 기형아를 출산할 것인가. 몇 명이 성인당뇨병에 걸릴 것인가.

앨리스는 빨간 꽃무늬 원피스 위에 파란색과 초록색 나비가 수놓인 하얀 카디건을 입고 있었다. 그녀는 복고풍 원피스와 서로 안 어울리는 무늬를 겹쳐 입는 것을 좋아했다. 레빈은 딸을 볼 때마다 비외르크를 떠올리지 않을 수 없었다. 하지만 비외르크의 얼굴에서는 야생적인 기질이 엿보이는 반면 큰 눈과 함박웃음, 크림색과 분홍색 피부를 가진 앨리스에게서는 잉그리드 버그먼 같은 광채가 났다. 그는 앨리스의 10대 시절 동안 그 애가 언젠가 최신 유행의 꽉 째는 청바지를 입은 말라깽이 소녀가 자신의 진짜 모습이 아님을 깨달을까 봐 걱정했다. 거식증이나 폭식증이나 우울증에 걸릴까 봐 걱정했다. 하지만 앨리스는 그러지 않았다. 그녀는 복고풍 옷의 매력을 발견해서 자기만의 특별한 스타일로 조합했으며 어디를 가든 쉽게 친구를 사귀었다. 레빈의 손에 땀 나게 만든 남자애들과 여섯 번 연애를 했지만 아무것도, 그 누구도 그녀의 친절함을 퇴색시키거나 반짝이는 눈을 어둡게 만들지는 못했다. 아마 레빈을 제외한다면. 이 사실이 그를 괴롭혔다.

그는 리디아의 소원을 따를 때 앨리스를 고려하지 않았다. 그럴 필요가 없다고 생각했다. 앨리스에겐 자기 인생이 있었다. 자기 아파트도 있었다. 그는 생각했다―아마 그 생각이 틀렸던 거겠지만―아빠로서의 역할은 끝났다고. 자기가 좋은 아빠가 되려고 노력했던 건 알았다.

앨리스가 태어난 후에 그들은 리디아가 애를 또 낳는 것은 너무 위험하다고 결론지었다. 그래서 앨리스 하나로 끝이었다. 레빈은 안심했다. 아기가 그 정도로 시끄러운 존재라는 데에 충격받았기 때문이다. 아기는 그의 삶을 완전히 뒤집어놓았다. 리디아의 어머니에게서 이름을 따온 아기 앨리스는 리디아의 관심의 중심이 되었다. 다섯 살 앨리스에게는 그 애를 중심으로 짠 스케줄을 적은 다이어리가 있었다. 10대 앨리스가 채식주의자가 되자 그는 갑자기 두부를 먹어야 했다. 앨리스가 리디아의 생활을 결정했다. 자러 가는 시간, 빨랫거리, 그들이 보는 영화, 휴가를 보내는 장소까지. 앨리스는 대학 졸업 후 잠시 건축가가 될까 하며 리디아네 회사에서 2년 동안 일하다가 프랑스로 갔다. 그리고 돌아와서는 뉴욕대학교 의학전문대학원에 지원해서 붙었다. 그리고 여기, 지금의 그녀가 있었다. 레빈은 자기가 언제 이렇게 나이를 먹어서 딸이 다 큰 성인 여자가 됐는지 알지 못했다.

앨리스는 오리 라비올리를 주문했고―채식주의는 비슷한 시기에 채택됐던 고스족 패션과 같은 전철을 밟았다―레빈은 포크 촙 스테이크를 주문했다. 포도주에 이어 음식이 나오자 그녀가 마치 사회적 관습을 따르듯 말했다. "그래서 아빠는 요즘 뭐 했어?"

그는 MoMA 공연에 대해 말했다.

"아, 마리나 아브라모비치." 앨리스가 말했다. "나도 그거 정말 보고 싶어. 괜찮아? 아브라모비치는 어때?"

"아주 가만히 있지."

"위층의 벌거벗은 사람들도 봤어?"

"아니, 그건 아직 안 봤어."

"뉴스마다 난리인데!" 그녀가 웃었다. "얼마나 오래 거기 앉아 있어야 된대?"

"5월 말까지." 그가 말했다.

"와, 진짜? 아빠도 의자에 앉았어?"

"어우, 아니. 아니야."

"왜?"

"일단 줄을 서야 돼. 아침에 눈뜨자마자 와서 기다리는 사람이 적어도 스무 명은 있고 그때부터 줄이 점점 길어져. 어떤 사람들이 몇 시간 동안 앉아 있어서 나머지는 앉아보지도 못하고 돌아가기도 해……."

"그런데 마리나는 안 일어나? 계속 앉아 있어?"

그가 고개를 끄덕였다.

"그런데 사람들은 뭘 해?"

"우리는 마리나를 쳐다보지. 되게 이상해." 그가 어깨를 으쓱했다.

침묵이 흐르자 이번에는 그가 할 말을 생각해냈다. "그래, 의학계는 어떻게 돌아가고 있니?"

"힘들어. 내 뇌로 쉴 새 없이 모든 정보를 받아들여서 정리하려고 애써야 해. 하지만 실습은 재밌어. 진짜 시체를 가지고 실제로 뭔가를 하고 근육과 인대, 뼈와 혈관의 놀라운 구조를 들여다보는 게 신기해."

"네가 해부하는 시체에 이름이 있니? 존이나 낸시 같은?"

"아니, 번호로 불러."

"그럼 실습 동안에는 네 거야? 그 시체가?" 그가 물었다.

"응, 하지만 같이 써. 지금 우리 시체를 쓰는 사람은 나까지 둘이야. 그런데 3학년 선배들이 이미 얼굴도 떼어 가고 머리도 다 끝낸 상태지. 처음에 근육이 별로 없는 시체를 받아서 다른 것으로 바꿨어. 대부분 고령이라 남은 근육이 별로 없어."

"자연사한 거야?" 그가 미소 지으며 물었다.

"해부용으로 적합하려면 특정한 방식으로 죽어야만 하나 봐." 그녀가 살짝 얼굴을 찡그리면서 말했다. 확실히 이것은 농담할 만한 주제는 아니었다.

"사람이 하루 종일 소변을 안 볼 수도 있니?" 그가 물었다.

"물을 안 마시면." 그녀가 말했다. "하지만 힘들 거야. 마리나 아브라모비치 얘기 하는 거지? 학교에서도 그 얘기 해. 마리나는 점점 탈수 상태가 되어가고 있을 거야. 밤새도록 물을 마시지 않는다면 말이야. 하지만 그랬다면 낮에 깨어 있을 수가 없었겠지. 우리는 카테터를 꼈을 거라는 데 걸었어. 전에도 이런 공연 한 적 있어?"

"난 그 사람에 대해 그렇게 많이 알지는 못해." 그가 말했다. "시간 나면 언제 같이 보러 갈래?"

"위층의 나체도 보고?" 그녀가 미소 지었다.

"꼭 그래야 하면."

"생각해볼게. 너무 바빠서."

"그래." 그가 말했다.

"얼마 전에 힐라야스 봤어." 앨리스가 마지막 남은 초콜릿케이크와 아이스크림을 접시에서 긁어 먹으며 말했다. "아빠는 만난 적 있어? 여름에 또 클럽 공연 할 거야?"

"아니. 아무도 안 만났어, 그 후로는……" 레빈이 말끝을 흐렸다. "아마 너무 늦었을 거야."

"해야지. 좋은 공연이잖아."

"언제 한번 와서 같이 연주할래?"

"음……." 그녀가 시선을 피했다.

"이게 엄마가 원한 거야, 앨리스." 그가 말했다. "대리인인 네가 누구보다 잘 알잖아."

"맞아." 그녀가 다시 그를 돌아보며 말했다. "하지만 우리 중에서 어느 누가 그게 정말 엄마가 원하는 건지 아닌지 알겠어?"

"엄마가 문서로 작성했잖아. 법적 효력이 있는 것으로."

"그건 엄마가 건강했을 때 얘기지. 엄마가 마음을 바꿀 수 없게 되기 전이라고."

"엄마가 마음을 바꾸고 싶어 한다는 거야?"

"몰라." 앨리스가 말했다. 그녀의 눈에 눈물이 차올랐다.

"내가 어떡하면 좋겠니?" 그가 마지막 남은 에스프레소를 입안에 털어 넣으며 말했다.

앨리스가 말했다. "난 그냥 엄마가 거기서 너무 외로울 것 같은데 주말마다 갈 수가 없을 뿐이야."

홀 저편에서 아까부터 아기가 울고 있었다. 그 소음은 오늘따라 더 폭력적으로 레빈의 고막을 꿰뚫었다.

"그만 갈까?" 그가 물었다.

인도에서 앨리스가 레빈의 뺨에 입 맞추고 나서 말했다. "있잖아, 아빠, 난 지금 상황이 전혀 괜찮다고 생각하지 않아. 단지 잘될 거라고 믿어야 하니까 믿을 뿐이지."

"그래." 그가 말했다.

"저녁 잘 먹었어."

그녀가 멀어져가자 그는 갑자기 울고 싶어졌다. 그는 괜찮다고 생각하지도, 잘될 거라고 믿지도 않았다. 그저 예전으로 돌아가길 원했다. 리디아가 집에 와서 자신이 짐을 얼마나 잘 정리해놨는지 보길 바랐다. 그녀가 아침에 집에서 수건으로 머리를 말리길 바랐다. 그녀의 목소리가 수화기 반대편에서 오늘 저녁에 뭘 먹을지 얘기하길 바랐다. 만약에 〈가와〉로 그가 음악상 후보에 오른다면……
만약에 새 앨범이 잘된다면…… 그에게는 어떤 계시가 필요했다.
하지만 별도, 신도 없다면 소원을 빌 수도, 도움을 요청할 수도 없
었다.

24

다음 날 아침 일찍 그는 도쿄의 이소다 세이지 감독에게서 걸려 온 스카이프 전화를 받았다. 그러고 나서는 조심스럽게 의자 위에 쿠션 세 개를 다시 쌓아 올렸다. 빨강, 빨강, 빨강, 그다음엔 둥글고 하얀 쿠션과 아브라모비치의 머리카락을 대신할 길고 검은 캐시미어 스카프.

"안녕하세요." 그가 말했다. 내가 지금 쿠션 하나를 무서워하는구나, 그는 생각했다. 그런데 왜 무서워하지? 처음부터 무서워했나? 그래, 그는 놀랄 만큼 확신했다. 나는 처음부터 무서워했어. 그리고 그 생각을 곧바로 잊고 싶었다.

그는 덩치가 큰 편이 아니었다. 그도 알았다. 그는 평균이었다. 그리고 그에게는 뭔가 문제가 있었다. 모든 게 괜찮다는 느낌은 어디로 갔을까? 분명 누구나 쉰 살이 되기 전에 그 감각을 자기 안에 가둬두는 것 아니었나?

이런저런 것들을 모두 고려했을 때 그는 누구일까? 사람들이 그를 볼 때 누구를 볼까? 사람들은 그에게 눈이 예쁘다고 말했다. 마리나도 그의 눈이 예쁘다고 생각할까? 그는 눈에 띄게 키가 크지도 않았고, 눈에 띄게 잘생기지도 않았다. 리디아는 그에게 웃으라고 상기시키곤 했었다. "당신은 잘 때도 얼굴을 찌푸리고 있어." 그녀는 말했다. "내가 사랑한다고 속삭이면 찌푸림이 사라질 때도 있지만."

그녀는 확실성이었다. 모든 것이 엉망이 되어도 그녀는 늘 그 자리에 있을 것이었다. 그래서 그녀가 아플 때마다 그가 그렇게 화가 났던 것이기도 했다. 그녀가 아플 때마다 세상이 흔들리고 자신이 작아지는 게, 작고 외로워지는 게 마음에 들지 않았기 때문이다. 그런데 이제는 모두가 알게 됐다. 어찌됐든 그가 리디아를 실망시켰음을 알게 됐다. 다른 부부들은 삶이 힘들 때 서로를 필요로 하는데 그녀는 그를 옆으로 치워버렸으니까.

그는 쿠션 얼굴을 계속 바라보면서 마리나 아브라모비치의 까만 눈이 자신을 쳐다보는 것을 상상했다. 오늘은 지난번보다 의자 위가 편안하다고 느꼈다. 거실 저편에서 좁고 길쭉한 햇살 한 조각이 들어와 덴마크산 식탁의 끄트머리를 밝게 비췄다. 그는 질 좋은 물건을 좋아했다. 리디아와 함께 산, 세월이 흘러도 여전히 멋스러울 물건들을 좋아했다.

대개 리디아가 옳았다. 그는 사람들을 좋아하지 않았다. 거의 좋아하지 않았다. 사람들에 대해 생각하는 것은 확실히 좋아하지 않았다. 운이 좋으면 하루에 옥수수자루 하나를 겨우 먹을 수 있는 굶

주린 사람들에 대해 알고 싶지 않았다. 기후변화로 인해 바다에 삼켜질 사람들에게 관심이 없었다. 그가 평생 동안 사용한 플라스틱 포장 음식 용기를 줄 세우면 여기에서 달까지 닿았을 거라 해도 신경 쓰지 않았다. 심지어 딱히 이 행성에 사는 것을 좋아하지도 않았다. 복잡하고 폭력적일 때가 많은 것 같았다.

어렸을 때도 나이 먹는 것을 별로 좋아하지 않았다. 어머니를 사랑했지만 좋아하진 않았다. 어머니는 묵상을 했기 때문에 며칠씩 말을 하지 않았다. 그럴 때는 그녀에게 말을 걸어서는 안 됐고 어머니도 그에게 말을 걸지 않았다. 말없이 밥을 먹고, 말없이 씻었으며, 말없이 자러 갔다. 피아노만이 유일하게 집 안의 정적을 깨도 괜찮았다. 어머니가 레빈이 장차 위대해질 운명이라고 장담했기 때문이다. 그녀는 우주 차원에서 진행 중인 어떤 계획, 별들을 일렬로 늘어세울* 계획이 있다고 확신했다. 그렇게 되면 그를 학교에 보내기 위해 그녀가 야간 근무 간호사로 일할 필요도, 주말에 노인 요양원에서 일할 필요도 없어질 것이었다. 왜냐하면 레빈이 유명해질 것이었기 때문이다.

그는 아버지를 거의 기억하지 못했다. 어머니가 그의 방에 들어왔던 밤은 기억했다. 그는 그때 네 살이었다. 복도에서 흘러들던 빛, 어머니의 무게가 그의 침대 시트를 내리누르던 것, 어둠 속에서 속삭이던 어머니의 목소리가 기억났다. "아빠가 돌아가셨단다, 아키.

---

* 불가능한 일을 가능하게 하다.

아빠가 돌아가셨어."

무슨 말을 더 했는지도 모른다. 기억은 나지 않지만. 나중에 어머니가 방을 나가고 자신이 어둠 속에 누워 있었던 것만 기억났다. 그는 자기가 계속 숨을 쉴 수 있을지 확신이 안 섰다. 아버지가 세상을 떠났는데 숨을 계속 쉬어도 되는지 확신이 안 섰다.

레빈은 함께 계단을 내려갈 때 아버지가 손을 잡아줬던 것을 희미하게 기억했다. 하지만 그것은 자신이 만들어낸 기억일지도 몰랐다. 어머니가 세상을 떠났을 때 그의 생각은 더욱 굳어졌다. 나쁜 일은 언제 일어날지 모른다는 생각. 인간으로서 산다는 것은 거의 참기 힘든 노력의 산물이었다. 그가 리디아를 사랑했다는 게 중요할까? 그가 좋은 남편이자 아빠가 되려고 노력했다는 게 중요할까?

그는 괜찮은 영화음악 몇 편을 만들었다. 몇몇 사람을 자신의 음악으로 행복하게 해줬다. 그것을 제외하고 그가 인생을 어떻게 살았는지가 정말 중요할까? 어떤 전구를 사야 할지 아는 것만 해도 충분히 힘들었다. 혹은 소프트웨어 업그레이드를 이해하는 것. 야구 경기를 읽는 것. 새 전화기를 고르는 것. 목록은 끝이 없었다. 이렇게 작은 일도 이해가 안 되는데 결혼처럼 큰일에 무슨 희망이 있단 말인가?

그는 최선을 다했다. 하지만 명백하게 충분치 못했다. 그는 어마어마한 슬픔을 느꼈다. 아주 중요한 뭔가를 놓친 듯한 느낌이었다. 리디아는 그에게 심리치료를 받으라고 했었다. "그 모든 걱정에서 벗어나 약간의 자유를 갖는 게 어떤 기분일지 상상이 가?" 그녀는 말했다. "지금 자기 모습을 좀 봐. 정말 도움이 될지도 몰라."

하지만 그는 낯선 이의 도움은 필요 없었다. 주말이 돼서 모든 것이 엉망진창이 되기 전에 매주 금요일 아침마다 심리치료를 받는 흔한 뉴요커가 되고 싶지는 않았다.

쿠션 마리나가 그를 마주 봤다. 그녀는 말이 없었다. 하지만 거기에 있었다. 그 점이 중요한 듯했다. 쿠션의 모습인데도 그녀가 거기 있다는 걸 알자 기분이 좋았다. 그는 심호흡을 하고 눈을 감고 고개를 숙였다. 다른 사람들이 미술관에서 하던 것처럼.

그는 자신이 거의 30분을 앉아 있었음을 깨닫고 의자에서 일어났다. 더 짧게 느꼈기 때문에 깜짝 놀랐다. 커피를 끓였다. 앨리스와의 저녁 식사를 되새기고는 후속 조치가 필요한 것 같다는 결론을 내렸다. 하지만 어떻게 도와야 할지를 몰랐다. 남을 도울 방법을 알았던 적이 없었다. 그의 크나큰 단점이었다. 아버지가 세상을 떠난 뒤에도 어떻게 도와야 할지를 몰랐었다. 어머니가 세상을 떠났을 때에도, 어머니가 그날 밤 집을 나가지 않아도 됐다면 죽지 않았을지도 몰랐다. 그녀는 야간 드라이브를 좋아했다. 하지만 그는 그녀가 혼자 있고 싶어서 드라이브를 했던 게 아닐까 의심했다. 그는 같이 살기 힘든 사람이었음에 틀림없었다. 그 부분은 어쩔 수가 없었다. 오래전 일이었다. 그는 음악 외에는 어떤 문제도 풀 줄 몰랐다.

커피 잔을 손에 들고 스튜디오에 앉아서 〈가와〉를 위해 다시 꺼낸 멜로디 몇 개와 영화 전반에서 계속 반복될 멜로디 하나를 다시 들었다. 이 영화음악은 눈 덮인 세상에서의 사랑과 상실이라는 주제를 환기해야 했다. 그는 생각했다. 나는 올겨울의 음악을 쓰고 있어. 모든 게 사라져버린 겨울.

이소다는 그가 보낸 테마음악 후보를 둘 다 마음에 들어 했다. 새로운 장면들이 완성되면 최종적으로 어느 멜로디를 택할지가 결정될 것이다. 아니면 확신이 생길 때까지 더 걸릴 수도 있었다. 그들은 그가 다음 달에 이소다의 도쿄 스튜디오를 방문할 가능성에 대해 얘기했다. 새로운 장면들은 다 합치면 40분이 넘지만 연속된 장면은 아니었다. 이야기의 감정선을 정확하게 계산하기가 어려웠다. 만약에 그가 작업 과정을 볼 수 있다면—스케치가 형태를 띠어가는 것도 보고, 이소다의 구상을 실제로 보게 된다면—이 멜로디가 장면들을 하나로 묶어주리라는 걸 확신할 수 있을 것이었다. 그렇게 되면 곡을 쓰고, 오케스트라용으로 편곡하고, 스튜디오를 예약해야 했다. 보컬리스트와 세션 맨도 필요했다.

그는 어느 오케스트라를 섭외할까, 뉴욕에서 녹음하는 것과 시카고에서 녹음하는 것의 장단점을 고심하기 시작했다. 어쩌면 도쿄까지 고려해야 할지도 몰랐다. 그는 이럴 때가 좋았다. 진행에 가속도가 붙고 결과물이 눈에 보이기 시작할 때.

리디아도 건축에 있어서 똑같았다. 그는 그녀의 건물 안에 서면 그녀에게 감탄했다. 바닥은 음악을 연주했고, 천장에서는 비가 내렸으며, 방은 살아 있는 물고기와 나비와 귀뚜라미에 의해 나뉘었다. 홀로그램 기호들이 밤하늘에 박혔고, 인도교가 애벌레처럼 말려들었으며, 가느다란 실 빛이 끊임없이 색깔이 바뀌는 무지개를 천장에 그렸고, 복도에는 웃음소리가 넘실거렸다. 그녀의 건물에는 내부와 외부의 구분이 없었다. 그녀가 설계한 주택에는 현관문 안에 단풍나무가 있었고, 지붕에 폭포수가 떨어졌으며, 수직으로 만들어진 향기로운 실내 정원과 화장실 바닥을 흐르는 시내가 있었다.

30대 중반이 되자 의뢰가 너무 많이 들어와서 1년에 상업 프로젝트 하나둘, 주택 한두 채를 골라서 할 수 있었다. 그녀는 앨리스가 하교할 때 집에서 맞이하고 싶어 했다. 대기자 명단은 2년 후까지 꽉 찼다. 다른 도시에 와서 강연해달라는 초청장이 책상에 쌓였다. 상패와 표창장이 책꽂이에 어지럽게 널려 있었다. 레빈은 때때로 어떻게 손을 뻗어서 그녀에게 닿아야 할지 몰랐다. 자신과는 다른 무리에 속한 사람 같았다. 상하이나 마드리드에서 돌아온 그녀의 눈에 그가 보이기는 했나? 그녀는 그에게 입 맞추고, 포옹을 하고, 화장실에 가고, 옷을 입고, 그는 어떻게 지냈냐고, 앨리스는 어떻게 지냈냐고 묻는 동안 내내 시계를 보면서 그의 대답이 끝날 때까지 걸리는 시간과 51가에서 차가 막힐 경우 뉴욕필하모닉을 보러 다운타운까지 가는 데 걸리는 시간을 저울질하며 다음 날 집을 나서기 전에 자신이 준비해야 할 것들에 대해 생각했다.

사랑을 나눌 때가 유일하게 정말로 그녀를 안을 수 있는 시간처럼 느껴졌다. 그녀는 밤에 자다 깨면 팔을 뻗어서 그를 감싸 안곤 했는데 그때마다 자신이 세상에서 가장 운 좋은 남자인 듯한 기분이 들었다. 반대로 그가 밤에 깨어 보면 그녀는 책상에 앉아 있을 때가 많았다. 후드가 달린 담청색 드레싱가운을 입은 그녀의 모습은 기도 중인 수녀 같았다.

워싱턴스퀘어는 그녀의 꿈이었다. 그는 그녀가 왜 워싱턴스퀘어에 살고 싶어 하는지 몰랐다. 그냥 좋아한다고 했다. 물론 좋은 골조가 있는, 좋은 건물이어야 했다. 그래서 그들은 뉴욕의 부동산 올림픽에 뛰어들었다. 모든 공동주택에 그의 경력, 그녀의 경력, 지난 5년간의 재무 기록, 종이에 적을 수 있는 모든 것—추천인, 자격증, 소속 단체—을 제출해야 했다. 낯선 이들이 평가하고, 비교하고, 판결을 내리도록 그들의 신상이 낱낱이 까발려졌다.

"미트패킹 디스트릭트 쪽으로 가면 강 바로 앞에 신축 아파트가 많아요." 러시아인 부동산 중개인 아나스타시야가 그들에게 충고했다. "평수도 크고, 허드슨강 전망에, 하이 라인*도 가까워요. 예산 범위 안에도 들어가고요."

"리디아는 워싱턴스퀘어를 원해요." 레빈이 말했다.

"알았어요." 아나스타시야가 빨간 가죽 폴더를 집어 들며 말했다. "아주 좋은 곳이 몇 군데 막 매물로 나왔는데 상승세 탈 조짐이 보이는 데다 가격도 좋아요."

몇 번을 놓쳤다. 그리고 드디어 이 아파트가 나타났다.

품격 있는 집(약 314제곱미터). 이렇게 넓은 실내 공간과 탁 트이고 고급스러운 실외 공간을 갖춘 집이 시장에 나오는 일은 드물다……

---

*버려진 철도 지선을 공중정원으로 개조한 것. 미트패킹 디스트릭트와 첼시를 지난다.

계단식 및 헤링본 경재 마루…… 동쪽과 남쪽 채광으로 햇빛이 쏟아져 들어오는 널찍한 안방…… 대리석, 화강암…… 마찬가지로 발코니와 연결된 넓은 서재와 침실 두 개…… 수납공간…… 워싱턴스퀘어 공원이 내려다보이는 환상적인 전망.

리디아는 발코니와 남쪽 채광에서 새로운 가능성을 봤다. 그래서 미래의 어느 시점에 그곳을 어떻게 수리할지에 대한 아이디어를 레빈과 이야기했다. 몇 번이나 업타운과 다운타운 사이를 왔다 갔다 했다. 레빈이 서명하고 작성해야 할 문서를 끝없이 내놓았다. 그러던 어느 날 전화가 걸려 왔다. 드디어 됐다고.

가을빛이 바래고 겨울이 도시를 둘러쌀 무렵 리디아는 핼쑥해 보였다. 그녀는 1년째 런던을 왔다 갔다 하고 있었다. 카이로의 비 내리는 방을 공개한 뒤에 의뢰받은, 아이들을 위한 쌍방향 설치미술 작품을 만들고 있었기 때문이다. 영국 아이들은 다양한 비의 종류에 대해 배울 필요가 없었으므로 그것은 거대한 양봉장 안에 설치된, 수평적이면서도 수직적인 꽃과 과일의 정원이 될 예정이었다. 그녀는 거기에 꽃가루 프로젝트라는 이름을 붙였다. 그것은 2012년 런던 올림픽 전에 완성되어야 했다.

그는 프로젝트가 막바지에 다다를 때마다 그녀가 자기 몸 안의 모든 것을 작품에 쏟아붓은 것처럼 반투명 인간으로 변하는 데 익숙했다. 그녀가 마지막 회의를 위해 런던으로 날아간 것이 크리스마스 열흘 전이었다. 그런데 새 아파트로 이사하기로 한 날 이틀 전

222

에 그녀가 런던에서 전화해서 하루 더 있게 됐다고 말했다. 정말 미안해. 농림부하고의 사이에 새로운 문제가 생겼어.

"이사를 취소해야겠네." 그가 말했다.

"아냐 아냐." 그녀가 반대했다. "그러면 안 돼. 이미 다 합의된 거야. 예약도 모두 마쳤고. 날짜를 다시 잡으려면 몇 주는 걸릴 거야. 준비는 완벽해. 이삿짐센터 사람들이 짐 싸고 풀고 할 거야. 내가 다 설명해놨어. 그날 안에 끝마쳐야 한다는 말도 했고. 당신은 업타운 집에서 문 열어주고 다운타운 집에 와서 짐 받기만 하면 돼, 알았지? 컵 하나도 싸거나 풀 필요 없어. 하지만 스튜디오 짐은 당신이 직접 싸고 싶으면 그 사람들한테 말만 하면 돼."

스튜디오 짐은 직접 싸고 싶었다. 그래서 그녀에게 그렇게 말했다.

"그 사람들이 엉뚱한 데 놓고 간 짐은 새해에 정리하지 뭐." 그녀가 말했다. "둘이 같이 하면 돼. 중요한 건 이사를 하는 거야. 2주 동안 아무것도 안 하고 새집에 있을 생각 하니까 너무 기대된다. 이메일 확인도 안 할 거야."

이틀 동안 이삿짐센터 직원들은 옛 아파트에서 짐을 쌌고 그는 스튜디오 안에 숨어서 음반과 장비를 포장했다. 포장을 끝마치자 20년 동안 살았던 집을 떠난다는 사실이 실감 나고 방방이 자리 잡은 낯선 사람들에 의한 혼돈과 노력이 너무 부담스러웠다. 그래서 그는 앨곤퀸 호텔에 방을 잡고 좋은 프랑스산 포도주를 마시면서 〈바스터즈: 거친 녀석들〉을 봤다.

원래 짐 푸는 것까지 센터에 시킨 게 불필요한 지출이라고 생각했던 레빈은 워싱턴스퀘어 집에 도착하는 상자의 어마어마한 개수를 보고 천만다행이라고 안심했다. 그는 아키의 스튜디오라고 적힌 상자부터 따로 분류했다. 그리고 커터 칼을 꺼내서 테이프를 가른 다음 엉킨 전선을 풀면서 이걸 다 어떻게 설치할지 생각하기 시작했다. 가끔은 센터 직원들이 접시를 너무 세게 내려놓거나 와인글라스를 불손하게 다루지는 않는지 들으려고 귀를 쫑긋 세우기도 했다. 자신이 좋아하는 재킷이나 CD 박스세트가 없어졌음을 발견하게 되진 않을까 생각도 했다. 하지만 그런 일은 일어나지 않은 듯했다.

일을 잘했나 확인하러 가보니 옷장은 베네통 매장처럼 정리돼 있었다. 모든 옷이 색깔별로 분류되어 개어져 있었다. 침대에는 익숙한 침대보가 씌워져 있었고 화장실에는 리디아가 좋아하는 물비누가 놓여 있었다. 그는 이곳의 냄새, 변기 물탱크가 차오를 때 나는 물소리, 전기 스위치의 딸깍임, 신발이 쪽모이 세공 마루에 부딪칠 때 나는 발소리, 또는 등 뒤에서 방문이 닫힐 때 나는 문소리를 알지 못했다. 하지만 이제 이곳에는 그들의 가구와 예술품이 자리하고 있었다.

그는 그날 하루를 아이맥과 스피커의 정확한 위치를 정하고 케이블과 플러그를 다시 연결하면서 보냈다. 오후 중반쯤에는 메인 맥 키보드 위치와, 방문과 의자가 이루는 각도를 고려해서 커즈와일 키보드를 놓을 최상의 위치를 정했다. 심지어 사진도 몇 장 갖다 놓았다. 앨범 컬렉션은 아직 상자 안에 있었지만 앞으로 몇 주에 걸쳐 풀면 되겠다고 생각했다. 센터 직원들이 책을 어떻게 정리해야 하나고 묻길래 리디아의 방식을 가르쳐줬다. 이 집의 모든 책의 책등에는 표시가 되어 있었다. A는 건축, H는 역사, M은 음악, N은 소설, P는 시. 그 표시에 따라 분류한 후에 다시 주제나 종류에 따라 알파벳순으로 정리하면 된다. 그 부분은 리디아가 할 것이다. 그들이 표시에 따라 분류해서 꽂기만 한다면…….

센터 직원들이 5시 45분에 떠날 때에는 박스 세 개만이 남아 있었다. 거기에는 모두 리디아의 뾰족뾰족한 정사각형 서체로 귀중품/파손 위험/리디아 외에는 열지 말 것이라고 적혀 있었다. 그는 늘 그녀의 필체를 좋아했다. 각 글자에서 건물이 보였기 때문이다.

바깥 테라스에는 아까부터 어둠 속에서 눈이 내리고 있었다. 도시가 사라졌다. 이웃 아파트들도 워싱턴스퀘어 가장자리를 따라 난 나무들과 함께 없어졌다. 불어나서 밀리는 차량 흐름도 소리가 둔해져 멀게 느껴졌다. 냉장고 안의 뵈브 클리코 샴페인, 부엌 조리대 위의 와인글라스와 신선한 딸기 한 사발이 그를 기다리고 있었다. 눈이 오니 마치 그것이 길조라도 되는 양 이상하게 기분이 좋았다. 그가 텔레비전을 설치하려 애쓰고 있을 때 그녀에게서 전화가 왔다.

"안녕, 여보." 그녀가 말했다. "지난 24시간 동안 너무 힘들었어. 곧장 병원으로 갈 거야. 병원에서 해결해줄 수 있나 보려고."

결국 그녀는 보지 못했다. 그가 이곳을 그들의 보금자리로 만들기 위해 한 모든 일을.

25

그 주 일요일 아침 9시 15분에 전화벨이 울렸다. 그가 전날 전화기를 다시 켜면서 무슨 일이 일어나나 보자고 결심했기 때문이었다. 전화 건 사람은 핼이었다.

"자네가 살아 있나 확인차 전화했어, 아키." 그가 말했다. "기억안 나?"

레빈은 재빨리 머리를 굴렸다. 아침에 회의가 있었는데 깜빡했나? 아니면 이소다나 그쪽 직원들이 뭔가를 요청했는데 내가 잊어버렸나?

"테니스?" 핼이 평소처럼 비꼬는 투로 유도했다.

테니스! 레빈은 안도의 웃음을 터뜨렸다. "아, 그래. 기억하지. 20분안에 나갈게."

"까먹긴 까먹었구먼." 핼이 말했다. "그래. 길모퉁이에서 만나."

그들은 거슈윈 노래책을 부르는 엘라 피츠제럴드와 함께* 윌리엄스버그 다리를 건넜다. 컨버터블의 지붕이 열려 있었고 날씨가 화창했다.

"그래, 별일 없어?" 핼이 말했다.

"진전이 있어." 레빈이 말했다. "잘돼가는 중이야."

"자네가 한번 보고 싶어 할 것 같은 일이 하나 더 들어왔어. 새로 시작하는 드라마래. 무슨 중세 SF라는데 헨리 8세와 〈트와일라잇〉의 만남이라나 뭐라나."

"언제까지 해야 되는데?"

"6월 말까지는 미룰 수 있어."

"핼……."

"알아. 자네가 〈가와〉에만 집중하고 싶어 하는 거. 하지만 때로는 약간 멀티태스킹을 하는 게 도움이 돼. 내가 계속 말하잖아, 그래야 일과 일 사이의 값비싼 휴식기가 없어진다고. 내 고객이 자네뿐이었으면 나는 한참 전에 캔자스로 돌아갔을 거야. 아, 맞다, 최근에 몇 명이 자네 안부를 묻더라고. 혹시 페이스북에 가입하거나 그랬어?"

"아니." 레빈이 말했다.

"뭐, 더 이상한 일도 일어나니까. 오바마가 우리한테 반려자의 의료 대리인이 될 권리를 줬다는 기사 봤어? 우리도 이제 반려자의 임종을 지킬 수 있어."

"아, 잘됐네."

---

*〈엘라 피츠제럴드 싱즈 더 조지 앤드 아이라 거슈윈 송 북〉 앨범.

"잘됐다고?" 핼이 말했다. "형편없지. 우리가 대통령을 만들어줬는데 그게 최선이야? 상원도 장악했는데 말이야. 나는 아직 뭔가 의미 있는 소식을 기다리고 있어. 이라크 철군 같은."

핼은 얼굴이 네모났고 몸도 꾸준히 네모내져가고 있었다. 커다란 노란 테 안경을 썼고 얼굴은 주름이 자글자글했다. 2001년* 이후로 주름이 확 늘었다. 그는 당시 현장에 있었다. 그 건물 43층에 잡힌 회의에 가려고 한 블록 떨어진 곳을 지나다가 재를 뒤집어썼다. 그는 레빈에게 이렇게 말했었다. "5분 차이로, 뛰어내려 죽거나 깔려 죽는 걸 면한 거야. 그날 뒤집어썼던 재에 대해서 나중에 생각해봤는데 그건 사람 재였어. 내가 아는 사람이었을지도 모르지."

핼은 계속해서 새로운 대법관과 재정 개혁에 대해 떠들어댔다. 때로는 어떤 부분을 강조하기 위해 핸들을 잡고 있던 두 손을 팔 벌려 뛰기 하듯 번쩍 들기도 했다. 리디아는 늘 핼이 공직을 맡았으면 잘했을 거라고, 좋은 정치인이 됐을 거라고, 게이라는 사실이 장애물이라는 게 얼마나 짜증 나는지 모른다고 얘기했었다. 핼은 그런 거짓말은 절대 하지 않을 것이다. 정계에 진출하기 위해 크레이그의 존재를 숨기거나 금발 아내를 고용하는 것 같은. 핼과 크레이그가 함께한 지도 벌써 27년째였다. 아마 레빈이 아는 어떤 커플보다도 오래됐을 것이다. 하지만 미국은 게이 대통령은커녕 게이 정치인이나 무신론자를 받아들일 준비조차 안 되어 있었다. 핼과 리디

---

*911 테러사건.

228

아는 정치 얘기 하는 걸 좋아했다. 그동안 레빈은 포도주를 따르고 미식축구 경기를 틀었다.

희망 속에서 아침 식사를, 공포 속에서 저녁 식사를. 톰의 초기작 포스터에 적혀 있던 카피였다. 붕괴 사건 이후로 이런 정서는 훨씬 더 악화됐다.

"그래, 정말로 어떻게 돼가는지 나한테 말 안 해줄 거야?" 핼이 말했다.

"뭐, 세이지 말로는 제작 기간이 오리무중에 빠졌대. 우리 쪽 동화가動畫家들을 회사가 우선시하는 다른 프로젝트에 데려다 쓰고 있다는 거야. 세이지는 자기만 버티면 아무도 모르는 사이에 영화가 완성돼서 배급하게 될 거라고 믿는 것 같아. 어떤 날은 세 신scene을 받고 그다음에는 일주일이 가도록 아무것도 못 받을 때도 있어. 그다음에는 수정 요청이 들어오고."

"내가 들어볼 수 있는 건 없어? 그 무슨 일본 피리를 쓴 거라든가." 핼이 말했다.

"샤쿠하치."* 레빈이 말했다.

"그래! 그거 말이야!"

"아니. 샤쿠하치는 안 쓸 거야." 레빈이 웃었다. "아직까지는 거의 피아노뿐이야. 바이올린이랑 타악기가 약간 들어가는 정도. 제대로 감이 왔다고 생각했는데 새로 받은 장면을 보니까 내 음악이 어색

---

* 대나무로 만든 수직형 피리.

하고 진부하더라고. 누구나 한번 들어본 것 같은 음악 말이야."

"지금은 자신감을 잃을 때가 아니야, 아키."

"애니 레녹스가 부른 〈인투 더 웨스트〉 자네도 알지? 〈반지의 제왕: 왕의 귀환〉 주제가. 완벽한 곡이지. 사실 〈반지의 제왕〉 사운드트랙은 거의 다 지금 써도 무방할 거야. 하워드 쇼어가 완벽하게 만들어놨으니까. 루도비코 에이나우디*의 〈나이트북〉은? 그것도 마찬가지지. 다리오 마리아넬리의 〈어톤먼트〉 사운드트랙은 또 어떻고?"

"내가 지금 걱정해야 하는 건가?" 핼이 물었다. "있잖아, 아키, 내가 이런 말 하면 듣기 싫겠지만 그래도 자네가 지금 리디아를 위해 쓸 법한, 현재 상황에 어울리는 음악을 떠올려봐."

"이런." 레빈은 잠시 숨 막히는 기분이 들었다.

"한번 생각해봐."

"핼……."

"우리는 자네 부부를 아껴. 자네가 인생에서 가장 소중한 것을 스스로 놔버렸다는 걸 어느 날 문득 깨닫게 되지 않길 바라, 아키."

차 안이 갑자기 말도 안 되게 좁아지면서 레빈은 질식하는 듯한 기분이 들었다. 하지만 핼은 말을 멈추지 않았다. "난 자네 부부를 알아. 둘이 서로 사랑하지. 리디아가 세상에서 제일 독립적인 사람이라는 것도 알고. 리디아는 아무것도 필요 없는 척하지만 사실은

---

*〈언터처블: 1%의 우정〉, 〈웰컴, 삼바〉, 〈세 번째 살인〉의 음악을 작곡했다. 〈나이트북〉은 그의 솔로 앨범이다.

자네를 필요로 해, 아키. 내가 병원에 면회를 가면 자네가 리디아 무릎을 베고 자고 있어. 다 죽어가는 몰골을 한 리디아는 가만히 앉아서 자네 머리를 쓰다듬고 있고 말이야. 그러면 안 되는 거야."

"하지만 병원에 가면 항상 피곤하단 말이야."

"그래도 보살핌이 필요한 건 자네가 아니야. 아니, 그게 아니지. 자네는 남을 돌보는 입장이 될 만큼 나이를 먹었어."

레빈은 할 말이 없었다.

"둘이 떨어져 있는 걸 보면 너무 마음이 아파…… 그리고 자네 꼴 좀 봐. 끔찍하다고. 그래, 대놓고 말할게. 완전 폐인 같아."

"난 괜찮아. 정말로. 난…… 그리고 리디아는 거기 있어야 해."

"그래, 하지만 혼자 있어야 할 필요는 없어. 자네가 면회 가지 말아야 할 이유는 없다고. 법적 문제 얘기는 하지 마. 맙소사, 법률 문서에 이의를 제기한 사례가 한 번도 없었겠냐고…… 리디아가 이걸 원했다고 말하려는 거 알아. 리디아는 자네가 음악을 만들길 원했지. 하지만 그거면 충분해?"

음악. 크리스마스 이전의 삶과 지난 넉 달간의 삶 사이의 극심한 격차 앞에서 그것을 언급하니 갑자기 하찮게 들렸다.

그는 늘 음악이 자기 몸의 모든 통로를 지나는 전기회로라고 생각했다. 음악이 그에게 찾아올 때 세상은 차분하고 분명하고 조용해졌다. 그래서 그는 뉴욕을 좋아했다. 인도, 가로등, 지하철, 모든 것이 에너지로 돌아가는 일종의 전기회로였기 때문이다. 누구나 여기서 성공할 수 있는 건 아니지만 누구나 시도할 수는 있기에 그는 계속 노력했고 이 도시가, 때로는 이 도시만이 그를 믿어준다고 느꼈다. 성공은 그간의 노력을 전부 보상해줬을 것이다. 안 그랬다면 어떻게 브루클린브리지가 건설됐겠는가? 엠파이어스테이트빌딩은? 다 확실한 비전이 있었기 때문이다.

마리나는 매일 공연했고 수십만 명이 그녀 안에 간직된 꿈을 느끼기 위해 몰려들었다. 그는 그녀의 눈을 들여다봐야 했다. 갑자기 차가운 전기가 팔을 타고 오르는 것이 느껴졌다. 그 일을 해내야만 했다.

핼이 잠시 침묵 끝에 말했다. "그래, 자신이 형편없는 작곡가라고 납득하는 것 말고는 요즘 뭐 했어?"

"MoMA에 갔었어. 아브라모비치 거 보러."

"아, 그래." 핼이 말했다. "의자에는 앉았어?"

"아니."

"크레이그랑 나도 갔었어. 환상적이더군. 줄이 너무 길길래 위층에 가서 한참을 돌아다녔지. 집에 오니까 죽겠더라고. 아이고야! 말 그대로 소파에 널브러져서 크레이그가 벨리니 칵테일 한 잔을 갖다 줄 때까지 꼼짝도 안 했다니까? 멍한 상태였거든. 그러니까, 마리나는 캔버스잖아? 그러면서 일종의 뮤즈 혹은 신관이기도 하고. 나는 아브라모비치 비타민을 먹고 싶어. 그녀가 매 작품에 쏟아붓는 에너지가 부러워.

그리고 말이야—그가 말을 이었다—저번에는 크레이그랑 더 스탠더드 호텔의 바*에 갔었어. 자네도 알지? 디스코텍 안에 온수풀

232

있는. 거기는 수영복을 자판기에서 팔더라고! 물론 자정이 지나면 수영복을 입었든 안 입었든 아무도 신경 안 쓰지만. 거기에 진짜 뉴요커는 한 명도 없었던 것 같아. 미친 듯이 독일어로 떠드는 스무 살짜리 애들, 마이크로미니스커트를 입은 여자애들, 몸매가 끝내주는 남자애들로 가득하더라고. 완전 재밌었어. 이 동네가 차세대 실리콘밸리가 되어버린 것 같아. 모든 앱 개발자를 위한 지역 한정적 표적 집단이랄까. 소박함의 시대는 끝났어. 오늘 아침에는 식당에서 나한테 그레이프프루트를 그슬렸으면 좋겠냐고 묻더라고. 이거 정말 실화야?"

테니스장에 도착한 그들은 실외 코트에서 세 세트를 쳤다. 레빈은 4 : 6, 5 : 7, 3 : 6으로 내리 졌다. 그는 지는 게 싫었다. 그리고 자기 몸 상태가 그렇게 엉망이라는 사실이 걱정스러웠다.

"다음부터는 스쿼시를 쳐야겠어." 점심 먹으러 맨해튼으로 돌아가는 길에 그가 핼에게 말했다.

"우리 나이 남자는 스포츠 종목 중에서 스쿼시 치다가 심장마비로 죽는 사람이 제일 많은 거 알아?" 핼이 물었다.

"그럼 말고…… 나는 필라테스 다시 시작했어."

"난 계속 이겨도 괜찮아." 핼이 말했다. "오해하진 말라고."

그가 저 앞의 스카이라인을 바라보며 말했다. "저 '레고 블록 하

* 르 뱅.

늘'은 아무리 봐도 질리지가 않아. 크레이그의 조카가 그렇게 부르는데 걔는 급수탑을 엄청 좋아해. 그게 다 양철 인간인데 낮에는 자고 밤이 되면 일어나서 돌아다닌다는 거야. 거기 든 물을 빼고 개조하면 작고 멋진 원룸이 될 텐데. 물론 화재 규정을 바꿔야겠지만…… 어쩌면 뉴욕의 예술가들이 거기서 다시 시작할 수 있을지도 몰라. 사실 급수탑은 놔두고 옥상에 트레일러 옥탑방을 만들기 시작해야 돼. 예술가한테만 보조금을 주는 거야. 창작 후원금처럼. 이 도시의 생명 줄이었던 예술인들이 돈이 없어서 여기서 살 수 없게 되면 20년 후에 뉴욕이 어떻게 되겠어? 돈놀이랑 중국인들만 남는 거지. 누가 그걸 원하냐고."

"자네는 다른 데서 살고 싶어?"

"장난해?"

펜네 알아라비아타를 먹으면서 핼이 말했다. "정말 새 아파트에 계속 있을 거야? 외로울 거 아냐."

레빈이 얼굴을 찡그렸다.

"어쩌면 도쿄에 가서 이소다네 팀을 만나는 게 좋을지도 모르겠어." 핼이 제안했다. "속도가 좀 붙을지도 몰라."

"다음 달쯤 봐서."

"그래. 자네가 해낼 거라 믿을게."

핼이 레빈을 워싱턴스퀘어에 내려주면서 물었다. "음악을 좋아하

234

지 않았다면 자네 인생이 어떻게 됐을지 생각해본 적 있어?"

"아니, 없어." 레빈이 말했다. "그러고 보니 한 번도 생각해본 적이 없네."

"있잖아, 그건 축복이야. 생각할 필요가 없었다는 거니까. 나는 계속 매니저로 살고 있는데 운전면허증에 적힌 출생일은 점점 멀어져가지. 꼭 〈애니 홀〉의 마지막 장면 같아. 우디 앨런이 들려주는 이야기 속에서 어떤 남자의 형이 스스로 닭이라고 생각해. 정신과의사가 남자에게 왜 형을 입원시키지 않느냐고 묻지. 그러자 남자가 대답해. '달걀이 필요하거든요.' 그 남자가 바로 나야. 달걀이 필요해서 이 일을 하는 거라고."

"매니저 그만둘 거야, 핼?" 레빈이 문손잡이에 손을 얹은 채로 물었다.

"아냐, 아키. 내가 자네한테 하려는 말은, 자네는 달걀이 필요 없다는 거야. 그 대신 진짜 선택지가 있지. 지금이 선택해야 할 때인지도 몰라."

26

힐라야스 브린은 아브라모비치 회고전을 천천히 둘러봤다. 비디오아트, 대형 사진, 수집품이 정리되어 있는 유리 진열장으로 가득한 전시실을 하나하나 지나갔다. 아침 9시라 그곳에는 그녀 혼자뿐이었다. 그녀는 아이폰에 연결한 젠하이저 마이크를 들고 있었다. 방송을 위한 사전 녹음이었다. 마이크에 잡히는 소리가 헤드폰을 통해 들려왔다. 그녀는 소리 없이 걷기 위해 신발을 벗어서 오렌지색 토트백에 넣은 다음 벽 앞에 버려뒀다.

물을 조금 마시고 어깨를 푼 다음 인사말을 시작했다. 청취자들에게 들려주기 위해 현재 마리나 아브라모비치의 작품을 재연 중인 예술가 몇 명이 관람객들에게 성추행당했다는 사실을 떠올렸다. 한 여성 예술가는 〈가늠할 수 없는 요소들〉을 재연하느라 나체로 문간에 서 있는 동안 여러 남자가 가슴을 만졌다고 말했다.

"〈가늠할 수 없는 요소들〉은—힐라야스가 마이크에 대고 말했다—아브라모비치와 파트너 울라이에 의해 이탈리아에서 처음 공연되었습니다. 예술가가 미술관으로 들어가는 입구라는 사실을 사람들에게 상기시켜주는 것이 목적이었죠. 원래 공연에서는 마리나와 울라이가 둘 다 나체로 아주 가까이 서 있어서 미술관에 들어가는 사람들이 그 사이를 비집고 옆 걸음질로 들어가야 했습니다. 하지만 MoMA에서는, 33년이 지났음에도, 공연자들이 나체라는 사실이 논란이 돼서 관람객들을 위한 별도의 입구가 마련됐습니다. 게다가 두 공연자가 충분히 멀리 떨어져 있어 관람객이 그들의 피부에 직접 닿지 않고도 들어갈 수 있습니다. 그런데도 관람객의 약 40퍼센트만이 나체 사이를 걷는 것을 택합니다. 나머지는 전시실 반대쪽 끝에 있는 전통적인 입구를 선택합니다. 그러니 예술가와 미술관에 관한 원래 주제는 실종되었다고 봐도 되겠죠. 그리고 뉴욕에서 나체는 여전히 너무 충격적인 것으로 여겨져서 주요 일간지의 1면을 장식했습니다.

남자 공연자들 또한 ─ 힐라야스가 말을 이었다 ─ 관람객들이 성기를 쓰다듬거나 쥐는 등 원치 않는 신체 접촉을 당했습니다. 한 공연자는 눈에 띄게 발기하는 바람에 공연에서 제외되기도 했습니다."

모든 사람에게는 자기만의 굴복과 반항의 방식이 있지, 힐라야스는 생각했다. 그녀는 평생 동안 사람들의 고백을 들어야 했다. 그들은 굉장히 사적인 성격의 이야기를 그녀에게 털어놓곤 했다. 심지어 어렸을 때도 그랬다. 어쩌면 사람들은 그때부터 그들이 무슨 말을 하건 그녀가 충격받지 않으리란 것을 느꼈는지도 모른다.

그녀는 아브라모비치가 얼굴을 카메라 쪽으로 향한 채 앉아 있는 흑백 영상* 앞에서 멈춰 섰다.

"거품, 비늘, 물고기, 단조로움, 단조로운……." 아브라모비치가 말했다. 단어를 말하는 속도는 느리고 찬찬했다. 굉장히 젊어 보이고 눈이 까만 아브라모비치가 세르비아어로 말하는 동안 영어 자막이 나왔다. 화염병, 눈, 속눈썹, 초점, 눈동자…….

마리나에게 주어진 과제는 기억이 불러낼 수 있는 모든 단어를 반복하거나 멈추지 않고 소리 내어 말하는 것이었다. 똑같은 단어를 두 번 말하거나 새로운 단어를 더 이상 생각해내지 못하면 퍼포먼스가 끝났다. 힐라야스는 단어들의 상호 연관성에 매혹되었다. "열쇠, 벽, 구석, 보존식품, 칼, 손잡이, 빵, 무사카,** 사과 케이크, 양념, 위스키, 습도, 자수刺繡…….

아이들, 이름, 우유, 젊음, 속삭임, 요구르트, 합법적 낙태, 절대로, 여행, 사춘기, 오해, 의견 차이, 정치인, 위치, 권력투쟁, 독일인, 호주인, 공황, 소풍, 권총, 탱크, 기관총…… 중령, 병사, 이병, 규칙적, 생리, 자위, 꿀……."

힐라야스는 자신에게 시간만 충분히 있다면 아브라모비치가 단어를 연결하는 방식을 관찰해서 그녀의 뇌 구조를 그릴 수 있겠다는 생각을 했다. 사람의 속내를 드러내는 것은 말이었다. 그녀가 다년간 사람들을 인터뷰하면서 알게 된 것은 침묵이야말로 유일하게

---

* 〈기억 해방하기〉.
** 나라별로 요리법이 다른데 세르비아에서는 얇게 썬 감자, 다진 소고기 또는 돼지고기, 커스터드 소스를 층층이 쌓아 올려 구운 것이다.

안전한 것이라는 점이었다. 파리에 살 때 이웃이었던 세르조는 자신에게 혐오가 자연스럽게 생겨났음을 시인했다. 그는 유명한 학자였지만 주위에 자신과 지적으로 비등하거나 그런대로 흥미로운 사람이 거의 없었다. 특히 아내와 딸들이 그랬다. 캘리포니아에서 만난 친구 세라는 유튜브에서 선천기형이나 고문에 관한 동영상을 즐겨 봤다. 세니골은 자위 기구를 서른 개 넘게 갖고 있었다. 이베트는 남편이 싫어하는 채소를 요리해서 주고는 남편이 먹지 않으면 화를 냈다. 그는 장암으로 죽어가고 있었으며 침대에서 꼼짝 못하는 상태였다. 그가 암 진단을 받기 2주 전에 그녀는 남편의 글러브 박스에서 이름과 전화번호와 그의 방문 날짜가 빼곡히 적힌 빨간 수첩을 발견했지만 남편에겐 아무 말도 하지 않았다.

메러디스의 남편 바니는 아내의 사망보험금을 카리브해 안티과섬에서 휴가를 보내는 데 썼다. 그리고 집에 돌아오자마자 관심의 범위를 동116가에 사는 여자에게서 더 북쪽에 사는 여자에게까지 넓혔다. 마거릿은 책을 훔쳤다. 이를 위해 특별히 맞춘 코트도 여러 벌 있었다. 그녀는 양장본을 가지고 서점을 나설 때 오르가슴을 느낀다고 말했다. 존은 호스피스에 입원한 아버지에게 "당신을 사랑한 사람은 아무도 없어"라고 속삭였다. 그러자 아버지가 고개를 끄덕이며 "나도 안다"라고 말했다.

모든 죄책감은 결국 사그라진다는 것을 힐라야스는 알았다.

그녀는 아브라모비치가 2005년 구겐하임에서 재공연했던 〈묘상苗床〉—비토 아콘치의 작품—을 떠올렸다. 힐라야스가 높은 무대 위에 앉아 있는 동안 마룻장 밑에서는 아브라모비치가 자위를 했다. 보이지는 않았지만 소리는 들렸다. 무대 밑의 마이크가 마리나가 하는 말을 스피커로 들려줬기 때문이다. 무대 위에 앉은 사람들은 서로 눈을 피했다. 커플들과 친구들은 낄낄거렸다. 한 남자는 엎드려서 바닥에 대고 자위를 하기 시작했다. 그동안 밑에서 아브라모비치는 신음했다. 그녀의 말은 세르비아식 악센트 때문에 독특한 색채를 띠었다. "당신이 자위하는 동안 다른 남자가 나랑 사랑을 나누는 걸 보고 싶어? ……내 보지 입술을 치워. 내 클리토리스가 보이게. 난 지금 다리를 더 벌리고 젖꼭지를 꼬집고 있어. 당신은 누구야? ……나부터 가도 돼? ……당신이 거기 있다는 걸 알아야겠어. 지금 같이 하고 있는 거야? ……당신은 내 환상이야?"

힐라야스는 이 녹음 파일을 〈뉴욕 예술비평〉에서 틀고 사람들이 어떻게 반응하나 볼까 하는 생각을 자주 했다. 이것은 구겐하임에서 공연했으니까 포르노가 아니라 예술인가? 1972년에 아콘치가 처음 공연했을 때는 겨울이었다. 그는 2주에 걸쳐 다섯 번의 공연을, 한 번에 여덟 시간씩 했다. 분명 좆이 다 까졌을 것이다.

힐라야스는 회고전을 계속 돌아보며 자신의 생각을 녹음했다. 한 영상에서 아브라모비치와 울라이가 벌거벗은 채 서로를 향해 달려간다. 그러다 서로에게 부딪치자 마치 긴 고무줄이 뒤에서 잡아당기는 것처럼 각자 원래 자리로 되돌아간다. 그러고 나서는 또다시 서로를 향해 달려와 부딪친다. 관객은 퍽, 철썩 하는 살과 살의 부딪침이 반복되는 것을 계속해서 관찰한다.*

또 한 영상에서는 두 사람이 서로 입을 맞댄 채 입으로만 들숨 날숨을 반복하다 결국 한쪽이 산소부족으로 의식을 잃는다.** 또 다른 영상에서는 마주 보고 무릎을 꿇은 상태에서 울라이가 마리나의 뺨을 때린다. 마리나도 울라이를 때린다. 손이 뺨으로, 손이 뺨으로, 찰싹, 찰싹, 찰싹. 강도가 점점 세지자 소리도 점점 커진다. 두 사람 다 약간 비틀거린다. 마침내 울라이가 너무 세게 때려서 마리나의 머리가 충격으로 크게 휘청한다. 그녀는 그의 얼굴을 똑같이 세게 때리는 것으로 화답한다. 두 사람 다, 더 이상 계속할 수 없어 고개를 숙인다.***

또 다른 영상에서 그들은 서로를 향해 소리 지른다. 목이 쉴 때까지 상대의 얼굴에 대고 단전에서부터 나오는 소리를 지른다.****

예술가는 대부분의 사람보다 정직해, 힐라야스는 생각했다. 행위예술가 스텔라크는 의사와 과학자로 이루어진 팀의 도움을 받아 자신의 왼팔에 귀를 심었다. 그리고 그 안에 마이크를 삽입해 스텔라크의 대화를 남들이 들을 수 있게 했다. 그 귀는 스텔라크의 삶을 엿듣고 싶은 모든 사람을 위한 원거리 도청기가 되었다.*****

---

* 〈공간에서의 관계〉.
** 〈들이쉬기, 내쉬기〉.
*** 〈밝은/어두운〉.
**** 〈아아아-아아아〉.
***** 〈팔 위의 귀〉. 실제로는 마이크를 이식한 지 몇 주 만에 감염 때문에 제거했다. 언젠가 다시 마이크를 이식해서 인터넷으로 전 세계에 24시간 생중계하는 것이 목표다.

대부분의 사람은 — 힐라야스는 알았다 — 자기 안을 들여다보고 싶어 하지 않았다. 하물며 자신의 내면을 세상 사람들이 보거나 듣거나 비판하게끔 확대해서 보여줄 리 만무했다. 어쩌면 그것이 〈예술가와 마주하다〉의 핵심일지도 몰랐다. '이리 와서 당신 자신이 돼라'는 초대가. 의자에 앉아본 사람들은 그것이 얼마나 어렵고, 도전적이고, 낯선 일인지를 알게 됐다.

힐라야스는 전시실 한구석의 바닥에 앉아 아브라모비치와 울라이가 중국의 만리장성을 걷는 영상을 보기 시작했다. 〈연인들〉. 각각 빨간 옷과 파란 옷을 입은 두 사람이 작별하기 위해 서로를 향해 수천 킬로미터를 걷는 퍼포먼스였다.

아브라모비치와 울라이는 이 작품을 8년 동안 계획했다. 그들은 만리장성의 양쪽 끝에서 출발하기로 했다. 각자 3000킬로미터를 걸은 후에 만나서 결혼할 예정이었다. 그러나 함께한 지 12년이 되었을 때 그들은 이 작품을 통해 연인 관계와 공동 작업을 공식적으로 끝내기로 했다. 아브라모비치가 말했다. "우리는 관계의 시작에 대해 생각하는 데 너무 많은 시간을 소비합니다. 왜 끝낼 때에는 그만큼의 사색을 하지 않는 거죠?"

울라이는 뱀처럼 구불거리는 은빛 강이 멀리 내려다보이는 절벽 위를 걸었다. 황갈색 사막을 터벅터벅 걸었다. 호리호리한 체형은 옷에 가렸고 얼굴에는 그늘이 졌다. 발걸음은 안정적이고 가벼웠다. 그는 지진 때문에 무너진 성벽 파편과 갈라진 틈을 뛰어넘었다. 벽이 사라진 풀밭을 가로지르고 오래전에 황폐해진 곳을 지났다.

만리장성의 동쪽 끝에서 시작한 마리나에게는 담틀 방식으로 만든 낮익은 성벽과 돌난간과 돌계단이 있었다. 한 걸음 한 걸음, 지팡이를 손에 쥐고 올라갔다. 고대 요새의 규모와 가파른 계단 때문에 그녀가 실제보다 작아 보였다. 위로 위로, 아래로 아래로, 위로 위로, 계속해서 걸었다. 그녀의 빨간 옷이 바람에 펄럭였다. 산등선 너머의 빛은 황금색이었다. 그녀의 머리는 꼿꼿했고, 시선은 무표정했으며, 발걸음은 단호했다.

작별 인사를 하기 위한 3000킬로미터. 힐라야스는 울라이와 마리나가 만나는 마지막 순간까지 영상을 계속 봤다.

그리고 아버지 장례식을 치르러 집에 오라고 애원하던 동생을 떠올렸다.

"언니는 왜 그렇게 까탈스럽게 구는 거야?" 아이라가 물었다. 어머니가 늘 하던 불평이었다. 그녀가, 힐라야스가 까탈스럽다고. "와서 물건 분류하는 것 좀 도와줘. 이걸 다 어떡해야 할지 모르겠어."

"버려."

"아버지는 언니를 사랑하셨어. 누구보다도 사랑하셨다고. 한 번도 언니를 원망하신 적 없잖아." 아이라가 울었다. "왜 집에 와서 아버지한테 작별 인사를 못하겠다는 거야?"

"할 말이 없어." 아버지에게도, 아버지 무덤에도.

전화를 끊고 나서 그녀는 어린 시절 추억에 대해 얘기할 걸 그랬나 생각했다. "아버지가 만들어주신 작은 나무배를 다리 위에서 센강에 던졌던 거 기억나? 아버지가 밤에 집에 오실 때 비 맞은 아스

팔트 냄새 났던 거 기억나?" 하지만 그런 대화를 시작하면 영원히 끝나지 않을 것이었다.

그녀는 무덤 위에 적힌 아버지 이름을 보고 싶지 않았다. 아버지가 음악을 연주하고 있지 않은 집을 보고 싶지 않았다. 아버지의 클라리넷을 보고 싶지 않았다. 어렸을 때 아버지가 연주를 하면 무지개가 보였던 것을 기억했다. 그녀가 지금껏 본 눈 중에서 아버지의 눈이 가장 슬펐던 것. 아버지의 두 손이 날개가 몸을 감싸듯 그녀의 양손을 감쌌던 것. 그녀가 아버지만큼 키가 큰 후에도 길을 건널 때마다 그녀의 손을 잡았던 것. 그녀의 진로에 대한 확신, 그녀가 유능하고 현명하다는 확신을 버리지 않았던 것. 그렇지 않다는 것을 그녀가 증명해 보이고 나서 한참 후까지도.

아버지를 다시 만나기 위해서라면 3000킬로미터를 걷겠어요, 그녀는 생각했다. 저는 빨간 옷을 입고 아버지는 파란 옷을 입을 거예요. 저는 양쯔강 옆을 걷고, 사막을 가로지르고, 계단을 오르내리고, 관료들과 100만 관광객을 물리칠 거예요. 아버지를 다시 보기 위해서라면. 아버지는 돌아가시지 않았어요. 조금 앞서가 계실 뿐이에요. 때가 되면 저는 준비돼 있을 거고 아버지는 거기 계시겠죠. 아버지는 몰타십자가가 있는 깃발을 들고, 저는 아무 깃발도 들지 않고. 아버지 외에는 어떤 조국도 선택하지 않았으니까. 아버지의 따뜻하고 건조한 손가락이 제 손가락을 감싸면 저는 안전할 거예요.

"힐라야스." 목소리가 불렀다. 그녀에게 배정된 MoMA의 미디어 담당자 옥타비아였다. "괜찮아요?"

"네, 네, 그럼요." 힐라야스가 일어나며 말했다.

"개관 시간 다 됐어요. 지금 10시 25분이거든요."

"죄송해요."

"굉장히 감동적이죠. 걱정 마세요. 우는 사람 많아요."

27

마리나는 아직 한 달 더 공연해야 한다. 라디오에서는 앤터니 앤
드 더 존슨스의 노래가 나온다. 〈호프 데어스 섬웬〉에서 앤터니의
목소리는 마치 16세기 카스트라토처럼 들린다. 대기열에서 헤드폰
으로 듣고 있는 사람 중 적어도 한 명은 그녀가 강렬하게 타오르
는 소멸의 아름다움만을 위해 휘발유를 마시고 자기 몸에 불을 붙
이고 싶어 할 거라고 생각한다. 도시는 안개 낀 새벽에서 빠져나와
픽사 그림처럼 깔끔하게 배열된 구름 밑에서 벼르고 있다. 앨리스
레빈은 수업에 60초 일찍 도착한다. 힐라야스 브린은 수영장에서
1500미터를 수영한 후에 게토레이를 마시고 있다.

공식 사진가 마르코 아넬리는 캐논 EOS-1D Mark IV를 세심하
게 재설치 중이다. 매일 저녁 그가 그날의 사진을 검토하고 나서
마리나에게 추천하면 마리나가 전부 확인한 뒤에 그가 업로드한
다. 그러고 나면 마르코에게도 잘 시간이 생긴다. 하루에 여섯 시
간만 자도 살 수 있지만 화요일에는 한낮까지 잔다. MoMA가 휴

246

관하는 요일이라 그들 모두가 약간의 정상성을 회복할 수 있는 24시간의 유예를 얻는 것이다. 화요일 밤에는 때때로 자신이 어떻게 또 한 주 그리고 또 한 주 동안 똑같은 스케줄을 소화할지 상상이 안 가기도 한다.

친구 만날 시간은 없다. 친구 만날 기운이 없다. 하루 종일 사람들에게 둘러싸여 있고, 하루 종일 얼굴을 관찰하며 보낸다. 요즘은 꿈의 내용이 이상한 '용의자 사진 골라내기'가 되었다. 때로는 거대한 정원에서 얼굴들을 솎아내고, 때로는 강물 표면에 달빛처럼 떨어진 얼굴들을 퍼 올린다. 어젯밤 꿈에는 파티장에서 특정한 누구를 찾으려고 방방이 돌아다녔는데 결국 찾지 못했다. 그런데 그곳의 모든 사람이 무지갯빛으로 아롱거리는 파란 새鳥 의상을 입고 눈만 가리는 검은 가면과 반짝이는 비즈로 만든 부리를 쓰고 있었다.

그가 대기열의 다음 사람에게 동의서를 끼운 서류철을 넘겨주자 그 사람이 작성하고 서명한 후에 다른 모든 사람들처럼 물었다. "오래 걸릴까요?"

그는 질문하는 모든 사람에게 미소 지으며 말했다. "알 수 없어요."

그는 아트리움에서 관객들과 말을 섞지 않으려 애썼다. 그는 대변인이 아니었다. 사진가였다. 그와 마리나가 이 공연을 준비할 때는 마리나 맞은편의 의자가 자주 빌 거라고 생각했다. 이렇게 사람들이 앉고 싶어 해서 몇 시간이나 줄을 서게 될 줄은 몰랐다.

그는 손목시계—마리나에게서 선물받은—로 시간을 확인했다.

그녀가 그에게 시간을 주다니 얼마나 완벽한가. 시간은 그들이 공유하는 것이었다. 그녀가 여기 있는 동안에는 그도 여기 있었다. 75일 동안의 충실한 증인이었다.

그들은 로마에서 처음 만났다. 그가 그녀에게 모델을 부탁하자 그녀는 다음 날 10분을 내주었다. 줄 수 있는 시간이 그것뿐이에요, 그녀가 말했다. 그녀는 약속한 시간에 그를 맞이했고 얼굴을 찍고 싶은 게 아니라는 말에 깜짝 놀랐다. 그가 원한 것은 그녀의 흉터였다.

흉터는 그녀의 진짜 이야기를 말해줬다. 칼과 얼음, 불과 메스로 인한 흉터는 예술과 영성靈性 사이의 줄타기 같았던 작업의 세월, 동서 간에 철학의 다리를 놓으려 노력해온 세월을 말해줬다. 그는 그녀를 이해하는 척하지 않고 우러러보기만 했다. 그녀는 나이 지긋한 여자들이 스퀴시타*할 수 있는 방식으로 스퀴시타했다. 그들은 자신의 목소리, 자기가 움직이는 방식, 옷 입는 법을 알았다. 자신의 몸매와 얼굴을 알았다. 그리고 그들이 자신의 삶을 살았다면, 정말로 충만한 삶을 살았다면, 그들 안에 마르코 같은 연하의 남자가 목을 적시고 싶어 하는 우물 같은 것이 있었다. 그것은 전적으로 성적이진 않았지만 전적으로 관능적이었다. 그가 느낀 것, 그것은 마리나를 향한 데보치오네**의 관능성이었다. 그녀의 힘, 유머 감각, 고독,

---

*아름다운, 세련된(이 장에 나오는 외국어는 모두 이탈리아어다).
**숭배, 흠모.

즉석요리(폴로 아로스토, 멜란차네 리피에네, 리소토 아이 풍기).* 그녀는 그에게 가족 같은 기분이 들게 하는 경향이 있었다. 스태프 모두가 가족인 것 같은 기분이 들게 만들었다. 라 파밀리아 디 마리나.**

그는 카메라 렌즈를 통해 그녀를 바라볼 때 까만 눈 속에서 수 세대에 걸친 슬라브족, 아랍인, 그리스인, 페르시아인을 보았다. 그들은 걸어서, 또는 당나귀를 타고 다음 겨울을 날 짐을 진 채 이주했다. 유럽과 중동의 갈림길에서 그 삐죽빼죽한 풍경 속으로 사라졌다. 이탈리아인으로서 그는 사람들이 생각하는 조국의 의미를 이해했다. 조국의 이름이 바뀌고, 주인이 바뀌고, 괴물들의 게임에서 졸이 되는 것은 힘든 경험일 거라고 생각했다. 이탈리아는 그 모두를 겪었다. 그리고 지금도 이탈리아 군인들은 부시의 전쟁—이제는 오바마의 전쟁이 된—일 부포네*** 베를루스코니가 파병에 동의한 전쟁 때문에 이라크에서 죽어갔다. 이탈리아인들은 한때 이웃이었던 사람들이 적으로 변할 수 있음을 알았다. 1차 세계 대전이 끝나기 전까지는 이탈리아가 한 나라로서 단합하지 못했었기 때문이다. 하지만 유고슬라비아에서의 싸움은 길고도 격렬했고 이탈리아와는 다른 원리를 따랐다. 세르비아인과 보스니아인, 크로아티아인, 알바니아인, 몬테네그로인, 슬로베니아인 사이에는 특별하게 강렬한 증오가 있었다. 이슬람교도와 기독교도 간의 우나 베키

---

* 로스트 치킨, 소를 넣은 가지, 버섯 리소토.
** 마리나의 가족.
*** 어릿광대.

아 구에라*였다.

사람들은 도끼를 집어 들고 같은 거리에 사는 여자들과 아이들을 죽였다. 그것이 유고슬라비아였다. 더 이상 나라가 아닌 나라. 미치광이와 음악가, 연인과 살인마가 등장하는 동화의 배경이자 오스트리아와 마케도니아 사이에 위치한, 발칸반도의 일부. 마리나는 한때 유고슬라비아였던 곳, 인간이 그곳에 이름을 붙여주기 한참 전부터 스스로를 쥐어짜고 비틀고 접어온 곳으로부터 왔다. 가파른 계곡, 물살 빠른 강, 푸른 호수, 구불구불한 마을, 눈 덮인 산이 있는 반도. 끝없는 세그레티**를 지닌 종이접기 같은 풍경.

10분짜리 첫 촬영을 끝낸 후 마리나 아브라모비치는 마르코에게 하루를 통으로 내줬다.

그날 일과를 마치고 테라초***에서 함께 리몬첼로를 마실 때 그녀가 그에게 말했다. 유고슬라비아의 주머니에 손을 넣으면 따뜻한 빵, 양파, 다진 고기, 포도 잎, 서양자두 브랜디, 옥수수빵, 슈트루델 빵에 관한 이야기를 꺼낼 수 있다고. 또는 백마들이 태양을 궁전에서 끌어낸 이야기, 젊은 신이 봄에 옥수수를 떨어뜨린 이야기, 방금 사랑에 빠진 여인(여름)이 가을이 돌아올 때마다 버림받는 이야기 같은 신화를 풀어놓을 수도 있다. 고대 산맥에서 살이 베이거나, 잊힌 계곡에서 무릎이 까질 수도 있지만 그곳에는 빨간 양귀비 밭, 집에

---

* 오래된 전쟁.
** 비밀.
*** 테라스.

서 담근 포도주, 발라드―달빛 속을 헤매는 처녀들과 병마를 피하려고 짐승 뼈를 갖고 다니는 노파들에 관한―를 부르는 누군가가 있다.

마리나가 그에게 들려준 신화는 또 있었다. 하얗고 더딘 겨울 동안 외양간의 소를 지키려고 개처럼 짖었다는 커다란 검은 고양이. 목욕탕 안에, 현관문 옆에, 벽난로 옆에 있는 정령들. 쥐잡이꾼과 양치기, 군인과 사제, 검은색과 녹색과 황금색과 빨간색과 자홍색에 싸인 세상.

그녀가 이번 공연을 기획하고 있을 때 그가 말했다. "제가 당신과 앉으러 오는 모든 사람의 사진을 찍을게요."

"75일인데." 그녀가 말했다. "정말이에요? 할 수 있겠어요? 에 운 페리오도 룽고.*"

"시."** 그가 말했다. 그때는 75일이 얼마나 긴 시간인지 알지 못했다. 어쩌면 마리나도 알지 못했을 것이다.

그들은 항상 이탈리아어로 대화했다. 그가 영어를 잘 못했기 때문이다. 그리고 아는 세르비아어는 안녕하세요, 잘 가요, 고마워요, 내일, 배고파요, 맛있어요, 하나, 둘, 셋, 사랑뿐이었다. 그녀는 독일어와 프랑스어, 네덜란드어도 할 줄 알았고 어떤 언어로 말하든 항상 재미있고 강렬했으며 발칸어 특유의, 모음과 자음이 우르릉거리

---

* 굉장히 긴 시간이라고요.
** 네.

는 악센트로 말했다.

"공연하는 동안 내내 곁에 있을게요." 그가 말했다. 그때도 여전히 그녀를 향한 숭앙심을 느꼈다. "매일 있을게요. 아무것도, 아무도 놓치지 않게. 모든 얼굴, 우리는 모든 얼굴을 찍을 거예요."

그래서 그는 여기 있었고 바깥에서는 봄이 도시를 화려하게 장식했다. 유모차를 타고 아트리움에 들어온 아기들은 맨다리를 내놓았고 더 이상 겹겹이 싸여 있거나 부츠를 신고 있지 않았다. 그는 트렌치코트에서 비 냄새를, 두건과 스카프에서 바람 냄새를 맡았다.

75일 동안 그는 기록자였다. 매일 서류철을 들고 대기열을 따라 움직이면서 동의서에 서명을 받았다. 사진 촬영을 허락하고 그 사진을 마리나가 향후 어떤 작품이나 책, 영화, 퍼포먼스에 사용해도 좋다는 동의서였다. 거의 모든 사람이 서명했다. 그러고 나서는 카메라로 돌아와서 얼굴을 차례로 찍었다. 모든 얼굴을. 그들이 처음 의자에 앉는 순간, 마리나와 눈이 마주치는 순간을 포착했다. 그런 다음 그들의 감정이 드러나기 시작할 때까지 기다렸다가 찍고 또 찍었다.

앉아 있는 시간은 2분이 될 수도, 두 시간이 될 수도 있었다. 하루 종일이 될 수도 있었다. 사람들이 이렇게까지 할 줄은 몰랐다. 라 파밀리아 디 마리나의 그 누구도 예상치 못했다. 앉은 사람들의 얼굴에는 너무 많은 표정이 스쳐 갔다. 그는 강렬함을 기다렸다. 그들이 해독 불가능한 무언가에 휩싸이는 순간을 찾으려 했다. 자신이 날것의 진실로 이루어진 세계 안에 있는 것 같다고 느꼈다. 그런 표정들이 있으리라고 누가 상상이나 했겠는가? 그는 이제껏 건축, 역사, 음악가들의 사진을 찍어왔다. 그런데 지금은 매일매일 호기심으로 칠해진 인간의 얼굴을 들여다볼 때 인간 마음속에 있는 세월의 심연을 봤다. 각각의 얼굴에는 저만의 일그러진, 가까스로 구조된, 갈고 닦인, 각인된, 빚어진, 빛나는 형태가 있었다.

그는 이 찰나의 것, 예술가와 관객 사이의 교감을 포착했다. 그녀 맞은편의 의자는 초대였다. 원한다면 와서 앉아요.

시간이 모든 사람의 화폐이고 다른 사람의 얼굴을 빤히 들여다보는 것은 아마 광기의 징후일 이곳 뉴욕에서 사람들이 마리나 아브라모비치와 앉기 위해 몰려들었다. 그녀는 마음을 훔친다기보다는―그는 생각했다―깨우고 있었다. 그들의 눈에 비친 빛. 그들의 지성과 슬픔, 이 모든 것이 그들이 의자에 앉을 때 쏟아져 나왔다. 마르코는 장초점렌즈와 기록자의 눈으로 모든 것을 포착했다. 일 데 보토 에드 이 데보티.*

---

* 숭배자와 숭배자들.

28

세 번째로 뉴욕에 돌아왔을 때 브리티카 판데르 사르는 암스테르담에서 밤 비행기로 날아와 샤워부터 하고 싶은 욕구를 무시하고 곧장 MoMA로 향했다. 사진가 마르코가 그녀를 알아보고 고개인사를 했다. 의자에는 지금까지 열다섯 번은 앉았던 카를로스가 또 앉아 있었다. 카를로스는 SNS에 팬도 있었다. 트위터에서는 #나는마리나와앉았다 해시태그가 트렌드였다. 그녀는 사각형의 경계선에서 전에 제인한테 소개받았던 은발의 영화음악 작곡가를 봤다. 그는 늘 그랬듯이 빨간 방석에 앉아 마치 영화를 보듯 탁자 앞의 두 사람에게 완전히 몰입해 있었다. 그의 삶에서 대체 무슨 일이 일어나고 있길래 여기서 저렇게 많은 시간을 보낼까 궁금했다. 그를 꼭 인터뷰해야겠다고 생각했다.

오늘은 운이 좋아서 줄이 빨리 빠졌다. 오후 중반쯤에 드디어 그녀 차례가 되었다. 성큼성큼 탁자로 걸어갔다. 이번에는 제대로 하고 싶었다. 아브라모비치의 밤색 눈을 들여다봤을 때 알아보는 기색이 스쳤다는, 따뜻해지는 것이 보였다는 확신이 들었다. 브리티카는 미소를 지으며 마르코가 그 순간을 찍었기를 바랐다.

그녀는 이리저리 몰려다니면서 자신을 쳐다보는 군중의 소리를 의식했다. 당당해 보이길 바랐지만 긴장감만 느껴졌다. 왜 다른 사람들은 의자에 앉았을 때 관객을 무서워하는 것처럼 보이지 않았을까? 자신감이 없을 때 있는 척하는 것이 가장 어려웠다.

가슴 속에서 심장이 쿵쾅쿵쾅 뛰고 손이 덜덜 떨렸다. 일종의 떨림이 등줄기를 타고 내려갔다. 텔레비전에 나오는 사람들도 긴장하나? 마리나도 긴장할까? 지금 긴장했을까?

박사학위를 따고 나면 이런 기분이 들지 않을 거야, 브리티카는 생각했다. 6개월만 더. 그러면 더 이상 내가 가짜인 것 같은 기분이 들지 않을 거야.

마르코가 그녀에게 말했다. 공연이 시작되기 전에 마리나의 팀이 의자에 앉을 사람 수를 놓고 내기했다고. 마리나의 조수 다비데 발리아노는 방문객 50만 명 이상, 착석자 1500명 이상을 예상했다. 다들 그가 너무 야심이 크다고 생각했다. 하지만 〈예술가와 마주하다〉가 중반을 지난 지금 다비데는 방문객 수에서는 이미 내기에서 이겼고 마리나 맞은편 의자에 앉은 사람 수도 1000명을 넘었다.

브리티카는 마음을 다잡았다. 숨을 들이마셨다가 천천히 내쉬었다. 아브라모비치에게서 눈은 떼지 않았지만 심장이 안정되질 않았다. 그녀는 주의를 분산하기 위해 마리나에 관한 이야기를 생각했다. 20분을 넘기고 싶었다. 그녀가 20분을 넘겼다는 기록이 남아

야만 했다.

그녀는 마리나가 학교 친구를 데려와서 아버지의 리볼버 중 하나를 유리장식장에서 꺼냈을 때를 떠올렸다. 마리나는 약실에 총알한 발을 넣고 탄창을 핑그르르 돌렸다. 그러고 나서 총구를 자기 머리에 대고 방아쇠를 당겼다. 딸깍. 불발이었다. 그다음에는 친구가 탄창을 돌리고 총을 자기 머리에 갖다 댔다. 그가 방아쇠를 당겼다. 딸깍. 불발이었다. 그들은 바닥을 데굴데굴 구르며 웃었다.

마리나가 여전히 가족과 함께 살았던 스물여덟 살 때 그녀는 이런 공연을 하고 싶었다. 자신이 어머니가 원하는 스타일의 옷을 입고 무대에 올라가는 것이다. 좋은 스커트와 블라우스, 혹은 드레스와 장갑, 그리고 완벽한 머리와 화장. 마리나는 무대에 서서 관객을 쳐다본 다음 리볼버의 약실에 총알 한 발을 넣을 것이다. 그리고 탄창을 돌린 후에 총을 관자놀이에 대고 발사할 것이다. 그녀가 죽지 않으면 자기가 입고 싶은 옷을 입고 자기가 원하는 모습을 한 채 떠날 것이다.

이런 방도 만들고 싶었다. 사람들이 들어와서 옷을 다 벗으면 빨고 말리고 다려서 돌려주는 곳. 벌거벗은 방문객들은 깨끗해진 옷을 입고 방을 나갈 것이다. 행위예술로서의 빨래방. 하지만 대학교가 허가를 내주지 않았다.

브리티카는 위층 회고전 입구에 주차된 작은 시트로엥 밴을 생각했다. 마리나와 울라이는 반려견 알바와 함께 그걸 타고 전 유럽을 돌아다녔다. 그 안에는 그들이 5년 동안 잤던 좁은 매트리스, 조

256

리 도구, 여행하는 동안 늘었다 줄었다 했던 책, 레치나* 병, 마리나의 미완성 뜨갯감은 더 이상 없었다. 알바는 오래전에 죽었다. 도로를 그들의 밴에 착 달라붙게 해췄던 흐릿한 전조등도, 아침에 젖을 췄던 염소도, 절벽 꼭대기를 지나 숲속을 통과해서 마을 광장을 가로지르며 사람들의 대화에 귀 기울였던 걷기도 없었다. 백개먼**이나 불*** 게임 지켜보기. 이런저런 공연 계획 짜기. 연인 관계도 사라지고 없었다.

브리티카는 마리나와 울라이가 한때 서로를 향해 느꼈던 것을 느낄 수 있는 상대를 자신도 언젠가 만나게 될까 생각했다. 다른 사람과 일도 삶도 같이하는 것은 상상할 수도 없었다. 마리나가 〈정지에너지〉에서 했듯이 상대방으로 하여금 내 심장을 활과 화살로 겨누게 하는 것 또한 마찬가지였다. 혹은 〈들이쉬기, 내쉬기〉에서처럼 상대방의 이산화탄소 때문에 내가 산소결핍증에 걸릴 때까지 내 숨을 가져가게 하는 것. 혹은 서로의 머리카락을 한데 묶어버리는 것.**** 이것은 그중에서도 특히 폐소공포증을 불러일으켜서 그녀는 인상을 찌푸렸다.

그녀는 마르코가 그 순간을 찍지 않았길 바랐다. 그리고 이제는 자신의 심장이 안정됐고 등줄기의 떨림이 좀 더 간헐적이 되었음을

---

* 그리스의 화이트와인 또는 로제 와인으로, 수지樹脂 향을 첨가한 것이 특징이다.
** 보드게임. 주사위를 던져서 열다섯 개의 말을 먼저 탈출시키는 사람이 이긴다.
*** 룰렛 비슷한 프랑스의 도박 게임.
**** 〈시간에서의 관계〉.

깨달았다. 그녀는 다시 마리나의 눈에 집중하고 마음을 열려고 애썼다.

저는 당신이 사랑했던 것처럼 사랑하고 싶지 않아요, 그녀는 마리나를 쳐다보면서 생각했다. 브리티카는 자신이 남자한테 너무 깊이 빠진다는 것을 알았다. 마지막 연애도 안 좋게 끝났다. 한마디로 그녀가 남자 친구를 스토킹했다. 돌이켜보니 창피했다. 그녀는 마르코가 방금 그 순간도 찍지 않았길 바랐다.

마리나의 시선은 브리티카 얼굴 바로 앞의 공간에 머물렀다. 마치 그녀 바로 앞에 또 다른 세계가 있는데 브리티카가 보지 못하는 것처럼. 마리나는 뭘 보고 있는 걸까?

예술은 멈추지 않아요, 마리나는 그렇게 말했었다. 예술은 5시가 되면 "이제 됐어. 하루 일과가 끝났으니 가서 텔레비전 프로그램이나 저녁 메뉴에 대해서나 생각해"라고 말하지 않아요. 예술은 항상 거기 있어요. 채소를 썰 때도, 친구랑 얘기할 때도, 신문을 읽을 때도, 음악을 들을 때도, 파티를 할 때도. 항상 거기에서 제안을 하고, 내가 가서 글을 쓰거나 그림을 그리거나 노래를 부르거나 연주를 하길 바라죠. 내가 굉장한 걸 상상하고, 관객과 교감하고, 기氣를 사용하고, 기를 찾길 바라요. 예술은 내가 준비됐을 때 준비되어 있지 않고, 내가 원할 때 오지 않고, 내가 지쳤을 때 떠나지 않아요. 언제나 느긋하죠. 자주 늦거나 느리고 내가 생각한 게 아닐 때도 많아요.

브리티카는 자신이 늦게 들어가는 날에는 항상 어머니가 그녀 몫의 음식을 남겨두는 것을 생각했다. 항상 복도 불을 켜놓는 것을 생각했다. 침대에 깨끗한 침대보를 씌워놓는 것을 생각했다. 마치 브리티카 스스로 사랑받고 있다고 확신하길 바라는 것처럼. 그것이 입양의 문제였다. 그녀는 사랑받지 못했다. 가장 사랑받지는 못했다. 계속 키울 만큼은 아니었다. 그녀의 생모는 아마 이미 한 아이를 낳은 중국 여자였을 것이다. 아니면 아들을 원했는데 브리티카가 태어나서 다음에는 아들 낳겠지 하며 그녀를 포기한…….

그러나 그녀는 입양됐기에, 자신한테 너무 많은 것을 준 지금 부모님밖에 몰랐다. 그래서 자기가 얼마나 감사하는지를 부모님에게 알리기 위해 할 수 있는 일은 다 하려 했다. 하지만 그러기가 쉽진 않았다. 그녀는 자기도 이해 못하는 일을 하고 싶은 충동을 느꼈다. 자신의 뿌리를 모르는 상태에서는 자신이 왜 그렇게 어렸을 때부터 섹스에 관심이 많았는지를 알 수 없었다. 그래서 이미 여러 번 곤경에 빠졌다.

그녀는 자신이 본질적으로 좋은 사람인지 확신하지 못했다. 경제력만 되면 혼자 사는 것도 괜찮겠다고 생각한 이유는 혼자 산다는 생각만 해도 무서웠기 때문이었다. 그녀는 북해의 테르스헬링섬에 있는 사구 옆 오두막을 상상했다. 어쩌면 박사논문 최종본을 끝낼 때 거기에 가려고 할지도 모른다.

브리티카에게는 아브라모비치가 혼자 있는 것을 싫어한다는 가설이 있었다. 그래서 이 탁자 앞에 앉는 것도 두려움의 대상이었다. 마리나는 외로운 아이였다. 태어나서 첫 6년 동안은 할머니 집에 살면서 일요일에만 아버지 어머니를 만났다. 남동생이 태어난 뒤에야 집에 돌아와서 부모와 같이 살았다. 그리고 얼마 후 혈액병 때문에 1년 동안 입원을 했는데 어머니는 단 한 번도 면회를 오지 않았다.

〈예술가와 마주하다〉에 아무도 오지 않았을 수도 있었다. 공연이 시작하고 며칠 후, 아브라모비치의 팬들이 왔다 간 후에 공연이 시들어 죽었을 수도 있었다. 사람들이 사각형 밖에 서서 얼굴을 찡그리고, 비웃고, 무시하고 가버렸을 수도 있었다. 위험은 늘 존재했다. 작품이 누구와도 교감 못했을 수도 있었다. 마리나 아브라모비치가 이 먼 길을, 베오그라드에서 뉴욕까지, 40년의 활동 끝에 와서는 석 달이라는 기나긴 기간 동안 이 탁자 앞에 혼자 덩그러니 앉아 있었을 수도 있었다.

그러고 나서 한참 동안 브리티카는 그냥 앉아 있었다. 다섯 층 위의 채광창이 원뿔 모양 햇빛을 아트리움으로 보내는 것처럼 눈부신 광채가 내려왔다. 마리나의 얼굴이 스핑크스의 얼굴만큼 오래된 돌로 만들어진 것처럼 보이다가 그다음에는 남자 얼굴로, 지금은 오팔로 보였다.

브리티카는 어느 순간 마리나와 자기 사이의 공중에 떠 있는 작고 네모난 상자를 보았다. 그 상자가 자신을 향해 떠오르는데 살짝 진동하는 것이 보였다. 브리티카는 움직이지 않은 채 어찌어찌 팔을 뻗어 상자를 손에 쥐었다. 나무 코팅제 냄새가 났다. 그녀는 어머니가 환한 불빛 속에서 서예 연습하는 모습을 떠올렸다. 아버지가 빨래 너는 모습이 보였다. 자신이 작게 느껴졌다. 어렸을 때 밤에 침대에 누워서 예수님에게 말 걸곤 했던 기억을 떠올렸다. 몇 번은 예수님의 대답을 들었다고 확신했다.

그녀가 상자를 덮싼 금박을 벗기자 그 안에서 자신의 영혼이 보였다. 그것은 어둡고 별빛처럼 영원하면서도 작은 경단 같은 모양이었다. 그것을 입에 넣고 삼켰다.

그녀가 마침내 일어나서 의자를 떠날 때 아트리움은 낯선 이들로 가득한 곳이 되어 있었다. 지금 어느 나라 말로 말해야 하는지도 생각이 안 났다. 곧장 거리로 나갔다.

나중에 센트럴파크 잔디밭에 누워 구름을 바라볼 때 그녀는 자신의 일부가 날아가버린 듯한, 혹은 제자리로 돌아온 듯한 기분을 느꼈다.

5부

어떤 예술가도
처음에는 아마추어였다.

랠프 월도 에머슨

29

"힐라야스? 아키야."

"아키? 잘 지냈어요? 요즘 좀 괜찮아요?"

그녀의 목소리는 예전과 똑같았다. 레빈은 순간 자신이 지금껏 뭘 두려워했는지, 왜 진작 전화하지 않았는지를 까맣게 잊어버렸다.

"마리나 아브라모비치랑 앉은 거 봤어." 그가 말했다.

"네, 맞아요. 두 번 앉았죠."

"그 얘기 좀 해줄 수 있어?"

"비앙 쉬르.* 우리 집으로 올래요?"

"음……."

"내가 요리할게요."

"정말? 고마워. 그거 좋겠다. 그럴게. 언제?"

"아무 때나요. 오늘 저녁 어때요? 그냥 와요. 정말 보고 싶었어

---

* 프랑스어로 '물론이죠'.

요."

"당신이 노래해줬으면 싶어서. 지금 만드는 사운드트랙에."

"와서 얘기해요."

"몇 곡 가져갈게."

"알았어요. 7시 괜찮아요?"

그는 손목시계를 보고, 가는 데 걸리는 시간과 샤워하고 면도하는 데 걸리는 시간을 계산했다. "물론이지."

"아 비앵토."* 그녀가 말했다.

힐라야스는 센트럴파크에서 북쪽으로 몇 블록 올라간 맬컴엑스대로에 살았다. 요즘 들어 낡은 공공건물 내부를 개조해서 만든 아파트가 늘어나고 있었다. 열쇠공 가게 자리에 카페가 들어섰다. 새 영화관이 개장했다. 하지만 할렘의 변신은 최근 일이 아니라 벌써 수백만 년째 진행 중이었다. 백인과 흑인이 있기 전에는 아메리칸인디언이 있었고, 아메리칸인디언 전에는 마스토돈과 들소가 있었다. 그 전에는 공룡과 빙하가 있었고, 그 전에는 거대한 내해가 대서양에서 애팔래치아산맥이 솟아올라 맨해튼섬을 만들어주기만을 기다리고 있었다.

레빈은 A호선 급행을 타고 125가 역에서 내려서 걸어갔다. 드디어 오래된 레코드판이 든 이삿짐 상자를 풀어서 정리하다가 옛날에

---

* 프랑스어로 '이따 봐요'.

톰이 준 모리시 앨범 몇 장, 닉 드레이크의 〈핑크 문〉 앨범, 레너드 코언 앨범 몇 장을 발견했다. 발코니로 통하는 문을 열어놓고 음악을 크게 틀어서 워싱턴스퀘어의 우듬지 위로 소리가 퍼져나가게 하니 기분이 좋았다.

힐라야스의 아파트는 브라운스톤 꼭대기 층에 있었다. 이 브라운스톤 주위에는 연마 강철 울타리가 둘러져 있었고 그 가운데에 비디오 인터폰과 우체통이 달린 대문이 있었다. 집주인이 1, 2층은 내부를 싹 다 뜯어내버렸지만 꼭대기 층에 있는 힐라야스의 아파트는 개조하지 않고 그대로 뒀다. 레빈이 인터폰을 눌렀다. 힐라야스가 문을 열어주자 그는 건물 옆으로 돌아가서 계단을 올라갔다.

문은 포근한 저녁을 향해 열려 있었다. 힐라야스가 나와서 그를 포옹하고 양 볼에 입을 맞췄다. "얼굴 보니까 좋네요, 아키. 그렇게 모두를 잘 피해 다닐 필요는 없어요. 다들 보고 싶어 한다고요. 지금 가스파초*를 만드는 중이에요. 이렇게 더울 때는 가스파초 다음에 새우 마늘 파스타가 좋을 것 같아서요."

그녀는 밑단을 잘라낸 청바지와 작고 빨간 티셔츠 차림으로 부엌을 왔다 갔다 했다. 손목에는 색색의 가죽 팔찌를 했고, 머리는 핀을 꽂아 뒤로 넘겨서 어깨뼈 사이로 까만 고수머리를 늘어뜨렸다. 그녀는 마늘과 파슬리를 다지고 레몬 껍질을 강판에 갈아서 한꺼번에 볼bowl에 던져 넣은 다음 빵을 숭덩숭덩 썰었다.

---

* 에스파냐의 차게 먹는 채소 수프.

톰은 애스펀의 헌터 S. 톰슨*네 집에서 열린 파티에서 힐라야스를 처음 만났다. 나이 차이가 많이 났지만 톰은 개의치 않았다. 게다가 힐라야스는 당시 다른 사람과 사귀고 있었는데도 휴가가 끝났을 때에는 톰과 함께 로스앤젤레스로 돌아갔다.

그들은 강렬한 커플이었다. 레빈은 톰이 힐라야스에게 청혼했지만 힐라야스가 대답하지 않았음을 알고 있었다. 한번은 톰이 그에게 힐라야스는 테플론 코팅 같다는 말을 한 적이 있었다. 어디를 가나 남자들이 접근하지만 다 미끄러져 떨어진다는 것이다. 신경 쓰여? 아니, 그가 레빈에게 말했다. 오히려 그가 아무 데도 가지 않을 거라고 그녀를 계속 안심시켜야 했다. 하지만 그는 결국 떠났다. 톰은 레너드 코언이 힐라야스를 생각하면서 이 노래**를 썼을 거라고 말하곤 했다.

나는 한 여자를 만났어, 그녀는 어둠 속에서 자신의 병사들을 희롱하고 있었지
오 그녀는 그들 한 명 한 명에게 말해야 했어
자신의 이름이 잔 다르크라고.
나도 그 군대에 있었어, 그래, 한동안 머물렀지.
당신에게 감사하고 싶어, 잔 다르크,

---

* 미국의 저널리스트, 소설가. 취재 대상에 적극적으로 개입해야 한다는 '곤조 저널리즘'의 창시자. 장편소설 《라스베이거스의 공포와 혐오》, 《럼 다이어리》가 영화화되었다.
** 〈라스트 이어스 맨〉.

나에게 그토록 잘해줘서.

오늘 오후에 이 노래를 다시 틀어봤는데 전과는 다른 부분의 가사가 계속 머릿속을 맴돌았다.

그리고 천창이 드럼이라면 그 해진 가죽을 나는 고치지 않을 거야
그래서 모든 빗물이 떨어지네 아멘,
과거의 남자의 작품 위로.

식탁 위에는 갓 구운 치아바타 빵과 올리브유가 담긴 접시, 두카*가 담긴 접시가 있었다. 힐라야스가 레빈이 가져온 포도주 병을 땄다. 그리고 선반에서 와인글라스 두 개를 집어서 포도주를 따른 다음 의자에 앉아 나무 상판 너머로 레빈을 쳐다봤다.
"그래, 말해봐요. 새로운 소식이 뭐예요, 아키?"
"지금 사운드트랙 작업 중이야. 장편 애니메이션. 이즈미라는 회사가 워너랑 제휴를 맺었거든. 감독은 일본 사람이고."
"애니메이션요? 처음 하는 거예요?"
"응." 레빈이 말했다. "하지만 마음에 들어."
"일본인 감독이랑은 어떻게 일해요? 당신이 거기로 가요? 아니면 그 사람이 여기로 와요?"

---

* 여러 가지 씨앗을 덖어서 빻아 만든 이집트 향신료.

"스카이프로 통화해. 하지만 곧 거기로 가게 될지도 몰라. 최종 작업도 도쿄에서 하게 될지도 모르고."

"나한테 뭔가 들려줄 거예요?"

"이따가. 지금은 가사를 좀 가져왔는데 어떻게 생각하는지 듣고 싶어."

그는 이소다 세이지가 각색한 대본에 대해 설명했다. 밤이 되면 물고기로 변하는 여자가 곰이면서 겨울의 왕이기도 한 남자와 사랑에 빠지는 이야기.

"문제가 뭐예요? 뭐가 긴장을 유발하죠?" 힐라야스가 물었다.

"두 사람에게 딸이 있는데 그 애가 아버지처럼 곰이 될 것인가, 그러면 떠나야 하거든, 아니면 그대로 머물면서 어머니처럼 물고기가 될 것인가를 선택해야 해."

"엄마처럼 될 것이냐, 아빠처럼 될 것이냐, 인류의 영원한 딜레마네요." 힐라야스가 말했다. 그러고는 사우스할렘의 낮은 지붕들을 내려다봤다. 공기 중에 감도는 더위가 습했다. 뇌우가 몰려올 조짐이었다.

"그럼 해피엔드가 아니겠네요?" 그녀가 물었다.

레빈이 고개를 끄덕였다.

"진실한 얘기네요." 힐라야스가 어깨를 으쓱했다. "그럼 음악은요? 서정적인 음악이어야 하지 않아요?"

"맞아, 하지만 〈미션〉처럼 성스러워도 안 되고, 〈반지의 제왕〉처럼 판타지스러워도 안 돼. 〈라스트 모히칸〉이나 〈늑대와 춤을〉 같아도 안 되고. 더 낯설었으면 좋겠어. 경이롭고. 기예르모 델토로랑 테런스 맬릭*을 합친 것 같은 음악 말이야. 아직 딱 마음에 드는 걸 못 썼어."

"리디아는 만났어요?" 힐라야스가 평범한 질문인 양 물었다.

레빈은 눈을 깜빡이다가 고개를 저었다. "그 얘기는 정말 하고 싶지 않아."

힐라야스가 시금치를 소쿠리에 넣고 물에 씻었다. 그런 다음 깨끗한 행주로 싸서 물기를 털고 빨간 볼에 담아 샐러드를 만들었다. "그럼 안 할게요." 그녀가 천천히 말했다. "그래도 코끼리는 방에서 내보내는 게 좋겠어서요."**

레빈은 아무 말도 하지 않았다.

"그래, 마리나 아브라모비치에 대해 얘기하고 싶다고요?" 힐라야스가 물었다.

"응. 같이 앉아보니 기분이 어땠어?"

"뭐, 완전히 예상 밖이었어요." 힐라야스는 이렇게 말하고는 웃음을 터뜨렸다. "나도 모르게 어느새 톰하고 얘기를 하고 있더라고요. 톰이 제 앞에 있는데 지금 당신만큼이나 진짜 같았어요. 식사를 같이했죠. 진담이에요. 너무나 자연스러운 일인 양 대화를 했어요."

"환각을 봤단 말이야?"

_____

* 미국의 영화감독. 대표작 〈천국의 나날들〉, 〈씬 레드 라인〉, 〈트리 오브 라이프〉.
** 모두가 알지만 일부러 언급을 피하는, 중요한 혹은 논쟁적 화제를 뜻하는 '방 안의 코끼리'라는 표현을 비튼 것이다.

"음, 그런 것 같아요. 하지만 정말 좋았어요."

"톰이 뭐래?"

"옛날하고 똑같죠 뭐. 하지만 정말 생생했어요. 그 후로 뇌리를 떠나질 않아요. 다들 이런 경험을 했는지 궁금해요."

레빈이 얼굴을 찡그렸다.

"콜럼 토빈이 쓴 글은 봤어요?"

"아니." 레빈이 말했다.

"가져올게요. 잠깐만요."

그녀가 거실로 갔고 부스럭거리는 소리가 나더니 그녀가 다시 나타났다.

그녀는 〈더 뉴욕 리뷰 오브 북스〉한 부를 들고 소리 내어 읽었다. "그것은 어린 시절 에니스코시에서 이웃이 세상을 떠난 다음 날 누군가가 나를 어떤 방으로 데려가서 시신의 얼굴을 봐도 좋다고 허락했을 때와 비슷했다. 그 다음은 여기요, 이걸 들어봐요." 그녀가 말했다. "이것은 진지했다. 어쩌면 지나치게 진지했다. 지나치게 친밀하고, 지나치게 탐색적이었다. 내가 느끼기에 그것은 내가 늘 해야만 하는 것 혹은 절대 해서는 안 되는 것, 둘 중 하나였다."

그녀가 레빈을 쳐다봤다. "너무 조릿조릿해서 그래요. 내가 정말로 초대받았는지 확신이 없는 예식이나 교회에 갔을 때처럼요. 놀라우면서도 가슴 아프죠. 아직 안 앉아봤어요?"

"응."

"앉아야 돼요, 아키. 꼭 앉아요."

"그래야 돼?" 그가 물었다.

"반드시 좋아할 거예요. 놓치지 마요."

"봐서."

"안 할 수도 있다는 거네요." 그러고는 화제를 바꿔 말했다. "우리 랑 라임 클럽 공연 할 거예요? 꼭 같이 했으면 좋겠어요. 다들 당신 이 해주길 바라요."

"생각 중이야."

"다른 피아니스트를 구할 수도 있지만 당신이 아니면 기분이 이 상할 거예요."

"알았어." 그가 말했다.

"그리고 앨리스도 몇 번 연주하고 싶어 하더라고요. 얼마 전에 만 났어요."

"그래."

"그래, 할게예요, 아니면 그래, 생각해볼게예요?"

"그래, 같이 공연할게."

"아키, 당신한테서 대답을 받아내려고 6개월을 애썼는데 이렇게 간단히 승낙하는 거예요?"

그가 어깨를 으쓱했다. "미안."

잠시 침묵이 흘렀다. 레빈은 포도주를 홀짝이면서 부엌을 둘러봤 다. 머리 위 고리에 걸린 냄비, 아일랜드 식탁 위의 녹은 초, 칼꽂이, 금속 개수대, 창틀 위 접시에 놓인 비누, 석류가 담긴 볼, 토마토가 담긴 볼. 자신이 정물화 안에 있는 듯한 기분이 들었다. 그리고 여기 이렇게 앉아 있으니 이곳에서 그를 기다려온 자신의 일부를 지금 따라잡은 것만 같았다. 지난번에 여기 왔을 때는 리디아와 함께였었다. 힐라야스가 저녁을 해줬다. 그것이 겨우 몇 달 전 일임을 생각하니 기분이 이상했다.

힐라야스가 빵을 썰었다. 그러고는 냉장고에서 밀폐 용기를 꺼내 안에 든 수프를 믹서기에 부었다. "시끄러워서 미안해요." 그녀가 말하자 그는 마음의 준비를 했고 그녀가 믹서기를 켰다.

그녀는 선홍색 수프를 어두운색 사발 두 개에 부은 다음 깍둑썰기 한 오이 몇 개와 빨간 피망 약간을 그 위에 떨어뜨렸다.

"얼굴 보니까 정말 좋네요, 아키." 그녀가 말하면서 사발 하나를 그 쪽으로 밀었다. "너무 오랜만이에요."

힐라야스의 스피커에서 그가 가져온 음악이 흘러나왔다. 처음에 피아노 솔로, 그다음에는 대위법 선율의 비올라, 오보에 등장, 거기에 화답하는 첼로. 현악기 소리를 뚫고 나와 우듬지 위로 치솟는 부드러운 트럼펫.

"확실히 물과 숲이네요." 그녀가 말했다.

"아, 다행이네." 레빈이 말했다.

"내 생각에 여기 필요한 건…… 음…… 사랑?"

레빈이 한숨지었다. 그는 벽에 붙은 대형 브로마이드를 쳐다봤다. 힐라야스가 노래하는 사진이었다. 머리는 풀어 내렸고, 옷은 은색 탱크톱에, 피부는 흑단처럼 까맸다. 눈을 감고 마이크 쪽으로 몸을 기울인 그녀의 모습은 환상적이었다.

"안에 있긴 있어요. *끄집어내주기만 하면 돼요.*" 그녀가 말했다.

레빈은 그녀가 끓여 준 커피를 홀짝였다. 달콤하고 커피 가루가 씹히는 터키식 커피였다.

그들은 밤늦게까지 작업했다. 그는 그녀의 업라이트피아노를 연주하고, 힐라야스는 그가 쓴 가사를 보며 즉흥적으로 흥얼거렸다. 그녀는 본능적이고 충동적으로 음악에 반응했다. 그녀와 함께 연주해온 지난 몇 년간 그는 때때로 클래식 교육이 자신을 망쳤다고 생각하곤 했다. 그녀가 노래하면 소름이 돋았다. 그녀의 목소리를 듣다가 눈물이 날 때도 종종 있었다.

자정이 지나자 뇌우가 시작되어 지붕을 두드리는 빗물 소리 때문에 더 이상 계속할 수가 없었다.

"택시 불러줄게요. 아니면 자고 가도 되고요. 소파 베드 펴면 돼요. 아침은 나가서 먹어요."

그는 그렇게 그녀와 가까운 데에서 잘 자신이 없었다. 표류 중인 듯한 기분이었다. 그녀에게 매달려서 그냥 자기를 안아달라고, 침대로 데려가서 안아달라고 하고 싶었다. 하지만 그런 걸 부탁할 순 없었다.

"괜찮아. 프레더릭더글러스 대로까지 걸어가서 택시 잡을게." 그가 말했다.

그녀는 지금 누군가를 사귀고 있을까? 묻고 싶지 않았다. 공연할 때 가끔 남자를 소개해준 적은 있었지만 톰 이후에 오래 만난 남자는 없었다.

"그럼 내일 오후에 가서 보컬 녹음하는 거예요?" 그녀가 물었다.

"응. 그래. 그때 봐."

"내가 한 번도 안 가본 거 알죠? 새 아파트에."

"아무도 초대한 적 없어."

그녀가 작별 인사로 그의 볼에 입 맞추면서 말했다. "있잖아요, 아키, 리디아는 당신을 많이 사랑해요."

"그래?" 그가 물었다.

"그럼요." 그녀가 말했다. "다른 사람한테 얘기해본 적 있어요? 괜찮은 사람 추천해줄 수도 있는데."

"변호사 말이야?"

"아뇨." 그녀가 미소 지었다. "심리치료사요."

"난 괜찮아. 정말로. 이 상황이 싫지만, 괜찮아."

"이런 일을 겪고도 괜찮은 사람은 없어요. 영혼을 갉아먹는다고요. 당신은 고통받고 있어요."

"정말, 이게 리디아가 원하는 거라면…… 당신도 리디아 알잖아. 리디아는 마음을 바꾸지 않아."

"그건 모르는 거죠." 힐라야스가 말했다.

"오, 맙소사." 레빈이 말했다. 이 화제가 나오지 않았더라면 좋았을 거라고 생각했다.

"리디아는 당신을 사랑해요. 어쩌면 당신이 어떤 사람이 될 수 있는지…… 두 사람 다 어떤 사람이 될 수 있는지 보고 싶었던 게 아

276

닐까 싶어요."

"그러니까 시험처럼 말이야? 아니면 실험?"

"아뇨, 아뇨. 그런 거 말고요."

"아내가 보고 싶어." 그가 말했다.

힐라야스가 고개를 끄덕였다. "가능성은 있어요. 아주 희박하지만 그래도 리디아가 회복돼서 말을 할 수 있고, 음악을 같이 들을 수 있게 되면…….."

"그러면 집에 올 거라고?"

힐라야스가 어깨를 으쓱했다. "자, 이 시*를 들어봐요. 그토록 오랜 시간이 흐른 뒤에도 태양은 대지에게 '당신은 내게 빚이 있소'라고 말하지 않는다. 그런 사랑이 무엇을 하는지 보라. 그것은 온 하늘을 밝힌다. 사랑이 뭘 할 수 있는지는 아무도 몰라요, 아키."

그녀는 문간에서 그를 꼭 안았다가 놓아주었다. "내일 봐요. 여기, 우산요!"

택시는 녹아내리는 빛들을 지나치고 새로 생긴 웅덩이들을 통과하며 다운타운을 달렸다. 쉭쉭대던 차 소리도 차츰 멀어져갔다. 택시 안에서는 와이퍼가 폭풍 속의 메트로놈처럼 똑딱였고, 빗물이 떨어졌다. 아멘.

---

* 14세기 페르시아의 시인 하피즈의 시.

30

　6층에 올라가 보니 회고전 전시장 입구에 낡은 밴 한 대가 주차
되어 있었다. 안은 비어 있었다. 앨리스는 밴에서 산다는 생각, 밴드
아니면 남자 친구 아니면 둘 다와 함께 여행한다는 생각이 마음에
들었다. 마리나 아브라모비치는 그 시절의 로커 같은 거였구나, 그
녀는 생각했다. 콘서트에서 콘서트로, 유럽 일주를 하며 공연하는.

　그 앞에는 거대한 아브라모비치 흑백사진이 붙어 있었다. 고함
소리와 신음 소리가 전시장 안으로부터 들려왔다. 경고문이 이 전
시가 일부 관객에게는 불편할 수 있다고 충고했다.

　옆에서 경고문을 쳐다보던 두 여자 중 한 명이 말했다. "내가 세
수하라고 다섯 번 말하고, 이 닦으라고 다섯 번 말하고, 옷 입으라고
말하고 나서 가 봐도 하나도 안 하고 있다니까?"

　그들은 고개를 주억거리며 안으로 들어갔다. 그리고 한 커플이
지나갔다. 남자가 "뭐, 나는 이런 유의 사람들이 예술계에서 뭘 하
는지 의문이야. 돈 벌고 싶어 하는 사업가 타입 말이야. 그건 전혀

다른 예술인데"라고 말하자 여자도 같이 웃음을 터뜨렸다.

"자, 이제 시작이네." 앨리스가 아빠한테 말했다.

레빈이 미소 지었고 그들은 북적이는 전시실로 함께 들어갔다. 커다란 스크린에 아브라모비치의 영상이 비치고 있었다. 첫 번째 영상에서 그녀는 격렬하게 머리를 빗었다. 길고 까만 머리를 빗으로 우악스럽게 잡아당기면서 "예술은 아름다워야 해, 예술가는 아름다워야 해"라고 말했다. 앨리스도 그 의견에는 동의했지만 그 말을 아름다운 여자가 해도 되는 걸까?

저쪽 앞에 첫 번째 나체 공연자들이 있는 문간에서 병목현상이 나타나고 있었다. 앨리스는 더 잘 보려고 레빈을 혼자 두고 벽 쪽으로 갔다. 황금색 피부와 작고 볼품없는 가슴을 가진 젊은 여자가 마찬가지로 나체인 호리호리하고 움직이지 않는 남자 맞은편에 서 있었다. 나체 커플은 주저 없이 서로의 눈을 쳐다봤다. 주저하는 것은 관객 쪽이었다. 어떤 사람들은 가방을 꼭 쥔 채 두 나체 사이를 쏜살같이 지나가고 어떤 사람들은 천천히 지나갔지만 공연자의 눈을 들여다보는 사람은 거의 없었다. 대부분의 관람객이, 남자든 여자든, 몸을 여자 쪽으로 돌린 채 틈새를 지나 다음 전시실로 갔다. 오직 한 명, 한 남자만이 남자 쪽으로 몸을 돌렸지만 그도 눈을 마주치진 않았다. 그리고 부드러운 살에 단추나 벨트 버클이 부딪히는 것도 아랑곳 않고 거칠게 지나갔다.

앨리스는 남자 쪽을 보기로 결정했다. 벌거벗은 몸의 열기가 느껴졌다. 하지만 그의 눈을 봐야 한다는 사실을 채 떠올리기도 전에 끝나버렸다. 그녀는 뒤돌아서서 레빈이 바닥을 쳐다보며 여자 쪽으로 몸을 돌린 채 걸어 나오는 것을 봤다. 앨리스는 자기 아빠를 성적인 존재로 생각하고 싶지 않았다.

앞에서는 좁은 벽감 안에 선 두 사람이 서로를 손가락으로 가리키고 있었다. 손가락이 서로 닿을락 말락 했다.* 안으로 더 들어가자 하얀 벽에 난 구멍이 보였는데 그 안에 등을 맞대고 앉아 있는 남자와 여자의 머리카락이 서로 뒤엉켜 있었다. 그들도 눈을 깜빡이는 것 외에는 전혀 움직이지 않았다.

또 다른 어두운 방 안에서는 빛이 석고로 만든 거대한 소뼈 더미를 비추고 있었다. 벽 위의 커다란 영상에 실험실 가운을 입고 안경을 쓴 아브라모비치가 나왔다. 그녀는 강의를 하는 것처럼 보였으나 다음 장면에서 가운을 벗더니 까만 슬립과 스타킹, 까만 하이힐 차림으로 춤을 추기 시작했다.

앨리스는 그게 무슨 내용인지 몰랐지만 마음에 들었다. 어떤 의미에서는 재밌었다. 그녀는 해골 밑에 누운 남자에게 다가갔다.** 그 옆에 다다라서야 그 남자도 나체라는 걸 깨닫고는 자기가 너무 가까이 갔다는 사실에 약간 당황했다. 그가 숨을 쉬자 해골도 그와 함께 숨 쉬는 것 같았다.

앨리스는 편지와 사진과 메달이 든 유리 진열장을 잠깐 보고 나

---

* 〈점점〉.
** 〈나체와 해골〉.

서 가죽 벤치에 앉아 헤드폰을 썼다.

마리나가 독특한 악센트의 영어로 말하고 있었다. "나는 라마승이 춤을 준비하는 과정을 보고 싶어서 인도 라다크에 있는 수도원에 갔어요…… 우리는 그냥 평범한 인간이지만 내가 가면을 쓰면 나는 신이 되고 신은 뭐든지 할 수 있죠.

여기, 지금이라는 순간을 어떻게 붙잡을 것인가? 가장 중요한 것은 현재예요. 그래도 공연자는 주의가 흐트러질 수 있죠. 몸은 공연을 하고 있지만 마음은 도처에……."

앨리스 옆에 앉은 뚱뚱한 여자가 헤드폰을 벗었다. "너무 찌지직거려." 그녀가 큰 소리로 말했다. "이런 건 고쳐야지. 뭐라고 하는지 못 알아듣겠어."

앨리스는 고개를 끄덕이고 나서 다시 목소리에 집중했다.

"〈리듬 5〉. 나는 꼭짓점이 다섯 개인 별을 만듭니다. 100리터의 휘발유에 적신 대팻밥으로 만들었죠…… 별은 공산당의 상징이고 티토 시대였어요. 내 출생증명서에는…… 어쨌든 나한테는 저주였죠. 나는 별을 제령除靈하는 의식을 만듭니다. 내 머리카락을 잘라서 별 안에 넣고, 발톱을 자르고, 손톱을 자르고…… 중대한 실수…… 그리고 별 중앙에 누워…… 별 가운데에는 산소가 없다는 걸 몰라…… 의식을 잃었어요. 의사가 뭔가가 잘못됐다는 걸 알았죠. 머리카락이 타는데 반응을 안 하니까…… 나를 별 밖으로 꺼내서 살려냈어요."

아빠는 아브라모비치한테서 뭘 보는 걸까? 앨리스는 얼굴을 찌푸렸다. 레빈은 고독을 좋아했다. 그녀는 엄마가 출장 가서 없고 욜란다는 퇴근하고 난 밤에 아빠가 와서 자기한테 말 걸어주길 바랐지만 그 혼자 음악만 연주했던 날들을 떠올렸다. 그는 자기가 작업 중인 새 영화나 작곡하다 막힌 부분에 대해 이야기하는 것 외에는 앨리스와 아무 대화도 하지 않은 채로 몇 주를 지낼 수도 있는 사람이었다.

첼로를 배우기 시작했을 때에는 그것이 아빠랑 같이할 수 있는 뭔가가 될지도 모른다고 생각했었다. 아니면 그게 리디아의 계획이었는지도 모른다. 하지만 앨리스가 파리에서 돌아와 자기 밴드에서 연주하는 것을 듣고 난 뒤에야 레빈은 앨리스에게 자신과 힐라야스의 밴드에서 합주하지 않겠냐고 물었다. 그녀는 그제야 비로소 아빠가 예전에는 자신을 음악가로 치지 않았었다는 걸 깨달았다.

찌지직거리는 헤드폰 속에서 아브라모비치의 목소리가 말했다. "실패는 아주 중요해요. 실험을 해야 해요. 실패는 과정의 일부죠."

뉴욕은 극단적인 걸 끌어당겨, 앨리스는 생각했다. 쌍둥이 빌딩이 아직 있던 시절에 둘 사이를 줄타기로 건넌 프랑스 남자.* 침묵 속에서 75일 동안 앉아 있는 아브라모비치. 실패, 또 실패, 대참사의 가능성은 너무나 가까웠다.

앨리스는 실패하길 싫어했다. 실패하지 않기 위해 엄청나게 노력했다. 지금 엄마 문제에 대처하는 데 실패하고 있는 게 아닐까 생각했지만 달리 어떻게 해야 할지 알지 못했다. 그녀는 일어나서 회고전을 계속 감상했다. 다음 방에는 그녀 또래로 보이는 여자가 벌거벗

---

* 필리프 프티. 다큐멘터리 〈맨 온 와이어〉와 극영화 〈하늘을 걷는 남자〉로 만들어졌다.

은 채 벽 높이 서 있었다.* 앨리스는 그녀 다리 사이에서 작은 의자를 발견했다. 투명한 플라스틱으로 만든 자전거 안장이었는데 여자의 음모에 가려서 거의 안 보였다. 두 팔은 쭉 뻗어져 있었다. 사람들은 반대쪽 벽 앞에 서서 처다봤다. 앨리스가 앞으로 나아가자 여자와 눈이 마주쳤다. 앨리스는 시선을 피하지 않았다. 여자의 팔이 미세하게 움직였다. 발은 작은 받침대를 딛고 있었다. 계속 관찰하다 보니 벽 위에 가만히 서 있기 위한 여자의 움직임이 점점 커지고 있음을 알게 되었다. 앨리스는 콘크리트 바닥에 떨어질 위험에 노출된 채 그렇게 높은 곳에 서서 자신의 나체를 사람들에게 보이고 있는 그녀가 걱정됐다.

앨리스는 가능한 한 주말마다 엄마를 찾아갔다. 기차를 두 번 갈아타야 했지만 그 안에서 책 읽고 공부하는 것이 그녀가 개발한 새로운 패턴이었다. 엄마한테 옷을 입히는 것은 낯선 경험이었다. 모든 것이 하나의 연속된 동작처럼 느껴졌다. 엄마는 그녀와 눈을 마주치지 않았다. 얼굴은 백일몽을 꾸는 것처럼 완전히 무표정했다. 말은 하지 않았지만 가끔 한숨은 쉬었다. 엄마는 휠체어에 탄 채 샤워실로 데려가졌다. 간호사들이 그녀에게 말을 걸었다. 밤낮으로 해야 하는, 사소하지만 꼭 필요한 일을 할 때 환자를 안심시키기 위해 암송하는 간호인의 시였다. 자. 이제 갑니다. 휠체어에 앉을게요. 이제 발을 듭니다. 하나, 둘. 좋아요. 이제 샤워실로 갑니다. 다 왔네요. 좋아요. 이제 잠

---

* 〈광명〉.

옷을 벗습니다. 샤워기를 틀게요. 아주 잘하셨어요. 안 뜨거워요. 안 뜨거워요. 좋아요. 따뜻하고 기분 좋죠. 이제 머리를 감읍시다. 좋아요. 이제 눈을 감읍시다…….

그들은 엄마를 수건에 싸서 돌려줬다. 앨리스는 엄마 발가락 사이의 물기를 말렸다. 엄마의 발톱을 깎고 드라이어로 머리를 말렸다. 나중에 엄마가 하얀 면 잠옷 위에 무늬 있는 녹색 실크 드레싱가운을 입고 다시 창가 의자에 앉아 있으면 앨리스는 매니큐어를 꺼내서 세심하게 엄마의 손발톱을 반짝이는 청록색으로 칠했다.

그녀가 걸음을 떼자 벽 위의 예술가가 부드럽게 자신의 시선에서 앨리스를 놓아주었다.

앨리스는 더 큰 방으로 들어갔다. 그것은 〈바다가 보이는 집〉이라는 행위예술이었다. 그녀의 엄마도 지금은 바다가 보이는 곳에 살았다. 사구와 바다가 그녀의 방으로 들어왔고, 리디아는 바다 안으로 들어갔다. 리디아는 창가에 앉길 좋아했다. 다른 곳으로 옮기면 소리를 내거나 미세하게 동요하는 모습을 보였다. 앨리스가 바닥에 앉아서 엄마의 손을 자신의 머리에 올려놓으면 리디아는 앨리스의 머리를 쓰다듬으려는 것처럼 손가락을 약간 움직였다. 이것도 오른손으로만 할 수 있었다. 컵을 잡거나 연필을 쥐지는 못했다.

"집에 가고 싶지 않은 게 확실해?" 엄마에게 물었지만 대답은 없었다. 20년 동안 그들의 집이었던 콜럼버스로路의 아파트는 이제 없었다. 앨리스는 엄마 아빠가 새 아파트를 사기 전에만 그 집을 봤다. 아빠가 이사한 후에는 간 적이 없었다. 아빠도 그녀를 초대한 적 없었다.

그녀의 엄마는 동네 슈퍼 주인도 인사하는 그런 사람이었다. 같은 아파트에 사는 모든 주민, 다른 집에 드나드는 가정부와 보모 대부분의 이름을 기억하는 사람. 세 식구가 카페 콘 레체에서 식사할 때면 직원들이 주위에 모여들어서 수선을 떨었다. 그들은 리디아가 검정콩 수프를, 레빈이 로스트 포크를, 앨리스가 치차론 데 포요*를 주문하리라는 것을 알고 있었다. 그녀는 어렸을 때 치차론 데 포요를 먹는 것만큼이나 발음하는 것도 좋아했다.

집은 이제 전과는 다른 의미가 되었다. 집은 그녀의 옷과 책, 그리고 아무도 나와서 앉지 않는 옥상정원이 내려다보이는, 책상 옆의 작은 창문을 뜻했다. 토요일은 밤 공연이 끝난 뒤에 쿠앵트로** 한잔하기, 일요일은 우에보스 란체로스*** 먹기라는 의례가 있었다. 집은 그녀의 첼로와 베이스기타를 뜻했다. 집은 7로路에 있는 작은 지하 스튜디오에서 밴드 멤버들과 연습할 수 있다는 것을 뜻했다. 집은 샤워를 할 때 하수구에서 나는 꽤액 소리와 냉장고 옆 마룻널이 삐 걱대는 소리를 뜻했다.

〈바다가 보이는 집〉에서 마리나 아브라모비치는 하얀 방 세 개로 구성된 집을 만들었다. 그 집은 화랑 벽에 매달려 있었고 발판 대신 칼이 꽂힌 사다리 세 개로만 올라갈 수 있었다. 스피커에서 나오는

---

* 도미니카공화국의 순살 치킨 요리.
** 오렌지 껍질로 만든 프랑스산 혼성주.
*** 달걀프라이, 토르티야, 살사소스로 이루어진 멕시코식 아침 식사.

아브라모비치의 목소리가 그 위에서 지낸 12일 동안 했던 모든 동작과 행동을 설명했다. "내가 깊은숨을 들이쉬자 가슴이 올라간다. 그리고 다시 내려온다. 나는 가만히 앉아 있다. 내 발은 바닥을 딛고 있고 엉덩이 너비만큼 벌어져 있다. 내 등은 똑바로 서서 의자에 닿아 있다. 내 머리는 움직이지 않는다. 오직 내 눈만이 깜빡인다. 내 몸의 나머지 부분은 꼼짝하지 않는다."

앨리스도 자기 엄마의 매일을 비슷하게 설명할 수 있었을 것이다. 그녀는 엄마가 일상이라는 은총으로부터 긴 여행을 떠난 것이 아닐까 의심했다. 리디아는 또다시 뇌졸중을 일으킬지도 몰랐다. 마음이 먼 곳에 가 있을 때 어딘가에서 죽을지도 몰랐다. 앨리스는 엄마 없이 어떻게 살아야 할지 알지 못했다.

리디아는 매주 인공투석을 했다. 얼마 전에는 또 한 번의 혈장교환을 마쳤다. 그녀를 보면 안개만큼이나 연약해 보였다. 엄마의 평온이 삶을 떠나는 데서 오는 것인지, 삶으로 돌아오는 데서 오는 것인지 앨리스는 알 수가 없었다.

어제는 몰스킨에서 새로 나온 공책과 엄마가 좋아하는 4B 연필을 의자 옆에 갖다 놓았다. 리디아는 앨리스가 들어올 때도 알아보거나 의식하는 기색이 전혀 없었다. 앨리스의 머리 위에서 너무나 부드럽게 움직이는 손만이 그녀 안의 어딘가에 기억이 남아 있음을 나타내는 듯했다.

어린 시절 앨리스의 스크랩북은 카탈로그와 건축 잡지에서 오려낸 사진으로 가득했다. 수도꼭지와 문손잡이, 벽과 바닥 마감재, 저녁의 불 밝힌 집, 음식 없는 부엌, 장난감 없는 욕실, 잠잔 흔적이 없는 침대. 매년 생일이면 그녀의 엄마는 앨리스가 가장 최근에 내놓은 아이디어—나무 위의 집, 마구간, 5층집, 등대—에 따라 판지와 스티로폼으로 새 인형의 집을 만들어줬다.

그녀는 아주 오랫동안 엄마가 시속 100킬로미터에서 완전한 정지 상태로 바뀌는 것을 봐왔다. 빠른 리디아와 느린 리디아가 있었다. 느린 리디아는 아주 오랫동안 잠을 잤다. 느린 리디아는 침대에 누워 있고, 영화를 보고, 앨리스와 카드놀이를 했다. 느린 리디아는 며칠씩 병원에 입원을 했다. 느린 리디아는 앨리스가 학교에서 돌아왔을 때 침대에 누워 있었다. 엄마를 구할 수 있는 것은 의학 지식뿐임을 깨달았을 때 앨리스는 혈액과 전문의가 되는 것을 목표로 삼았다.

롱아일랜드섬 사구 뒤편의 조용한 방에서 앨리스가 첼로 케이스의 걸쇠를 열었다. 그녀는 바흐의 〈여섯 개의 무반주 첼로 모음곡〉을 순서대로 연주했고 그녀의 엄마는 바다에 시선을 고정한 채 아무런 소리도 내지 않았다.

31

다니차 아브라모비치는 회고전 안을 돌아다니며 자신이 전혀 알지 못하는 딸의 삶을 찍은 사진들을 봤다. 마리나는 유고슬라비아를 제외한 모든 곳에서 자신의 삶을 만들어갔다. 밀로셰비치 정권 때도 한 번도 집에 오지 않았다. 그녀는 자진해서 그 독일인*에게 뺨을 맞고, 그와 함께 옷을 벗고, 그를 뒤따라 유럽을 터벅터벅 걸어다니며 온 세상에 자신의 나체를 보여줬다. 하지만 그런 생활이 그녀에게 행복을 가져다주진 않았다. 사랑은 황무지였다. 원래 그런 법이라는 것을 다니차는 알았다. "강한 여자가 되고 싶어요?" 그녀는 자신을 보지 못하는, 돌아다니는 관람객들에게 물었다. "그러면 당신을 동등하게 대하는 남자는 절대 찾지 못할 거예요. 당신은 연기를 해야 해요. 웃어주고, 요리하고, 그들이 당신한테 좆을 들이댈 때마다 정말 크다고 생각하는 척해야 하죠. 사실 남자들은 텅 빈 존

---

* 울라이.

재예요. 여자들이 그들을 채워줘야 하죠. 내가 정말로 존경했던 남자는 손에 꼽을 정도예요. 충분히 오랫동안 지켜보면 남자란 늘 실망스럽거든요."

다니차는 딸이 장작을 한 아름 안고 있는 사진*을 향해 몸을 기울였다. "나는 네가 세르비아에 대해 만든 영화**에 화가 나서 주먹을 부르쥔다. 우리 나라 이름에 먹칠을 하다니. 자위하는 남자들하며, 피카***를 보여주는 벌거벗은 여자들하며, 우리 노래에 대한 조롱까지. 우리 소중한 공산당의 별을 네 배에 새긴 것에 대해서도 너를 비난한다. 그리고 베니스비엔날레에서 했던 짓, 소뼈를 박박 닦았던 것도. 그런 너한테 황금 사자상을 주다니! 세상이 미쳐 돌아가는 거냐?"

다니차는 자신이 작업실 하라고 준 방에 마리나가 온통 구두약을 칠해놨던 것을 기억했다. 그래서 그 상태 그대로 살게 했지, 다니차는 생각했다. 그 끔찍한 냄새…… 하지만 베네치아, 거기에서 썩어가는 소뼈 더미에서 나던 냄새만큼 끔찍하지는 않았어.

사람들은 그녀에게 말했다. "아, 따님이 유명해서 자랑스러우시겠어요."

"자랑스러워요." 다니차는 대답하곤 했다. 하지만 무엇이 자랑스러운지는 말하지 않았고 그것은 마리나가 아니었다. 어느 엄마가

---

* 〈장작이 있는 초상〉.
** 〈발칸반도 성애 서사시〉.
*** 세르비아어로 '보지'.

그런 걸 자랑스러워할 수 있겠는가? 가슴을 내놓고, 공산당의 별을 태우는 것을. 벌거벗고 자기 몸을 채찍질하는 것을. 그리고 나폴리에서 총과 총알을 비롯한, 마리나를 해칠 수 있는 온갖 물건을 놓고 했던 짓을. 강간당하지 않은 게 기적이었다.

그녀는 마리나의 인터뷰를 읽었다. "어머니는 매년 생일마다 저한테 세 사이즈 큰 플란넬 잠옷만 사 줬어요. 어머니는 저를 벌줬어요. 저를 때렸어요. 저를 죽이려고 했어요. 뽀뽀해준 적은 한 번도 없었어요. 어머니는 제 진짜 생일을 숨겼어요. 어머니가 이랬어요, 어머니가 저랬어요."

가벼운 새 몸을 갖게 된 다니차는 자신의 장례식 다음 날 마리나가 그녀의 아파트를 정리하러 갔을 때도 거기 있었다.

마리나가 스크랩북이 든 트렁크를 발견했다.

"펼치지 마. 그건 너 보라고 만든 게 아니야. 아무도 봐선 안 되는 거야." 그녀는 마리나에게 말하려 했다. 하지만 죽음은 무력했다.

그 안에는 신문 스크랩과 잡지 기사가 전부 날짜별로 분류, 기록되어 있었다. 1967년까지 거슬러 올라갔다. 예술가 마리나 아브라모비치가 언급된 것은 다 있었다. 심지어 가죽을 오려 만든 작은 구름들—누렇게 바래고 가장자리가 돌돌 말린—도 페이지 사이에 끼어 있었다. 마리나가 처음 만든 작품이었다. 다니차는 그 트렁크를 누가 발견하도록 놔두려던 게 아니었다. 너무 아파서 잊어버렸던 것이다.

마리나는 트렁크에 들어 있던 모든 것을 챙겼다. 무공훈장을 뒤집어 봤다. 티토 대통령이 한 말을 읽었다. 생존자들에게서 온 편지를 읽었다. 그리고 예순이 다 된 성인 여자가 다니차의 침대에 엎드려 울기 시작했다.

"마리나, 얘야." 다니차가 말했다. 마리나가 듣기에는 너무 늦어버렸지만. "엄마란 심장 같은 거란다. 너는 평생 동안 매일매일 그까만 눈으로 나를 아프게 해. 나를 비난하지. 하지만 세상이 미쳐 돌아갈 때 너를 보호해줄 수 있는 건 훈육뿐이야. 나는 그게 너를 안전하게 지켜줄 거라고 생각했다."

6층에서 다니차가 저 아래 아트리움에 있는, 세상 가운데 홀로 있는 자기 딸을 내려다본다.

"나는 불타는 트럭에서 너를 구할 거야. 너를 안전한 곳으로 데려갈 거야. 언제든 네게 필요하다면 널 위해 그렇게 할 거다."

사랑은 황무지였다. 다니차가 다뉴브강의 시작부터 끝까지 헤엄칠 수 없듯이, 날아가서 마리나를 안고 하늘로 솟아오를 수도 없었다.

32

프란체스카 랑은 남편 디터가 프랑스어로 통화하는 것을 들을 수 있었다. 또 다른 유럽 매체와의 인터뷰였다. 반쪽짜리 대화가 열린 문으로 흘러나오는 동안 그녀는 사과를 깎았다. 마리나가 석 달 동안 인터뷰를 하지 않고 있었기 때문에 디터가 대신 말해야 했다.

"비엔날레 이후로요? 뭐, 고기를 거의 안 먹죠……."

"울라이 이전에는 어떻게 해야 예술가가 될 것인지를 고민했다고 생각해요. 그리고 울라이와 12년. 울라이 이후에는 물론 불확실성이 있었죠. 그 뒤에는 놀라운 성장."

"마리나는 스스로를 행위예술의 할머니라고 불러요. 그리고 이 공연은 마리나를 불멸의 존재로 만들 겁니다."

"마리나가 굉장히 다정한 사람이라는 걸 알면 사람들은 놀랄지도 몰라요. 아주 재밌고, 믿을 수 없을 만큼 따뜻하고, 미신적이죠. 그리고 굉장히 너그러워요."

"마리나는 7년 주기를 믿어요. 그러니까 만약에 뭔가가 잘못된다면…… 7년 가는 거죠."

지금 디터는 예술계에서 가장 영향력 있는 인물 중 한 사람이었다. 60만 명 이상이 〈예술가와 마주하다〉를 보기 위해 MoMA에 왔다. 유명인들도 왔다. 샤론 스톤. 이사벨라 로셀리니. 안드레아스 구르스키.* 앤터니 곰리. 루 리드. 루퍼스 웨인라이트. 비외르크. 앤터니 헤거티.** 매슈 바니.*** 디터의 화랑 전화벨이 그칠 줄을 몰랐다.

"네, 황금 사자상 수상은 정말 기쁜 일이었죠…… 마리나는 조국이 밀로셰비치에 의해 파괴되는 것을 지켜봤어요. 그래서 자기 방식으로 그걸 표현한 거죠……."

"네, 〈바다가 보이는 집〉은 911테러사건에 대한 마리나의 대답이었어요. 그 여파 속에 정지점을 만들고 싶어 했거든요."

"중요한 건 에너지예요. 사람들은 마리나의 극단적 자아, 자기강화에 대해 이야기해요. 하지만 마리나는 남들에겐 가혹하지 않아요. 자기 자신한테만 가혹하죠."

"뭐, 루이즈 부르주아****한테는 모든 게 중요하죠."

프란체스카는 방금 끓인 커피와 자신 앞으로 온 힐라야스 브린의

---

* 독일의 사진가. 부감 또는 파노라마로 촬영하여 대형 인화 하는 것이 특징이다. 이러한 방식을 통해 현대 자본주의사회의 획일화, 규격화 된 단면을 보여준다.
** 밴드 '앤터니 앤드 더 존슨스'의 보컬리스트. 현재는 '아노니'라는 이름으로 활동 중이다.
*** 그림, 조각, 사진, 비디오아트, 영화, 설치미술, 행위예술 등 전방위적으로 활동하는 미국의 예술가. 대표작 〈그리기 제한〉, 〈고환 거근 주기〉.
**** 프랑스의 화가, 조각가. 대표작은 높이 9미터가 넘는 거미 모양 조각상 〈엄마〉.

편지와 CD를 남편에게 가져다줬다. 쪽지에는 이렇게 적혀 있었다. 우리가 〈예술가와 마주하다〉를 어떻게 소개했는지 당신과 디터가 궁금해하실 것 같아서요. 코르디알망* 힐라야스 브린이.

디터가 다시 멀어져가는 그녀의 엉덩이를 손으로 쓰다듬었다. 그는 전화를 스피커폰으로 바꿨다.

프란체스카는 아널드 키블을 참을 수가 없었다. 하지만 물론 키블은 손님 명단에 있었다. 그는 전 세계 모든 예술계 행사의 손님 명단에 있었다. 그의 텔레비전 프로그램이 지난 시즌에 크게 히트했지만 다음 시즌에는 힐라야스도 나온다는 사실을 알고 그녀는 미소를 머금었다. 아널드는 항상 깔보거나 성적 대상화 하는 눈빛으로 여자를 쳐다봤다. 너무 많은 남자들이 자기도 모르게 그랬다. 힐라야스와 진행하는 라디오 프로에서 그는 영리하고, 호전적이고, 오만하고, 짜증 났다. 그래서 스튜디오 밖에서 그와 공동 진행자의 관계는 어떨지 궁금했다. 힐라야스는 굉장히 매력적이었다. 그녀의 외모와 외국 악센트가 늘 본인에게 유리하게 작용했는지를 알긴 어려웠다.

"지금 이해하셔야 할 부분은요." 디터가 기자에게 말했다. "제가 뭘 기여했다는 것도 아니고, 마리나의 공功을 뺏으려는 것도 아니에요. 오히려 본인이 남한테 돌리니까. 요점은 마리나는 협업할 때 최상의 결과가 나온다는 겁니다. 어떤 예술가는 남들보다 더 그걸 필

---

* 프랑스어로 '친애하는'.

요로 하죠. 또 어떤 예술가는 굉장히 독립적인데 그게 본인한테 잘 맞기도 하고요. 하지만 마리나는…… 이건 주도권 문제가 아니에요. 우리 둘 다 주도권이 있지만 힘을 합치면 다른 종류의 탐구가 됩니다. 예를 들면 미케일라 반스와 엠파이어스테이트빌딩의 작품을 생각해보세요. 끔찍할 수도 있었지만 그렇지 않았죠. 2년 넘게 걸려서 축소한 덕분에 설득력을 얻었어요. 마리나도 마찬가지예요. 이건 여행이고 우리 둘은 함께 여행 중이죠. 마리나도 분명히 협업에서 배웠다고 할 겁니다. 저도 마리나한테서 많은 것을 배웠으니까요. 원래 거장들에게서 배우는 법이잖아요."

디터가 이리 와서 앉으라고 프란체스카에게 손짓했다.

"두 분이 각자의 독특한 시각을 작품에 반영하시는 건가요?" 기자의 목소리가 물었다.

"저는 세상을 문학적인 필터로 봐요. 이야기의 필요성을 보죠. 마리나는 전혀 다른 방식으로 봐요. 마리나는 위대한 사색가입니다. 타고났죠. 감정적으로 반응해요. 하지만 25년 넘게 아는 사이다 보니 우리가 같이할 때 시너지를 발휘한다는 걸 알아요. 그런 겁니다."

"어쩌다가 예술에 관심을 갖게 되셨나요, 무슈 랑?"

디터가 프란체스카를 향해 미소를 지어 보였다. "뭐, 귀여운 얘기예요. 초등학교 졸업반 때 슈타인 선생님이라는 분이 계셨어요. 그분이 휴일에 어딘가로 여행을 갔다가 반 학생 모두에게 자신이 본 예술품의 그림엽서를 보내주셨어요. 저는 자코메티의 〈걷는 남자〉를 받았죠. 어떤 애들은 깔깔대고 웃으면서 제가 운이 없다고 생각했어요. J. M. W. 터너나 요하너스 페르메이르를 받은 애도 있었거든요. 하지만 저는 자코메티를 받았죠. 그 순간부터 예술계에 있고 싶었어요."

"마리나에게는 가족이 없죠." 기자가 말했다. "조각가 파올로 카네바리와의 결혼이 작년에 파경에 이르렀으니까요. 〈예술가와 마주하다〉도 일종의 애도라고 볼 수 있을까요?"

"노코멘트 하겠습니다." 디터가 말했다.

"그러니까 마리나에게는 사랑보다 예술이 더 중요했던 건가요?" 기자가 물었다.

프란체스카가 얼굴을 찡그렸다. 그녀는 기자에게 결혼은 예술이나 사랑처럼 단순한 게 아니라고 말하고 싶었다. 어떤 분야든 그 분야 최고인 사람들을 보라. 부부관계는 어렵다. 마리나는 세계에서 가장 유명한 여자 중 한 사람이고 예술품과 부동산을 합친 재산이 수백만 달러다. 하지만 밤에는 집에 돌아가도 아무도 없다.

디터가 대답하지 않자 기자가 덧붙였다. "마리나의 삶이 행위예술의 은유인 것 같아서요. 아무것도 남지 않잖습니까."

디터가 말했다. "아, 많은 게 남을 겁니다. 책도 낼 거고, 영화도 나올 예정이에요. 지금 다큐멘터리를 제작 중이거든요. 아직은 우리가 볼 수 없는 것들이 거기에 나올 겁니다. 하지만 이것, 우리가 MoMA에서 본 건 다시는 없을 거예요. 그만큼 특별했죠. 모두가, 특히 마리나가 바랐던 것 이상이었다고 생각합니다."

마리나는 100년 예술사에서 한 페이지—프란체스카는 생각했다―적어도 반 페이지는 차지할 거야. 그럼 디터는? 그는 그렇게 되도록 도울 것이다.

"재공연은 없다는 말씀인가요?"

"그건 장담할 수 없습니다." 그녀는 디터가 설핏 웃는 것을 봤다.

"명성은 항상 마리나의 원동력이었나요?" 기자가 물었다.

"네." 디터가 말했다. "그랬죠. 많은 예술가들이 그래요. 그들에게 물어본다면, 그들이 사실대로 대답할 만큼 정직하다면 그렇게 말할 겁니다."

인터뷰가 끝난 후에 프란체스카는 디터에게 마지막 공연 날 마리나와의 인터뷰를 힐라야스 브린에게 제안하는 것이 어떠냐고 말했다. 그날은 전 세계 언론사가 마리나와 얘기하기 위해 아우성칠 것이었다.

"아널드가 아니고? 불같이 화낼 텐데."

"힐라야스가 잘할 것 같아." 프란체스카가 말했다.

"알았어."

그녀는 이렇게 다른 여자들에게 영향력 행사하는 것을 즐겼다. 아무리 세상 물정에 밝은 여자라 해도 도움의 손길은 많을수록 좋은 법이었다.

그녀는 부엌으로 돌아가서 보글보글 끓고 있는 황설탕과 버터에 사과를 집어넣었다. 천천히 사과를 뒤집으면서 하얀 과육이 투명하게 변하는 것을 지켜봤다. 냄새가 올라오기 시작하자 숟가락을 후

불어서 식힌 다음 핥아 먹었다. 그녀는 그 하얀 방에 매일매일 앉아 있는 마리나를 생각했다. 그리고 마리나가 집에 있을 때는 탈수증을 피하기 위해 한 시간마다 물을 마시는 것을 생각했다. 지금쯤 그녀의 온몸을 뒤덮었을 통증을 생각했다. 마리나처럼 숙련된 여자에게도 그것은 무리한 요구였다.

사랑하는 내 친구, 그녀는 생각했다. 당신에게 햇빛과 파란 하늘과 여름으로 넘어가는 봄을 보내. 이제 20일 남았어. 20일만 지나면 내가 진수성찬을 차려줄게.

그녀는 자신과 디터가 그날 식사에 초대해야 할 사람 이름을 전부 종이쪽지에 적기 시작했다.

나는 절대 75일 동안 앉아 있지 않을 거야, 프란체스카는 생각했다. 나는 절대 면도칼로 내 배를 긋지도, 꿀 1킬로그램을 먹지도 않을 거야. 나는 절대 내 몸을 세상 사람들에게 보여주지도, 나를 현명하고 용감하다고 생각하는 제자들을 두지도 않을 거야. 하지만 마리나, 당신이 그렇게 하기 때문에 나는 더 강해져. 매일 그 사실을 더 확신하게 돼. 당신의 삶은 당신의 예술이고 예술과 당신은 불가분의 관계지. 그것이 내게 용기를 가져다줘. 당신이 여자라는 것, 그것은 분명한 사실이야. 다른 부분에 대해 사람들이 뭐라고 하든 당신의 성별만은 확실해.

33

또다시 의자에 앉기 위해 줄 서서 기다리는 동안 브리티카는 자신의 영혼에 대해 생각했다. 금박에 싸인, 떨리는 검은 그림자는 정말 그녀의 영혼이었을까? 그녀는 정말 그것을 먹었을까? 그리고 그것은 어디에서 왔을까? 그녀가 어딘가에 놓고 왔던 걸까? 브리티카는 한 남자의 영혼이 장작 쌓아두는 곳에서 얼어 죽어가는, 무라카미 하루키의 소설을 떠올렸다. 지금은 뉴에이지 자기분석에 빠질 때가 아니었다. 그것은 환각이었다. 그게 다다. 그 일은 잊어버리고 집중해야 했다. 이 75일을 견뎌내야 했다. 인내에 관한 논문을 쓰는 일이 인내의 행위가 되어버렸다는 점이 아이러니했다.

그녀는 암스테르담으로 돌아가서 지도교수를 만나고 논문을 다시 한번 퇴고했다. 그리고 동네 생협에서 짧고 굵게 아르바이트를 한 후에 공연의 마지막을 보기 위해 제일 싼 뉴욕행 비행기표를 예약했다. 그녀의 신용카드는 〈예술가와 마주하다〉의 무게에 짓눌려 허덕이고 있었다. 43가의 호텔은 친근감과는 거리가 멀었다. 에어컨

소리도, 거리에서 올라오는 소음도 전보다 더 시끄러웠다.

인내는 관객 모두의 역할이 되었다. 54일 이후에는 마리나도 인내에서 다른 어떤 상태로 넘어갔는지도 몰랐다. 3월에 아브라모비치는 감색 드레스를 입었다. 4월에는 똑같은 드레스의 빨간색 버전으로 바뀌었다. 오늘은 5월의 첫날이었다. 길고 빨간 드레스는 똑같이 생긴 새하얀 옷으로 교체되어 있었다.

브리티카는 생각했다, 마리나가 스스로 자신의 깃발이 됐구나. 파랑, 빨강, 하양으로 이루어진, 아브라모비치라는 나라의 깃발.

그녀가 봤을 때 아브라모비치의 나라는 신자들의 군대를 불러들였다. 그들이 무엇을 믿는지는 아무도 모르겠지만 어쨌든 계속 몰려왔다. 아트리움은 날이 갈수록 더 복잡해졌다. 그들은 왜 울까? 안도, 각성, 수수께끼를 발견했나? 무슨 일이 벌어지고 있었다. 그것은 눈물 속에 있었다. 아브라모비치 맞은편 의자에 앉은 사람들이 흘리는 끝없는 눈물 속에.

오늘은 브리티카가 줄을 선 지 벌써 아홉 시간이 지났는데도 아직 그녀 앞에 네 명이 남아 있었다. 그녀는 새로운 사람들을 만나 이메일주소를 교환하거나 연구 결과를 공유하고 명언, 아이디어, 인터뷰, 이야기를 수집했다. 어제는 하루 종일 줄을 섰는데 다섯 명 차이로 아브라모비치와 앉지 못했다.

그녀는 열일곱 번 의자에 앉았던 카를로스를 인터뷰했다. 그는 마리나 맞은편에 앉는 것이 영혼을 청소하는 것과 같다고 생각했다. 이를테면 오래된 찬장을 정리하는 것처럼 말이다.

브리티카는 곧 주최 측에서 의자에 앉는 시간을 제한하기 시작할 거라고 확신했다. 누가 15분 이상 앉아 있으면 대기열에서 웅성거리기 시작했다. 그리고 오전 10시 30분에는 인파가 계단으로 우르르 몰려서 위험했다. 오늘 아침에는 누군가가 혼돈에서 질서를 창조하려고 번호표를 나눠 줬다. 그녀는 새벽 5시에 26번을 받았다. 사람들은 MoMA 앞 길바닥에서 잠을 잤다. 몸을 덥히려고 침낭을 뒤집어쓴 채로 제자리에서 콩콩 뛰면서 그런 발상이 얼마나 진지하면서도 정신 나간 것인가에 스스로 웃음을 터뜨렸다.

브리티카는 이어폰을 다시 귀에 꽂았다. 더티 프로젝터스의 〈스틸니스 이즈 더 무브〉를 듣고 있었다. 우연의 일치에 절로 미소가 피어났다. 어쩌면 가만있는 것이 정말 움직이는 것일지도 몰랐다. 그때 빨간색과 흰색 깅엄체크 셔츠를 입은 젊은 남자가 어깨를 톡톡 치길래 한쪽 이어폰을 뺐다.

"안녕하세요." 그녀가 말했다.

"당신이 의자에 앉았던 거 봤어요." 그가 그녀 옆에 도두앉으면서 말했다. "그래서 물어보고 싶었어요. 당신은 희생제 같은 걸 하는 중인가요?"

"어떤 면에서요?" 그는 예쁜 눈을 갖고 있었다. 미친놈처럼 보이진 않았지만 이곳은 뉴욕이었다.

"뭐, 마리나와 앉기 위해 기다리는 거, 이게 일종의 의식 아닌가요?"

"근데 희생제에는 죽음이 포함되지 않아요?" 그녀가 물었다. 그의 소매 속에 숨어 있는 이두박근과 널찍한 가슴이 보였다.

"그런 뜻은 아니었어요." 그가 미소 지으며 말했다. 새하얀 함박웃음이었다. "근데 생각해보니 그 말이 맞네요. 줄까지 서가며 기다린다? 그건 기대의 죽음이죠. 그리고 의자에 앉는 것, 그건 인격의 죽음이고요. 사람들이 공개 처형 당하잖아요."

"우리가 공개 처형 당하는지는 잘 모르겠는데요." 브리티카가 말했다.

"하지만 저는 인터넷에서 당신 사진을 봤어요. 뭔가를 보고 놀란 사람 같았죠. 거의 충격받은 것처럼 보였어요."

"미대생이세요?" 그녀는 기분이 좋았지만 여전히 경계하며 물었다.

"저는 푸주한이에요." 그가 말했다. "그런데 여기 몇 번 왔죠. 의자에 앉게 될 것 같진 않지만 괜찮아요."

"진짜 푸주한이에요?" 그녀가 물었다. 왠지 모르게 실망했기 때문이다. 그러나 다음 순간 그가 행색은 그래도 백만장자 푸주한일지도 모른다고 생각했다. 이를테면 뉴욕의 도축업체 상속자 같은.

"네. 그거론 부족한가요?" 그가 말했다.

"아뇨, 그게 아니라……."

"어디서 왔어요?" 그가 물었다.

"암스테르담요." 그녀가 말했다. "이걸 보러 온 거예요."

"악센트가 마음에 드네요. 그래, 뉴욕 사람들은 어떤 것 같아요?"

"놀랄 만큼 참을성이 많네요. 이 공연에 온 사람밖에 못 봐서 그렇겠지만."

그가 씩 웃었다. "그럼 내가 말해줄게요. 우리는 시인이에요. 부동산 개발업자든, 정부 관료든, 나 같은 브루클린 출신 푸주한이든. 이 도시에 대해 어떻게 생각하냐고 묻기만 하면 바로 서정시인이 되죠. 여기 사람들은 그래요. 뉴욕이 파리보다 훨씬 낭만적인 도시예요."

"파리를 잘 아세요?"

"영화에서 봤죠." 그가 웃었다. "언젠가는 갈지도 모르고요."

그가 아브라모비치를 손으로 가리켰다. "그래서 이 공연이 여기서 잘되는 거예요. 다른 어떤 도시에서 해도 비교도 안 될걸요. 뭔가가 더 필요할 거예요. 있잖아요, 멀티미디어나 뭐 그런 거. 하지만 우리한테는 딱 맞죠. 평생 시 한 줄 적지 않아도 우리는 시인이라는 걸 잠깐이나마 떠올릴 시간을 주거든요." 그가 손목시계를 봤다. "그만 가봐야겠어요."

"얘기 재밌었어요." 그가 가지 않길 바라며 그녀가 말했다. 터무니없지만 그에게 잘 가라고 입 맞추고 싶었다. "내 이름은 브리티카예요." 그녀가 충동적으로 손을 내밀며 말했다.

"기회가 되면 또 봐요, 브리티카."

"당신 이름은 뭐예요?" 그녀가 다급하게 물었다.

그가 씩 웃었다. "찰리요."

"또 올 거예요?" 그녀가 물었다.

"당신은 여기 있을 건가요?"

"네. 끝날 때까지 뉴욕에 있을 거예요."

"그럼 그 전에 또 보면 좋겠네요."

6부

어른이 되어서도
자신의 참모습을 지키는 데는
용기가 필요하다.

E. E. 커밍스

34

이른 오후에 레빈이 도착해 보니 아트리움에 사람이 빽빽하게 들어차 있었다. 마리나는 길고 하얀 드레스를 입었고 탁자는 사라지고 없었다. 이제는 서로 마주 보는 의자 두 개뿐이었다. 탁자가 없어졌다는 사실보다 그 상황에서 느껴지는 친밀감이 더 놀라웠다.

레빈은 스키니진, 검은 스웨터, 코가 뾰족한 하얀 스웨이드 부츠 차림의 날씬한 여자가 의자에서 일어나는 것을 지켜봤다. 얼굴은 깜짝 놀랄 만큼 쪼글쪼글한데 움직임은 마치 무용수 같았다. 아는 사람인 듯한데 누군지 생각이 나지 않았다. 그다음에는 아이가 앉았다. 10분 후에 의자를 떠날 때 그 소녀는 어떤 상황에 용감하게 뛰어들었다가 다치지 않고 빠져나오게 되어 안심한 사람의 표정을 하고 있었다.

아브라모비치는 피곤해 보였다. 거의 눈에 띄지 않는 목 돌리기와 의자 위의 미세한 들썩임 외에는 움직일 힘도 없어 보였다. 반만 뜬 눈은 안정적이면서도 멍했다. 레빈 오른쪽의 여자는 손으로 입을 틀어막은 채 감탄하며 몰입해 있었다.

"어떻게 하는 걸까요?" 몰입한 여자가 레빈에게 속삭였다. "하루 종일 저렇게 가만있다니."

"오랫동안 해왔으니까요." 레빈이 전문가가 된 듯한 기분을 느끼며 말했다.

"4월부터 했죠?" 여자가 그를 쳐다봤다.

"1963년부터요."

그들 뒤에서 누가 큰 소리로 말했다. "그래서요? 그래도 진짜 사람 아니오? 화랑이 다음에는 뭐가 되려고 이러나? 시커먼 벽? 정적?"

"쉿." 근처의 누군가가 말했다.

"나더러 조용히 하라네." 남자의 목소리가 계속됐다. "이건 화랑이 아니야, 도서관이지. 아니, 더 심해. 빌어먹을 교회야. 다들 기도하는 거라고."

사람들이 그를 밀치고 지나갔다. 사각형 저편에서는 두 아이가 요가 강사처럼 책상다리를 하고 바닥에 앉아서 마리나와 의자에 앉은 사람을 흉내 내어 서로 마주 보고 있었다. 레빈 옆의 여자도 그들을 보고는 미소 지으며 고개를 주억거렸다. 아이들은 꽤 진지하게 몇 분 동안 서로의 눈을 쳐다봤다. 그러다가 소녀가 깔깔대며 바닥을 대굴대굴 굴렀고 소년이 소녀 위로 엎어졌다.

레빈은 인파 속에서 왼팔에 문신이 있는 남자를 발견했다. 걷어 올린 셔츠 소매 밑으로 알아볼 수 있는 단어는 살인뿐이었다. 레빈은 보안원들을 쳐다봤다. 그들은 조용히 대화를 나누면서도 눈빛은 바짝 경계하고 있었다. 만약 그 남자가 사각형 안으로 걸어 들어가서 마리나에게 상처를 입힌다면, 총이나 칼을 꺼낸다면, 주먹을 쳐들거나 마리나의 목을 조른다면 그들은 어떻게 할까? 그는 계속해서 그 남자를 관찰했다. 레빈 자신은, 무술을 배운 적도 없고, 군사 훈련을 받아본 적도 없고, 권총도 없는 그는 그 남자가 무기를 꺼내는 것을 본다면 과연 어떻게 할까? 그는 그런 상황에서 자기가 어떤 인간으로 변할지 생각하고 싶지 않았다.

〈가와〉의 사운드트랙은 거의 완성됐다. 적어도 최종 편집본과 완벽하게 준비된 오케스트라가 그의 손에 들어오기 전에 할 수 있는 일은 다 마친 상태였다. 이소다 세이지는 최종 편집본을 가지고 6월 첫 주에 올 계획이었다. 마리나와의 마지막 몇 주를 놓치고 싶지 않은 레빈에게는 완벽한 일정이었다. 이소다가 미완성 사운드트랙을 입힌 테스트 영상 몇 개를 보내줬는데 레빈이 상상했던 것보다 훌륭했다. 유기적인 연관성은 여전히 없었지만. 그러나 이소다는 아주 낙관적인 듯했다. 최종 녹음은 결국 뉴욕에서 하기로 했다. 다른 곳은 생각만 해도 너무 힘들었다.

쿠션 마리나는 여전히 식탁 앞의 자기 의자에 앉아 있었다. 그녀의 캐시미어 머리카락은 이제 검은 스카프 세 개가 됐다. 세 개를 꼬아서 그녀가 좋아하는, 땋아서 옆으로 늘어뜨린 머리로 만들었다. 가정부 욜란다는 마리나를 처음 봤을 때 그녀를 해체해서 스카프는 개고 쿠션은 소파에 도로 가져다 놨다. 하지만 두 번째에는 그가 쪽지를 남겼다. 만지지 마세요(작업 중). 그 후로 마리나는 조용히 앉아 있었고 매일 아침 레빈은 그녀 맞은편에 앉았다.

피아노를 마주하면 그는 음악을 쫓아 숲속으로, 물 밑으로, 바위 위로, 물고기 속으로 들어갔다. 강물을 따라 내려가 바다에 다다르면 긴 백사장에 홀로 있는 자신을 발견했다. 그가 헤엄쳐 돌아갈 수 있도록 집어 올려서 다시 강에 넣어줄, 신화 속 물고기 여자는 없었다. 오직 쿠션 마리나와 텅 빈 아파트가 있었을 뿐이다. 그는 그것, 진정한 고독의 소리도 포착하려 했다.

그날분의 작업을 끝내고 나면 플리커 사이트에서 마리나와 앉았던 모든 사람의 사진을 봤다. 인간의 얼굴이 그렇게 다양할 수 있음을 전에는 알아차리지 못했었다. 그리고 그 차이는 이목구비나 피부색에 있지 않았다(어느 정도 기여는 했지만). 그것은 그 사람이 자신의 얼굴을 받아들이는 혹은 받아들이지 않는 방식, 그들이 강렬하게 혹은 체념하여, 호기심으로 혹은 두려움으로 바깥을 바라보는 방식에 있었고 그들이 전반적으로 세상을 바라보는 방식을 보여주는 듯했다. 자기 눈에 보이는 대로 살기 마련이지, 그는 생각했다. 리디아도 이 얼굴들을 봤다면 굉장히 좋아했을 텐데 하는 생각이 들었다. 그리고 그녀를 과거시제로 생각했다는 사실에 죄책감을 느꼈다.

그날 아침 MoMA로 오는 길에 그는 지하철 계단을 올라갈 때부터 어떤 여자를 따라가고 있었다. 그녀는 긴 꽃무늬 홀터넥 선드레스를 입었는데 이제 날씨가 따뜻해져서 모든 여자들이 그걸 입은 것만 같았다. 그녀의 등과 두 팔은 녹색 넝쿨과 노란 꽃 문신으로 뒤덮여 있었다. 그런데 고개를 돌린 그녀의 얼굴이 너무 시들하고 딱딱해서 깜짝 놀랐다. 순간 그녀가 헤로인 중독자임이 틀림없다고 생각했고 언젠가 헬이 정말로 가난한 사람들은 더 이상 맨해튼에 살지 못한다고 말했던 것을 떠올렸다. 맨해튼은 이제 부자들의 것이었다. 어쩌면 그녀는 부잣집 딸 아니면 유명 예술가의 전처일지도 몰랐다. 그래도 섬세한 식물 그림과 지치고 찌든 얼굴의 대조는 그의 뇌리에 남았다. 지금의 그녀와 비교했을 때 그 그림을 고를 당시의 그녀는 어떤 사람이었던 걸까?

그의 시선이 자꾸 팔에 살인이 새겨진 남자에게로 돌아갔다. 그때 리디아의 목소리가 똑똑히 그에게 말했다. "아키, 당신은 일부만 보고 있는 거야. 문장 전체를 봐야지. 그건 사실 살인하지 말라라고."

그는 눈을 빠르게 깜빡였다. 물론 그것은 리디아의 목소리가 아니었지만 너무 생생했다. 그리고 그녀의 말이 옳을지도 몰랐다. 공공장소에서 살인하려는 사람이 흰 셔츠를 다려 입는 수고를 하겠는가?

그날 미술관이 문을 닫을 때 마리나는 여전히 살아 있었다. 아무런 사건도 일어나지 않았고 흰 셔츠의 남자는 몇 시간 전에 사라지고 없었다. 레빈은 A호선을 탔지만 서4가/워싱턴스퀘어 역에서 내리는 대신 커널가 역에서 내려서 허드슨강까지 걸어갔다. 거기에서 벤치에 앉아 페리와 화물선을 쳐다봤다.

어머니가 세상을 떠나고 조부모 댁에서 살게 된 후 할아버지는
그에게 데이브 브루벡, 오스카 피터슨, 아트 테이텀, 빌 에번스 같은
재즈피아니스트들을 소개해줬다. 그리고 할머니는 뮤지컬을 좋아
했다. 로저스와 해머스타인,* 길버트와 설리번.** 그들은 작곡을 계
속하라고 레빈을 격려했다. 그는 고 3 때 알링턴 극장에서 좌석 안
내원으로 일하면서 영화음악과 사랑에 빠졌다. 모리스 자르의 〈아
라비아의 로렌스〉와 〈닥터 지바고〉 사운드트랙을 좋아했고, 존 배리
의 〈야성의 엘자〉와 〈007 살인번호〉, 〈007 황금총을 가진 사나이〉,
〈007 선더볼 작전〉, 〈007 골드핑거〉 등 모든 007 영화 음악을 좋아했
다. 버나드 허먼의 〈현기증〉, 〈북북서로 진로를 돌려라〉, 〈싸이코〉 사
운드트랙 역시 마찬가지였다. 그는 집에 가서 그 곡들을 연습했다.
파트별로 해체했다가 다시 합쳐봤다. 다른 악기도 배웠다. 할아버지
가 드럼과 색소폰을 가르쳐줬고 기타는 독학으로 배웠다. 할아버지
는 그가 연주하는 것은 뭐든 듣기 좋다고 말했다. 할머니는 그에게
친구는 나중에 생길 거라고 말했다.
　레빈은 장학금을 받고 줄리아드에 입학했고 학교 행사에서 톰 워
싱턴을 만났다. 톰은 리 스트라스버그 연극 영화 연구소에서 연기

---

*미국의 뮤지컬 작곡 작사 콤비. 대표작 〈사운드 오브 뮤직〉, 〈왕과 나〉, 〈오클라호마!〉.
**영국의 희가극 작사 작곡 콤비. 대표작 〈펜잔스의 해적〉, 〈군함 피나포어〉, 〈미카도〉.

를 전공하고 있었지만 감독이 되고 싶어 했고 음악을 작곡해줄 사람을 찾고 있었다. 그들이 처음 함께 만든 단편영화 두 편은 별다른 성과를 내지 못했다. 그때는 톰도 그리 좋은 작가가 아니었고 특수효과도 그들이 직접 했다. 그러나 영화를 향한 톰의 열정은 음악을 향한 레빈의 열정과 맞먹었다. 세 번째 영화는 남자 친구를 탈옥시키려는 벙어리 소녀가 주인공인 18분짜리 블랙코미디였다. 그것은 영화제 단골 초청작이 되었다. 칸영화제 경쟁 부문에 초청됐고 토론토 영화제에서는 상을 받았다. 영화음악도 사람들의 호평을 받았다. LA의 매니저가 레빈에게 계약하자고 했다. 톰은 장편 연출 제안을 받았고 영화음악은 레빈에게 맡겨야 한다고 고집했다. 제작비는 두 사람이 상상한 것보다도 많았다. 그리고 그 첫 장편이 선댄스 영화제에서 수상했다. 베를린 영화제에서도 수상했다. 영화음악은 아카데미상 후보에 올랐고 톰의 각본은 각본상 후보에 올랐다. 주연 배우는 남우주연상 후보에 올랐다. 그해에는 아무도 수상하지 못했지만 톰은 새로운 앙팡 테리블이 되었고 제작비는 빠르게 불어났다.

어느 날 레빈은 톰과 일하고 있던 녹음 스튜디오에서 리디아를 만났다. 그녀는 이 스튜디오가 투자 대상으로서 어떤지 아버지 대신 보러 온 것이었다. 그는 톰이 통화하는 동안 잠시 쉬려고 뒷방에 앉아 있었다. 그때 리디아가, 어지러워서 어디 조용한 데 앉아야겠는데 화장실에 가면 더 메슥거려서 그러니 여기 잠깐 숨어 있어도 되느냐고 물었다.

그녀는 뉴욕대학교 건축학과 2학년이었다. 그는 그녀가 집에 잘 들어갔는지 확인하게 전화해도 되냐고 물었고 그녀는 그에게 전화 번호를 가르쳐줬다. 그가 전화해서 커피 한잔하자고 했더니 그녀가 수락했다. 그는 그녀가 사는 건물 경비원—브라질 사람이었던 그는 이 귀여운 연애의 조력자가 된 것을 기뻐했다—을 통해 그녀에게 꽃을 전달했다. 그녀가 잠들 때까지 전화로 피아노 연주를 들려줬다. 그녀가 말했다. "당신은 나한테 너무 다정해. 이게 얼마나 복잡한 결과를 가져올지를 몰라."

결혼은 나날의 연속이지, 레빈은 생각했다. 그는 아침 시간의 리디아를 떠올렸다. 팬티 다음에 브라. 그 반대인 적은 거의 없었다. 새벽빛 속에 서서, 잘 때 입었던 긴 티셔츠 벗기. 수년 동안 그녀는 브라를 앞에서 잠가서 뒤로 돌렸었다. 그런데 어느 날 보니 더 이상 그렇게 하지 않고 영화 속 여자들처럼 하고 있었다. 가슴을 먼저 컵에 넣은 다음에 팔을 뒤로 뻗어서 오리 날개처럼 접어가지고 훅을 잠그는 것이다. 브라는 너무 다양한 천으로 만들어졌다. 불투명한 것, 투명한 것, 수놓인 것, 물방울무늬, 줄무늬, 섬세한 것, 몰드, 레이스, 새틴, 검은색, 크림색, 빨간색, 주황색. 그녀는 매일매일 탐스럽고 완벽한 가슴을 조형된 천 안에 쏟아부었다. 그녀의 가슴을 하루 동안 쥐고 있을 수만 있다면 무슨 짓이든 했을 것이다.

그는 그런 순간, 그녀가 옷을 입거나 벗을 때 그녀를 만진 적이 얼마나 드물었던가를 생각했다. 그녀가 손댈 수 없는 먼 존재, 조용히 관찰해야 하는 뭔가—긴 넓적다리와 엉덩이가 살짝 보이는—처럼 느껴졌었다.

그럴 때 그의 귀에 들리는 음악은 브라이언 이노*의 언뜻언뜻한 사운드였다. 이곳저곳을 어루만지는 빛, 깃털의 무게나 나일론의 정전기를 가진 아침의 질감. 리디아는 천성적으로, 우울한 사람이 아니었다. 정반대였다. 무한 낙관주의자였고 그는 그 점을 좋아했다. 필요로 했다. 잡음을 가져오는 사람은 그였다.

"저는 혈액병이 있어요." 처음 만난 날 리디아가 말했다. 자신의 어지럼증과 (그도 발견한) 팔에 있는 빨간 점들에 대한 설명에 이어 나온 말이었다. 레빈은 그때 이미, 그 작은 방에서, 그녀와 결혼하고 싶다는 걸 알았다.

처음 청혼했을 때 그녀는 말했다. "나는 결혼하면 안 될 것 같아. 내가 가진 병은 유전병이거든. 엄마도 이 병으로 돌아가셨어. 이것 때문에 인생이 아주 힘들어질 수 있다는 걸 당신이 알아야 돼. 내가 당신을 거기 끌어들이고 싶은지 잘 모르겠어. 우리 아빠는 엄마를 잃고 망가지셨거든. 그리고 의사들이 하나같이 내가 애를 낳는 건 너무 위험하대. 만약 수술을 해야 한다면…… 끔찍할 거야."

"내가 당신을 돌봐줄게." 그가 말했다.

그들은 결혼했고 1년 후에 리디아는 예기치 않게, 걱정스럽게 임신했다. 위험이 컸지만 그녀는 중절할 생각이 전혀 없었다.

---

* 영국의 음악가. 록시뮤직의 전 키보디스트이자 앰비언트 음악의 창시자. 데이비드 보위, U2, 토킹헤즈 등과의 협업으로도 유명하다. 대표곡 〈바이 디스 리버〉.

"이건 운명이야. 그러니까 낳아야 해." 그녀가 말했다.

그래서 운명적인 아이 앨리스가 태어났다. 세상에서 가장 쉬운 분만이었다.

같은 해에 레빈의 조부모가 세상을 떠났다. 마침내 자유로워진 연의 머리와 꼬리처럼 며칠을 사이에 두고 차례로. 그 뒤로 몇 주 동안 그가 베토벤의 〈피아노 협주곡 5번〉을 하도 자주 틀어대서 몇 년간 그것은 유일하게 백발백중으로 앨리스를 재우는 수단이었다.

여기 있으면 이런 소리가 들리는구나, 레빈은 생각했다. 하늘이 어두워지자 허드슨강은 백랍白鑞처럼 변했다. 부르릉거리며 지나가는 차들, 솟아오르는 바람, 조깅하는 사람들, 유모차 미는 부모들, 롤러스케이트 타는 사람들, 연인들, 흘러 흘러 바다로 나아가는 거대한 강. 등 뒤에서는 도시가 밤빛에 피어났다. 인생은 레너드 코언의 노래책이야, 그는 결론지었다. 달곰씁쓸한 사랑, 약간의 섹스, 한순간 임재하는 신. 그리고 인생은 흘러갔다. 사랑은 이겨냈고, 섹스는 왔다 갔고, 신은 잊었다.

어쩌면 무시하기야말로 저평가된 예술일지도 몰랐다. 심지어 중요한 생존 기술일 수도 있었다. 병원에 갈 수 있도록 총 맞은 상처를 무시한다. 뉴스를 피할 수 있도록 울리는 전화벨을 무시한다. 상처받지 않도록 기억을 무시한다.

크리스마스 이후로 어디를 가든 그를 따라다니는 듯한 '정지' 표지판 대신 어딘가에는 '직진' 또는 '좌회전' 표지판이 있지 않을까

하는 생각이 들었다. 곁눈으로라도 흘끗 볼 수 있다면 그 표지판을 따를 것이다. 흰 토끼*가 나타난다면 쫓아갈 것이다. 리디아가 집에 와서 다시 리디아가 된다면 그는 자기가 뭘 해야 할지 알 것이다.

---

*《이상한 나라의 앨리스》에서 앨리스는 흰 토끼를 따라 굴에 들어갔다가 이상한 나라로 가게 된다.

35

조지아에 돌아온 제인 밀러는 웹캠을 통해 아트리움을 지켜봤다. 카메라의 각도가 위에서 사각형을 내려다보도록 고정되어 있어 가장자리의 발, 꼰 다리, 기다리는 사람들 사이에 아무렇게나 던져진 가방만 볼 수 있었다. 그녀는 허름한 구두를 신은 회계사 매슈에게서 이메일을 받았다. 다정하고 재밌는 내용이었다. 그리고 네덜란드에서 온 박사과정 학생 브리티카에게서는 문자가 도착했다. 다음 차례예요. 떨려요.

나도 무리의 일원이네, 제인은 생각했다. 웹캠으로는 대기열은 볼 수 없고 지금 마리나 맞은편에 앉은 젊은 여자만 볼 수 있었다. 그녀는 팔다리를 꼬았다 풀었다 했다. 허리를 앞으로 기울였다 뒤로 기댔다 했다. 그러고는 팔을 긁다가 다시 팔짱을 끼었지만 마치 마리나와 무언의 인내심 싸움 중인 것처럼 계속 앉아 있었다. 여자가 두 손을 주머니에 넣었다. 꼼지락거리다가 다시 다리를 꼬았다.

"뭘 증명하려는 거야?" 제인이 소리 내어 물었다. "그렇게 불편한

데 왜 계속 앉아 있어?"

하지만 그렇게 안절부절못하면서도 젊은 여자는 계속 있었고 마리나의 시선에 뿌루퉁한 시선으로 답하는 것처럼 보였다. 반대로 마리나는 무슨 일이 일어나건 상관없이 그녀를 사랑하는 바위 같았다. 제인은 젊은 여자를 더 자세히 들여다봤다. 왠지 낯이 익었다. MoMA 기념품점에서 사 온, 이번 전시회에 관한 논문을 펼쳤다. 페이지를 휘리릭 넘기다가 높은 벽에 매달린 자전거 안장에 완전한 나체로 앉아 두 팔을 쭉 뻗고 있는 여자를 발견했다. 확실히 의자에 앉은 여자와 동일인으로 보였다. 그 젊은이는 마리나의 재공연자인 걸까? 마리나에게 특별히 훈련받은 30여 명 중 한 명일까?

대부분의 매체는 재공연을 혹평하며 이 젊은이들에게는 오리지널 공연에서 마리나와 울라이가 보여줬던 카리스마가 없다고 말했다. 어쩌면 저 여자는 트렌치코트 속에 아무것도 안 입고 일하러 갈 준비를 마쳤는지도 몰라, 제인은 생각했다.

젊은 여자가 짜증 난 사람처럼 꼼지락거리다가 마침내 일어났다. 그녀는 빠르게 브리티카로 교체되었다. 브리티카는 전매특허인 분홍색 보브헤어 때문에 못 알아볼 수가 없었다.

그때 전화벨이 울려서 제인이 받았다. "안녕, 밥, 내가 지금 뭘 하는 중이어서요." 그녀가 말했다. "5시 어때요? 좋아요. 그럼 그때 봐요."

브리티카가 마리나 맞은편 의자에 앉았다. 마리나가 고개를 들자 브리티카가 입고 있던 여름 원피스를 벗어서 아무것도 걸치지 않은 나체를 드러냈다.

제인의 눈이 휘둥그레졌고 "아"라는 탄식이 입술 사이로 새어 나왔다.

순식간에 보안원들이 브리티카에게 다가와 의자에서 끌어냈다. 그들이 웹캠의 사각지대로 가면서 제인의 시야에서도 사라졌다.

다음 순간 나이 지긋한 남자가 브리티카 대신 의자에 앉았다. 고개를 숙이고 있던 마리나가 다시 고개를 들어 남자와 눈을 맞췄고 공연은 계속됐다.

브리티카는 무슨 생각이었던 걸까? 제인은 궁리했다. 그녀는 브리티카가 분명 다른 방으로 끌려가서 그녀에게 적용될 수 있는 죄목에 대해…… 그런데 무슨 죄로? 공연음란죄? 외설죄? 하지만 벌거벗은 사람들은 위층에도 있었다. 제인은 그들이 브리티카에게 다시 옷 입을 시간을 줬기를, 그 정도 존엄성은 지키게 해줬기를 바랐다. 관객들이 박수를 쳤을지 궁금했다. 브리티카에게 전화할까 했지만 전화해서 무슨 말을 하겠는가? 무슨 생각으로 그랬어요? 도대체 무슨 생각이었던 거예요?

5시에 농장 관리인 밥을 만나 지난달 실적을 검토했다. 칼이 암 진단을 받고 나서 그녀는 목화에 매일 쓰는 농약에 대해 많은 생각을 했다. 물고기, 새, 인간에게 암, 종양, 돌연변이를 유발하는 것으로 알려진 농약들. 그녀와 칼이 수년 동안 싸운 몇 안 되는 문제 중 하나였지만 그에게 종양이 생기자 싸움을 중단했다. 그녀는 일꾼들을 생각했고 세상이 목화를 필요로 한다는 이유만으로 자신이 얼마나 더 이걸 할 수 있을지 의문을 가졌다. 밥에게 유기농으로 바꾸는 게 어떻겠냐는 얘기를 했다가 차라리 이슬람교로 개종하라고 하는 편이 나았겠다는 생각을 했다.

큰딸이 전화해서 저녁 먹으러 오라고 하길래 기꺼이 갔다. 날씨는 덥고 후텁지근했지만 그녀가 좋아하는 요리가 다 먹지도 못할 만큼 많았다.

선선한 저녁에 집에 돌아오다 하늘을 보니 깜짝 놀랄 만큼 노란 보름달이 떠 있었다. 집 안은 그녀가 나갈 때만큼이나 조용했다. 방들도 그때만큼이나 텅 비어 있었고, 침대 또한 그때만큼이나 깔끔했다. 그녀는 소파 위의 쿠션 두 개를 집어서 바닥에 던졌다. 그냥 무슨 일이 있었다는 느낌을 주려고. 손주 셋이 쿵쾅거리며 뛰어다니는 딸 집에 다녀오니 이 극명한 대조가 더 참기 힘들었다. 자신이 텔레비전 미식축구 경기에서 나는 덜거덕 소리와 함성 소리, 혹은 칼이 부엌 탁자에서 스프레드시트를 열어놓고는 합산이 안 된다며 이리 와보라고 부르는 소리를 그리워하게 될 줄은 몰랐다.

그녀는 다시 컴퓨터 앞에 앉아 지난달 이윤과 손실을 검토하고 증가한 비용과 정부 보조금 덕분에 늘어난 수입을 평가했다. 그러다가 잠시 후 MoMA 홈페이지를 다시 열고 가장 최근에 의자에 앉았던 사람들의 사진을 봤다. 표정들이 정말 신기할 정도로 솔직하네, 그녀는 생각했다. 마치 오늘 밤의 달처럼. 완전히 무방비했다. 삶이 아주아주 오랫동안 계속되어왔지만 그것을 어떻게 설명해야 할지 아는 사람이 여전히 아무도 없다는 증거였다. 모든 사람이 사실상 별 차이가 없음을 나타내는 모든 징후에도 불구하고 개성이 존재하는 수수께끼. 그것이 인간에 대한 진실이었다. 신체적 차이의 다양성과 동기의 동일성.

그녀는 결국 의자에 앉지 않은 자신이 어리석었나 생각했다. 스스로 용기 없는 사람이라고는 생각지 않았다. 하지만 정말로 용감한 행동이라고 부를 만한 일은 한 손에 꼽을 정도였다. 세 번이나 출산한 것. 칼을 땅에 묻은 것. 그가 말 그대로 땅속으로 들어가는 광경을 지켜본 것. 그 자리에 서 있는 것만으로도 자신이 둘로 쪼개질 거라고 생각했었다.

그녀는 마리나와 울라이가 서로에게 작별 인사를 하기 위해 그 먼 길을 걸었던 것을 생각했다. 그리고 그가 〈예술가와 마주하다〉의 첫날에 그녀와 앉기 위해 돌아왔다는 사실. 거기에 정말 많이 감동받았다. 사진 속 울라이의 얼굴. 눈 속의 장난기와 옛사랑을 아는 표정.

그녀가 원했다면 〈예술가와 마주하다〉의 마지막 날들을 보기 위해 다시 뉴욕으로 날아갈 수도 있었을 것이다. 하지만 이제 와서 준비하기에는 너무 늦었다. 다음 주에 그녀가 꽤 많은 돈을 투자한 회사의 주주총회가 있었다. 그런데도 살아평생 그 어느 때보다도 조바심을 느꼈다.

"어쩌면 나도 마리나처럼 걸어야 할지도 몰라. 걷는 게 도움이 될지도 모르지. 걸으러 가는 것에 대해 어떻게 생각해, 칼? 하지만 서로를 향해서는 아니야. 우리는 같은 방향으로 걷자고." 그녀가 책상

위 사진 속의 얼굴을 쳐다보며 말했다.

"에스파냐에 있는 그 유명한 길*은 어때? 당신도 기억나지? 지난 주말에 텔레비전에서 무슨 프로 한다고 내가 말했었잖아. 우리도 할 수 있을 거야. 오랜만에 조금 가톨릭교도로 돌아가지 뭐. 걷기가 우리 둘 다한테 좋을 수도 있어."

이맘때에 사람이 많은가? 그녀는 충분히 건강한가? 어쩌면 날씨가 선선한 9월까지 기다려야 할지도 몰랐다. 지구 반대편까지 가야 할 것이다. 여행사와 여권도 필요할 것이다. 그리고 에스파냐에서 걷는 게 그녀가 정말로 하고 싶은 일인가? 그래, 그녀는 결정했다. 그런 것 같아. 9월이면 칼이 죽은 지 1년이 된다. 1주기 기념이라 치지 뭐.

그런 걱정들이 마음에 가득한 채로 그녀는 칼에게 잘 자라는 인사를 하고 그의 사진 옆 유리병 속의 촛불을 불어서 껐다.

---

* 산티아고 데 콤포스텔라 순렛길.

36

마리나는 중국인들의 말에 따르면 보하이해海에 놓인 용의 머리*
가 있다는, 동쪽의 산하이관에서 출발했다. 원래는 결혼 행진이 될
예정이었으나 12년이 지난 지금은 그들을 그토록 강하게 묶어주던
것이 풀려버린 뒤였다.

계획에만 8년이 걸렸다. 편지와 허가, 비자와 돈, 외교, 네덜란드
와 중국, 국제문화교류, 중국 측이 정해준 여행 스케줄, 재발급된
여행 스케줄, 실랑이, 관료들, 비행기와 트럭, 관용官用 호텔과 캠핑
불허.

그들은 고요와 고독을 원했다. 오스트레일리아 사막에서 보냈던
것 같은 별하늘 아래의 밤,** 사적이고 명상적인 걷기를 방해하지 않
을 최소한의 스태프. 하지만 정말로 혼자 있을 수 있는 시간은 거의

---

* 만리장성의 시작점인 노용두老龍頭.
** 마리나와 울라이는 1980년 오스트레일리아의 그레이트빅토리아사막에서 핀투비족과
9개월 동안 생활하며 〈밤바다 건너기〉를 구상했다.

없었다. 오직 그녀가 걸을 때, 카메라 팀이 앞서가거나 뒤따라올 때, 매일 아침 당국에서 지정한 숙소가 있는 미상의 장소로부터 밴으로 한참을 이동해야 마침내 만리장성에 도착하는 상황에서 겨우 찍은 장면 속 시간 동안만 혼자였다. 그제야 비로소 자기 자신, 이 고대의 건축물, 이 땅과 교감할 시간을 가질 수 있었다. 그런 순간에 하늘과 길과 성곽의 규모 앞에서 겸손해지기도 하고 때로는 해방감을 느끼기도 했다.

울라이는 용의 꼬리 끝에 해당하는, 황량한 고비사막의 자위관에서 출발했다. 마리나는 그 역시 하루하루를 좀먹는 중국 관료제의 혼돈을 겪고 있는지 알 길이 없었다. 울라이나 그의 팀과 연락을 주고받지 않았기 때문이다.

그녀는 한때 울라이를 자신과 완벽한 자웅동체를 이룰 짝이라고 생각했다. 창조적이고 영적인 짝. 그래서 서로를 향해 걷는 것 역시 원래는 자석처럼 상대방을 끌어당기는 것이 될 계획이었다. 하지만 지금은 서로를 밀어내는 힘에 맞서 걷고 있었다.

그래도 그들은 이 신화와 용들과 신들과 야만인들의 길을 걷는 것이 마땅히 해야 할 일이라고 생각했다. 중국인들은 용이 하늘과 땅을 연결한다고 말했다. 그리고 이 성곽은 은하수의 거울상에 따라 지어졌다. 그러니 그들은 별 위를 걷는 것이기도 했다.

마리나는 동쪽에서 출발했기 때문에 관광객들에게 가장 인기 있는 구간을 지나야 했다. 그러나 그들은 그녀에게는 관심이 없고 거대한 석벽을 배경으로 서로 사진을 찍어주는 데만 골몰했다. 그녀는 찰칵이는 카메라 사이를 비집고 나아갔다. 구불구불한 성곽, 가차 없는 계단, 고대의 급경사면을 올라갔다. 정화를 위한 황동 그릇이 있는 망루를 통과했다. 하늘에서 내려와 지상에 묶인 용의 차크라*를, 머나먼 과거로 사라진 인간 삶의 길을 걸었다.

매일 그녀와 동행하는, 또는 새로운 행정구역으로 넘어갈 때마다 새로이 합류하는 중국 관료들과 관리들은 서류 하나마다 세 부씩 서명하라고 고집했고 하루하루가 회의로 시작해 회의로 끝났다. 이에 녹초가 된 그녀는 어제와는 또 다른 황량한 공산당 호텔에서 그들이 배정해준 아무 콘크리트 감방으로든 피신해 자기 없이 회의와 논쟁이 진행되게 내버려뒀다.

낮에는 풍경을 자기 몸으로 감정했다. 그 규모, 아름다움, 성 너머의 가난을 몸으로 느끼고 두 눈 가득 담았다. 걸음걸음이. 아침마다 다리가 전날의 여파로 뻣뻣했지만 마리나는 가능한 한 일찍 출발했다. 일출을 보고 싶어서, 그녀가 열망하는 순수한 복종과 기도와 사색의 순간을 갖고 싶어서였다.

곧 인파가 줄어들고 관광객도 증발해서 그녀는 성곽 위의 유일한 형체가 되었다. 그녀는 빨간 옷을 입었다. 울라이는 파란 옷이었다. 붉은 용과 푸른 용. 그들은 영화映畵를 위해, 자신의 역할을 위해, 자기들만의 신화를 위해, 그들이 오랜 세월에 걸쳐 이룩한 이원성의 신화를 위해 그렇게 입었다. 하루하루 지날수록 그녀는

---

* 힌두교와 탄트라불교에서 말하는, 몸에 흐르는 기의 중심점으로 총 일곱 개가 있다.

그가 누구인지, 무엇이 잘못됐는지, 심지어는 그들이 왜 걷고 있는지조차 잊어버린 듯한 기분이 들었다. 어떤 날은 자신의 존재조차 기억이 안 날 만큼 피곤했다.

그녀는 그가 자신을 향해 걸어오는 것을 보고 싶었다. 그가 자신을 안아주길 바랐다. 둘을 원했는데 지금은 하나뿐이었다. 걸음걸음이 그녀를 그에게로, 함께의 끝, 파트너십의 끝, 교감의 끝으로, 사랑의 끝으로 더 가까이 데려갔다.

때로는 오직 한 걸음, 한 걸음, 한 걸음만 생각했다. 걸음을 내디딜 때마다 점점 더 힘들어졌다. 빨리 올라가려고 했지만 성이 무너져서 길이 거친 부분에서는 손으로 잡을 수 있는 데를 찾고, 미끄러지고, 발을 헛디뎠다.

마리나와 울라이, 붉은 용과 푸른 용은 계속 걸었다. 이제 그들은 서로 2000킬로미터 떨어져 있었다.

마리나는 낯선 곳 한가운데에 있었고 그 사실에서 공포와 행복을 느꼈다. 그녀는 좋아했다, 미지의 공간에 있는 것을. 공포의 반대편인, 모든 게 가능해지는 곳에 있는 것. 그녀는 자신을 비우고 있었다. 관료제가 불러일으키는 짜증, 차로 이동하는 긴긴 시간을 참는 동안의 지루함, 맛없는 식사 후에 딱딱한 침대에서 보내는 밤. 그 모든 것이 그녀를 떠나갔다. 그녀의 몸은 그녀와 함께 간다는 느낌 없이 나아갔다. 그녀는 바람일 수도, 바람에 올라탄 존재일 수도 있었다. 알 수 없었다. 어쩌면 바람이 그녀에게 올라탔을지도 몰랐다.

그녀는 왜 울라이를 사랑했을까? 그들 사이에는 왜 그토록 강력한 힘이 있었을까? 어째서 그들은 같은 날짜에 태어났을까? 어째서 처음 만났을 때 둘 다 머리에 젓가락을 꽂고 있었을까? 어째서 그는 자신의 반이 여자라 느끼고 그녀는 자신의 반이 남자라 느꼈을까? 어째서 그는 그녀가 몇 번을 윤회하는 동안 알아온 사람처럼 느껴졌을까? 마치 그녀가 몇 번이나 그를 사랑하고 상처 줬던 것처럼, 그를 너무 사랑해서 파괴할 수 있는 것처럼. 그것은 무엇이었을까? 그녀의 분노와 고통, 슬픔과 공허감은 무엇이었을까? 그들이 겪어온 모든 일, 그들이 거쳐온 모든 곳에도 불구하고 지금 이 수천 킬로미터를 걷고 있기에 그녀는 이 이후에 어떻게 살아가야 할지를 알지 못했다.

몇 주가 지났다. 수개월이 지났다. 1500킬로미터. 1000킬로미터. 형편없는 호텔의 조악함은 모순과 티토, 공산주의의 과잉과 부족을 상기시켰다. 그녀가 한시라도 빨리 벗어나고 싶은 세계의 통제와 한계와 부패를 떠오르게 했다. 그래도 그녀는 계속 걸었다. 그리고 풍경의 순수한 아름다움과 이 성곽을 짓고 수 세기 동안 제국을 지키기 위해 싸운 인간 정신의 위대함으로 매일 무감각을 떨치려 애썼다.

그녀는 다른 유형의 여자가 되었을 수도 있었다. 아이를 낳았을 수도, 엄마나 아내가 되었을 수도 있었다. 하지만 이번 생에는 느낄

328

수 없었다. 원치 않았다. 그래서 그들은 그러지 않기로 했다. 그녀는 그러지 않기로 했다. 이 생은, 이번 한 번은 자신을 위해 살고 싶었다. 만약 그것이 이기적이라면, 더 힘든 길이라면, 얼마든지 감수할 터였다. 혼자서 그렇게 할 것이다. 다음 걸음, 다음 걸음, 다음 걸음을 찾아나갈 것이다. 그녀의 눈에 자신의 미래가 보이지는 않았다. 그녀는 중국인들이 이 성곽의 계단을 조각했듯 혼자 힘으로 자신의 미래를 조각할 것이다. 한쪽에는 과거, 다른 쪽에는 미래를. 한쪽에는 천국, 다른 쪽에는 지옥을. 한쪽에는 검은색, 다른 쪽에는 하얀색을. 한쪽에는 밤, 다른 쪽에는 낮을. 삶은 이원적이었다. 자신의 반쪽을 찾았다고 생각했는데 알고 보니 그는 그녀의 여러 반쪽들 중 하나였다. 그녀는 그에게서 상냥하지도 좋지도 않은 점들을 보았다. 그래서 짜증이 났다. 속상했다. 그녀는 그가 될 수도 있는 더 훌륭한 사람을 보았지만 그는 그렇게 되길 원치 않았다. 그녀만 그것을 원했다.

"내가 될 수도 있는 무언가 때문에 나를 사랑할 순 없어, 마리나."
그는 말했었다.

그것이 그녀가 깨달은 사실이었다. 누군가를 너무 사랑하면 오히려 그가 누군지 모르게 되어버릴 수도 있다는 것.

300킬로미터. 150킬로미터. 70킬로미터. 30킬로미터. 10킬로미터. 마침내 1킬로미터만이 남을 때까지.

그의 팀이 마리나에게 와서 울라이가 두 사람이 만나기에 최적의 장소를 찾았다고, 조금만 더 오면 된다고, 그러니까 그는 거기서 기다리겠다더라고 말했다. 언제나처럼 그녀가 그를 만나기 위해 더 많이 걸어야, 더 멀리 가야만 했다. 위로 위로 위로, 한 걸음 한 걸음 그녀는 갔다. 자신을 이만큼 더 걷게 만드는 그가 얼마나 미운지 생각했다. 그들이 자연스럽게 만나는 곳이 어디든 그 자리에서 사진이 잘 받는 곳을 찾을 수 있다는 걸 그는 왜 믿지 못하는 걸까?

여기, 신부처럼 그를 향해 걸어가는 그녀가 있었다. 그러나 그녀는 신부가 아니고 그도 신랑이 아니었다. 그녀는 깊은숨을 쉬고 마음을 내려놓았다. 이제 내려놔, 마리나. 저 밑에는 강이 있고 하늘과 땅은 매일매일 매 순간 모든 것이 변한다는 사실을 상기시키고 있어. 너도, 네 감정도 여기서는 아무것도 아니야.

그리고 저기, 파란 웃옷과 파란 바지를 입은 그가 있었다. 푸른 용이 그녀라는 붉은 용을 향해. 그가 한 망루에, 그녀는 다른 망루에. 그녀는 이 마지막 걸음을 내딛는 데 필요한 마지막 기운을 짜내느라 몸이 떨리는 것을 느꼈다. 아래로 아래로, 다리를 향해 그녀가 갔다. 아래로 아래로, 다리를 향해 그가 갔다. 서로를 향해 움직이는. 붉은 용과 푸른 용.

해가 지고 있었다. 땅은 황금색이었고 하늘은 자수정색, 강은 수은색이었다. 과거는 그들 뒤에 있었다. 그녀가 흐느꼈다. 건조한 날것의 무언가가 북받쳐 올랐다. 그가 거기, 그녀 앞에 있었다, 그의 얼굴, 사랑하는 그의 얼굴, 그가 미소 짓고 있었고, 그녀는 그를 안고 싶었다, 그가 안아주길 바랐다. 하지만 그러는 대신 그녀는 손을 내밀었고 그들은 손끝을 잠시 맞잡았다. 피부와 피부가 마지막으로 그렇게 닿았다. 그러고 나서 그는 그녀를 너무도 짧게, 너무도 형식적으로 포옹했다.

그것이 — 그녀는 생각했다 — 말할 수 없을 만큼 슬펐다. 이것이 작별이었다. 그녀는 그의 눈에서, 웃음에서, 스태프와 농담하는 모습에서, 이것이 그에게는 퍼포먼스였음을 보았다. 그는 이미 오래전에 떠났던 것이다. 그녀는 진심이었는데.

37

레빈은 주위에서 들리는 아트리움의 조용한 웅성거림을 흡수했다. 하루하루가 지날수록 마치 마리나가 몸속에 또 다른 생명체를 품고 있는 것처럼 그녀 주위에 불길한 광채가 생겨났다.

"마리나가 성공할 것 같아?" 한 여자가 물었다.

"난 확신해." 그녀와 동행한 남자가 프랑스식 악센트가 섞인 영어로 대답했다. "하지만 설사 공연 도중에 죽는다 하더라도 그녀가 동요하지 않으리라는 것도 확신해."

레빈도 동의했다. 마리나는 죽음을 조금도 두려워하는 것 같지 않았다. 리디아는 차라리 죽고 싶었을까? 그 생각이 떠오르자 머리를 한 대 얻어맞은 것만 같았다. 어쩌면 리디아는 죽고 싶었을지도 몰랐다. 죽을 준비를 했을지도 몰랐다. 몇 개의 시나리오가 있었지만 법률 문서에 서명할 때는 유언장을 제외한 나머지 서류는 쓸 일이 없을 거라고 생각했을지도 몰랐다.

단지 자유가 그에게 줄 수 있는 최고의 선물이기 때문에 준 것이 아닐지도 몰랐다. 그녀도 이런 상황에 직면하고 싶지 않았을지도 몰랐다. 자기 자신에게서 도망칠 수 있다고, 자기가 잃은 모든 것을 잘라낼 수 있다고 생각했을지도 몰랐다. 누구보다도 그녀를 사랑하는 한 사람, 레빈을 잘라낼 수 있다고 생각했을지도 몰랐다. 지금 더 햄프턴스에서 혼자 용감무쌍하게 지내는 게 아닐지도 몰랐다. 겁에 질려 있을지도 몰랐다. 난생처음 수렁에 빠져 있을지도 몰랐다. 정말로 그가 필요한데 그에게 알릴 방법이 없을지도 몰랐다. 핼이 옳았다. 그에게는 선택의 여지가 있었다. 하지만 리디아에게는 없을지도 몰랐다. 그녀는 자신의 권리를 양도했고 혼자서 할 수 있다고 우겼었다.

그는 그녀가 스스로 배관을 고칠 수 있다는 이유로 절대 배관공을 부르지 않았던 것을 떠올렸다. 상당한 신탁 자금이 있으면서도 그들의 옛집, 컬럼비아 대학교 근처 아파트의 부엌 인테리어를 직접 디자인하고 모든 세간살이를 직접 구입하고 싶어 했다. 그녀는 욕실 타일을 보수했다. 조명을 교체하고 도배를 했다. 일할 때는 수없는 전문가를 고용했지만 사생활에서는 무자비하게 독립적이었다.

그녀는 그를 무엇에 필요로 했을까? 침대 위의 따뜻한 몸? 자기가 부에노스아이레스나 마드리드에서 전화했을 때 수화기 저편에서 들려올 낯익은 목소리? 그녀와 앨리스가 외출할 때 보기 좋은 그림을 만들어줄 사람? 학교 행사. 개관식과 시상식. 섹스?

아니, 절대 그게 다는 아니었다. 그는 24년 세월을 부정할 생각은 없었다. "당신은 내 음악이야." 퇴근하고 돌아왔을 때 그가 피아노를 연주하고 있으면 그녀는 그렇게 말했다.

그리고 그녀는 그의 음악이었다. 리디아에게 키스하면 몸속의 모든 세포가 공명했다. 하지만 언제부턴가 그렇게 키스하는 것을 그만두었다. 그는 때때로 자신이 결혼한 이 자신만만한 여자가 두려웠다. 때로는 그녀 앞에서 자신이 너무 작게 느껴졌다. 사랑을 나누다가 그녀에게 키스를 하면, 제대로 키스를 하면 자신이 완전히 사라져버릴 것 같다는 생각을 한 적도 몇 번 있었다.

그녀는 그와 사랑을 나눌 때 다른 남자들을 상상했을까? 무서워서 물어보지 못했다. 바람피운 적은 없었을까? 그도 몰랐다. 그렇게 출장을 많이 다녔어도 그녀는 늘 그에게 돌아왔고 잠자리에서 그를 원했다.

그는 바람피운 적이 있었나? 그렇다, 두 번. 옛날에 톰이랑 애스펀에 스키 여행 갔을 때 뭔지도 모르는 약을 코로 흡입한 후에. 순식간에 끝나버려서 생각만 해도 부끄러웠다. 여자의 얼굴은 기억나지 않았다. 어두운 정원 한구석에서 그가 붙잡고 있었던 벽의 벽돌만 기억났다. 다른 한 번은 직전에 만난 어떤 남자가 그에게 펠라티오를 해줬다. 이번에는 LA의 파티에서였고, 저번과 마찬가지로 하얀 가루와 함께였고, 어두운 화장실이었다. 아주 젊었을 때였다. 그 후로 마약은 안 했다. 두 번 다 리디아에게는 얘기한 적 없었다. 철저히 숨겼고 자기가 알츠하이머병에 걸려서 어느 날 갑자기 털어놓지 않기만을 바랐다.

그는 따듯하고 나른한 리디아의 입속과 그에게로 파고들고 휘감는 그녀의 혀가 그리웠다. 그녀의 눈을 들여다보고 미소를 보던 것이 그리웠다. 둘이서 살이 뜨거워지고 열리는 곳을 찾던 것이 그리웠다. 그리고 영혼도. 비록 그 단어를 좋아했던 적은 없었지만. 종교적으로 들리지만 실제로는 그렇지 않은 것은 그가 자신의 결혼에 믿음을 갖고 있었다는 사실이다. 리디아를 사랑하겠노라는 단순한 서약이 이렇게 복잡해질 줄은 상상도 못했다.

만약 두 사람이 암벽에 매달려 있는데 한 사람이 믿음을 잃는다면 우리 둘 다 무사할 거라고 말하는 것이 나머지 한 사람의 의무 아닐까? 리디아는 더 햄프턴스에서 암벽에 매달려 있는지도 몰랐다. 그녀는 그에게 줄을 잡고 올라가라고 했다. 올라가, 아키, 올라가! 그라도 목숨을 구하길 바랐기 때문이다. 그래서 그는 그렇게 했다. 줄을 잡고 올라갔다. 하지만 그녀는 여전히 밑에 매달려 있었다. 그를 기다리고 있을지도 몰랐다. 그가 돌아와서 그녀를 끌어 올려주길 기다리고 있을지도 몰랐다. 아니면 적어도 그녀가 떨어질 때 작별 인사라도 해주길 바랄지도 몰랐다. 어쩌면 지금껏 매달려 있는 동안 언제 그가 절벽 위로 고개를 내밀고 "내가 도와줄 사람을 데려왔어"라고 말할까 궁금해하고 있을지도 몰랐다.

38

다니차 아브라모비치는 어둠 속에서 회고전을 찬찬히 살펴보다가 1974년 나폴리 공연에서의 도구 목록을 주시했다. 총. 총알. 파란 물감. 빗. 종. 채찍. 주머니칼. 붕대. 하얀 물감. 가위. 빵. 포도주. 꿀. 구두. 의자. 창촉. 면도칼 한 상자. 재킷. 흰 종이. 모자. 펜.

모두 합해서 일흔두 개.

깃털. 폴라로이드 카메라. 유리컵. 거울. 꽃. 성냥.

그리고 지시문. 탁자 위에 놓인 일흔두 개의 물건을 나에게 마음대로 사용해도 됩니다.

딸이 관객들에게 자신을 해칠 기회를 줬다는 충격적인 이야기를 처음 들었을 때 다니차는 억장이 무너졌다.

"너무 지나쳐. 왜 이런 짓을 하는 거니?" 그녀가 마리나에게 물었다.

"이해해야 하니까요."

"뭘 이해해? 저번에 그 별 속에서도 죽을 뻔했잖니, 여기 베오그라드에서 하마터면 타 죽을 뻔했잖아. 그런데 이번에는 이탈리아에서도 죽을지 모르는 짓을 했다고?"

"해야만 했어요."

"관객들한테 칼이랑 장전된 총을 줬니?"

"장전하진 않았어요. 총알은 따로 있었어요. 관객이 총알을 약실에 넣을지 선택해야 했죠."

"내 머리에 총을 겨눠요! 방아쇠를 당겨요. 어떻게 되나 보자고요!" 이제 다니차는 소리치고 있었다.

"그런 거 아니에요." 마리나가 거의 속삭이듯 말했다. 고개를 숙인 채로.

"그런 건 예술이 아니야! 예술이 아니라고!" 다니차가 소리쳤다.

세상에는 이해할 수 없는 딸을 둔 엄마가 많다. 마리나가 최근에 한 일에 대해 얘기하고 있는 동료들을 다니차가 발견한 적이 얼마나 많았던가? 그녀가 방에 들어서는 순간 대화가 뚝 끊기곤 했다.

한번은 마리나가 이렇게 말한 적이 있었다. "공포가 저를 자유롭게 해요. 엄마가 가르쳐주셨잖아요." 그러고는 평범한 딸처럼 다니차의 어깨에 머리를 기댔고 그들은 함께 웃음을 터뜨렸다.

하지만 마리나의 내면은 전쟁터였다. 훗날 다니차가 딸에게 물었다. "왜 자꾸 폭력을 만드는 거니? 네가 탁자에 그런 무기들을 늘어놓지 않아도 충분한 폭력이 매일 새로 생겨나는데."

"그날 찍은 사진을 보면요." 마리나가 말했다. "거기 있었던 사람들 모두가 스스로 생각해야만 했어요. 그런데 그들은 단체행동에 참여했죠, 마치 군인처럼. 거기에 대해선 엄마도 잘 아시잖아요."

"명령을 받으면 따르기 마련이지."

"저는 그들에게 명령을 내렸어요. 그들은 명령에 따랐죠. 그들은 그 방도 잊지 못할 거고, 자기가 무슨 짓을 할 수 있는지 깨달았을 때 자신이 어떤 인간이었는지도 잊지 못할 거예요. 그 방을 나올 때 자기가 잔인한 인간임을 알게 된 남자들이 있었죠. 그 남자들을 부추길 기회가 생기기 전까지는 자기가 절대 잔인한 인간이 아니라고 확신했던 여자들도 있었고요. 공연이 끝나고 제가 걸어 다니기 시작하자 그들은 도망쳤어요. 부끄러워했고 저를 두려워했어요. 자기 자신을 두려워했죠. 그들은 더 이상 자신만은 폭력에 동참하지 않을 인간인 척할 수 없을 거예요."

다니차가 고개를 저었다. "옳지 않아, 마리나, 네가 선택한 이런 삶은. 난 수치스러워."

"그들은 빵이나 포도주, 기름을 선택할 수도 있었어요." 그녀가 말했다. "꿀, 케이크, 꽃을 선택할 수도 있었고요."

"너는 정말로 그들이 너를 마사지해주거나 네 건강을 위해 건배할 줄 알았니?" 다니차가 한숨을 쉬며 자리에 앉아 이마를 문질렀다. "그 프랑스인 변호사 로슈포르 기억나니? '제 의뢰인이 폭탄을 가지고 있었다는 것을 부인하지는 않겠습니다. 하지만 그것이 제 의뢰인이 폭탄을 사용할 예정이었다는 증거가 되지는 않습니다. 저만 해도 강간을 저지르는 데 필요한 모든 것을 늘 가지고 다니는걸요.' 그 방에 평화주의자만 가득했다면 네가 얼마나 실망했겠니."

338

그때 마리나의 대답에 그녀는 놀랐다. 마리나가 말했다. "저를 죽일지도 모른다는 생각은 전혀 안 했어요."

"하지만……."

"지금은 알아요."

그리고 마리나는 베오그라드를 떠나 그 독일인과 함께 살았다. 하지만 다니차는 독일인은 절대 받아들일 수 없었다.

결국 그것도 잘 안 됐다. 그리고 그들은 중국에서 그 걷기를 했다. 참 거창하면서도 낭만적인 행위였지. 그녀는 그것도 이해했다. 누군가를 보내주는 데 3000킬로미터는 결코 과하지 않았다. 그녀는 보요를 위해서라면 뭐든지 했을 것이다. 그를 죽이기라도 했을 것이다, 그렇게 해서 그가 그녀를 영원히 사랑하게 된다면. 달리 또 누가 아는지 모르겠지만 그녀는 그것이 마리나가 한 일임을 알았다. 마리나는 그 남자를 영원히 자기 것으로 만들었다. 다른 어느 여자가 마리나에게 필적하겠는가? 다른 어느 여자가 그를 위해 3000킬로미터를 걷겠는가?

다니차는 유령들이 으레 그러듯 소리 없이 코를 훌쩍였다.

39

아널드 키블이 마리나 아브라모비치와 앉는 데 관심을 표하자 10시 30분 시작 전까지 녹색 방에서 다른 VIP들과 함께 기다리라는 초대를 받았다. 10시 25분에 아트리움으로 안내될 때 키블은 아래층 로비에 모인 인파의 열기에 깜짝 놀랐다. 소용돌이치는 목소리가 계단을 타고 올라왔다. 어떤 사람이 반복적으로 짜증 나게 웃는 소리와 하얀 벽을 울리는 격앙된 대화를 들을 수 있었다. 배우 제임스 프랭코가 그와 함께 있었다. 그들은 녹색 방에서 서로 소개받았다. 그는 프랭코를—특히 얼마 전에 나온 단편집*을—높이 평가했으므로 그에게 그렇게 말했다. 프랭코가 기뻐하는 것 같았다. 그는 키블에게 먼저 앉으라고 제안했다. 키블은 의자에 앉으면서 과연 마리나가 자신을 알아보는 티를 낼까 생각했다.

---

*《팰로앨토》. 각각 다른 단편이 〈팰로앨토〉, 〈동물 죽이기〉, 〈요세미티〉, 〈메모리아〉로 영화화되었다.

잠시 그녀의 까만 눈이 마치 그가 새 캔버스인 것처럼 관찰했다. 그다음에 눈이 깜빡였고 시선이 안정됐다. 마치 스포트라이트가 그를 비춘 것만 같았다. 표본 아널드 키블. 처음에는 그냥 딱딱한 의자, 드레스의 강렬한 하얀색, 마치 렘브란트의 그림처럼 빛을 발하는 것 같은 그녀의 얼굴뿐이었다. 하지만 다음 순간 그녀의 마음의 렌즈가 그에게 질문하는 것을 느꼈다. 그것은 그의 상상이었다. 이 앉아 있기 게임, 거울 게임의 일부였다. 그래도 그것은 그를 괴롭혔다. 그녀는 아무 말이 없었지만 그녀의 모든 것이 시끄러웠다. 그녀는 그에게서 뭘 원하는 걸까? 어느새 사각형의 규모가 확 늘어나서 사람들의 소음이 멀게 느껴졌다. 마치 그와 마리나가 물속에 있는 것 같았다.

그는 아내 이저벨을, 그가 아이 갖기를 거부한 후로 심해진 두 사람 사이의 냉기를 생각했다. 그들은 결혼 전에 아이를 낳지 않기로 합의했다. 하지만 여자가 마음을 바꾸는 것은 흔한 일이었다. 반면에 그는 바꿀 생각이 없었다. 큰 소리로 싸운 적도 몇 번 있었다. 그녀가 온갖 속임수를 시도하기도 했다. 그는 꼬마 키블을 세상에 태어나게 하려는 그녀의 결의에 감탄했다. 하지만 그걸 허락할 만큼은 아니었다. 그는 정관수술을 한 후에 그녀에게 통보했다. 그녀가 자기를 떠날까 생각했지만 그러지 않을 거라고 추측했고 그의 추측은 옳았다. 그녀는 떠나는 것보다 자기가 괴로워하는 모습을 그에게 보여주고 싶어 했다. 그녀가 사야 하는 옷, 보석, 이제 그녀가 영영 아기를 갖지 못하게 됐으므로 그가 함께 가줘야 하는 휴가.

그는 아이를 낳지 않기로 한 결정에 의문을 가진 것이 아니었다. 마리나도 같은 선택을 했으니까. 그의 의문은 중요성이었다. 무엇이 중요한가? 그는 밤에 자다가 깼을 때 이저벨에게 손을 뻗고 싶지 않았다. 요즘은 힐라야스 브린에게 손을 뻗고 싶었다. 그리고 그 사실이 당황스러웠다.

이런 의식의 흐름은 마음에 들지 않았다. 힐라야스도 지나가는 바람이라고 생각하고 싶었다. 새로운 포도원이나 빈티지를 발견하는 것과 다르지 않았다. 혹은 새로운 예술가. 새로운 오토바이. 그들의 관계는 중요치 않았다. 그것은 그의 의도적인 연출이었다. 그에게는 최상의 정부情婦가 있었다. 그의 삶은 그가 세심하고 완벽하게 큐레이팅 한 화랑이었다.

그는 눈물 한 방울이 뺨 위로 흘러내리는 것을 느꼈다. 눈을 깜빡이면서 혼란스러움을 느꼈다. 그는 슬펐던 걸까? 잠시 후 그는 고개를 숙이고 자리에서 일어나 양손을 얼굴로 가져가서 눈과 볼을 비비며 제임스 프랭코와 보안원이 서 있는 곳으로 돌아왔다.

다음 날 밤 키블은 플리커 사이트를 확인하면서 자기가 8분 동안 앉아 있었음을 알았다. 사진은 그 눈물 한 방울이 광대뼈의 환한 부분에 닿은 순간을 포착했다. 그는 거기에 대해 설명해야 할 터였다. 공연에 감동받았나? 그래, 그렇다고 할 수 있었다. 감동적이었지만 이해할 순 없었어. 이저벨이 그 사진을 보면 그가 후회한다고 추측할 것이다. 하지만 그는 후회하지 않았다. 후회에는 과거에 대해 생각하는 것이 포함됐다. 그러나 10년간 심리치료를 받으면서 그는 과거에 대해 생각하는 것이 값비싼 취미임을 배웠다.

그는 정확히 무슨 생각을 하고 있었을까? 그는 그 사진을, 굵게 물결치는 머리카락을, 잘빠진 코를, 턱을 쳐든 방식을, 눈 속의 불안을 자세히 들여다봤다. 마지막 것이 그가 이해할 수 없는 부분이었다. 그는 자기가 제멋대로인 개새끼 이상이 절대 되지 못할 거라고 생각하길 좋아했다. 왜냐하면 그렇게 해서 지금의 자리에 올랐기 때문이다. 그 누구도, 자식조차도, 힐라야스 브린이 주는 수많은 쾌락도, 마리나 아브라모비치와의 8분도, 이저벨이 그를 떠나는 것도 그 사실을 바꾸지는 못할 것이다.

그는 집 안을 걸어가다가 걸음을 멈추고 장의자에 앉았다. 여기서는 분재 정원이 내다보였고 그 너머로 허드슨강도 볼 수 있었다. 그는 한동안 앉아 있다가 무언의 뭔가에 동의하듯 고개를 끄덕이더니 방향을 돌려 침실로 들어갔다.

7부

자기 안에 존재하는 것에 충실하라.

앙드레 지드

40

다른 모든 성인成人들처럼 마리나 아브라모비치의 몸은 대부분 수분에 녹아 있는 산소 43킬로그램가량으로 이루어져 있었다. 또한 평균량의 수소, 탄소, 질소와 함께 뼈 속에는 칼슘 1킬로그램가량도 있었다. 인체에서 주성분을 제외하면 나머지 것들은 좀 더 작아진다. 인 660그램, 칼륨 260그램, 염소 130그램, 약간의 마그네슘, 그보다 적은 아연. 또 은, 금, 납, 구리, 텔루륨, 지르코늄, 리튬, 수은, 망간도 있었다. 심지어 우라늄도 1밀리그램 정도 있었다. 인체는 흙, 공기와 물이 빚어낸 마술이다.

그녀는 선팅 된 차창을 통해 오전 9시의 일과로 바쁘게 돌아가는 뉴욕을 지켜본다. 하이힐을 신은 젊은 여자 둘이 프랑스 영화에 나올 것만 같은 커다란 꽃 화분을 하나씩 들고 간다. 스키니진을 입고 선글라스를 쓴 남자 셋은 《배니티 페어》 잡지에 나오는 광고처럼 보인다. 현실은 정말 참을 수가 없다고 그녀가 생각하는 소리가 잠깐 들린다. 신호등과 인파. 이 건물, 저 건물을 보수하거나 다시 칠하는 곳에 설치된 비계. 대형 광고판 위의 새 아파트 광고. 새로 나온 향수와 영화와 텔레비전 프로그램. 매 순간 쏟아지는 신제품. 미국의 호화로움은 아주 선동적이고 아주 유혹적이면서도 아주 기만적이다.

마리나도 다른 사람들처럼 호화스러운 것을 좋아한다. 옷감과 음식을 좋아한다. 간소함이야말로 가장 어려운 것이다. 그녀는 MoMA에서 이 공연을 하자고 제안한 클라우스 비젠바흐를 생각한다. 마리나와 클라우스는 한때 연인 사이였다. 그는 지금도 그녀를 사랑하고 그녀도 그를 사랑한다, 모든 형태의 사랑을 해내고야 마는 어떤 사람들처럼. 그가 세계 최고의 큐레이터 중 한 명이라서 이 공연이 가능했다. 그 정도 되는 사람이면 예술품으로 가득한 집에서 살 것 같겠지만 실제는 그렇지 않다. 그는 세상에서 제일 단순한 아파트에 산다. 끝내주는 맨해튼 전망뿐, 모든 벽이 비어 있고 어디에도 그림 한 장, 조각 한 점 없다. 세계에서 가장 훌륭한 미술관 중 한 곳에서 매일을 보내는데 왜 집에 그런 게 필요하겠는가? 실로 그러하다.

마리나가 열여섯 살 때 다니차는 미술 선생을 고용했다. 그는 빨간 웃옷 차림에 짙은 수염을 길렀고 키가 아주 작았다. 그는 다니차가 어린 마리나를 자랑스러운 뭔가로 만들기 위해 고용한 가정교사들의 기나긴 대열에 새롭게 추가된 사람이었다. 첫 번째는 피아니스트였고 두 번째는 외국어 선생이었다. 그다음은 역사가, 그리고 마지막 수단이 예술가였던 것이다. 어쩌면 키 작은 남자는 이런 특정한 유형의 엄마들에 대해 잘 알았는지도 모른다. 그래서 방문이

닫히고 어린 마리나와 단둘이 남자 그는 종이와 연필을 꺼내지 않았다. 돌돌 말려 있던 작은 캔버스를 펼쳐서 바닥에 핀으로 고정했다. 그러고는 빨강, 노랑, 파랑 물감을 캔버스 위에 짰다. 그가 물감을 이쪽저쪽으로 휘젓자 결국 모두가 뒤섞여서 갈색 얼룩이 되었다. 그는 유리병에서 모래와 자갈을 꺼내 그림 위에 부은 다음 또 휘저어 얼룩으로 만들었다. 그다음에는 작은 가위를 꺼내 자기 손톱과 머리카락을 잘라서 그것도 캔버스 위에 던졌다.

"네가 예술가가 되고 싶다면—그가 말했다—모든 걸 바쳐야 해. 모든 걸. 예술이 아닌 걸 하고 싶다면 직장을 구하고 아내가 돼. 엄마가 돼. 그러면 너는 구조에 기여하는 거야. 구조는 늘 자원자를 찾고 있지. 하지만 예술은 구조가 아니야. 예술은 묻지 않아. 네가 예술에게, 너만의 무가치한 방식으로, 작은 실 하나를 더해도 되냐고 묻지. 네가 정말로 실 하나를 더하게 된다면 그건 정말 놀랄 일일 거야. 나는 영원히 그러지 못하겠지. 그걸 알 만큼 나이를 먹었거든. 하지만 너는 아직 어려. 찾아볼 시간이 있지. 네 안에, 네 안에만 사는 게 뭔지 찾아봐."

이렇게 말하고 그는 그림 위에 테레빈유를 부었다. 성냥을 긋고 그림을 집어 들어 불을 붙였다. 불은 밑으로 뚝뚝 떨어지면서 위로도 확 타올랐는데 불꽃이 그의 손끝에 닿은 뒤에야 비로소 그가 손을 놓자 그림이 팔랑이며 바닥으로 떨어졌다. 그러고는 탁탁 튀고 연기를 피우다가 불이 꺼졌다.

그가 말했다. "예술은 널 깨울 거야. 예술은 네 심장을 찢을 거야.

영광스러운 날도 있겠지. 네가 영원을 원한다면 겁이 없어야 해."

그 말을 남기고는 가방을 집어 들고 마리나에게 고개를 까딱한 뒤 문으로 나가버렸다. 마리나는 남은 캔버스를 집어서 벽에 압정으로 꽂았다. 용의 가죽을 받은 것만 같았다. 바닥의 재를 손가락으로 찍어서 피부에 문지르자 검은 가루 얼룩이 남았다.

그녀는 계절이 가을로 바뀌고 거기서 다시 겨울, 봄, 여름이 될 때까지 계속 용 가죽을 지켜봤다. 그것이 낡아서 썩어가는 모습을 관찰했다. 예술은—그녀는 생각했다—상상할 수 없는 뭔가일지도 몰랐다.

그녀는 교통사고, 초상화, 구름을 그렸지만 거기에는 상상할 수 없는 것이 담기지 않았다. 그리고 요제프 보이스,* 이브 클랭,** 선불교를 알게 됐다. 클랭은 자신의 그림이 자기 예술의 재라고 말했고 마리나는 키 작은 남자가 클랭에게도 찾아갔나 생각했다. 그녀는 '진실보다 높은 종교는 없다'고 말한 헬레나 블라바츠키***의 저서를 읽었다. 그렇다면 진실보다 높은 예술은 있나? 가장 진실한 예술은 무엇인가? 그녀는 무엇이 예술 앞에 오고, 무엇이 예술 밑에 있는지 알고 싶었다. 무한을 이해하고 싶었다.

그녀는 블라바츠키가 말한 미세신微細身****을 활용하고 싶었다.

---

* 독일의 행위예술가, 조각가. 대표작 〈죽은 산토끼에게 그림을 설명하는 법〉.
** 프랑스의 화가, 행위예술가. 신사실주의의 주창자. 본인이 만든 IKB라는 군청색이 유명하다. 대표작 〈단색〉 연작, 〈인체 측정〉 연작.
*** 러시아의 신비 사상가, 영매. 미국에서 신지학神智學 협회를 설립했다.

하지만 자신의 몸에서 벗어나는 법을 알기가 어려웠다. 그녀가 자기 몸을 떠날 때보다 남들이 찾아올 때가 더 잦은 것 같았다. 예를 들면 부모님이 싸울 때 부엌 개수대 위의 높은 곳에서 지켜보는 자아가 있었다. 또 어머니가 자고 있는 그녀를 두들겨 깨워서 한차례 난리를 피우고 간 후에 어둠 속에서 나타나 자장가를 불러주는 여자가 있었다. 다니차는 수시로 자고 있는 어린 마리나를 깨워서 침대 시트와 담요를 정리하라고 야단치고, 자는 동안에도 명령을 기다리는 군인의 눈을 하고 있어야 한다고, 무엇이든 할 준비가 되어 있어야 한다고 우기곤 했다. 그리고 생리와 함께 편두통이 찾아올 때마다 침대 옆에 앉아서 10대 소녀 마리나의 눈썹 위에 서늘한 손을 얹어주던, 하얀 드레스를 입은 노파도 있었다.

운전사가 차를 연석에 갖다 대자 마리나의 조수 다비데가 차 뒤를 둘러 뛰어와서 문을 열어준다. 그녀는 믿을 수 없을 만큼 피곤하다. 몸무게가 7킬로그램 넘게 줄었다. 68일이 지났고 7일이 남았다. 클라우스가 그녀를 맞이하러 나와 있다.

"풀밭에 눕고 싶어." 그녀가 녹색 방에서 다비데에게 말한다. "오늘 밤에, 공연 끝나고 나서."

그가 고개를 끄덕이며 미소 짓는다.

**** 인도철학에서는 인간의 몸을 조대신粗大身, 미세신, 원인신原因身, 대원인신大原因身으로 분류하는데 그중 미세신은 정신, 마음, 영혼에 해당한다.

"누워서 나뭇잎을 보고 싶어."

"그럼 그렇게 될 거예요."

"그리고 파티 손님 명단 만들 거지? 디터한테 얘기해줄래? 빨리 파티 하고 싶어 죽겠어. 드디어 웃을 수 있다면 정말 즐거울 거야."

그녀는 이제 성공할 것이 확실하다. 7일은 아무것도 아니니까. 당연히.

41

74일째가 밝았고 아트리움은 북적였다. 모두가 배우들을 알아봤다. 첫 번째였던 앨런 리크먼은 우아했고 근시안처럼 눈을 가늘게 떴다. 그리고 이제 미랜다 리처드슨이 옹기종기 모인 MoMA 직원들 사이에서 걸어 나와 사각형 입구에서 대기했다. 그녀의 이름을 속삭이는 소리가 동굴 속 메아리처럼 아트리움 안을 맴돌았다.

"쪼끄맣네!"

"멋있다!"

그녀는 단출한 옅은 색 바지와 하얀 랩드레스 차림에, 머리는 뒤로 넘겨 포니테일로 묶었다. 광대뼈 모양이 완벽했고 눈에 띄는 성형 흔적 없이 곱게 나이 든 것처럼 보였다. 보안원이 허리를 숙여 그녀의 귀에 대고 뭐라고 속삭였다. 그녀가 고개를 끄덕이며 그를 향해 웃어 보였다. 마리나는 고개 숙인 채 의자에 앉아 있었다. 아트리움이 꽉 찼다. 사람들은 하얀 선 주위에 다닥다닥 앉거나 서 있었다. 레빈도 관중이 그렇게 많은 것은 처음 봤다. 그는 피곤해서 어지러웠고 어젯밤을 MoMA 앞 인도에서, 〈예술가와 마주하다〉의 마지막을 하루 앞둔 날에 간절히 마리나와 앉고 싶은 마흔세 명과 함께 보낸 탓에 꾀죄죄하고 뻐근했다.

보안원이 고개를 끄덕이자 미랜다 리처드슨이 빈 나무 의자로 다가갔다. 관중이 잠잠해졌다. 카메라가 찰칵이며 플래시가 번쩍였다.

"사진 촬영은 안 됩니다." 보안원이 큰 소리로 말했다.

사각형 저편의 한 남자는 대놓고 보안원의 말을 무시한 채 계속 베이비 미놀타로 구도를 잡았다. 다른 사람들은 휴대전화를 손안에 숨긴 채 찰칵댔다.

마리나가 고개를 들고 눈을 떠서 영화배우를 바라봤다. 그녀의 얼굴이 움찔한 것 같았다. 레빈의 상상이었는지도 모르지만. 아트리움이 소리 없는 한숨으로 부풀어 올랐다. 바깥의 도시는 800만 명이 만드는 소음으로 쿵쿵 울렸지만 거기 사각형 안에서는 한순간 모든 것이 잠잠했다.

10분 동안 마리나와 영화배우가 흔들림 없이 서로의 눈을 들여다본 후에 영화배우가 고개를 숙이고 일어나서 다시 사각형을 가로질러 나왔다. 보안원이 부드러운 갈색 샌들을 휙 집어 들어 그녀에게 건네줬다.

다음은 영화배우와 함께 온 여자가 사각형을 가로질러 와서 앉았다. 마리나가 눈을 뜨고 다시 고개를 들었다. 아트리움 안에 움직임이 일었다. 레빈 앞에는 일곱 명이 있었다.

힐라야스는 거의 지난밤 내내 그의 곁에 있었다. 그가 밤새도록

354

줄을 설 계획이라고 말했더니 그녀는 예술 행사에 참가하기 위해 기꺼이 콘크리트 위에서 자는 사람들을 인터뷰할 기회를 놓칠 수 없다고 말했다.

"하지만 난 빼줘." 레빈이 말했다. "그래도 괜찮다면."

"물론이죠, 당신이 인터뷰하기 싫다면요." 그녀가 말했다. "그냥 말벗이 돼줄게요."

그랬음에도 밤 9시에 그녀가 실제로 나타나자 그는 놀란 동시에 기뻤다. 그녀는 더플백과 에어 매트리스를 바닥에 털퍼덕 내려놓으면서 레빈 옆의 젊은 남자한테, 자기는 저널리스트인데 줄을 서거나 의자에 앉을 계획은 없다고, 그저 자기 일을 하러 왔을 뿐이라고 말했다. 레빈이 보기에 청년은 힐라야스의 미모에 너무 어안이 벙벙해서 그녀가 무슨 말을 했어도 수긍했을 듯했다.

힐라야스가 줄 선 사람들을 인터뷰하는 동안 레빈은 에어 매트리스에 바람을 넣었다. 자신이 이런 미친 짓을 하고 있음을 믿을 수 없었다. 평생 캠핑을 피해왔던 그가.

힐라야스가 에어 매트리스를 가져오라는 말을 미리 했지만 너무 오버하는 것 같아서 결국 안 샀다. 그러나 자정이 되자 필라테스 매트만 가져온 것을 땅을 치고 후회했다. K마트에서 20달러만 썼으면 편안할 수 있었는데. 자비 없이 환하게 밝혀진 하늘 아래서 셀 수 없이 많아 보이는 자신의 결점에 울고만 싶었다.

"별을 무서워한다는 건 불가능해. 왜 그걸 몰랐을까?" 그 말을 듣고 힐라야스가 웃음을 터뜨렸다. 추위가 재킷과 모자 속으로 슬금 슬금 파고들기 시작해서 그들은 각자 침낭 속에 들어간 채 벽에 딱 붙어 옹송그리고 있었다.

"하지만 내 뜻대로 할 수 있는 게 아니야."

"음, 차라리 바다를 무서워해요. 아니면 자동차나요. 당신을 죽일 수도 있는 걸 무서워하라고요. 하지만 별처럼 아름다운 걸 무서워하진 마요, 아키."

"사실 저기에는 아무것도 없어. 별은 우리를 향해 돌진하는 과거지. 저기에 있는 모든 건, 태양을 빼고는, 이미 오래전에 사라졌거든."

"그건 좀 우울한 얘기네요. 그런 우울한 생각은 어떻게 극복해요?"

그가 웃었다. "음악으로."

"그거로 돼요?"

"아마 안 될걸."

줄 선 사람들의 대화 소리가 서서히 잠잠해졌다. 그들은 자리 잡고 앉아서 졸음이 밤을 압도하길 기다렸다.

문득 힐라야스가 한 바퀴를 굴러와서 애처로운 고무 한 장 위에 앉은 레빈을 쳐다봤다. 그녀가 그를 향해 씩 웃어 보였다. 그가 그녀를 마주 봤다.

"이리 와요. 거기 그러고 있으니 너무 외로워 보여요. 와서 날 안아줘요."

그래서 그는 그렇게 했다. 달콤한 몇 시간 동안 그는 힐라야스 브린을 안아줬고 그다음에는 그녀가 그를 안아줬다. MoMA 밖의 에어 매트리스 위에서, 파자마 파티 중인 두 아이처럼 꼭 달라붙어서, 그들을 둘러싼 도시가 바쁘게 돌아가는 동안.

레빈은 리디아 꿈을 꿨다. 둘 다 관 안에 누워 있었고 전통적으로 고인에게 입히는 의상을 곱게 차려입고 있었다. 익명의 조문객들에 의해 장례식장으로 운반되고 있었지만 그들은 살아 있었다. 그는 리디아를 깨워서 함께 장례식장에서 도망쳐 나와 길 건너 카페로 들어간 다음 그녀에게 열정적으로 키스했다. 잠에서 깼을 때 문득 예전에 리디아랑 싸웠던 일이 떠올랐다.

"불만이라는 건 당신 자신에 대해 가져야 하는 거야, 아키." 리디아가 그에게 말했다.

"아니, 괜찮아, 당신 인생을 구경하는 건 항상 순조롭거든."

"진심이야? 내 인생을 보고 뭘 깨달았는데?"

"많은 걸 깨달았지."

"하지만…… 젠장, 아키, 당신은 진짜 장님이야."

"아니, 정말이야…… 하지만 나는 당신이 마지막으로 도와주는 사람이지. 항상 앨리스가 첫 번째고, 그다음은 당신 고객들이고, 그다음은 당신 친구들이니까. 도대체 나한테는 언제 신경 쓸 건데?"

"당신한테 신경을 쓰지 왜 안 써. 항상 신경 쓰고 있지. 내가 당신에게 해주는 모든 걸 당신이 알아채지 못할 뿐이야. 하지만 계속 이렇게 살 순 없어. 당신은 내 책임이 아니니까. 내 인생 살기에도 충분히 바쁘거든. 내가 자아실현을 하는 게 불만이라면 미안해. 당신

자아실현도 대신 해줄 시간이 없어서 미안해."

"개소리하지 마. 내가 그렇게 가망 없어 보이면 떠나버리지그래? 당신이랑 앨리스랑 가버리라고."

"아하, 그러면 다들 당신을 불쌍해할 테니까?"

앨리스가 집을 떠난 뒤로는 싸울 일도 훨씬 줄었었다. 하지만 그는 여전히 부끄러웠다. 리디아가 그렇게 아팠는데 그는 그녀의 긍정성을 용기가 아니라 낙천주의로 해석했었다.

다시 잠이 깼을 때는 아침이었고 사람들이 커피나 파이를 사러 왔다 갔다 하고 있었다. 7시에 핫도그 장수가 건너편에 도착하자 큰 환호성이 일었다. 그와 힐라야스는 그가 6로의 카페에 가서 사 온 커피를 마시고 베이컨 달걀 치즈 샌드위치를 먹었다. 그들은 웃으면서 지난밤 얘기를 하고는 아침이 밝아오는 동안 다시 한번 웅크리고 잠을 청했다.

마침내 9시 30분이 되자 로비까지 입장이 허용됐다. 그리고 10시 30분이 되자 질서 있게 한 줄로 늘어선 대기열이 보안원들의 지시에 따라 계단을 올라갔고 그러자 하얀 드레스를 입고 고개를 숙인 채 의자에서 기다리고 있는 마리나 아브라모비치의 익숙한 모습이 눈에 들어왔다. 간밤의 대기열에 새로 도착한 사람들까지 합류하면서 이제는 100명이 넘는 사람들이 구불구불하게 미술관 안에 늘어서서 다들 앉으려고 기다렸다. 유명인들이 10시 50분까지 앉기를 끝내고 떠난 뒤 나머지 사람들이 한 명씩 사각형을 가로질러 가서 예술가 맞은편에 자리하기 시작했다.

"누가 하루 종일 앉아 있으면 어떡하지?" 레빈이 힐라야스에게 물었다.

"그러면 폭동이 일어날 거예요. 걱정 마요, 앉을 수 있을 테니까. 난 알아요."

힐라야스는 아침나절 동안 아트리움 안을 돌아다니며 인터뷰를 더 녹음했다. 레빈 앞사람이 마침내 마리나와 앉으러 가자 힐라야스가 돌아와서 그의 옆에 섰다.

"충고할 거 있어?" 그가 그녀에게 물었다.

"걸어가는 동안 열까지 세요." 그녀가 말했다.

"우리는 런던에서 왔어요." 레빈 뒷사람들이 말했다. "줄이 이렇게 길 줄 몰랐어요. 몇 시에 오셨어요?"

"5시 반요." 그가 말했다. "어제 5시 반 말이에요. 미술관이 닫았을 때부터 사람들이 줄 서기 시작했거든요."

"우와." 그들이 말했다. "밤새도록 밖에서 기다리셨단 말이에요?"

"길에서 잤죠." 레빈이 씩 웃었다. "하드코어죠."

레빈은 생방송 카메라에 자신이 어떻게 비칠까 생각했다. 그리고 쿠션 마리나를, 어제 오후에 자신이 그녀에게 고맙다고 한 뒤에 그녀를 해체해서 각 부분을 소파 위와 옷장 안에 도로 갖다 놓았던 것을 떠올렸다.

그는 리디아를 생각했다. 그녀가 생방송에서 그를 본다면 과연 누구인지 알아볼까? 이게 말이 되나? 생각만으로도 가슴이 아팠다.

다음 순간 그의 앞사람이 의자를 비웠다. 보안원이 레빈의 어깨를 두드렸다.

"당신 차례예요." 그가 말했다. "계속 눈을 마주 보되 말은 하지 마세요. 다 끝나면 아래를 보세요. 그리고 나오세요."

레빈은 사각형을 가로지르면서 열까지 셌다. 자리에 앉았다. 의자가 바닥에 고정되어 있었다. 지금껏 몰랐다. 그래서 다들 그렇게 앉았던 것이다. 그는 의자를 옮길 수 없었다. 아브라모비치는 눈을 감은 채 고개를 숙이고 있었다. 그가 심호흡을 했다. 피로로 인한 온몸의 저릿저릿함과 그의 음악을 오케스트라가 처음 연주하기 직전과 똑같은 긴장감이 느껴졌다.

그는 주위에서 얘기하는 사람들을 극명하게 인식하고 있었다. 눈을 감았다가 다시 떴다. 마리나와 눈이 마주쳤다. 그러자 모든 것이 멈췄다.

42

　리디아 피오렌티노, 레빈의 리디아는 밤하늘을 헤엄쳤고 정신이 아주 맑았다. 그녀는 천천히, 나른하게 움직였으며 달이 그녀의 안내자였다. 밤이 그녀를 감싸 안았고 그녀는 거대한 빛의 바다 속의 작은 불빛이었다.

　시간이 흐르자 그녀는 더 이상 별과 바다 위에 떠 있지 않았다. 그녀는 들어 올려지고, 운반되고, 씻겼다. 그녀에겐 단어가 없었다. 소리도 없었다. 그녀는 형태가 없었고, 투명하게 들여다보였으며, 화소 단위로 쪼개졌다. 그녀는 우주가 시작되던 순간에 방출된 원자들의 융합이었다. 새벽을 가로지르게 끌어당겨진 부드럽고 얼룩덜룩한 하늘이었다. 사구 위로 드리운, 구름의 바다였다. 낮은 쨍하는 트라이앵글 소리였다. 밤은 여행이었다. 그녀는 막스 에른스트의 숲속 비둘기*였다. 호안 미로의, 여자와 새를 지켜보는 별이었다. 만

---

*〈숲과 비둘기〉.

레이의 여울에 누운 물고기자리이자 새벽의 은빛 물고기*였다. 도
러시아 태닝의 탁자 위 장미**였다. 터너 그림 속의 금색이었고 쇠라
그림 속의 녹색이었다. 그녀는 어딘가에서 사라져서, 지나간 일들에
대한 희미한 기억밖에 없었다. 눈앞의 번쩍임, 옷감, 목소리, 이름.
그녀는 돌아와야 했다. 하지만 어디로? 존재하는 것은 여기뿐이었
다. 아무것도 모든 것이 아니었다. 그녀에겐 형태가 없었다.

그녀는 나르키소스가 있는 연못 옆에 선 손 안의 달걀 안의 꽃***이
었다. 아, 지나갔고, 잃어버렸다, 이 사계절은. 그녀는 불확실의 천사
를 기다렸다. 팽팽한 구름이 수평선에서 보초를 섰다.

그녀는 비에 씻겼다. 안개 위 또는 아래에서의 따뜻한 샤워. 그다
음에는 다시 하얀 고치로 돌아갔다. 그녀의 눈 너머에서 빛이 춤을
췄다. 입안에 맛이 있었다. 그리고 또 다른 맛. 좋아요, 좋아요, 그들
은 그녀에게 말했다. 아주 좋아요, 리디아.

팔 하나 그리고 또 하나가, 다리 하나 그리고 또 하나가 있었다.
그것은 밤낮으로 오는 사람들에 의해 옮겨졌다. 그녀에게 뭔가를
말하는 목소리들과 얼굴들이 있었다. 그들은 계속해서 말했다. 리디
아, 리디아, 리디아. 그녀의 손을 옮기고 발을 옮겼다.

그들은 그녀를 담요로 쌌다. 눈꺼풀 위로 뜨거운 빛이 느껴졌다.
그녀에게는 낮 동안에 변하는 따뜻한 것과 환한 표면을 가리킬 이

---

* 〈여자와 그녀의 물고기〉.
** 〈장미 몇 송이와 그 유령들〉.
*** 살바도르 달리의 〈나르키소스의 변신〉.

름이 없었다. 그녀에게는 단어가 아예 없었다. 단어는 잠깐 나타났다 사라지는 구조였다. 태양이 그녀에게 왔다가 사라졌다. 바다. 그리고 모든 것의 거대한 공백이 돌아왔고 그녀는 떠다녔다. 무게 없이, 형태 없이, 말없이, 시간 없이.

하지만 시간은 흘렀다. 몇 주, 몇 달이.

어느 순간 그녀는 한 젊은 여자를 인식했지만 그녀에게는 단어가 없었다. 그녀는 단어도 없고 감정도 없는 곳이 좋았다. 그것은 단순함이었다. 빛과 어둠 그리고 그 사이의 모든 색깔과 질감 속을 그녀가 지나갈 수 있도록 달래주는 다정함이 있었다.

여러 가지 맛이 그녀의 혀 위에 밀려왔다, 달콤하고 부드럽고 밝고 짙은. 그녀가 맛을 보자 맛과 함께 영상이 보였다. 얼굴들이 떠올랐다. 방과 사람을 연상시키는 무늬, 양탄자, 냄새가 떠올랐다. 바닐라. 누가 그녀의 머릿속에 타자를 친 것처럼 이 단어가 생각났고 그녀는 그것을 자기 자신에게 읽어줬다. 어떤 내면의 목소리가 그것을 소리 내어 읽었다.

밖으로 나가는 목소리는 없었다. 그녀는 방과 그곳을 방문한 사람들의 말 없는 관찰자였다. 소리의 수신자였다. 거주자였다. 감시자였지만 관찰 대상이었다.

그림자와 햇빛이 조각조각으로 나뉘어 유리를 가로질렀다. 그녀는 바다로부터 밀려오는 물안개의 정적이었다. 구름의 형성과 분해, 하늘을 칠하는 붓질 다음의 붓질이었다. 해안의 박동에 맞춰 움직이는 소리 없는 파도였다. 매 순간이 다시 새롭고 새롭고 새로웠다.

지금 그녀의 혀 위에 맛이 있었다. 지금 그녀가 삼켰다. 지금 그녀가 깨어났다. 지금 그녀가 하늘로 뛰어오르는 새들을 봤다. 지금 그녀가 변색하고 물결치는 바다를, 검어지는 모래를 봤다. 지금 음악이 있었다. 음악? 저게 음악인가? 그래. 그래.

음악은 파편 사이로 그녀를 빙글빙글 돌렸다. 기억의 길이 똬리를 틀고 솟아오르고 이름을 속삭이거나 소리, 소리를 내고 싶어 했지만 그것을 가리키는 단어는 그녀 안에 허용되지 않았다.

그녀는 자신의 몸이 펼쳐지는 꿈을 꿨다. 두 발은 맨해튼에, 머리는 5대호에 놓였다. 몸을 더 쭉 뻗자 북쪽으로는 캐나다까지, 남쪽으로는 보스턴과 워싱턴까지 닿았다. 그녀는 손과 손가락을 쭉 뻗어서 중서부를 지나 로키산맥의 홈에 집어넣었고 발가락은 플로리다까지 내려가게 했다. 반대쪽 팔은 포르투갈의 회색 자갈 해변에 이르렀다. 그녀의 몸은 계속해서 전 세계로 뻗어나갔다. 피부는 해안선을 파고들고 산맥을 넘었다. 그녀는 텅 빈 어둠 속을 내다봤다. 세상에서 뛰어내려 별빛 속으로 미끄러지고 싶었다. 그것이 집으로 가는 길이라고 확신했다.

집, 그녀는 생각했다. 집. 머릿속의 단어들이 빠져나가서 비어 있었다. 그녀 안에는 소음이 살았고 그녀처럼 그것에는 목소리가 없었다. 그녀처럼 그것은 움직일 수 없었다. 방에 들어오는 사람들에게 다가가 말을 걸 수 없었다. 그녀와 고독은 바다와 하늘이 매일 그녀를 위해 만들어주는 빛과 어둠 그리고 그 사이의 모든 색깔을 함께 지켜봤고 그녀는 뭔가가 기다리고 있음을 알았다. 뭔가가 기다리고 있었고 별들은 아직 그녀를 도로 데려갈 수 없었다.

창문 옆 탁자에 편지와 엽서가 쌓여갔다. 리디아가 볼 수 있게 간호인들이 갖다 놓은 것이다. 그들도 이것이 특이한 경우임을 알고 있었다. 정기적으로 찾아오는 선별된 친구 몇 명과 딸을 제외하고는 모든 사람의 면회를 거절한다는 것이 법률 서류에 명시된, 피오렌티노 씨의 명백한 바람이었다. 그걸 보는 것은 힘들었다. 그녀와 같은 상태에 있는 사람을 본다는 것은 힘든 일이었다. 그녀는 아무것도 듣거나 보는 기색이 없었다. 물리치료사에 따르면 그녀의 몸은 당분간 어느 정도 근력을 유지할 것으로 보였다. 하지만 또 뇌졸중을 일으키거나 신부전에 이르는 것은 시간문제였다. 그것은 끔찍한 병이었고 이 정도까지 진행된 사람들은 오래 버티지 못했다.

그들은 더 심한 경우도, 나은 경우도 봤다. 이곳은 병세가 호전돼서 퇴원하는 환자가 많은 데가 아니었다. 하지만 가끔은 일종의 기적이 일어날 때도 있었다. 때로는 뇌졸중 환자가 다시 일어나기도 했다. 때로는 혼수상태였던 환자가 깨어나기도 했다.

직원들은 욜란다라는 사람이 매주 보내는 편지를 리디아에게 읽어줬다.

사모님께

나날이 회복되고 계시길 바라요. 이번 주에는 사장님께 양고기 스튜랑 평소 좋아하시는 프리타타*를 해드렸어요. 날씨가 따뜻해졌거든요. 리그비는 피아노 옆 소파를 좋아하고 요즘은 정어리 통조림만 먹어요. 레몬 나무는 발코니에 나가 사는 걸 더 좋아하는 것 같아요.

그리고 모든 편지는 항상 똑같은 문장으로 끝맺었다.

늘 사는 것들은 다 다시 채워놨고 사모님이 건강해져서 집에 돌아오실 때를 대비해 모든 것을 준비해놨어요.
우리 모두 사모님이 그립고 사모님을 위해 기도하고 있어요.

욜란다

---

* 이탈리아식 오믈렛.

43

그리고 마침내 이 두 사람이, 마주 보는 두 의자에서 직접 만난다.
마리나 아브라모비치와 아키 레빈. 나는 그들 옆에 서 있는 임무를
맡았다. 내가 회고록 집필자이자 직관, 적대감, 기개, 천재, 변덕이
기 때문이다. 또한 예술가—물감, 음악, 몸, 목소리, 형태, 말을 다루
는—의 소원이라면 무엇이든 들어주는 요정이기도 하다. 나는 말
을 아끼는 습관이 생겼다. 그리고 다음과 같은 요령도 생겼다. 예술
가가 잠 깨기 직전에, 홀로 창밖을 내다보는 순간에, 카페에서 한순
간 모든 것이 정지할 때, 나무 밑에서 햇빛을 쳐다볼 때, 인생이 불
현듯 명쾌하게 이해될 때, 혹은 앞으로 일어날 일을 계시받은 순간
에 잠깐 들르거나 마음의 문을 두드리는 것이다.

물론 이런 순간이 다시 찾아오기까지 수년이 걸릴 수도 있다. 대
개 사람들이 거절하기 때문이다. 그들은 말한다. 아니, 지금 잠에서
깨고 싶지 않아. 아니, 그렇게 열심히 일하고 싶지 않아. 아니, 오늘
은 시간이 없어. 아니, 지금은 듣고 있지 않아. 사람들은 싫다는 말

을 그토록 자주 하면서 왜 이렇게 일이 잘 안 풀릴까 의아해한다. 절망은 별로 내 흥미를 끌지 않는다. 붓을, 펜을, 키보드를, 점토를, 무대를, 현악기를 손에 들 준비가 되어 있는 것이, 늘 의욕적인 것이 훨씬 매력적이다. 때로는 내가 일깨워주기만 하면 된다.

이제 내 일이 얼마나 어려운지 알겠나? 예술가의 재능은 자기 안에 있다, 요란하고 끈질기게. 그렇다면 예술가가 되는 데는 무엇이 필요할까? 귀를 기울여야 한다. 그런데 귀를 기울이나? 대부분의 사람들은 평생 동안 소음과 그냥 지나치기 어려운 흥밋거리로만 가득 차 있다. 적어도 내가 느끼기엔 그렇다.

레빈은 지금 귀 기울이는 중이었다. 그는 의자에 붙박여 있었다. 마리나의 얼굴에 붙박여 있었다. 그녀는 그가 상상했던 것보다 훨씬 더 굉장했다. 그녀의 눈은 촉촉한 까만색이었다. 매일 아침 그 눈이 자신을 쳐다보는 상상을 했지만 실제는 더 깊었고 그녀는 훨씬 먼 동시에 훨씬 가깝기도 했다. 그녀는 그를 보고 있을까? 무엇을 보고 있을까? 관중으로부터 숨소리일 수도 있고 박동 소리일 수도 있는, 타악기처럼 규칙적인 저음이 들려왔다. 레빈 자신의 맥박은 불안정했다. 머리 위에서는 아트리움이 햇빛 속으로 솟아올랐다. 그는 레너드 코언을 생각했다.

그리고 천창이 드럼이라면 그 해진 가죽을 나는 고치지 않을 거야
그래서 모든 빗물이 떨어지네 아멘,

과거의 남자의 작품 위로.

그는 〈가와〉의 숲속에 선 자신을 봤다. 마리나가 그의 곁에서 강둑 위를 걸었다. 그녀는 마치 두 사람이 오랜 친구인 양 뭔가에 웃음을 터뜨렸다. 딱딱하게 얼어붙은 아주 얇은 한 겹의 눈에 덮인 양치식물이 있었고, 포물선 대형으로 머리 위를 지나가는, 목이 긴 회색 새들이 있었다. 물기에 젖어 반짝이는 붉은 나무 줄기가 있었고, 나뭇가지 사이로 비처럼 떨어지는 태양이 있었다. 그는 비처럼 내리는 빛을 봤다. 모든 생명의 조각을 봤다.

두려워할 건 아무것도 없어요, 그녀가 그에게 말했다. 우리가 전에도 걸었던 길이니까요. 그는 저 앞의 눈 위에 찍혀 있는 발자국 두 쌍을 봤다. 새소리를 들었다. 달이 나무 사이로 포물선을 그리는 것을 봤다. 파란 하늘에 뜬 길쭉한 달. 그리고 그녀가 말했다. 우리는 이 모든 것과 같아요. 흙과 다르지 않고, 시간과 다르지 않죠. 우리는 돌이자 잎이자 새예요. 흙에서 태어나, 흙을 먹고, 죽으면 흙으로 돌아가죠. 4만 년 동안 우리는 지구라는 하나의 구 위에서 먹고 살고 우리를 묻어왔어요. 유심히 관찰해보면 우리가 어떻게 그 패턴을 아는지 볼 수 있죠.

그는 하늘이 자홍색이고 땅은 분홍색인 또 다른 곳의 사구 끄트머리에 마리나가 서 있는 것을 보았다. 다음 순간 그들은 달 두 개가 밤바다 위로 떠오르는 또 다른 곳에 있었다. 그들은 바닷가를 걸었다. 그는 자신이 집으로 가고 있음을 알았다.

하지만 아직 아니에요, 그녀가 말했다. 아직 아니에요. 당신은 아주 중요한 것을 잊었어요.

그는 타인이 존재하는 세상에서 한 번도 살아본 적 없는 듯한 절대 고독을 느꼈다. 마리나의 손을 잡고 싶었지만 그녀는 유령이었고 그녀는 리디아였다.

모든 결혼에 키스 횟수, 오르가슴 횟수, 일요일 아침 횟수를 어딘가에서 몰래 기록하는 시스템이 있나? 그는 집계기가 딸깍딸깍 넘어가다 멈추는 것을 봤다. 마스카라를 바르지 않아 아주 옅은 리디아의 속눈썹을 봤다. 그녀의 눈을 보니 그것은 여전히 30미터 밖 바다의 녹색이었다.

"리디아?" 그가 말했다.

그는 하얀 방에 있는 그녀를 봤다. 그녀가 바다를 바라보는 것을 봤다. 바닥에 떨어지는 햇빛을 봤다. 그녀가 손을 들어 올리는 것을 봤다. 그녀가 연필을 향해 손을 뻗었다. 연필이 떨어졌다.

그는 허리를 굽혀서 그녀에게 연필을 주워 줬다.

"리디아?" 그가 다시 한번 말했다.

그녀는 고개를 돌리지 않았다. 그는 그녀의 손가락을 아주 부드럽게 벌려서 연필을 손에 쥐여줬다. 그녀의 무릎 위에 공책이 있었다. 그는 허리 숙여 그녀의 머리카락 냄새를 맡았다.

"이제 우리 집에 가도 돼?" 그가 물었다. "우리가 집에 갈 때가 된 것 같아."

마리나가 그를 향해 몸을 기울이자 그는 찌르는 듯한 통증을 느졌다. 그녀의 얼굴이 노파의 얼굴이었다가 그다음엔 소년, 그다음엔 소녀, 수사, 수녀의 얼굴로 보였다. 이제 그것은 새, 그리고 물고기, 이제 나무, 이제 힘과 이해理解로 가득 찬 수정이었다. 그리고 다시 인간이 됐지만 영원한 동시에 일시적인, 죽은 동시에 살아 있는, 차분한 동시에 공포스러운 얼굴이었다.

중요한 건 편안함이 아니에요, 그는 그녀가 말하는 것을 들었다. 마치 그녀가 그의 머릿속에 직접 단어를 말하는 것 같았다. 중요한 건 편리함이 아니에요. 잊어버리는 것도 아니에요. 중요한 건 기억하는 거예요. 중요한 건 헌신이에요. 당신만이 할 수 있어요. 그러려면 겁내선 안 돼요.

사각형을 나올 때 그는 자신이 걷고 있음을 믿을 수 없었다. 힐라야스는 그가 가는 것을 봤지만 방해하지 않았다. 마리나와의 경험을 하고 나면 자신이 해체된 듯한 기분을 느낄 수 있음을 알았기 때문이다.

아래층 로비에서 레빈은 손목시계를 봤다. 그리고 뒷문 근처에서 조용한 곳을 찾아 폴 휘턴의 법률사무소 전화번호를 눌렀다. 휘턴은 내일 아침이 되어야 사무실에 나온다고 했다. 레빈은 예약을 했다. 그다음에는 앨리스에게 전화했다. 힐라야스가 생각나서 문자를 보냈지만 그녀는 〈예술가와 마주하다〉의 마지막 날에 뉴욕에 있어야 했다. 이번에는 햄에게 전화했다.

"나랑 드라이브 갈 수 있어?" 그가 물었다.

44

그리하여 우리는 75일째에 다다른다. 최종 수렴. 투광등이 켜진다. 마르코 아넬리는 마리나 아브라모비치가 녹색 방에서 나와 사각형을 가로지르는 것을 지켜본다. 다비데가 그녀의 하얀 드레스를 의자 주위로 정리하는 것을 지켜본다. 마리나의 몸이 마지막으로 의자에 복종하는 것을 본다. 다들 웃고 있지만 그는 오늘이 마지막 날이라는 사실에 대해 생각하고 싶지 않다. 집중력을 잃어서는 안 되기 때문이다.

그는 카메라와 삼각대를 사각형 안에 놓고 장초점렌즈 너머에서 그를 바라보는 마리나의 사진을 한 장 찍는다. 보안 팀이 각자 자기 위치에 자리 잡는다.

보안원 한 명이 손가락 두 개를 세워 2분 남았음을 알린다. 생방송 카메라에 불이 들어온다. 시카고, 미니애폴리스, 몬트리올과 멕시코, 케이프타운과 카이로, 시드니와 잘츠부르크, 헬싱키, 이스탄불과 아이슬란드의 누리꾼들이 시청을 시작한다.

미술관, 소음, 시간, 사람, 피로, 날씨, 발밑의 콘크리트, 하얀 벽, 마리나의 얼굴, 이 모든 것이 마르코에게는 해변의 파도처럼 되어 버렸다. 너무 가까이 살다 보니 더 이상 그 소리를 듣지 못하게 된 것이다. 지금은 아트리움에 있을 때 가끔 정신이 돌아오면 너무 시끄러워서 마치 머릿속에서 소리치는 것처럼 느껴진다.

대기열이 정리되자 그는 여느 날과 다름없이 줄을 따라 이동하며 동의서에 서명을 받는다. 하나하나의 얼굴에 카메라 초점을 맞추고 격정이 눈에서 흘러넘치는 순간을 기다린다. 그렇게 공간과 빛과 공연 속에 자리 잡는다.

그는 한계를 넘어섰다. 거의 석 달간 매일 카메라 위로 허리를 숙이고 콘크리트 바닥에 서 있느라 다리와 허리, 목과 어깨에 강렬했던 통증이 사라졌다. 몸이 가볍게, 거의 투명하게 느껴진다. 그는 이 공연이 끝날 때까지 살아남았다. 처음에 하겠다고 했을 때는 이것이 생존의 문제가 될 줄 꿈에도 몰랐다. 진심으로 하고 싶었을 뿐이다. 그런데 지금 그것이 거의 끝나간다. 며칠 전 한 보안원이 그에게 했던 질문이 떠오른다. "죽어서 천국에 가면 하느님에게 무슨 말을 듣고 싶어요?" "아직 아니다!"라고 그는 농담했다. 하지만 오늘은 하느님이 그저 "잘했다"라고 말하길 원한다.

지금 아트리움을 가득 메운 감정, 이토록 많은 눈과 얼굴에 담긴 기쁨을 보게 되리라고는 기대하지 않았다. 마치 어떤 새로운 삶의 의미가 그들에게 나타난 것만 같다. 내가 만약 오늘 죽는다면—마르코는 생각한다—너무 이른 죽음일 거야.

45

베오그라드에서 다니차 아브라모비치의 장례식이 끝난 후 마리나는 유품 정리를 시작하기 위해 어머니의 아파트에 갔다. 침실에서 그녀는 색깔별로 정리된 옷들을 발견했다. 베이지 정장 다음에 파란 정장, 여름 재킷과 겨울 재킷. 밝은색 구두, 어두운색 구두.

침대에는 담녹색 침대보가 씌워져 있었다. 밤에는 한 번도 꺼진 적 없었던 협탁 스탠드가 마침내 꺼졌다. 서랍 속에는 여전히 장전된 총이 있었다. 마리나는 아주 어렸을 때부터 전쟁 얘기를 들었다. 아버지가 자주 들려줬다. 전쟁터에서, 모르는 사이였을 때, 어머니는 아버지에게 자기 피를 수혈해줬다. 달리 그를 살릴 방도가 없었기 때문이다. 1941년에 나치가 침공하기 전까지 그녀는 6개월 동안 의대에 다녔었다. 보요는 살아남았다. 그리고 건강을 회복하자 다시 말을 타고 전쟁터로 돌아갔다. 전쟁은 계속됐다.

1년 후 여전히 전투 중이던 보요는 전진하는 독일 병사들로부터 도망치던 병든 빨치산 무리를 우연히 만났다. 담요를 들춰 보니 그에게 수혈해줬던 여자, 다니차가 있었다. 그녀는 발진티푸스로 죽어가고 있었다. 그는 그녀를 자신의 백마에 태워 안전한 곳으로 데려갔다.

다니차는 절대 전쟁 얘기를 하지 않았다. 보요가 이야기하는 동안에도 말없이 앉아 있었다. 그가 부하들과 함께 나무뿌리 밑에 폭발물을 묻어놓고 독일군이 지나가길 눈 속에서 기다렸던 일. 등에 총알을 열두 발이나 맞았는데도 두꺼운 코트 덕분에 목숨을 건진 일. 강 건너에서 도끼가 날아와서 손이 잘릴 뻔했던 일. 자신의 죽은 말을 먹을 수밖에 없었던 일, 그리고 폭발의 열기에 콧수염이 타버렸던 일까지.

마리나는 어머니의 아파트를 정리하다가 침대 밑에서 전에 본 적 없는 트렁크를 발견하고는 그 내용물을 녹색 침대보 위에 늘어놨다. 그녀의 공연 기사로 가득한 스크랩북들이 있었다. 그리고 스크랩북 밑에는 유고슬라비아 대통령 요시프 브로즈 티토가 서명한 서류가 든 가죽 지갑이 있었다. 그 서류에는 어머니가 나치를 상대로 일곱 번의 빨치산 전투에서 싸웠다고 적혀 있었다. 그들은 어머니의 용기를 치하하는 최고 등급의 훈장을 수여했다. 1944년 어머니가 부상당한 병사들을 가득 실은 트럭 수송대를 이끌고 인근 병원으로 가던 도중 집중포화를 받게 됐다. 적군은 연료통을 조준했다. 사방에서 폭발이 일어나고 불이 타올랐다. 아수라장이 됐다. 그러나 다니차 로시치는, 일부는 의식이 오락가락하고 일부는 심각한 부상을 입은 남녀 병사 서른 명을 등에 업거나 팔로 부축해

날랐다. 그들을 눈밭 위로 질질 끌어서, 총알과 수류탄을 어찌어
찌 피해가며, 한 명 한 명을 안전한 곳으로 옮겼다.

46

제인 밀러는 집에서 마리나 아브라모비치를 웹캠으로 지켜봤다.
"오늘이 그날이야." 그녀는 계속 생각했다. "오늘이 그날이야."

그녀는 걷어 와야 하는 딸 빨래도, 벽의 전등 스위치를 침범
하는 개미도, 답장을 써야 하는 이메일도 무시하고 계속 봤다.
자신의 운명과 마리나의 운명이 왠지 모르게 이어진 듯한 기분
이 들었다. 마리나가 의자에서 일어날 때 제인도 일어나야 했
다. 애도 기간은 지났지만 그 슬픔은 그녀 안에서 영원히 살 것
이다. 칼은 간과 췌장만큼이나 그녀의 일부였다. 슬픔은 빗물처
럼 만질 수 있었다. 어떤 순간에도 이 세상에는 애도로 고통받
는 수백만 명이 존재했다. 지나갈 거야, 사람들은 말했지만 사
실은 그렇지 않았다.

애도란 불가피한 일의 중심에 있는 시작점에 불과했다. 제인은
마리나가 일어날 때 자신이 불가피한 일로부터 한 발짝 떨어진 곳
에 가게 되리란 것을 느꼈다. 그녀는 에스파냐를 횡단할 것이다. 그

곳에 자신의 슬픔과 사랑과 54년 인생에 대한 고찰을 가져갈 것이다. 여기에서는 그녀의 자식들과 그들의 자식들이 자기들의 불가피한 일 사이에서 몸부림치고 있을 것이다. 어쩌면 이게 예술일지도 몰라, 그녀는 생각했다. 그토록 오랜 세월 동안 예술을 정의해서 바람 부는 날의 셔츠처럼 빨래집게로 집어놓으려고 애썼는데. 거기 있었구나, 예술아! 우리는 삶의 한가운데에서 순간을 포착한다. 수란이 익기를 기다리는 소년. 공원에서 음악을 듣거나 빗속을 걷는 사람들과 센강에서 수영하는 사람들.* 민중을 이끄는 자유의 여신**과 벽 앞의 사내들을 겨냥한 총살형 집행대의 총.*** 활짝 핀 수련****과 비통한 절규,***** 누구 마음속에나 있는 빨간 사각형,****** 밀밭을 가로지르는 색채의 리듬, 밤하늘에 소용돌이치는 별들.*******

제인은 하얀 드레스를 입은 마리나 아브라모비치를 보고 있었다. 그녀의 인내하는 사랑의 마지막 날에. 왜냐하면, 아브라모비치에게는 이 공연이 그렇지 않았나? 그것은 이렇게 말하는 사랑의 행위였다. 이것이 지금까지의 내 모습이에요. 이것이 내 영혼과 내 조국, 내 가족과 내 조상의 핏줄이 속한 곳들을 여행하면서 변화한 나의

---

* 조르주 쇠라의 〈아니에르에서의 물놀이〉.
** 외젠 들라크루아의 〈민중을 이끄는 자유의 여신〉.
*** 프란시스코 호세 데 고야 이 루시엔테스의 〈1808년 5월 3일, 마드리드〉.
**** 클로드 모네의 수련 연작.
***** 에드바르 뭉크의 〈절규〉.
****** 카지미르 말레비치의 〈2차원 농민 여성의 회화적 사실주의〉. 속칭 〈빨간 사각형〉.
******* 빈센트 반 고흐의 밀밭 연작과 〈별이 빛나는 밤〉.

모습이에요. 이것이 내가 배운 거예요. 중요한 것은 교감이죠. 우리가 최소한의 의도와 정직과 용기로 교감하기만 해도 이것이 우리가 느낄 수 있는 가장 큰 사랑이에요. 그것은 사랑보다 크지만 우리에겐 사랑보다 큰 단어가 없어요. 완전 칸트의 명제네, 제인은 생각했다. 존재하는데 말로 설명할 수는 없지만 그냥 존재한다는 것을 아는 무엇.

예전 같았으면 그것을 신이라 부르려 했겠지만 신이 무엇이었는지 혹은 무엇인지 말하려는 행위가 이 세상에서 너무 많은 문제를 일으켰다. 그래서 다른 단어가 있어야 한다고 생각했고 너른 하늘 아래 펼쳐진 에스파냐의 순롓길에서 수백 킬로미터를 걸으며 생각해보기로 했다. 그리고 소리 내어 웃었다. 오랜 시간 걸으며 신이라는 개념의 이름에 대해 사색하는 것이 적절해 보였기 때문이다. 그녀와 칼은 함께 그것을 생각하며 먼 길을 걸을 것이다.

그녀는 계속 하얀 드레스를 입은 여자를 쳐다봤다. 이 앉아 있는 여자에게 경의를 표하며 앉아서 봤다. 〈예술가와 마주하다〉의 마지막 몇 시간이 흐르는 동안, 사람들이 차례차례 여자와 마주 보는 모습을 지켜봤다. 그리고 이 예술품에 이끌려서 위대한 수수께끼에 대한 사유를 발견한 사람들 사이에서 설명할 수 없는 아름다움을 가진 뭔가를 목격했다고 생각했다. 우리는 무엇인가? 우리는 어떻게 살아야 하는가?

47

마리나 아브라모비치는 3월 9일부터 716시간 30분 동안 저 의자에 앉아 있었다. 오늘 그녀는 눈부시게 빛났다. 관중의 웅성거림이 굉장했다. 촬영 팀은 가장 좋은 구도를 찾고 있었다. 플래시가 번쩍였다.

브리티카 안에서도 하루 종일 고양감이 점점 커져갔다. 그녀의 갈비뼈를 간질이고, 팔과 두피를 뒤덮었다. 조지아의 제인에게서 문자가 왔다. 브라보, 마리나! 대단한 성취예요. 나는 9월 1일에 마드리드로 떠나요. 카르페 디엠!* 우리 식구들은 내가 미쳤다고 생각해요. 나 때문에 깜짝 놀랐죠. 당신이 한 일과는 비교도 안 되지만요! 세상에, 맙소사. 하지만 어쩐지 이해되는 것 같아요. 우리 또 만나요. 이메일 보낼게요. 당신도 브라보예요!

브리티카는 문자를 읽고 미소 지었다. 그리고 보안원들에게 들키지 않기 위해 쓴 까만 가발을 매만졌다. 그녀가 또 온 걸 알면 틀림

---

* 라틴어로 '현재를 즐겨라'.

없이 쫓아낼 것이다. 지난번에 그 점을 분명히 했다. 하지만 처음의 분노가 가시자 친절하게 대해줬다. 경찰을 부르지도 않았고 고소하지도 않겠다고 했다. 그들은 상황의 복잡성을 받아들인 듯했다.

오늘 분홍 머리도, 컬러 렌즈도, 화장도 안 한 그녀는 여느 중국인 여자 같아 보였다. 한마디로 투명 인간이었다. 그녀는 주위에서 사람들이 미는 것을 느꼈다. 아트리움이 꽉 찼다. 위층 발코니도 꽉 찼다. 그녀는 자기가 왜 그런 행동을 해야만 했는지 정말 몰랐다. 노출 중에 끌렸던 적은 없었다. 하지만 오랫동안 마리나를 연구하다 보니 그녀에게 자기가 이 연구에 모든 걸 다 바쳤음을, 하지만 그럼에도 괜찮다는 사실을 보여주고 싶었다.

알고 보니 그녀는 그리 특별한 축에 속하지도 않았다. 몇 초 동안 나체였긴 했지만 사실은 지난 석 달간 마리나 맞은편 의자에 앉은 1500명이 넘는 사람들 중 한 명일 뿐이었다. 그리고 〈예술가와 마주하다〉를 보러 온 85만 명 중 한 명이었다.

지금 인터넷에는 사람들이 휴대전화로 찍은 그녀 사진이 돌고 있었다. 마르코는 너무 순식간이라 못 찍었을 수도 있고, 찍었지만 인터넷에 올리지 않기로 했을 수도 있었다. 그녀의 나체는 아브라모비치의 기록 보관소에 공식적으로 저장되지 않을 것이다. 그녀는 공연이나 마리나를 방해할 생각은 없었다. 실제로 하기 전까지는 자기가 정말 할 수 있을지도 확신하지 못했다. 너무 순식간이었다. 하지만 후회하지 않았다. 그 사진은 오늘 인터넷에 올라올 나체 사진 100만 장과 내일 올라올 100만 장 속에 파묻힐 것이다. 학교로 돌아갔을 때 힘들어질지도 모르지만 적어도 그녀가 본 사진 속 자신은 행복해 보였다. 어쩌면 부모님이 사진 얘기를 듣거나 직접 볼지도 몰랐다. 그러면 분명 실망할 것이다. 화낼지도 몰랐다. 집에 돌아가면 그것도 감당해야 할 것이다.

이것이 그녀의 15분간의 명성*은 아니었다. 그녀는 확신했다. 더 좋은 일로 유명해질 기회가 있을 것이다. 하지만 그녀의 인생에서 가장 정직하고 꾸미지 않은 행동이었던 것 또한 사실이다. 마침내 스스로 다시 태어난 것과도 같았다.

문득 맞은편에서 지난번에 빨간색과 흰색 깅엄체크 셔츠 차림이었던 푸주한이 보였다. 오늘은 파란색과 흰색 깅엄체크 셔츠였지만. 그가 그녀를 쳐다봤다가 시선을 돌렸다. 그랬다가 다시 그녀를 쳐다봤다. 그가 그녀를 알아보고 눈이 환해지는 것이 보였다. 몇 분 뒤 그가 인파를 헤치고 와서 그녀 옆에 섰다.

"옷 입고 있어서 못 알아볼 뻔했잖아요." 그가 말했다.

그녀가 웃음을 터뜨렸다.

---

* 앤디 워홀의 "앞으로는 누구나 15분 동안은 세계적으로 유명해질 것이다"라는 말에서 따왔다.

48

마리나는 하얀 드레스를, 발에 신은 부츠의 무게를, 눈꺼풀이 벌어진 작은 틈을, 아트리움 안에서 커져가는 소음을 인식하고 있었다. 관중의 빽빽함을 느꼈다. 셔터 소리와 속삭임과 멀리서 윙윙대는 에스컬레이터 소리를 들었다. 투광등이 아트리움을 무대로 바꿔놓았다. 그녀 주위로 하얀 벽이 솟았다. 그녀는 저 위의 채광창과 구름과 하늘과 유럽을 향해 떨어져가는 태양과 마케돈스카가의 창문을 인식하고 있었다. 창문 안에 한 여자가 앉아서 눈앞이 안 보일 정도로 편두통이 심한 소녀의 이마를 쓰다듬고 있었다. 누구였을까, 그 여자는? 편두통을 앓을 때마다 나타났던 그 사람은? 그녀는 하얀 드레스를 입고 있었다. 마리나는 그제야 깨달았다, 자기가 평생 동안 자신을 향해 걸어왔음을. 미래와 과거가 한자리에 있었다.

그녀는 시간을 벗어났다. 날것 같은 생각들이 나타났다 사라졌다. 그녀가 쓴 선언서의 파편들.

예술가는 오랫동안 혼자 있을 수 있는 시간을 내야 한다.

예술가는 매일 작업실에 가는 것을 피해야 한다.

예술가는 은행원처럼 스케줄을 관리해선 안 된다.

예술가는 자기가 반드시 가져야 하는 최소한의 소유물을 정해야 한다.

예술가는 점점 더 적은 것을 점점 더 많이 가져야 한다.

예술가는 정신을 고양해주는 친구를 둬야 한다.

예술가는 용서하는 법을 배워야 한다.

그녀의 이야기는 전 세계로 퍼져나갔다. 그것은 나폴리의 화랑에 있는 그녀의, 당시에는 작았던 가슴*과 관객들에게 베여서 피 흘리는 스물여덟 살의 마른 몸을 보여주는 사진처럼 시간 속에 고정돼 있었다.

이날에 이르는 데 필요했던 모든 작품이 순풍 받은 돛처럼 그녀의 머릿속에서 부풀어 올랐다. 편지, 사진, 영상, 무대 연기, 인터뷰, 테이프, 스케치. 관료제, 제출, 신청, 제안, 예산, 팩스, 이메일, 전화, 회의, 서류 작업, 비자와 비행, 평면도, 개요도, 기차, 지도, 호텔, 렌터카. 교섭, 미술상, 운영자, 정부 관료, 경찰, 산업안전보건국 관리, 보안원, 큐레이터, 매니저, 사진가, 경호원.

---

* 마리나는 울라이와 헤어진 직후에 유방 확대술을 받았다. 울라이가 그녀보다 훨씬 어린 여자와 바람이 나서 떠났기 때문에 여자로서 자신감을 잃었고 필사적이었다고 밝혔다.

너무 많은 사람. 너무 많은 서류. 너무 많은 에너지와 웃음. 너무 많은 멍. 그녀가 다시는 보지 못할 흉터와 상처와 얼굴들. 삶을 사는 하나의 방식. 그녀는 자기 심장의 박동을, 혈관 속으로 피가 뿜어져 나가는 것을 느낄 수 있었다. 다음 순간 그것은 피가 아니라 비로 변했다. 그녀는 세르비아의 빗속에 서서, 맨가슴을 손으로 만지며, 자기 나라의 여자들과 발칸반도의 노래를 부르고 있었다.* 저 밑에 실개천 같은 강이 보이는 만리장성 위에 있었다. 햇볕이 붉은 땅 위에서 타올랐다. 그녀 앞으로 뻗은 길은 계속 올라 올라 갔다. 다리가 아팠다. 발이 아팠다. 그녀가 찾을 수 없는 무언가 때문에 심장이 아팠다.

여기 그녀의 어깨에 두른 뱀이 있었다. 발에 신은 수정이 있었다. 얼굴 위에 놓인 전갈. 뱀. 눈물. 입과 목과 눈을 쓰라리게 만드는 양파.** 그녀는 자신이 말하는 소리를 들을 수 있었다. "나는 떠나고 싶어. 아주아주 멀어서 더 이상 아무것도 중요하지 않은 어딘가로. 이 모든 것 뒤에 무엇이 있는지 이해하고 명확하게 보고 싶어. 더 이상 원하지 않기를 원해."

여기 그녀가 울라이의 눈을 들여다보며 서 있는 동안 사람들이 둘 사이를 비집고 지나간 문이 있었다. 그다음에는 정신분열증과 긴장증 치료제의 효과가 지배해감에 따라 어지러워하면서 스스로

---

* 〈발칸반도 성애 서사시〉.
** 순서대로 〈용 머리〉 연작, 〈떠나기 위한 신발〉, 〈전갈이 있는 초상〉, 〈양파〉.

에 대한 통제력을 완전히 잃어가는 그녀가 의자에 앉아 있었다.*

해골이 그녀 위에 놓여 있고 그녀가 숨을 쉬자 뼈가 오르락내리락했다. 산 사람 안의 흉곽이 매일 그러는 것처럼.** 이제 그녀는 〈바다가 보이는 집〉을 올려다보고 있었다. 디터와 모든 직원들은 집에 갔고 오직 나무 침대, 나무 의자, 메트로놈과 정적, 길고 배고픈 밤 동안 자기 자신의 광기를 삼키고 세상의 집단 광기를 갉아먹는 그녀 자신뿐이었다.

여기 모형 AK-47을 쥔 라오스의 아이들이 있었다. 여기 〈해피엔드에 이르는 공空에 대한 여덟 가지 교훈〉이 있었다. 각자 자기 소총과 함께 분홍색 이불에 누운 일곱 명의 라오스 소녀.

여기 그녀의 심장을 꿰뚫게 조준한 화살, 그리고 활을 잡은 울라이가 있었다. 여기 확성기에 대고 외치는 그녀의 목소리가 천천히 갈라져가는 열여섯 시간 동안 같은 자리를 돌고 돌고 도는 밴이 있었다.*** 자신과 생일—11월 30일—이 같은 남자와 사랑에 빠진 여자가 있었다.

여기 그녀의 배와 거기에 면도칼로 새겨지고 새겨지고 새겨져야 하는 별이 있었다. 여기 어머니의 훈육과 자신이 실패하면 따라오는 고통을 먹고 자란 아이가 있었다.

여기 매일 할머니와 함께 대성당의 높은 창문을 통해 쏟아져 들

---

* 〈리듬 2〉.
** 〈니체와 해골〉.
*** 〈정지에너지〉와 〈운동에서의 관계〉.

어오는 색색 가지 빛과 향 속으로 들어간 아이가 있었다. 여기 해가 지면 할머니가 촛불을 켜서 복도에서 침실까지 그림자가 춤추게 만드는 것을 지켜본 아이가 있었다.

여기 한때 소녀였고 아직 죽지 않은 여자가 있었다. 여기 삶이 무엇이 될 수 있는지—순간의 연속, 칼날과 뱀, 꿀과 포도주, 긴급과 지연, 인내와 관대, 용서와 절망과 사랑한다고 말하는 100가지 방법—에 대해 뭔가를 아는 마리나 아브라모비치가 있다. 여기 "내가 죽을 때 나를 돌봐줄 누군가가 있길 바라. 내가 과연 죽을까? 내 마음을 자유롭게 풀어줄, 내가 피곤할 때 끌어안고 싶은 누군가가 있길 바라……"라고 노래하는 앤터니 헤거티가 있었다.

이거야, 그녀는 생각했다. 나는 죽어가. 나는 살아가. 그 둘은 완전히 똑같아.

혼돈에서 힘을 얻긴 쉬웠다. 왜냐하면 헤로인 중독자들이 잘 알듯 그 안에 (언제나 유혹적인) 심연이 있기 때문이다. 하지만 심연으로의 여행은 오래가지 못했다. 더 어려운 길은 힘은 얻되 권세는 얻지 않는 것, 불멸이라는 터무니없는 불확실성이 아니라 '필멸을 알면서도 감수하기'에 기반을 두는 것이었다.

지난 석 달 동안 매일매일이 밝고 독특하고 생생하고 이상한, 얼굴들의 장이었다. 관중이 그들의 시선 속에 그녀를 가두는 공연 안에 있는 것보다 더 큰 고독, 더 큰 교감은 없었다. 그녀는 이 공연이기의 대화, 단순한 것이 되리라고 예상했다. 하지만 그것은 단순하지 않았다. 모든 얼굴이 사랑이나 고통처럼 그녀를 공허로 데려가는 노래였다. 모든 얼굴이 수없는 삶과 기억과 그녀가 그토록 오래 탐구하는 동안에도 언뜻 본 적조차 없는 인간의 일면을 말해줬다. 여기 모든 주름과 각도와 눈 속에 불가사의하게 쓰인 사람들의 진실이 있었다. 한 사람 한 사람이 일어나서 떠날 때마다 그들의 일생이 가진 맛이 그녀의 혀 위에서 사라졌다.

그리고 마침내 클라우스가 있었다. 사랑하는 클라우스. 그가 그녀의 신호였다. 클라우스 다음은 끝이었다. 오늘은 75일째였고 할 일은 한 가지뿐이었다. 그래도 그녀는 그의 눈을, 존재하지 않는 시간과 모든 시간과 무한한 침묵의 언어라는 감각을 받아들였다. 그녀는 그를 사랑했다. 아트리움 안의 모두를 사랑했다. 살아 있는 모든 사람과, 그들 모두를 현재에 태어나게 하기 위해 살았던 모든 사람과, 지나간 수천 년과, 앞으로 태어날 사람들의 수천 년을 사랑했다. 자신이 거대해진 기분이 들었다.

클라우스가 고개를 숙였다. 그가 일어났다.

가지 마, 아직은 안 돼! 너무 빨라! 그녀는 생각했다.

하지만 클라우스는 멀어져갔다.

그녀는 문득 어머니가 위층 발코니에서 자신을 내려다보는 것을 느꼈다. 바로 옆에서 말하는 듯한 다니차의 목소리를 들었다.

"너는 벌판과 숲을, 목소리와 눈물을 멀리해야 해, 마리나." 그녀가 말했다. "너에게 작별 인사를 하마. 너는 네 몸으로 돌아가야 해. 그리고 나는 떠난다. 네가 준비가 되면 다시 만날 거야. 금방은 아니겠지만. 이 나라에 있는 네 집, 거기서 시간을 보내. 새 연인을 만들어. 이 작품은 너의 걸작이야. 너는 위대한 예술이라는 태피스트리에 실 한 가닥을 더했어. 이건 사람들이 기록으로 남길 작품이야. 그러니 지금은 쉬어. 행복하게 지내. 남은 시간이 많지 않으니까. 그리고 이건 정말인데, 너는 오래전부터 죽어 있었어."

마리나는 공연이 끝나길 원치 않았다. 이곳에 머물고 싶었다. 삶이라는 거친 바람에 굴복하고 싶지 않았다. 하지만 때가 됐다.

그녀가 고개를 숙이자 순수한 슬픔이 일순간 가슴을 꿰뚫고 지나갔다. 그녀는 놓아줘야 했다. 이 장소, 이 이야기, 이 작품을. 끝났다. 그녀가 봄부터 여름까지 살았던 이 아트리움을 내줘야 했다. 그녀에게 설명 없이 수수께끼만 보여줬던 얼굴들을 포기해야 했다. 하지만 어떻게 일어서지? 어떻게 일어나서 사람들을 마주하지?

그녀는 다리가 떨리는 것을 느꼈다. 이러다 비틀거리려나? 그녀는 동굴에서 걸어 나오는 사두*였다. 고개를 들고 눈을 떴다. 다리와 허리에 힘을 끌어모았다. 발밑의 바닥을 느꼈다. 심호흡을 한 번 하고 한 번 더 했다. 오한이 찌릿하고 전신을 훑고 내려갔다.

다음 순간 그녀는 일어나고 있었다. 두 팔은 쭉 뻗었다. 관중의 반응이 자신 안에서 부풀어 오르는 것을 느꼈다. 플래시가 터지고 있었다. 박수 소리가 솟아올라 아트리움 안으로 들어왔다. 그것은 순수한 불협화음, 억제되지 않은 단순한 기쁨의 완벽한 예였다.

클라우스가 그녀 옆에 있었다. 다비데도 있었다. 프란체스카. 마

---

* 힌두교나 자이나교의 고행하는 행자, 탁발승.

르코. 디터. 모두가 박수 치고 울면서 환호하고 있었다. 사각형은 사람들로 이루어진 커다란 원이 되어 있었다. 그들은 그녀의 이름을 연호하고 있었다. 그녀를 부르고 있었다. 그녀는 애타게 돌아가고 싶었다. 이미 집을 향해 날아가고 있었다. 하얗게 빛나고 빛나고 더 빛나면서. 그녀는 웃으면서 울고 있었다. 그녀가 바라본 모든 얼굴도 마찬가지였다.

49

그리하여 우리는 당신의 마음을 아프게 할지도 모르는 부분에 다다른다. 확실히 나는 이런 순간을 참을 수가 없다. 이 너머에는 나에게도 보이지 않는 날들이 있고 그날들이 항상 좋거나 쉽지는 않기 때문이다. 그러나 가슴을 태우는 것들 또한 예술이다. 최대한 활용하고 꽉 붙들라. 그 너머의 날들은 어차피 나타날 것이고 과거로 돌아갈 수는 없으니까. 인생은 짧지만 경이와 수렴의 순간으로 가득하다.

리디아 피오렌티노는 창가 휠체어에 앉아 있다. 머리는 뒤로 빗어 넘겼고 옷은 황금색 나비가 수놓인 하얀 드레싱가운을 입었다. 방은 따뜻하고 조용하다. 그녀는 은빛 저녁 바다를 내다보고 있다. 노을빛이 하늘을 서쪽에서 동쪽으로 물들이기 시작한다.

"나 왔어." 레빈이 그녀 옆에 앉으면서 말했다. 그가 그녀의 손을 잡았다.

"안녕, 여보." 그가 말했다. "나 왔어. 아키야."

그녀가 눈을 깜빡였다.

"리디아. 자기야. 정말 미안해. 내가 이해를 못 했었어. 사는 게 지옥이었어."

그녀는 계속 바다를 바라봤고 손은 그의 손안에 축 늘어져 있었고 피부는 차가웠다.

"당신이 너무 보고 싶었어. 내가 지금은 이해한다는 걸 당신이 알았으면 해. 당신이 옳았어. 나는 당신을 돌볼 수 없어. 그걸 할 수 있는 자질이 없어. 하지만 시도해보고 싶어. 당신이 없으면 우리 집이 아니야. 당신이 없으면 사는 게 아니야. 나한테 중요한 사람은 당신밖에 없어."

그녀는 그의 목소리를 듣거나 그를 보는 기색이 없었다.

"지금이 우리한테 중요한 때야. 우리 중 한 사람은 돌봄이 필요해. 우리 둘 다 돌봄이 필요하지. 그런데 내가 여기 왔어. 준비는 안 됐지만 준비될 때까지 기다릴 시간이 없지."

그녀의 얼굴은 밤의 얼굴이었다. 고요하고 생생하고 놀랄 만큼 텅 비었다. 눈에는 초점이 없었다. 그는 그녀가 자신과 마주 보게끔 조심스럽게 휠체어를 돌렸다.

부서지기 쉬운 이 세상에는 절망할 일이 너무나 많다. 확실성이 그렇게 두려울 수 있다면 불확실성은 항의의 한 형태, 일종의 수동적 저항이 될 수 있다. 레빈은 그녀의 얼굴을 들여다봤다. 그 순간 그녀는 온 세상이었고 모든 여자였고 한 여자였고 그의 아내였다.

392

그는 그녀의 남편이었고 모든 남자였고 온 세상에서 유일한 남자였다.

그들 주위에는 시설 안에서 들리는 낮은 소음이 있었다. 멀리서 들려오는 파도 소리도 있었다. 그리고 그녀의 얼굴은 달빛만큼 창백했다. 하지만 그가 여기 와 있었다.

레빈은 리디아를 돌보게 되면 자신이 어떻게 변할지 알지 못했다. 그의 질서 감각을 겁에 질리게 만드는 의문들이 있었다. 아주 깊은 곳에 자리한, 인생을 어떻게 살아야 한다는 감각. 어떻게 살아야 한다. 하지만 해야 하다는 확실성에 맞는 단어였다. 불확실성에 속하는 단어는 뭐가 있을까? 오늘, 그는 생각했다. '오늘'은 불확실해. 지금. '지금'은 뭔가를 필요로 하지. 나는 느낀다…… '느끼다'는 가장 불확실한 서술어일 거야. 그것은 모든 창작의 아이디어가 하늘에서 꽃처럼 꺾기만 하면 되는 단순한 느낌인 양 그가 아르페지오나 멜로디 등등을 기다릴 때 일어나는 일이었다. 그가 확신하는 것은, 가장 좋은 아이디어는 '나는 모른다'는 팻말이 붙은 곳에서 온다는 거였다.

나는 모른다…… 그 말은 실제로 무슨 일이 일어나게 만들었다. 그의 머리는 공백을 혐오했지만 그의 마음은 텅 빈 캔버스에 반응했다. 세상을 바꾼 모든 노래, 모든 그림, 모든 책, 모든 아이디어, 이 모든 것은 알 수 없는 아름다운 공백에서 왔다.

그리고 그때, 마치 지휘자가 교향곡의 시작을 신호한 것처럼, 리디아가 눈을 움직여서 그를 마주 봤다. 그녀는 계속해서 그의 시선을 끌더니 다음 순간 마치 손을 내밀듯, 자신을 일으키듯, 자신을 불러들이듯 강렬한 눈빛을 띠었다. 그녀의 뇌 속에 흐르는 전류의 장난일지도 몰랐지만 그는 그렇게 믿기로 했다.

이 책의 피헌정자인 마리나 아브라모비치에게. 당신의 놀라운 삶에, 나를 믿고 소설에 캐릭터로 사용하게 해준 데 감사한다.

두 번째 피헌정자 데이비드 윌시에게. 다방면에서 보여준 특별한 관대함에, 특히 태즈메이니아 신구미술관MONA의 작업실을 제공해준 데 감사한다. 그곳에서 나는 확실히 세상에서 제일 행복한 작가였다.

마르코 아넬리와 다비데 발리아노에게. 소설에 캐릭터로 사용하게 해준 데 감사한다.

미술상이자 오랫동안 마리나의 실제 매니저로 일해온, 뉴욕 션 켈리 화랑의 션 켈리에게. 값진 인터뷰에 응해주고, 보다 높은 목표를 세우게 해준 데 감사한다.

아버지 케빈, 어머니 돈, 언니 멀린다, 예술과 문학에 필수 불가결한 목적이 있다고 생각하는 많은 친구들에게. 특히 캐럴라인 로런스, 해리슨 영, 딜리아 니컬스, 제너비브 드쿠브러, 바비 키아, 너

태샤 시카, 브리지타 오절린스, 크리스틴 닐리, 캐서린 스컬스, 로저 스컬스, 캐럴라인 플러드, 메리 드와이어, 에이미 커런트, 브렛 토러시, 캐스 매덕스, 제인 암스트롱, 마크 클레먼스, 로스 허니월, 그리어 허니월, 피터 애덤스, 태니아 프라이스에게 감사한다.

사이먼 켄웨이와 캐머런 로빈스에게. 음악과 작곡가의 세계를 이해시켜준 데 감사한다. 그리고 막판에 이탈리아어로 번역해준 필리스 어리나에게 감사한다.

내가 MONA에서 일하는 동안 가장 좋은 친구(이자 사서)였던 메리 린자드에게 감사한다.

그리고 예술에 대한 열정과 관대한 친절을 보여준 존 캘더에게 감사한다.

고故 웬디 와일에게. 초창기의 격려에 감사한다. 고故 닐 로런스에게. 중요한 시점에 창의성이 내 목적임을 상기시켜준 데 감사한다. 두 사람 다 그립다.

베스 거천, 마틴 제라드, 밀턴과 드니즈 캐펄러스 부부, 휴와 엘리자베스 허프 부부, 행크 스튜어트, 지미 스톤, 퍼낸도 코츠에게. 뉴욕을 두 번째 고향처럼 느끼게 만들어준 데 감사한다.

오랜 매니저 개비 내어와 발행인 제인 폴프리먼에게. 특별한 감수성과 능력을 가진 두 여성에게 감사한다.

많은 책에서 내 뒤를 든든히 받쳐준 편집자 앨리 라보에게 감사한다. 이 책의 완성까지 함께한 편집자 시본 캔트릴에게 감사한다. 또한 아름다운 디자인을 해준 샌디 컬, 홍보 담당 루이즈 코네제이에게 감사한다. 그리고 이 책이 세상에 나올 수 있게 해준, 앨런 앤드 언윈 출판사의 환상적인 모든 직원에게 감사한다.

오스트레일리아의 작가들을 지속적으로 지원하는 작가의 집 바루나와 엘리너 다크 재단에 감사를 전한다.

앤젤리카 뱅크스*의 세계에서 나의 반쪽이자 최고의 멘토인 대니엘 우드에게 감사한다. 대니엘, 리즈 캐즈웰, 케이트 리처즈는 여러 단계에서 이 책의 미완성 원고를 읽고 중요한 통찰을 제시하는 동시에 격려를 아끼지 않았다.

적시에 열정을 불어넣어준 모든 사랑하는 이들에게 감사한다.

나의 아이들 앨릭스, 바이런, 벨에게 감사한다. 셋 다 엄마를 뒤따라 예술가가 되었다.

마지막으로 가장 중요한 로언 스미스에게. 사랑과 삶과 음악에 감사한다.

---

* 헤더 로즈는 대니엘 우드와 함께 앤젤리카 뱅크스라는 이름의 동화작가로 활동 중이다.

이 책은 사실과 허구의 묘한 혼합물이다. 몇몇 중요한 예외를 제외한 모든 인물은 완전한 허구다.

마리나 아브라모비치 씨는 본인을 자기 자신으로 소설에 등장시키는 것을 허락해줬다. 나는 많은 인터뷰와 2010년 MoMA 공연 및 그 이전 공연들을 방대하게 참고했다. 그러나 이 책에서 마리나 아브라모비치라는 캐릭터가 하는 생각들이 실제 사건의 반영은 아니며 실제 마리나 아브라모비치의 생각이나 느낌과 일치하지도 않는다. 그것이 우리가 상상할 수밖에 없는 것에 생명을 불어넣을 때 소설가가 감수하는 위험이다. 아브라모비치 씨는 나에게 완전한 창작의 자유를 허락함으로써 또다시 불굴의 용기를 보여줬다.

사진가 마르코 아넬리와 아브라모비치 씨의 조수 다비데 발리아노 또한 당사자들의 허락하에 자기 자신으로 등장한다. 이 두 사람의 생각이나 행동은 전부 허구다. 마찬가지로 〈예술가와 마주하다〉의 큐레이터이자 MoMA의 수석 큐레이터인 클라우스 비젠바흐*도

본문에서 언급된다.

카를로스라는 캐릭터는 마리나와 스물한 번 앉은 파코 블랑카스를 바탕으로 했다.

《마리나 아브라모비치가 죽을 때》를 쓴 제임스 웨스트콧에게, 그리고 아브라모비치 씨의 작품을 비평하고 분석한 크리시 아일스, 클라우스 비젠바흐를 비롯한 큐레이터들, 미술사가들, 평론가들에게 큰 빚을 졌다.

〈마리나 아브라모비치: 예술가와 마주하다〉 회고전은 2010년 3월 9일부터 5월 31일까지 뉴욕 MoMA에서 열렸다. 716시간 30분 동안 1554명이 아브라모비치 씨와 앉았고 85만 명 이상이 사각형 밖에서 관람했다. 마르코 아넬리의 책 《마리나 아브라모비치와 앉은 사람들의 초상》은 의자에 앉았던 모든 사람들에 대한 완전한 기록이다.

이 소설은 그들 모두에게 주는 선물이기도 하다.

---

* 이 책이 출간될 당시에는 MoMA PS1 관장 겸 MoMA 수석 큐레이터였으나 2018년부터 로스앤젤레스 MOCA 관장으로 재직 중이다.

| 참고문헌 |

Danto, Iles, Spector, Stokić, Biesenbach, Abramović. *Marina Abramović: The Artist Is Present*. New York: MoMA, 2010.

Marco Anelli. *Portraits in the Presence of Marina Abramović*. Bologna: Damiani, 2012.

Thomas McEvilley. *Art, Love, Friendship: Marina Abramović and Ulay, Together & Apart*. Kingston: McPherson & Company, 2010.

James Westcott. *When Marina Abramović Dies*. Cambridge: MIT Press, 2010.

Marina Abramović. *The Bibliography*. 1993.

Abramović, Stiles, Biesenbach, Iles. *Marina Abramović*. New York: Phaidon Press, 2008.

400

헤더 로즈는 2005년에 마리나 아브라모비치의 존재를 처음 알게 됐다. 멜버른의 빅토리아 국립미술관에서 열린 전시회에서 〈연인들〉의 스틸사진을 본 것이다. 단번에 '저 사람을 등장인물로 해서 소설을 쓸 수 있겠다'고 생각했지만 구체적인 아이디어가 떠오르진 않았다. 로즈는 1999년에 공동 설립 한 광고 회사를 운영하면서 세 아이를 키우느라 자투리 시간에만 집필을 할 수 있었으므로 글쓰기에 유리한 환경이 결코 아니었다. 그렇게 시간은 흘렀고 2009년에 세 번째 장편소설《강의 아내》를 출간했다.

그리고 2010년 작가는 뉴욕 MoMA에서 〈예술가와 마주하다〉를 관람하게 된다. 의자에도 총 네 번이나 앉았고 자신은 6~7분 앉아 있었다고 생각했는데 나중에 시간을 확인해보니 46분이나 앉아 있었음을 발견하기도 했다. 그녀는 3주 동안 매일 이 공연을 관람했고 작품 속에서 제인이 그랬던 것처럼 다른 관람객들을 인터뷰하며 많은 정보를 수집했다. 이 경험을 하면서 작가는 아브라모비치에게서 영감을 받은 허구의 인물을 창조하려던 계획을 아브라모비치 본인을 등장시키는 계획으로 수정하게 된다. '그녀가 아니면 안 돼!'라고 생각했던 것이다. 로즈는 아브라모비치의 매니지먼트를 담당하는 션 켈리 화랑에 편지를 보냈고 '완전한 창작의 자유를 허락한다'는 아브라모비치의 답변을 받았다.

작품은 크게 두 갈래의 이야기로 나뉘어 있다. 아키 레빈을 중심으로 한, 허구의 등장인물들의 인생 이야기. 그리고 아브라모비치를 중심으로 한, 예술(가) 이야기. 물론 이 두 이야기는 '예술은 사람을 변화시킨다'는 기치 아래서 교차한다.

"(전략) 모든 위대한 예술은 우리로 하여금 말로 표현할 수 없는 무언가를 느끼게 만들죠. 이게 가장 좋은 표현은 아니겠지만…… 예술이 어째서 사람을 변화시킬 수 있는가를 이보다 더 잘 포착한 말은 없는 것 같아요. 보편적 지혜에 접속하게 해준다."

각자 자기 나름의 방식으로 상실을 경험한 혹은 경험하는 중이던 등장인물들은 〈예술가와 마주하다〉를 관람하거나 아브라모비치와 마주 앉고 나서 심경의 변화를 겪고는 뭉그적거리기를 그만두고 미래를 향해 확실한 한 걸음을 내딛게 된다.

한편 작중에서 예술에 대해 계속 던지는 질문은 '예술이란 무엇인가?', 즉 예술의 정의에 대한 질문이지만 필자는 사실 예술을 정의 내리는 것이 그리 중요하다고 생각하지 않으므로—작가도 마지막에는 '삶의 한가운데서 포착한 순간이 예술 아닌가'라고 말하고 있고—페미니즘적인 측면에 대해 얘기하도록 하겠다. 작가는 여성 예술가로서 살아가는 어려움에 대해 반복적으로 이야기하며 특히 11장에서 아주 집약적으로 서술한다.

나는 엄청난 재능을 타고난 젊은 여자들을 봐왔다. 겨우 스무 살의 소포니스바 앙귀솔라, 같은 나이의 카타리나 판헤메선, 불과 열세 살의 클라라 페이터르스. 전부 1600년 이전에 태어났다. 누군지 모른다면 이들의 그림을 찾아보라. 세 사람에게는 그들의 가능성을 이해하고 진가를 극찬한 아버지가 있었다. 또한 재능이 있는데도, 살림을 하고 아내 노릇을 하고 자녀를 키우는 삶을 살 거라는 주위의 기대에 굴복한 어머니가 있었다. 너무 많은 여자들이 물감, 팔레트, 캔버스, 잉크, 학비, 종이, 시간을 제공받지 못했고 스스로 구할 수도 없었다. 그래서 지금까지도 심각한 불균형이 존재한다.

작가는 한 인터뷰에서 이렇게 말하기도 했다. "이 사회는 남성 작가보다 여성 작가가 글을 쓰는 것이 얼마나 더 힘든지를 과소평가한다. 엄마이자 아내인 여성이 홀로 생각하는 시간을 갖기란 하늘의 별 따기만큼 힘든 일이다. 책을 쓸 때 남성 작가와 여성 작가는 똑같이 열심히 일하지만 여성이 남성보다 다른 일에 빼앗기는 시간이 많다. (중략) 모든 예술가는 어느 정도 이기적이 되는 법을 배워야만 작업을 할 수 있다." 로즈 본인도 회사 일과 집필 활동을 힘들게 병행하다가 여러 문학상을 수상하면서 상금을 받고 2017년에 오스트레일리아 예술 위원회의 지원금을 받으면서 비로소 전업 작가가 될 수 있었다.

　마지막으로, 이 책의 번역을 맡기 전에 독자로서 처음 읽었을 때 소설을 읽는 즐거움과 별개로 즐거웠던 까닭은 본문에서 너무나 많은 예술가의 너무나 많은 작품이 언급되기 때문이었다. 마음 같아서는 모든 작품의 사진을 싣고 싶지만 예산이 허락하지 않기 때문에 독자 여러분이 찾아볼 수 있도록 원제를 병기한 표를 첨부하였다. 이 표에 나열된 작품 대부분은 인스타그램에서 #현대적사랑의박물관 해시태그로 검색하면 볼 수 있다. 본문에서 언급되는 식당을 비롯한 모든 장소, 모든 음악가와 모든 앨범―아키의 작품은 제외―또한 실존하므로 찾아 들어보거나 뉴욕에 가서 성지순례를 하는 것도 가능하다. 그리고 유튜브에 〈예술가와 마주하다〉 다큐멘터리 영상 전체가 올라와 있으니 감상을 추천한다(성인 인증을 해야 검색할 수 있다).

2020년 겨울
황가한

아브라모비치의 작품

이름	제목	연도
마리나 아브라모비치 Marina Abramović	리듬 10 Rhythm 10	1973
	리듬 0 Rhythm 0	1974
	리듬 2 Rhythm 2	1974
	리듬 5 Rhythm 5	1974
	립스 오브 토마스 or 토마스 립스 Lips of Thomas 또는 Thomas Lips	1975
	예술은 아름다워야 한다, 예술가는 아름다워야 한다 Art Must Be Beautiful, Artist Must Be Beautiful	1975
	기억 해방하기 Freeing the Memory	1976
마리나 아브라모비치 & 울라이 Marina Abramović & Ulay	공간에서의 관계 Relation in Space	1976
	가늠할 수 없는 요소들 Imponderabilia	1977
	밝은/어두운 Light/Dark	1977
	시간에서의 관계 Relation in Time	1977
	운동에서의 관계 Relation in Movement	1977
	들이쉬기, 내쉬기 Breathing In, Breathing Out	1978
	아아아-아아아 AAA-AAA	1978
	접점 Point of Contact	1980
	정지에너지 Rest Energy	1980
	밤바다 건너기 Nightsea Crossing	1981~ 1987

	연인들 The Lovers	1988
마리나 아브라모비치 Marina Abramović	용 머리 연작 Dragon Head	1990
	일시적 물체 시리즈 Transitory Object	1990~
	떠나기 위한 신발 Shoes for Departure	1991
	수정 영화관 연작 Crystal Cinema	1991
	양파 The Onion	1996
	광명 Luminosity	1997
	발칸 바로크 Balkan Baroque	1997
	분해 Dissolution	1997
	영웅 The Hero	2001
	바다가 보이는 집 The House with the Ocean View	2002
	나체와 해골 Nude with Skeleton	2005
	발칸반도 성애 서사시 Balkan Erotic Epic	2005

	일곱 개의 쉬운 작품 中
	Seven Easy Pieces
	  립스 오브 토마스 or 토마스 립스
	  저편으로 들어가기
	  Entering the Other Side
		2005

	전갈이 있는 초상 (감은 눈) Portrait with Scorpion (Closed Eyes)	2005
	전갈이 있는 초상 (뜬 눈) Portrait with Scorpion (Open Eyes)	2005
	해피엔드에 이르는 공에 대한 여덟 가지 교훈 8 Lessons on Emptiness with a Happy End	2008

	장작이 있는 초상 Portrait with Firewood	2009
	예술가와 마주하다 The Artist Is Present	2010

다른 예술가들의 작품

이름	제목	연도
구스타프 메츠거 Gustav Metzger	역사 사진: 기어 들어갈 것. 1938년 3월 빈, 안슐루스 Historic Photographs: To Crawl Into―An- schluss, Vienna, March 1938	1996
데이미언 허스트 Damien Hirst	살아 있는 누군가의 머릿속에서 죽음의 물리 적 불가능성 外 The Physical Impossibility of Death in the Mind of Someone Living	1991
데이비드 올트메이드 David Altmejd	거인 外 The Giant	2007
도러시아 태닝 Dorothea Tanning	장미 몇 송이와 그 유령들 Some Roses and Their Fantoms	1952
레오나르도 다빈치 Leonardo da Vinci	모나리자 Mona Lisa	1503~1506
루이즈 부르주아 Louise Bourgeois	엄마 Maman	1999
마르셀 뒤샹 Marcel Duchamp		
마크 로스코 Mark Rothko		
막스 에른스트 Max Ernst	숲과 비둘기 Forêt et colombe	1960
만 레이 Man Ray	여자와 그녀의 물고기 La Femme et son Poisson	1938
매슈 바니 Matthew Barney	그리기 제한 Drawing Restraint	1987~
	고환 거근 주기 The Cremaster Cycle	1994~2002

메레 오펜하임 Méret Oppenheim	오브제 (모피로 된 아침 식사) Objet (Le Déjeuner en fourrure)	1936
미켈란젤로 Michelangelo	다비드 David	1501~1504
바실리 칸딘스키 Wassily Kandinsky		
밥 플래너건 Bob Flanagan	못 박힌 Nailed	1989
비토 아콘치 Vito Acconci	묘상 Seedbed	1972
빈센트 반 고흐 Vincent van Gogh	해바라기 연작 Zonnebloemen	1887~1889
	밀밭 연작 Korenveld	1887~
	별이 빛나는 밤 De sterrennacht	1889
빔 델보이에 Wim Delvoye	루이비통 마리아 外 LV Madonna	2007
살바도르 달리 Salvador Dali	나르키소스의 변신 Métamorphose de Narcisse	1937
셰데칭 Tehching Hsieh 또는 Xiè Déqìng (한어병음자모)	감옥 작품 Cage Piece	1978~1979
소포니스바 앙귀솔라 Sofonisba Anguissola		
스콧 버턴 Scott Burton		
스텔라크 Stelarc	매달기 연작 Suspension	1980~2012
	팔 위의 귀 Ear on Arm	2006
아나 도로테아 테르부슈 Anna Dorothea Therbusch		
아르테미시아 젠틸레스키 Artemisia Gentileschi	홀로페르네스의 목을 베는 유디트 外 Giuditta che decapita Oloferne	1610

안드레아스 구르스키 Andreas Gursky		
안드레이스 서라노 Andres Serrano	침수 (오줌 예수) Immersion (Piss Christ)	1987
알베르토 자코메티 Alberto Giacometti	걷는 남자 연작 l'Homme qui marche	1960~
앙리 마티스 Henri Matisse		
앤디 워홀 Andy Warhol	캠벨 수프 캔 연작 Campbell's Soup Cans	1962~
앤터니 곰리 Antony Gormley	사건의 지평선 Event Horizon	2007
에드바르 뭉크 Edvard Munch	절규 Der Schrei der Natur	1893
엘리자베스 비제르브룅 Élizabeth Vigée Le Brun		
오귀스트 로댕 Auguste Rodin		
외젠 들라크루아 Eugène Delacroix	민중을 이끄는 자유의 여신 La Liberté guidant le peuple	1830
요제프 보이스 Joseph Beuys	죽은 산토끼에게 그림을 설명하는 법 Wie man dem toten Hasen die Bilder erklärt	1965
요하너스 페르메이르 Johannes Vermeer		
이브 클랭 Yves Klein	단색 연작 Monochrome	1949~
	인체 측정 연작 Anthropométries	1960~
잭슨 폴록 Jackson Pollock		
J. M. W. 터너 J. M. W. Turner		
조르주 쇠라 Georges Seurat	아니에르에서의 물놀이 Une Baignade, Asnières	1883~1884
카미유 클로델 Camille Claudel		

카지미르 말레비치 Kazimir Malevich	2차원 농민 여성의 회화적 사실주의 Живописный реализм крестьянки в двух измерениях 속칭 빨간 사각형 Красный квадрат	1915
카타리나 판헤메션 Catharina van Hemessen		
콩스탕탱 브랑쿠시 Constantin Brâncuşi		
크리스 버든 Chris Burden	쏘다 Shoot	1971
크리스 오필리 Chris Ofili	성모마리아 The Holy Virgin Mary	1996
크리스토와 잔클로드 Christo and Jeanne-Claude	포장된 해안 Wrapped Coast	1969
	문들 The Gates	2005
클라라 페이터르스 Clara Peeters		
클로드 모네 Claude Monet	수련 연작 Nymphéas	1899~
타마라 드렘피카 Tamara de Lempicka		
트레이시 에민 Tracey Emin	나의 침대 My Bed	1998
프란시스코 호세 데 고야 이 루시엔테스 Francisco José de Goya y Lucientes	1808년 5월 3일, 마드리드 El 3 de mayo en Madrid	1813~1814
프리다 칼로 Frida Kahlo		
하르먼스 판 레인 렘브란트 Harmensz van Rijn Rem- brandt		
Frida Kahlo	여자, 새, 별들 外 Femme, oiseau, étoiles	1942~

410

옮긴이 황가한

서울대학교에서 불어불문학과 언론정보학을 복수전공한 후 출판사에서 편집자로 근무하였으며 이화여자대학교 통역번역대학원에서 한영번역학으로 석사 학위를 받았다. 옮긴 책으로 《보라색 히비스커스》(2019 올해의 청소년 교양도서), 《아메리카나》, 《제로 K》, 《사랑 항목을 참조하라》(2018 세종도서), 《엄마는 페미니스트》, 《숨통》 등이 있다.

현대적 사랑의 박물관

초판 1쇄 인쇄 2020년 1월 16일
초판 1쇄 발행 2020년 1월 21일

지은이 헤더 로즈
옮긴이 황가한
펴낸이 이상훈
편집인 김수영
본부장 정진항
문학팀 김준섭 정선재 김수아
마케팅 조재성 천용호 박신영 조은별 노유리
경영지원 정혜진 이송이

펴낸곳 한겨레출판(주) www.hanibook.co.kr
등록 2006년 1월 4일 제313-2006-00003호
주소 서울시 마포구 창전로 70(신수동) 화수목빌딩 5층
전화 02-6383-1602~3 **팩스** 02-6383-1610
대표메일 munhak@hanibook.co.kr

ISBN 979-11-6040-339-8   03840